LE TUEUR VAUDOU

UN THRILLER POLICIER GLAÇANT AVEC UN REBONDISSEMENT CHOQUANT

THRILLER POLICIER DE L'INSPECTRICE STEPHANIE BROADBENT

TOME 1

JACK PROBYN

CLIFF EDGE PRESS

eBook ISBN format numérique: 978-1-80520-222-6

ISBN format numérique: 978-1-80520-223-3

Première édition

Visitez le site web de Jack Probyn à www.jackprobynbooks.com.

À PROPOS DU LIVRE

Elle est revenue chez elle pour recommencer à zéro. Au lieu de cela, elle a réveillé les ténèbres qu'elle croyait avoir enterrées.

L'inspectrice Stephanie Broadbent n'est pas retournée dans sa ville natale depuis plus de vingt ans. Une enfance fracturée et un passé qu'il valait mieux oublier l'en avaient tenue éloignée. Mais la perte soudaine d'un collègue l'a laissée épuisée et brisée — et la quiétude promise des Surrey Hills, ainsi que la possibilité de renouer avec sa sœur, s'avèrent trop difficiles à refuser.

La paix, cependant, est de courte durée.

Avant même qu'elle ne soit installée, une étudiante est retrouvée morte dans sa résidence universitaire après une soirée. Ce qui semble d'abord être une affaire simple prend une tournure plus sombre lorsqu'une poupée vaudou est découverte près du corps.

Alors que d'anciens souvenirs refont surface et que les membres de sa nouvelle équipe la tiennent à distance, Stephanie est forcée d'affronter les fantômes de son passé — tout en courant pour arrêter un tueur dont le prochain mouvement prend déjà forme dans le fil et le tissu.

CHAPITRE
UN

Du haut de ses dix-huit ans et demi, Jenny Wilde n'avait jamais bu autant d'alcool que la veille au soir. Les derniers jours avaient été déjantés et s'étaient montrés à la hauteur de ses attentes. La semaine d'intégration. La première semaine d'université. La première semaine de sa nouvelle liberté. La première semaine du reste de sa vie. Jusqu'à présent, elle l'avait passée à consommer des quantités d'alcool dangereuses et excessives. Chaque nuit avait été progressivement pire : boire des shots dans la cuisine, picoler dans la chambre de Leo — il avait la plus grande chambre de leur étage — avant de sortir en boîte, où elle avait dépensé une somme indécente de l'argent de ses parents. Finalement, elle et ses nouveaux meilleurs amis avaient décidé de rentrer ; chaque jour un peu plus tard dans la nuit au fur et à mesure que la semaine avançait.

Elle ne se souvenait plus à quelle heure ils étaient rentrés, mais c'était le cadet de ses soucis à son réveil. De l'eau. Il lui fallait de l'eau. De la belle eau, si sous-estimée.

Alors qu'elle s'écartait du mur en roulant sur le côté et se soulevait sur les coudes, la pièce s'est mise à tanguer, et les restes de la barquette de frites au fromage de la veille ont menacé de faire une apparition surprise sur ses draps. Elle s'est figée, a fermé les yeux et a ravalé son vomi de toutes ses forces. Avec précaution, elle a attrapé la bouteille d'eau Tesco de deux litres à côté de son lit, a dévissé le bouchon, a porté la bouteille à ses lèvres, s'est ressaisie, a avalé le rot qui venait d'exploser dans sa bouche, et a descendu la bouteille d'un trait comme si elle avait passé un mois dans le désert.

Ça a semblé faire l'affaire, et après avoir vérifié l'heure sur son téléphone — 10 h 24, plus tôt que d'habitude —, elle a fait pivoter ses jambes hors du lit, a enfilé ses pieds dans ses Crocs *Shrek* et s'est traînée jusqu'à la salle de bains. Elle logeait à l'International House, l'une des rares résidences universitaires du campus qui proposait des chambres avec salle de bains privative pour les étudiants. Naturellement, ce luxe avait un prix, mais ce n'était pas elle qui réglait la note. Merci la banque de papa et maman.

Au moment où elle a éteint la lumière de la salle de bains, elle a entendu du bruit provenant de la cuisine, au bout du couloir. Des rires. Prise d'un cas grave de FOMO — la peur de rater quelque chose —, elle a jeté sa robe de chambre sur ses épaules et s'est traînée jusqu'à la cuisine. Son étage comptait cinq autres chambres. Cinq autres colocataires.

Elle en a trouvé trois dans la cuisine : Leo, Hannah et Kamal, blottis autour de la cuisinière. Dès que l'odeur du bacon a atteint ses narines, la nausée dans son estomac a disparu. Elle était guérie !

— La voilà, a lancé Leo quand elle est entrée. Il était grand, musclé, avait les cheveux courts et était de loin la plus belle personne qu'elle ait jamais vue.

Elle a souri en le voyant. — Salut, a-t-elle dit en se dirigeant lentement vers le réfrigérateur, où elle a trouvé sa brique de jus d'orange. Elle s'est rempli un verre pris dans son placard attitré, de l'autre côté de la cuisine.

— Tu veux du bacon ? a demandé Leo. Tu arrives juste à temps.

— Ça se demande ?

Leo a gloussé, puis a reporté son attention sur la nourriture. Quelques instants plus tard, c'était prêt. Ils ont dévoré leur petit-déjeuner en silence. Quand elle a eu terminé, Jenny a avalé le reste de son jus d'orange et a posé le verre sur la table dans un *clonc* sonore.

— Comment vous vous sentez ? a-t-elle demandé.

— Complètement crevé, a répondu Kamal, avec le doux sourire qu'il semblait offrir à tout le monde, comme s'il craignait constamment le rejet et cherchait toujours une forme d'adoration.

— Je n'ai jamais eu aussi mal à la tête, a répondu Hannah en sirotant l'eau de sa gourde Stanley.

Tous les regards se sont tournés vers Leo, juste au moment où il enfournait sa dernière bouchée. — Pour être honnête, je ne me sens pas si mal.

— C'est parce que ton corps est un temple et que tu te nourris de mille vitamines différentes toutes les heures, a rétorqué Hannah.

Leo a répondu par un haussement d'épaules nonchalant. — Tu devrais peut-être essayer.

— Non, merci. J'aime ce qui est mauvais pour moi.

— Tu ne diras plus ça quand tu auras quarante ans.

Hannah a levé les yeux au ciel. Ils ne se connaissaient que depuis cinq jours, et elle avait déjà développé une aversion pour Leo et sa personnalité vaniteuse et un peu détestable. Bien sûr, il était beau. Mais ce qui le rendait si peu attirant, c'était le fait qu'il le savait et insistait pour encourager tout le monde à adopter le même mode de vie sain que lui.

— Tu te souviens d'une bonne partie de la nuit dernière ? a demandé Jenny. Pour moi, tout est flou. Je me souviens de bribes de notre passage au Popworld, mais après...

— Je ne me souviens pas de grand-chose. Mais je sais que *toi*, tu étais dans un sale état, a dit Kamal.

— C'est l'impression que j'ai eue.

— Tu tenais à peine debout.

— Est-ce que j'ai... L'angoisse de la gueule de bois a commencé à la gagner. Est-ce que j'ai fait quelque chose ? Soudain, une odeur de tabac s'est activée dans son cerveau, et elle pouvait la sentir dans sa bouche. Puis elle s'est souvenue être dans le coin fumeurs, une cigarette à la main, tirant dessus comme si elle en fumait trente par jour alors qu'elle n'en avait essayé que trois dans sa vie. Elle s'est tournée vers Leo. Tu m'as donné une cigarette.

— Seulement pour que tu arrêtes de me supplier, a-t-il répondu. Tu ne me lâchais pas.

Si seulement c'était pour une autre raison.

— On est rentrés à quelle heure ? a-t-elle demandé.

— Vers trois heures.

Les preuves de leur soirée et de leur retour tardif jonchaient la cuisine : les bouteilles d'alcool vides sur le comptoir, les pulls et les gilets abandonnés à la dernière minute avant l'arrivée du taxi, et la boîte à kebab à moitié vide avec des restes de nourriture à l'intérieur.

Alors qu'elle fixait la nourriture, une douleur fulgurante lui a pris la tête, et elle s'est affalée sur la table.

— Je ne boirai plus jamais, a-t-elle déclaré.

— C'est la troisième fois que tu dis ça cette semaine, a répondu Leo en se levant de sa chaise et en laissant tomber son assiette dans l'évier, où elle resterait sans doute une semaine comme le reste de leur vaisselle.

— Quelqu'un a des nouvelles de Claudia ? a demandé Kamal.

— Elle est partie plus tôt avec ce type, non ? a répondu Hannah.

— Je crois qu'ils sont partis après que j'ai pris cette tournée de Jägerbombs, a dit Jenny en déverrouillant son téléphone. Est-ce que quelqu'un a entendu quelque chose quand ils sont revenus ?

Ses colocataires ont secoué la tête.

— Tu penses qu'il est encore là ? Les yeux d'Hannah se sont écarquillés à la perspective de surprendre le coup d'un soir de Claudia faisant la marche de la honte.

Au moment où elle a dit ça, le bruit d'une porte qui s'ouvrait et se refermait est parvenu à la cuisine. Jenny, la plus proche de l'embrasure de la porte, a bondi de sa chaise et s'est précipitée dans le couloir. Elle s'est arrêtée net en apercevant Shun-Chow, l'étudiant étranger qui parlait peu anglais et qui ne leur avait adressé qu'une poignée de mots depuis leur arrivée.

— Salut, Shun-Chow, a-t-elle dit.

— Salut, a-t-il répondu timidement, avant de baisser la tête et de se hâter vers sa chambre avec son sac de courses Tesco.

Poussée par la curiosité, Jenny a traversé le couloir en vitesse et s'est arrêtée devant la chambre de Claudia. Elles habitaient l'une en face de l'autre. Accroché sous le numéro 2 de sa porte, son prénom était épelé avec des stickers Taylor Swift qu'elle avait achetés sur Amazon. Jenny a toqué, mais n'a eu aucune réponse.

Elle a toqué une deuxième fois.

Une troisième.

Comme il n'y avait toujours aucune réponse, la panique a commencé à s'insinuer en elle. Claudia était toujours prompte à ouvrir la porte ou à répondre si elle était dans la salle de bains. Mais cette fois, rien.

Jenny a saisi la poignée.

— Qu'est-ce que tu fais ? a demandé Hannah. Ne fais pas ça, tu vas...

Mais il était trop tard. Jenny a abaissé la poignée et, petit à petit, s'est glissée à l'intérieur. Elle s'était à moitié attendue à ce que Claudia saute de son lit pour l'arrêter. Rien.

Jenny a poussé la porte, s'enfonçant de plus en plus dans la chambre froide. La fenêtre avait été laissée ouverte. Ses chaussures étaient près de la porte. Plusieurs tenues jonchaient le dossier de sa chaise, ses livres et ses carnets étaient éparpillés sur son bureau.

Là, dans un coin de la pièce, allongée sur sa couette, se trouvait Claudia, les yeux ouverts, fixant le plafond, un bras pendant sur le côté du lit, morte.

CHAPITRE
DEUX

Ses orteils se sont enfoncés dans la fourche d'une branche noueuse, dont l'écorce, bien que rendue glissante par la rosée du matin, restait solide sous son poids. Elle a marqué une pause, les jambes tendues par l'effort, et a balayé du regard la canopée à la recherche de sa prochaine prise. Une branche épaisse dépassait à environ un mètre au-dessus de sa tête — lisse d'un côté, noueuse de l'autre. Elle a tendu le bras, ses doigts ont effleuré l'écorce avant de s'y agripper.

Elle se trouvait à un peu plus de trois mètres du sol, vêtue seulement de ses baskets de course, d'un legging et d'un t-shirt de sport en nylon humide. Pas vraiment une tenue d'escalade. Sa gourde, son téléphone et ses clés de maison étaient nichés sous une racine moussue au pied du chêne, à l'abri des regards depuis le sentier derrière elle. Cela faisait des années qu'elle n'avait rien escaladé de plus haut qu'un escabeau — pas depuis son adolescence —, mais l'arbre l'avait appelée, dominant les autres comme pour la mettre au défi. Elle était tombée dessus pendant son jogging matinal à travers Chantry Wood et avait décidé de l'escalader. Elle n'avait nulle part où aller ce matin-là.

L'arbre s'élevait encore et encore, ses branches formant une sorte d'escalier, visible seulement si l'on plissait les yeux juste comme il fallait. Une chute du sommet serait brutale, mais elle se faisait confiance. Faisait confiance à sa prise. Faisait confiance à sa force.

Vingt minutes ont passé. Le vent s'est légèrement levé, rafraîchissant la sueur qui perlait à ses tempes. Elle s'est hissée sur la dernière section, où les branches s'amincissaient et pliaient sous son poids, et s'est installée dans leur creux, les jambes se balançant librement sous elle. De là, la forêt s'étendait à ses pieds comme un océan de verdure. Les champs lointains du Surrey perçaient entre les trouées des arbres, les haies les zébrant comme des cicatrices. Ses bras la lançaient sous l'effort, ses biceps étaient contractés et ses avant-bras en feu, mais elle a accueilli la douleur avec plaisir. Cela signifiait qu'elle en était encore capable. Qu'elle avait encore le contrôle.

Venait maintenant le plus délicat : la descente.

Sans corde, sans harnais et sans personne pour la parer en bas, elle allait devoir redescendre par le même chemin. Mais plus lentement. Elle a attrapé la première branche, le cœur battant à tout rompre alors que la descente commençait. Inspirer, lentement et profondément. Faire confiance à l'arbre. Faire confiance à sa prise.

Au moment où elle allait placer son pied sur la dernière prise, son téléphone s'est mis à sonner. Ce son soudain et angoissant l'a surprise. Son pied a glissé de l'encoche, et elle est tombée au sol, atterrissant sur l'épaule. Ignorant la douleur, elle a attrapé son téléphone.

Kimberley, sa sœur.

— Salut, a-t-elle dit en s'asseyant sur le bord d'un rocher voisin. Est-ce que tout va bien ?

— Tout va bien. Je voulais juste féliciter ma grande sœur et te souhaiter bonne chance pour ton premier jour.

— Ce n'est que cet après-midi, a-t-elle répondu sèchement.

— Quel genre de boulot commence l'après-midi ?

— Le genre qui demande de longues heures et une charge de travail physique et émotionnelle monumentale.

— On dirait mon boulot, a plaisanté Kim.

— Presque. J'y vais cet après-midi pour une première prise de contact.

— Tu as préparé un sachet de bonbons ?

— Pourquoi j'aurais fait ça ?

— Comme en primaire. Tu sais, quand tu dois apporter des bonbons pour toute la classe le jour de ton anniversaire.

— Je parie que tu adores être instit. Tu peux ramener tous les restes à la maison.

— Pas mon tour de taille.

Un homme promenant un chien est passé. Il lui a dit bonjour, et Stephanie lui a répondu de même.

— C'était qui ? a demandé Kim.

— Un inconnu.

— Tu es où ?

— Je fais de l'escalade.

— Où ça ?

— Dans les Chantries.

— Dehors ? Seule ? Steph… a dit sa sœur sur le même ton réprobateur qu'un parent avec son enfant. Ça a l'air dangereux. Je pensais que l'idée, c'était de commencer ton premier jour sans te casser un os.

Stephanie s'est massé l'épaule. — Je vais bien.

Des cris d'enfants en arrière-plan ont résonné dans le micro. — J'ai dit à Papa que tu commençais aujourd'hui, a dit Kim. Je parle de ce jour depuis des mois, Steph. Depuis que j'ai su que tu revenais.

— Ah oui ? C'est bien.

— Il te dirait sûrement qu'il est fier de toi s'il le pouvait. Que tu reviennes enfin à la maison après toutes ces années. Tu as réfléchi à quand tu vas aller le voir ?

Stephanie a hésité avant de répondre, même si elle savait qu'elle aurait dû le faire immédiatement. — J'ai été occupée.

Kim a soupiré. — Tu ne pourras plus te servir de cette excuse bien longtemps, ma grande.

C'était bien ce qu'elle craignait.

— Bon, il faut que je te laisse. La récré est finie. Profite bien du reste de ta matinée. Amuse-toi bien cet après-midi. Et *arrête* de grimper avant de te casser quelque chose !

Stephanie a jeté un dernier regard à l'arbre avant de raccrocher, de récupérer ses affaires et de reprendre sa course.

Elle a parcouru un demi-kilomètre sur son itinéraire avant que sa musique ne s'arrête, remplacée de nouveau par la sonnerie de son portable.

Cette fois, c'était un numéro qu'elle ne connaissait pas.

— Allô, a-t-elle dit avec méfiance.

— Salut, Steph, c'est l'inspecteur en chef McGowan. Désolé de vous déranger ce matin. Je sais que nous ne vous attendions que cet après-midi, mais il y a un imprévu. On a besoin de vous sur le campus de l'Université du Surrey dès que possible.

CHAPITRE
TROIS

Le campus de l'université du Surrey était niché juste à l'extérieur du centre-ville de Guildford. Fondée en 1966 après avoir reçu une Charte Royale, elle s'était bâti une solide réputation en ingénierie, en sciences de la santé et même en recherche spatiale. Le campus avait une ambiance moderne et décontractée, et avait vu passer son lot de personnalités au fil des ans, des présentateurs télé aux physiciens et aux PDG.

Stephanie s'est engagée à l'entrée, a dépassé la célèbre statue de cerf en acier inoxydable à l'orée du campus, et a ralenti jusqu'à s'arrêter à un petit rond-point. Des dizaines de voitures de police étaient garées le long de la route qui serpentait au nord du campus. En arrière-plan se dressait la cathédrale de Guildford, une structure imposante qui était le point de mire de la ville et qui était visible à des kilomètres à la ronde depuis l'A3. Elle a coupé le moteur, est sortie de la voiture et a évalué les lieux. C'était étrange d'être là après si longtemps, comme si elle entrait dans une vieille maison de famille. Les trois années qu'elle y avait passées comptaient parmi les meilleures de sa vie ; elle y avait étudié la littérature anglaise avant de finalement déménager dans l'Essex et de trouver sa voie dans la police.

Cependant, le campus avait changé de manière significative depuis sa dernière visite. Les bâtiments étaient devenus plus modernes et l'herbe plus verte. Le niveau de l'enseignement et des ressources s'était sans aucun doute amélioré. Pourtant, elle ressentait toujours cette effervescence palpable, cette atmosphère qui vibrait à travers le bitume et les bâtiments, comme si elle était portée par le vent qui la balayait.

Mais à présent, cette effervescence avait une note sinistre.

Steph a jeté son sac à dos sur son épaule et s'est dépêchée de rejoindre l'agent en uniforme posté près du périmètre de sécurité extérieur.

— Inspectrice divisionnaire Broadbent, a-t-elle dit. Police du Surrey.

— Qui ça ? a répondu l'agent.

— L'inspectrice divisionnaire Broadbent. Je viens de commencer.

L'agent a consulté son registre. — Je n'ai jamais entendu parler de vous.

— C'est parce que je suis nouvelle.

L'agent l'a dévisagée de haut en bas, troublé qu'une inspectrice divisionnaire arrive sur une scène de crime vêtue d'un legging et d'un haut de course.

— Vous avez une pièce d'identité ?

— Seulement ma carte de police de l'Essex. En soupirant, elle a fouillé dans son sac à dos, l'a sortie et la lui a montrée.

L'agent n'a pas été impressionné.

— Qu'est-ce que vous faites ici ? a-t-il demandé. L'Essex, c'est loin.

— Je suis mutée. Je commence demain. Mais l'inspecteur-chef McGowan m'a appelée plus tôt, car si j'ai bien compris, il y a eu un meurtre potentiel dans l'un de ces bâtiments. Vous croyez que vous pourriez me laisser passer ?

L'agent a réfléchi à sa réponse bien trop longtemps. Perdant rapidement patience, elle s'est placée à côté de lui et a tenté de se glisser sous le ruban. Il s'est mis devant elle et a levé une main devant son visage.

— Je vais devoir demander une autorisation, a-t-il dit. Je ne peux pas laisser passer n'importe qui.

Je ne suis pas n'importe qui, a-t-elle pensé. Je vais être l'OPE de cette foutue affaire !

— Très bien, a-t-elle dit avec autant de venin qu'une guêpe

piégée dans un bocal. Faites ce que vous avez à faire. Et pendant que vous y êtes, vous pouvez me trouver quelqu'un de la Brigade Criminelle ? Ils pourront confirmer qui je suis. Ou mieux encore, je peux appeler McGowan et vous pourrez lui parler directement, si vous voulez !

L'agent a hésité un instant avant de finalement se précipiter vers son collègue en uniforme le plus proche. Steph les a regardés converser, les bras croisés, de plus en plus agacée. Le second agent l'a alors regardée, a hoché la tête, et a disparu plus loin dans la rue, devenant le deuxième maillon d'une longue chaîne de téléphone arabe. Le responsable du périmètre de sécurité est arrivé un instant plus tard.

— On est en train de vous trouver quelqu'un de la Brigade Criminelle, a-t-il dit, reportant son attention sur le cordon pour lui signifier qu'il en avait fini avec elle et qu'elle n'avait plus qu'à attendre.

Elle est restée là pendant cinq minutes, vérifiant constamment l'heure sur sa montre, croisant les bras et soufflant de temps en temps pour faire savoir à l'agent qu'elle était loin d'être ravie.

Elle comprenait qu'il faisait son travail, mais elle était frustrée qu'il le fasse correctement, et elle était impatiente d'entrer, persuadée qu'ils ne pouvaient pas se permettre de perdre plus de temps.

Cinq autres minutes se sont écoulées avant que quelqu'un qui avait l'air un tant soit peu gradé n'arrive.

L'homme qui s'est approché d'elle était vêtu d'une combinaison de protection blanche. Sa tignasse de cheveux épais et sombres dépassait de la combinaison. Grand et de corpulence moyenne, il marchait voûté, comme si ses parents ne lui avaient jamais appris à se tenir droit. Il s'est présenté comme étant l'inspecteur Devon Lafferty, et il était loin d'être enchanté de la voir.

— Vous êtes qui ? a-t-il demandé sans détour.

— Stephanie Broadbent, a-t-elle répondu, adoptant le même ton. Je suis votre nouvelle inspectrice divisionnaire.

Il a froncé les sourcils comme si on venait de lui piquer la dernière part de pizza. — Qu'est-ce que vous faites ici ? Vous n'êtes pas attendue avant demain.

Stephanie lui a expliqué la situation.

Devon a examiné sa tenue. — Vous ne pouvez pas entrer sur une scène de crime habillée comme ça.

— Je serai en combinaison. C'est quoi le problème ?

Devon n'a pas apprécié son ton, mais elle a pris sur elle de se glisser sous le ruban de police et de se dépêcher d'aller vers la camionnette de la police scientifique. Elle est revenue quelques instants plus tard, vêtue de blanc.

— On va où ? a-t-elle demandé.

— International House.

Sans avoir besoin qu'on lui indique le chemin, Steph s'est dirigée vers le bâtiment qui, vu du ciel, avait la forme de la lettre « E ». Alors qu'ils avançaient dans la rue, le quartier devenait de plus en plus silencieux, rappelant presque un décor de film de zombies, avec aux fenêtres des chambres de la résidence universitaire les visages de gens se protégeant de la prochaine vague.

Ils sont arrivés quelques minutes plus tard devant l'entrée du bloc D. Là, ils se sont enregistrés au périmètre intérieur, ont remercié l'agent qui montait la garde et ont commencé à monter les escaliers.

— Troisième étage, a ordonné Devon en la dépassant. Il voulait arriver le premier. Être celui qui commande.

Un nœud a commencé à se former dans l'estomac de Stephanie. C'était le même nœud qui se formait chaque fois qu'elle approchait d'une scène de crime. Celui qui entravait ses mouvements. Celui qui laissait son esprit s'emballer et la forçait à imaginer la victime avant même de l'avoir vue.

Au troisième étage, le couloir grouillait de techniciens de la police scientifique qui examinaient les tapis et les murs, entrant et sortant des chambres. Plusieurs d'entre eux mettaient des preuves sous scellés pendant que d'autres prenaient des photos du bâtiment et du couloir, les flashs l'aveuglant alors qu'elle se dirigeait vers la première chambre sur la droite. Le bâtiment était d'un silence douloureux, à l'exception du bruit des combinaisons de protection qui bruissaient.

La chambre de la victime était exactement comme Stephanie l'avait imaginée : colorée, pleine de vie et d'énergie. Pleine d'espoirs, de rêves et d'attentes ; des espoirs, des rêves et des attentes qui avaient été brutalement écourtés. Sur sa gauche se trouvait la salle de bain attenante. Dans le coin, au fond à droite, il y avait un bureau et deux étagères. Au fond à gauche, le lit. Perchées sur la bibliothèque, on trouvait les attributs typiques d'une chambre d'étudiant : des bouteilles de vodka et d'autres spiritueux attendant d'être consommés avec impatience ; des manuels de cours qui dureraient sans doute plus longtemps que l'alcool, amassant peut-être progressivement la poussière ; et des souvenirs de la maison. Des photos de famille et d'amis ornaient les étagères et les murs. Sur celles-ci, Stephanie a vu une jeune femme jolie et enthousiaste, au sourire magnifique, qui la regardait. Le corps sur le lit avait perdu cette vitalité, et pire que tout, avait perdu ce sourire.

Trois autres corps, sans compter la victime, occupaient la pièce. Devon a désigné le seul autre homme et l'a présenté.

— Voici Kenji. Le responsable de la scène de crime.

Kenji, un Japonais aux yeux chaleureux et agréables, s'est tourné vers Stephanie et lui a tendu la main.

— Ravi de vous rencontrer. Son accent était à peine perceptible, quasi inexistant.

— De même. Qui avons-nous là ?

— Claudia Bellini. Dix-huit ans. Étudiante en première année de sciences de l'alimentation, nutrition et diététique.

Stephanie a jeté un coup d'œil aux manuels épais de plusieurs centimètres sur l'étagère. Le nœud dans son estomac s'est resserré.

— Elle a été retrouvée ce matin par ses colocataires. Quatre d'entre eux sont entrés, donc naturellement ils ont contaminé une grande partie de la scène. Néanmoins, nous mettons sous scellés et photographions tout ce que nous pouvons. Nous devrions avoir terminé d'ici la fin de la journée.

Stephanie a hoché la tête. — Le médecin légiste arrive quand ?

— Dans une heure, a répondu sèchement Devon. Je les ai déjà contactés. Je m'occuperai d'eux à leur arrivée.

Stephanie n'a pas apprécié son ton mais a choisi de ne pas relever. Elle a regardé le corps.

La jeune femme — qui, dans l'esprit de Stephanie, n'était pratiquement qu'une enfant — portait encore ses vêtements de la veille.

Une jupe courte avec des collants. Un crop top noir et fin qui couvrait le haut de son corps. Elle ne portait pas de soutien-gorge. Un collier en argent scintillait à la lumière. Sur son visage, son maquillage était parfait. Si détaillé, si savamment appliqué. Et pourtant, rien de tout cela n'indiquait comment elle était morte.

Stephanie a pris un moment de recueillement avant de demander : — Où sont les personnes qui l'ont trouvée ?

CHAPITRE **QUATRE**

Naturellement, les colocataires de Claudia étaient effondrés et avaient un besoin désespéré de réconfort. Trois agents en uniforme et deux secouristes avaient passé la dernière heure à tenter de les consoler. Lorsque Stephanie et Devon les ont trouvés dans le jardin du campus, un petit espace vert géré par le club de jardinage de l'université, les quatre colocataires étaient assis sur un banc, sanglotant dans les bras les uns des autres.

— Je m'en occupe, a dit Devon alors qu'ils approchaient.

Stephanie s'est arrêtée et l'a retenu. — Ah non, certainement pas. Je suis la responsable de l'enquête.

Il a ricané. — Pas avant demain, non. Pour l'instant, c'est *mon* enquête, et c'est moi qui m'en occupe. Ce sont *mes* témoins clés.

— *Nos* témoins clés, l'a-t-elle corrigé. Une seule équipe. Une seule enquête.

— C'est ça, a lâché Devon d'un ton sarcastique. D'une traction brusque, il s'est dégagé d'elle et s'est dirigé vers les colocataires.

Deux femmes. Deux hommes. Même si aucun d'entre eux ne paraissait assez âgé pour être qualifié ainsi. Ils donnaient tous l'impression d'être sur le point de passer leur bac et de réfléchir à leurs études supérieures. Les filles étaient assises de chaque côté d'un des garçons, qui avait ses bras autour d'elles, comme si elles lui appartenaient pour la semaine.

Au moment où Stephanie s'apprêtait à se présenter, Devon l'a devancée. — Je voulais juste vous poser quelques questions sur ce que vous avez vu, a-t-il dit avant qu'elle ait pu ouvrir la bouche.

— Bien sûr, tout ce dont vous avez besoin, a répondu Leo avec l'assurance et l'arrogance d'un caïd de lycée, leur adressant un sourire narquois. Les filles de chaque côté de lui ont acquiescé comme si on leur avait mis un pistolet sur la tempe. L'autre garçon, au bout du banc, a fait un signe de tête poli en guise d'accord.

— Je voudrais commencer par vous interroger sur la nuit dernière, a commencé Devon, mais Stephanie l'a interrompu.

— D'où venez-vous ?

Les étudiants ont échangé des regards confus entre eux et en direction de Stephanie. Ils continuaient de renifler et d'essuyer leurs larmes.

— De Bristol, a fini par répondre Leo.

— De Manchester, a répondu Jenny.

— De Nottingham, a dit Kamal.

— De Peterborough, a ajouté Hannah. Et Claudia venait de Birmingham.

— Des quatre coins du pays, a réagi Stephanie. Qu'est-ce que vous étudiez ?

Devon lui a lancé un regard désapprobateur, qu'elle et le reste du groupe ont ignoré.

Leo s'est désigné, ainsi que Kamal. — On fait tous les deux de l'éco, Jenny fait des maths, et Hannah fait…

— Médecine et sciences vétérinaires, a terminé Hannah.

— Sympa, a dit Steph en souriant à chacun d'eux. Ils lui ont rendu son sourire, se détendant un peu et devenant plus à l'aise en présence des policiers. — C'est une sacrée palette de cursus. Je me souviens être venue ici, il y a une éternité maintenant, pour étudier l'anglais.

— Vous avez étudié *ici* ? a demandé Jenny.

Steph a hoché la tête. — Comme je l'ai dit, il y a de nombreuses années. Mais c'était génial. L'endroit a beaucoup changé depuis ; il est devenu bien plus grand, et je ne me souviens pas qu'il y ait eu autant de résidences étudiantes. J'ai été surprise de voir que le Casino n'existait plus.

Jenny a tapoté la table de la main. — Ah ! Ma mère était dévastée quand elle a appris ça. Elle y allait *tout le temps* quand elle était jeune. Elle disait que c'était le meilleur endroit sur terre. Je crois que c'est là qu'elle a rencontré mon père…

Stephanie a eu un petit rire. — Il y avait des bons moments. C'est où, *l*'endroit où aller de nos jours ?

Devon a fait mine de l'interrompre pour clore le sujet de la discussion, mais Hannah a pris soin de lui couper la parole. — Le foyer des étudiants, le Rubix, a-t-elle dit en lui jetant un regard de côté avant de s'adresser à Stephanie. C'est la semaine d'intégration, alors ils ont prévu plein de concerts et de numéros spéciaux.

— La semaine d'intégration ? Déjà ? s'est dit Stephanie. Elle s'en souvenait avec tendresse. Les nuits tardives. L'alcool. Les nouvelles rencontres. Les nouveaux amis. L'euphorie pure d'être loin de chez soi, de profiter de sa liberté nouvelle. — C'est là que vous êtes allés hier soir ?

— Hier soir ? a dit Kamal, paniqué. Les quatre étudiants se sont regardés, comme s'ils avaient des ennuis.

— Vu l'odeur d'alcool qui émane de vous tous, je suppose que vous êtes sortis quelque part hier soir. Pareil pour Claudia.

Un moment de gravité les a envahis et ils ont baissé les yeux vers la table, évitant son regard.

— On n'est pas allés au Rubix. La responsabilité de répondre à la question est naturellement revenue au plus confiant du groupe. — Le frère de ma copine est propriétaire d'une des nouvelles boîtes qui vient d'ouvrir en ville, le Red One. Alors on y est allés. Il nous a fait entrer gratuitement et on a eu des boissons à prix réduit. Personne n'avait envie d'aller à la silent disco du Rubix, alors on a atterri là-bas.

— Le Red One ? a répété Stephanie en prenant une note mentale.

Leo a hoché la tête. — C'est un grand fan de *Star Wars*.

— Vous vous souvenez à quelle heure vous êtes arrivés ? a demandé Devon, se joignant enfin à la conversation.

— Il était environ vingt-trois heures trente, a répondu Jenny. On avait fait un apéro dans la cuisine avant de prendre un Uber pour y aller.

Devon a confirmé leur heure d'arrivée avec le reçu Uber de Leo : 23 h 32. — Vous y êtes allés à combien ?

— À cinq, a répondu Kamal. Nous quatre, et puis Claudia.

— Et la sixième personne de votre étage ? a demandé Stephanie.

— On lui a proposé, mais il ne boit pas, et il ne parle pas très bien anglais. Il reste plutôt dans son coin.

Steph a pris une note mentale pour que quelqu'un parle à leur dernier colocataire, de préférence après qu'elle aurait rencontré sa nouvelle équipe.

— Que pouvez-vous nous dire sur la nuit dernière ? a poursuivi Devon. Plus précisément, que s'est-il passé avec Claudia ? Comment se comportait-elle ? Quelle quantité d'alcool avait-elle bue ? Était-elle avec quelqu'un ?

— Elle était avec un type, a répondu Jenny. Stephanie a cru déceler une pointe de dédain dans sa voix, comme si elle était jalouse du succès de Claudia. — Ils se sont roulé des pelles toute la nuit, quasiment dès notre arrivée.

— Est-ce qu'ils se connaissaient ? a demandé Devon.

Jenny a secoué la tête. — Je ne crois pas. Je pense qu'ils se sont juste plu tout de suite. Elle était assez saoule.

— Il lui a payé des verres ?

Jenny a acquiescé. — Je l'ai gardée à l'œil toute la nuit, et il lui en a payé quelques-uns. Mais je ne pense pas qu'il ait mis quelque chose dans son verre.

Stephanie n'avait vu aucun signe d'agression sexuelle ; les vêtements de Claudia étaient toujours sur elle, donc ça lui paraissait peu probable. De plus, s'il y avait eu des drogues dans son système, le temps que le médecin légiste fasse ses analyses, elles auraient toutes disparu.

— Que s'est-il passé à la fin de la soirée ? a-t-elle demandé. Vous êtes tous partis à quelle heure ?

— *Nous*, on est tous partis en même temps. Leo a de nouveau vérifié son application Uber. — On s'est fait récupérer à 2 h 46. Puis on est allés à la friterie du campus pour manger un morceau.

— Où était Claudia ?

Les réponses ont échappé au groupe. Ils se sont tous regardés pas si discrètement que ça, décidant entre eux qui allait répondre. Finalement, Jenny, en repoussant ses cheveux derrière ses oreilles, a dit : — Elle est partie plus tôt avec le type. Elle a dit qu'ils rentraient ici.

— C'était à quelle heure ?

— Je crois qu'ils sont partis vers une heure du matin. Elle a sorti son téléphone de son soutien-gorge et a fixé l'écran. — Je lui ai envoyé un message après pour lui demander de me dire quand elle serait rentrée.

— Et elle l'a fait ? a demandé Devon, sur un ton accusateur.

Jenny a longuement fixé le dernier texto échangé entre elles. — Elle a répondu : « Ne toque pas quand tu rentres » avec un emoji clin d'œil.

— C'était à quelle heure ? a demandé Stephanie, s'interposant avant que Devon ne le puisse.

— Une heure cinquante-huit.

— Presque une heure plus tard ?

— J'imagine.

— Ce n'est pas si long à pied, n'est-ce pas ? a demandé Devon.

— Ça dépend à quel point tu es ivre mort, a répondu Stephanie. — D'ailleurs, on ne sait pas ce qu'ils ont fait sur le chemin du retour. Ils auraient pu s'arrêter manger. L'un d'eux aurait pu être en train de vomir. Ils auraient pu s'embrasser tout le long du trajet.

Devon a fait comme s'il n'avait rien entendu de ce que Stephanie venait de dire et a reporté son attention sur les colocataires de Claudia.

— Nous avons besoin de tout savoir sur ce gars avec qui elle était. Que pouvez-vous nous dire à son sujet ?

Vingt minutes plus tard, ils avaient terminé. Stephanie les a tous remerciés pour leur temps, leur a présenté ses condoléances, leur a donné ses coordonnées et leur a suggéré de la contacter si quoi que ce soit leur revenait à l'esprit. Après avoir ramené les étudiants aux bons soins des agents en uniforme qui s'étaient précédemment occupés d'eux, Stephanie s'est dirigée vers sa voiture.

— Où est-ce que tu vas ? a demandé Devon en restant collé à elle.

— Au bureau.

— Pourquoi ?

— Pour que je puisse commencer cette enquête.

— Je l'ai déjà commencée. Avant que tu arrives.

— C'est ça.

Elle a traversé un groupe de membres de l'Identité Judiciaire qui discutaient et a contourné le coin d'un bâtiment avant d'arriver à sa voiture, se déplaçant dans cette partie du campus avec l'aisance de quelqu'un qui y avait étudié pendant des années. Tout lui revenait en mémoire.

Alors qu'elle posait la main sur la poignée de la portière, Devon a dit : — Je viens avec toi.

— Pas dans ma voiture, en tout cas.

CHAPITRE **CINQ**

Le commissaire principal McGowan décrocha en soupirant. De la part d'un individu d'ordinaire affable et d'humeur égale, cette première réaction prit Devon par surprise.

— Oui ?

— Qu'est-ce qui se passe, chef ?

— De quoi tu parles ?

— Broadbent, répondit Devon en montant dans sa voiture et en mettant le contact. Pourquoi est-ce qu'elle a débarqué pour reprendre l'enquête ? Il activa le haut-parleur et laissa tomber le téléphone sur le siège à côté de lui. Je croyais que c'était moi qui m'en occupais, pour celle-ci.

Il n'y eut pas de réponse tandis que Devon effectuait un demi-tour en trois manœuvres et fonçait à la poursuite de Stephanie. Pendant un instant, il a cru que la communication s'était interrompue.

— C'est moi qui la lui ai confiée, répondit McGowan calmement, comme s'il s'adressait à un enfant. C'est elle qui prendra la relève à terme. C'était logique qu'elle entre en scène maintenant.

Un flot d'air chaud et épais s'échappa des narines de Devon et il se mit à tapoter le volant du bout des doigts en approchant d'un rond-point. Après s'être fait couper la route par un connard en Tesla, sa frustration monta en flèche.

— Elle ne peut pas débarquer comme ça. Ça ne se fait pas.

McGowan s'éclaircit la gorge. — L'inspectrice principale Broadbent est une enquêtrice très expérimentée et haut gradée. Je ne peux imaginer un seul instant qu'elle ait fait quoi que ce soit intentionnellement pour vous contrarier ou vous offenser. Elle est toute nouvelle dans cette équipe, dans cette région et dans nos méthodes de travail, et j'apprécierais que vous lui témoigniez la considération et le respect qu'elle mérite.

— Si vous saviez qu'elle arrivait aujourd'hui, pourquoi ne m'avez-vous pas prévenu ?

— Tu as raison. J'aurais dû te le dire. Tant que j'y suis, veux-tu que je t'informe de la prochaine fois que je vais aux toilettes ou de mon prochain rendez-vous chez le médecin pour mon contrôle de la prostate ?

Ce fut le mot de la fin sur le sujet. Devon savait qu'il ne valait mieux pas pousser McGowan plus loin. S'il voulait à nouveau exprimer son opinion, il le ferait en personne.

— T'es où ? demanda McGowan alors que Devon doublait une voiture par la file de droite et accélérait pour se coller à une autre.

— Sur le chemin du retour. J'y serai dans les dix prochaines minutes.

McGowan ne dit rien pendant un long moment, se préparant à ce qui allait lui tomber dessus.

— Très bien. On en reparlera quand tu seras là. Contente-toi de ne pas conduire comme un débile.

— Ça ne me viendrait pas à l'idée, chef, dit-il en faisant un appel de phares pour intimider la voiture qui le précédait.

CHAPITRE
SIX

L'agent Giles Swinger déplaçait la souris de son ordinateur d'un coin à l'autre de l'écran, l'air absent, tout en mâchonnant un chewing-gum. Encore une matinée tranquille. À côté de lui se tenait l'agente Olivia Willard, surnommée affectueusement « Wellard ». Non pas parce qu'elle ressemblait à un chien, mais parce qu'elle en avait le comportement : aimante, attentionnée et, par-dessus tout, loyale. Même si, pour autant qu'elle le sache, on lui avait donné ce surnom parce que Willard était à une voyelle près du nom du célèbre personnage d'*EastEnders*, qui se trouvait être sa série préférée.

Ils partageaient le même îlot de bureaux et, au cours des six derniers mois, depuis la dernière réorganisation des locaux, ils avaient réussi à accumuler une petite montagne de bazar entre eux. Pour un œil non averti, ils étaient désorganisés et passaient leur temps à farfouiller dans des piles de feuilles pour trouver l'information pertinente. Mais pour ceux qui les connaissaient, ils étaient méthodiques, diligents et bien dressés, du moment qu'on leur donnait une friandise de temps en temps pour un travail bien fait.

Olivia avait la quarantaine bien entamée, et Giles la considérait comme une figure maternelle au bureau, la femme vers qui il pouvait se tourner pour à peu près n'importe quoi.

Ils s'adressaient tous à elle.

Au fil des ans, on lui avait confié tant de secrets que Giles était certain qu'on l'avait forcée à signer l'Official Secrets Act à un moment de sa vie. Elle savait tout, et jusqu'à présent, elle ne l'avait jamais déçu, ni lui ni personne d'autre.

— Je me suis enfin lancée et j'ai regardé *Made In Chelsea* hier soir, a-t-elle dit en posant sa canette de Coca Light sur la table. Il n'était même pas midi et elle en était déjà à sa deuxième. Elle était accro.

— Alors ? a demandé Giles. Qu'est-ce que tu en as pensé ?

— Que c'est une bande de connards prétentieux. Mais je *dois* avouer que je me suis fait happer. Et je m'en veux.

Giles lui a adressé un sourire en coin.

— Tu savais que ça arriverait, pas vrai ? Tu savais que ma personnalité addictive allait me faire plonger tête la première.

En haussant les épaules, Giles a répondu :

— Je ne vois pas du tout de quoi tu parles. C'est mon seul plaisir coupable, et maintenant j'ai *enfin* quelqu'un avec qui en discuter ; quelqu'un d'autre que ma mère, en tout cas. Il s'est retourné et a fait un geste vers le bureau à moitié vide, où les seuls bruits étaient le cliquetis monotone des claviers et le faible bourdonnement du climatiseur au plafond.

Juste au moment où il finissait sa phrase, les portes principales du bureau se sont ouvertes à la volée, et une femme séduisante vêtue d'une tenue de course moulante est entrée d'un pas décidé. Ses cheveux bruns étaient attachés en une longue queue de cheval et son visage donnait l'impression qu'elle venait de courir un semi-marathon pour arriver jusqu'ici. Elle était menue, à peine visible par-dessus son écran d'ordinateur.

— Où puis-je trouver le bureau de l'inspecteur-chef McGowan ? a-t-elle demandé, d'une voix pressante et précipitée.

Giles n'a pas répondu. Il a fixé longuement ses yeux marron foncé. Finalement, il a pointé du doigt l'autre côté de la pièce.

Elle l'a remercié puis s'est précipitée vers le bureau de McGowan. Giles et Olivia l'ont regardée s'éloigner. Au moment où ils se tournaient pour se regarder, l'inspecteur Devon Lafferty a fait irruption par la porte et s'est rué à sa suite. Un instant plus tard, ils ont tous les deux déboulé dans le bureau de l'inspecteur-chef.

Lentement, Wellard s'est tournée vers Giles.

— C'est qui ? a-t-elle chuchoté. Je ne l'ai jamais vue.

— Je suis surpris que tu ne saches pas. Tu es l'oracle du bureau.

Leur attention restait focalisée sur le bureau de McGowan. Si seulement on avait des caméras ou des micros là-dedans, a-t-il dit, on pourrait tout entendre.

— On n'est pas dans un épisode de ta série, Giles, a dit Wellard. Quoique, elle est assez jolie pour faire partie de ce petit monde. Un fin sourire ironique s'est dessiné sur ses lèvres. C'est pour ça que tu as paniqué quand tu l'as vue ? La jolie fille t'a déstabilisé ?

Giles lui a lancé un regard noir.

— La ferme. Non, pas du tout.

Elle a posé une main moqueuse sur son épaule.

— D'accord, d'accord, tombeur. Si tu le dis. Si tu lui demandes gentiment, elle regardera peut-être un ou deux épisodes avec toi.

CHAPITRE **SEPT**

L'inspecteur en chef Clive McGowan, silhouette imposante, était assis derrière son petit bureau, un œil sur l'écran de son ordinateur, l'autre sur Devon et Stephanie, qui lui faisaient face. Ils avaient l'air de deux écoliers turbulents convoqués dans le bureau du directeur, à la différence que l'un des deux semblait bien plus heureux que l'autre d'être là.

Le bureau de l'inspecteur en chef était une petite pièce carrée. Son bureau, légèrement décalé sur la gauche, occupait le devant de la scène. La lumière naturelle inondait la pièce par-dessus son épaule gauche, filtrant par une étroite baie vitrée, et derrière la vitre s'offrait une vue de carte postale sur les collines du Surrey qui s'étendaient à perte de vue, une tapisserie de différentes nuances de vert se fondant en une seule.

Stephanie se sentit étrangement apaisée par les couleurs dans son champ de vision périphérique.

— Bonjour, inspectrice, a dit l'inspecteur en chef McGowan en se levant de sa chaise pour lui serrer la main. Désolé de vous convoquer dans de telles circonstances.

— Je suis ravie d'être ici, a-t-elle répondu en relâchant sa poigne. Il n'y a rien de tel que de plonger directement dans le grand bain.

McGowan, un homme qui avait dépassé la cinquantaine mais en paraissait vingt de moins, a posé les paumes de ses mains sur son bureau et a fait un signe de tête en direction de Devon. — Je vois que vous avez déjà rencontré l'un de vos inspecteurs de police.

Stephanie a rapidement jeté un coup d'œil dans la direction de Devon, mais elle n'a pas pu se résoudre à le regarder. — Nous avons échangé quelques mots.

— J'espère qu'il a fait en sorte que vous vous sentiez la bienvenue.

Stephanie a répondu au sourire entendu de McGowan et a fait passer tout ce qu'elle avait à dire par un simple regard.

— Vous a-t-il parlé de lui ?

Stephanie a secoué la tête.

— Je vais vous faire la version courte, car il a parfois tendance à s'étendre : Devon est ici d'aussi loin que je me souvienne – si longtemps, en fait, que je ne sais plus depuis quand exactement – et il assurait l'intérim au poste d'inspecteur en attendant votre arrivée. McGowan parlait calmement, de manière posée. Il a tourné la tête vers Devon. — L'inspectrice Broadbent nous rejoint de la police de l'Essex. Combien d'années d'expérience avez-vous ?

— Six à ce poste, quinze au total, a répondu Stephanie.

— C'est beaucoup, peu importe les standards, donc elle sait ce qu'elle fait et comment obtenir des résultats. Elle arrive avec un excellent parcours, mais on m'a dit – et d'après nos brèves discussions, je suis sûr que vous ne m'en voudrez pas de le dire, Stephanie – qu'elle n'a pas l'ego qui va souvent avec. C'est pour ça qu'elle est ici. Et c'est pour ça qu'elle va réussir au sein de la police du Surrey. Je pense que l'arrivée d'une personne extérieure sera bénéfique pour l'équipe et vous bottera un peu le cul.

Du coin de l'œil, Stephanie a vu Devon gigoter mal à l'aise et se gratter l'arrière de la tête.

— Oui, je comprends tout ça, a-t-il dit brusquement. Et oui, c'est un plaisir de vous rencontrer, Steph.

— Stephanie, l'a-t-elle corrigé en lui lançant un regard de côté. Pas Steph, pas Stephy, ni même « Steph-fanny », comme m'appelaient certains gamins à l'école. Vous ne pourrez m'appeler Steph que lorsque vous aurez gagné ma confiance et mon respect.

Elle voulait mettre les choses au clair d'emblée, surtout devant l'inspecteur en chef, pour que, s'il tentait quoi que ce soit, elle ne soit pas la seule à le reprendre.

Devon a acquiescé pour montrer qu'il avait compris, même si elle a senti à son expression qu'il n'avait aucune intention d'utiliser son nom complet.

— Qu'est-ce qui se passe maintenant, chef ? a-t-il demandé. Quand l'appel est arrivé ce matin, vous avez dit que je serais en charge de la situation à l'université.

McGowan s'est rassis sur son siège, conservant son énergie pour la discussion. — Les plans changent. Vous devez apprendre à être adaptable et à surmonter les obstacles à ce poste, surtout si vous voulez devenir inspecteur un jour.

Stephanie a perçu la soudaine inspiration de Devon.

— D'ailleurs, vous étiez au courant de l'arrivée de Stephanie. Vous saviez que l'affaire lui reviendrait naturellement. Tout ce que j'ai fait, c'est avancer les choses de quelques heures.

Devon a soupiré bruyamment par le nez, emplissant la pièce de sa déception.

— Mais...

— Faites avec, Devon. Maintenant, si ça ne vous dérange pas, je voudrais discuter avec notre nouvelle inspectrice.

Devon a basculé son poids pour partir, a marqué une pause comme s'il allait dire quelque chose, puis a pivoté sur ses talons et a quitté le bureau. La porte s'est refermée plus fermement que ce que la politesse aurait exigé. Dès qu'il est parti, la tension dans l'atmosphère est retombée de plusieurs crans et McGowan a poussé un long et lourd soupir.

— Eh bien... Je vois que votre réputation vous précède, a-t-il dit lentement. Ravi de voir que vous avez fait une première impression mémorable.

Stephanie a tiré une chaise de sous le bureau. — Il est toujours comme ça ?

McGowan a penché la tête d'un côté et de l'autre. Elle a eu l'impression qu'il était d'un naturel doux, très intelligent et très habile avec les mots. — Seulement depuis peu, a-t-il répondu.

Stephanie a supposé qu'il faisait référence à l'intérim de Devon à son poste et a décidé de ne pas insister.

— On dirait que j'ai du pain sur la planche, et je n'ai même pas encore commencé, a-t-elle dit.

— Quand on a autant de bouteille que moi, on découvre que crier ne fonctionne que rarement. Du moins, pas sur le long terme.

— Je parlais de la scène de crime d'où je viens.

— Moi aussi. Si ce que j'ai entendu est vrai, je ne pense pas que vous aurez le moindre problème ici.

C'était bien ce qu'elle craignait. Cette « réputation » qu'il avait mentionnée plus tôt. Celle dont elle ignorait l'existence. Celle qui laissait entendre qu'elle était une détective brillante, capable de résoudre les crimes les plus déroutants et les plus odieux. Comme si elle était une Sherlock Holmes au féminin.

Elle espérait qu'il n'avait pas surestimé ses capacités.

Le téléphone sur le bureau de McGowan a sonné. Il a jeté un rapide coup d'œil à l'écran avant de lui accorder de nouveau son attention. — Vous n'êtes pas la seule à avoir le trac du premier jour, a-t-il dit. Il y a une autre nouvelle. Une agent de police, une vraie bleue. Vingt-six ans, fraîchement sortie de l'école. Elle s'appelle…

Il a été interrompu par des coups frappés à la porte.

— Quand on parle du loup.

McGowan a fait signe à la personne d'entrer et, un instant plus tard, une jeune femme a passé la tête dans l'entrebâillement de la porte. Derrière son expression nerveuse, Stephanie a vu une jeune femme séduisante, avec des yeux bleu mer et des sourcils marquants, qui paraissait plus jeune que son âge. Si elle n'avait pas su quel âge elle avait, Stephanie aurait cru qu'elle était encore au lycée.

— Inspecteur en chef McGowan ? a-t-elle demandé d'une voix hésitante. Je suis au bon endroit ?

— Bienvenue ! Entrez, je vous en prie. Clive s'est levé de son siège et lui a fait un signe empressé de la main pour qu'elle entre. Il lui a serré la main, puis a fait un geste vers Stephanie. — Stephanie, voici Eve Hope. Eve, voici Stephanie Broadbent, votre nouvelle inspectrice.

Eve a pris la main de Stephanie, souriant gauchement, révélant une fossette sur sa joue gauche et des dents qui n'avaient pas été ternies par des années de consommation de café.

• • •

— Enchantée de vous rencontrer, Stephanie, a dit Eve en se détendant un peu. Madame, s'est-elle corrigée.

— Stephanie, ça ira.

Derrière la timidité d'Eve, Stephanie a cru déceler une personne plus pétillante et extravertie. Il était naturel qu'elle soit nerveuse pour son premier jour.

— Stephanie nous rejoint aujourd'hui également, a commencé l'inspecteur en chef McGowan. Elle a beaucoup d'expérience, est dans la police depuis très longtemps, et je suis sûr qu'elle sera un excellent mentor pour vous. Vous arrivez au bon moment, car une affaire est tombée ce matin. Stephanie pourra vous mettre au courant. Maintenant, il ne vous reste plus qu'à rencontrer le reste de votre équipe. Il a contourné son bureau, s'est faufilé devant elles dans l'espace exigu et a posé une main sur la porte. — Ne vous inquiétez pas, ils ne mordent pas.

CHAPITRE
HUIT

Quand ils sont entrés dans le bureau principal, ils ont trouvé le sergent-détective Lafferty debout au centre de la pièce, en train de s'adresser à l'équipe. Il s'est interrompu brusquement dès qu'il a vu l'inspecteur en chef sortir de son bureau.

— Vous les mettez déjà au parfum, sergent ? a dit Clive en plaisantant, puis il a fait signe au sergent de retourner à son bureau. Devon a obéi avec la réticence d'un adolescent qu'on forcerait à rester en bas au lieu de le laisser se réfugier dans sa chambre. — Bonjour à tous. J'aimerais vous présenter de nouvelles personnes.

Sans s'en rendre compte, ils ont manœuvré jusqu'à l'avant du bureau. Là, l'inspecteur en chef McGowan a commencé à les présenter à l'équipe. Pendant qu'il parlait, elle a scruté le groupe face à elle, mais sans parvenir à voir qui que ce soit. Son esprit était vide, leurs visages étaient devenus flous, et la voix calme et apaisante de McGowan s'était estompée en bruit de fond.

Elle a seulement pris vaguement conscience qu'il avait fini de parler, grâce au silence qui s'en est suivi. Puis elle a senti leurs regards insistants levés vers elle.

— Stephanie ? Voulez-vous ajouter quelque chose ?

Elle a dégluti difficilement. Une nausée soudaine l'a submergée, et elle aurait voulu être de retour dans l'Essex, avec son ancienne équipe, dans son refuge, là où elle connaissait tout et tout le monde.

Stephanie s'est éclairci la gorge. — Je ne suis pas très douée avec les noms, alors il faudra que vous soyez tous indulgents avec moi sur ce point. Ça me prendra peut-être un jour ou deux, mais vous n'êtes pas si nombreux, donc je ne pense pas que ce sera un trop gros problème. À part ça, rien d'autre à dire, si ce n'est que j'ai vraiment hâte de travailler avec vous tous et d'apprendre à mieux vous connaître.

— Excellent, a dit McGowan en frappant dans ses mains, un claquement qui a percé les tympans de Stephanie. — Avant que j'oublie, votre bureau est à côté du mien. L'un de vous pourra vous aider à vous installer.

Sur ce, l'inspecteur en chef est parti et est retourné dans son bureau. Dès qu'il a refermé sa porte, la nausée s'est intensifiée, et un nœud s'est formé dans son estomac, lui envoyant de la bile dans la gorge. Son filet de sécurité avait disparu. Il n'y avait plus qu'elle et sa nouvelle équipe.

— Bon…, a-t-elle commencé, examinant la mosaïque de visages en face d'elle, les détaillant un par un. — Je vous remercie de votre patience le temps que je me mette au courant des procédures, de l'emplacement de chaque chose et de qui est qui. La même chose vaut pour Eve. Vous aurez deux personnes pour vous poser des questions, j'en suis sûre. Mais en attendant, pendant qu'on s'installe et qu'on se familiarise avec tout ça, ce matin, le corps d'une étudiante a été découvert dans sa résidence universitaire. Notre victime est une femme de type caucasien : Claudia Bellini, dix-huit ans, originaire de Birmingham, étudiante en sciences de l'alimentation. On attend toujours de recevoir les photos de la scène de crime. J'aimerais que quelqu'un crée un journal de bord sur HOLMES. Qui est responsable de… ?

Une main, appartenant à une femme de petite taille aux longs cheveux bouclés attachés en queue de cheval, s'est levée d'un coup dans l'assemblée.

— Déjà fait, cheffe, a-t-elle dit, d'un ton doux et apaisant. Stephanie a immédiatement ressenti un sentiment de calme et de réconfort en l'entendant. Le fait qu'elle ait un sourire chaleureux assorti a aidé. — Le journal HOLMES est ouvert, j'attends juste vos instructions sur qui doit faire quoi.

— C'est parfait, a-t-elle dit. — Et votre nom est… ?

Elle a posé une main sur sa poitrine. — Pardonnez-moi. Je m'emballe, comme d'habitude ! Avant que vous ayez le temps de dire ouf, je retournerai dans ma coquille et vous ne m'entendrez plus. Je suis Olivia. Olivia Willard, agente, mais vous pouvez m'appeler Wellard. C'est ce que font tous les autres.

Un surnom. C'était toujours un bon début. Ça aidait à briser un peu la glace et donnait un aperçu de la dynamique de l'équipe.

— Avons-nous déjà un nom d'opération ? a demandé Stephanie.

— Derrière vous, est venue la réponse bourrue de Devon, à sa gauche. Heureusement, elle a noté que son bureau était de l'autre côté de la pièce par rapport au sien.

Stephanie a pivoté sur la pointe des pieds. Derrière elle, courant sur toute la longueur du mur, se trouvait leur salle de crise. Elle était plus petite que ce dont elle avait l'habitude. Auparavant, avec la police de l'Essex, elle avait bénéficié d'une pièce ou d'un espace séparé dans le bâtiment où l'équipe pouvait rassembler ses preuves et suivre la progression de l'enquête. Ce qui se tenait devant elle, cependant, était une série de documents — photographies, imprimés, notes manuscrites — suspendus à une rangée de tableaux en liège et de tableaux blancs. Juste en face d'elle, griffonné au feutre noir effaçable à sec, se trouvait leur nom d'opération : Opération Lucifer. En dessous, un espace vide où, au cours des jours, des semaines et des mois à venir, ils compileraient leurs informations. Pour l'instant, l'espace n'avait été rempli qu'avec le nom de la victime.

— J'ai demandé à Wellard de le faire tout à l'heure, a ajouté Devon dans ce que Stephanie a considéré comme une tentative inutile de marquer des points.

— Bon travail, Olivia, a dit Stephanie. — Merci.

Du coin de l'œil, elle a vu l'expression suffisante de Devon se décomposer.

Allez, Steph, s'est-elle dit. Il est temps de prendre les choses en main. Temps de leur montrer ce que tu as dans le ventre.

Elle s'est éclairci la gorge, a attrapé un stylo à proximité et s'est dirigée vers le tableau blanc avec l'assurance et l'aplomb d'une maîtresse d'école donnant la même leçon pour la centième fois.

— La police scientifique est encore sur la scène de crime. Il nous faudra les photos dès que possible. J'aimerais que quelqu'un fasse la liaison avec Kenji pour savoir quand nous pourrons les obtenir, ainsi que la liste complète des preuves. Mais avant toute chose, c'était la fille de quelqu'un. Je voudrais que notre agent de liaison familial retrouve les parents et les informe du décès de leur fille. Pour l'instant, je traite cette affaire comme une enquête pour meurtre. Qui est notre agent de liaison ?

Une autre main s'est levée. Cette fois, c'était avec hésitation, empreinte de prudence. Elle appartenait à l'agente Petal Baptiste, une femme antillaise d'une quarantaine d'années. Elle portait une paire de lunettes épaisses devant des yeux délicats et brillants, et ses joues étaient légèrement rosées par un maquillage qui lui donnait l'air d'un personnage de Disney. Stephanie a immédiatement ressenti une aura maternelle et réconfortante émanant d'elle, des traits idéaux pour son rôle.

— Ravi de vous rencontrer, a dit Petal. — Je m'en occupe tout de suite.

— Attendez que nous ayons discuté de notre plan d'action, vous et moi. Je veux contrôler ce que les parents savent et ne savent pas.

Petal a hoché la tête, presque timidement, comme si c'était une demande inhabituelle.

— D'après ses colocataires, a poursuivi Stephanie, — Claudia a passé toute sa soirée avec quelqu'un au club, le Red One. Le couple a ensuite décidé de rentrer chez elle vers une heure du matin, un peu plus d'une heure et demie avant que ses colocataires ne quittent le club et ne retournent à leur résidence. Premièrement, nous devons découvrir avec qui elle était et où se trouve cet individu maintenant. Il est potentiellement la dernière personne à l'avoir vue vivante et il est notre principal suspect.

Elle a pointé au hasard deux personnes dans la pièce.

— Votre nom ? a-t-elle demandé au premier.

— Agent Giles Swinger, a-t-il répondu.

Il était très beau, d'une manière évidente, et il lui a rappelé Leo de l'université. Ses cheveux étaient coupés court et gominés sur le devant. Sa mâchoire était anguleuse, presque ciselée, et deux taches rouges marquaient ses joues au-dessus d'une barbe clairsemée. Un instant, Stephanie a pensé que c'était peut-être dû à la gêne, mais elle a réalisé qu'elle avait tort en remarquant que ses yeux papillonnaient vers la tout aussi séduisante Eve Hope.

— Ravie de vous rencontrer, Giles. J'aimerais que vous alliez au Red One avec… Elle a fait un geste vers la femme assise sur la rangée de bureaux d'en face.

— Agente Fiona Singleton, cheffe, a répondu Fiona avec l'exubérance et l'excitation de quelqu'un qui aurait été survolté toute la nuit.

Stephanie a été frappée par les yeux perçants de Fiona. Elle avait la fin de la trentaine et, à en juger par sa silhouette élancée, semblait avoir le même programme de fitness que Stephanie.

— J'aimerais que vous rejoigniez Giles et que vous parliez au propriétaire. Essayez de déterminer qui travaillait cette nuit-là et de trouver la vidéosurveillance.

— Ça s'annonce délicieux, a répondu Giles.

Cette phrase inhabituelle l'a prise au dépourvu. — Nous aurons aussi besoin de quelqu'un pour faire la liaison avec l'université.

Une autre main s'est levée d'un coup, la prenant par surprise. Celle-ci appartenait au sergent-détective Noah Mackenzie, un homme au début de la cinquantaine qui relevait la moyenne d'âge de l'équipe. Il était habillé de manière inhabituelle, la première chose qu'elle a remarquée étant ses chaussettes fluo de couleurs différentes.

— Je me ferai un plaisir de leur passer un coup de fil, a-t-il dit. Sa voix était grave mais possédait une qualité contrôlée et réservée.

— Je préférerais que tu leur rendes visite en personne. Trouve le bon interlocuteur et apaise un peu leurs craintes. Je suppose qu'ils seront désireux d'envoyer un message aux étudiants.

Il a mimé un pistolet avec ses doigts dans sa direction. — À tes ordres, capitaine. Tout ce que tu voudras.

Stephanie a décidé que sa vie allait être beaucoup plus simple avec l'un des sergents-détectives qu'avec l'autre. Au moment même où cette pensée lui traversait l'esprit, l'autre sergent a ouvert la bouche.

— Et moi ?

— J'aimerais que vous dirigiez l'équipe pendant mon absence, a-t-elle répondu.

Son visage s'est contracté en une boule de frustration. — Où allez-vous ?

— Je dois m'installer, ainsi qu'Eve. Ensuite, je nous emmène parler à la presse avant d'assister à l'autopsie. Si je pouvais vous demander de me résumer tout ce qui se passera entre-temps pour mon retour, ce serait d'une grande aide.

CHAPITRE
NEUF

Le coin de la chambre de la victime où se trouvait le bureau avait été confié au technicien de scène de crime Matthew Morpurgo, tandis que le reste de ses collègues s'activaient dans la salle de bain ou faisaient un vacarme assourdissant dans la cuisine. On aurait dit une bande de babouins jetant des assiettes, des marmites et des poêles par terre, détruisant toute preuve éventuelle.

Matthew, quant à lui, préférait des méthodes plus délicates. Il aimait prendre son temps et faire un travail minutieux. De cette façon, s'il y avait un jour le moindre problème avec une preuve manquée ou accidentellement malmenée, neuf fois sur dix, il savait qu'il serait hors de cause.

Cette scène de crime ne faisait pas exception. On l'avait laissé seul dans la chambre pendant la dernière demi-heure, à examiner attentivement les affaires de Claudia et à se pencher sur la fenêtre de sa vie d'étudiante à travers ses manuels et le carnet dans lequel elle avait commencé à griffonner pour prendre de l'avance.

Matthew appréciait son travail. C'était cathartique, ça vous ramenait à la réalité, et au final, il avait parfois l'impression de mieux connaître la victime que sa famille proche et ses amis ne l'avaient jamais fait. En passant au crible ses effets personnels et en épluchant les couches successives de sa vie, il avait une vue intime de ses secrets, de ses succès, de ses luttes et de ses tribulations. Il pouvait regarder derrière le rideau et apprendre à connaître la victime à un niveau plus profond, plus intime.

Claudia Bellini ne faisait pas exception. Comme n'importe quelle adolescente de son âge, elle avait ses problèmes, ses difficultés. Dans un autre de ses carnets, un qui était coincé entre une série de manuels, il a trouvé un journal intime. Dedans, elle avait griffonné plusieurs entrées datant des premiers jours de sa semaine d'intégration. Des notes sur ce qu'elle ressentait. À quel point sa famille lui manquait déjà. Comment elle sentait qu'elle luttait avec la nourriture. Comment cela ne faisait que quelques jours et elle commençait déjà à perdre le contrôle. L'alcool n'aidait pas, mais elle sentait qu'elle devait boire pour s'intégrer à ses colocataires. Elle pensait qu'ils étaient tous des gens charmants, merveilleux, avec qui elle avait hâte de vivre pour le reste de l'année ; sauf Leo — elle pensait que c'était un type un peu glauque, et elle se disait que Hannah ressentait la même chose.

Matthew était reconnaissant que le corps de la jeune femme ait été mis dans une housse et évacué de la scène de crime. Il n'était pas sûr de ce qu'il aurait pu faire avec elle allongée derrière lui, ses yeux fixant le plafond d'un regard vide.

Il avait photographié chaque page du journal, en remontant jusqu'au début, avant de le mettre sous scellé et de le placer près de la porte d'entrée. Jusqu'à présent, il avait réussi à examiner plus d'une douzaine de livres, à la recherche d'empreintes, de fibres-traces, et en photographiant chaque page.

Il a reporté son attention vers le bureau, pour se changer les idées. Dessus se trouvaient l'ordinateur portable de Claudia, une souris et un clavier sans fil, un pot à crayons et, chose étrange, un four à micro-ondes en parfait état de marche.

Quand Matthew s'est accroupi, il a grincé des dents sous l'effet de la douleur. Le bas de son dos le faisait de nouveau souffrir. Il devrait vraiment consulter un médecin à ce sujet, mais il avait peur de ce qu'il pourrait lui dire ; qu'il pourrait confirmer ce qu'il pressentait déjà au fond de lui.

Ignorant la douleur avec quelques gémissements et grognements, Matthew a reporté son attention sur le micro-ondes. D'abord, il a sorti son matériel de prélèvement d'empreintes et, avec son fin pinceau, a commencé à appliquer la poudre sur la poignée. Un instant plus tard, une empreinte digitale est apparue. Matthew a posé une bandelette dessus et a prélevé l'empreinte.

Ensuite, il a photographié la façade de l'appareil avant de l'ouvrir avec précaution. Ce faisant, il a remarqué un Post-it qui était tombé sous l'appareil. Il l'a tiré et l'a lu.

« Ouvre-moi », disait le mot.

Mais à ce moment-là, la porte était déjà ouverte.

Il a laissé tomber la note dès qu'il a posé les yeux sur ce qui se trouvait à l'intérieur.

Là, posée au centre du plateau, se trouvait une poupée vaudou marron foncé. Deux boutons étaient parfaitement placés là où auraient dû se trouver ses yeux, et sortant du centre du ventre de la poupée, il y avait un couteau de cuisine tout neuf qui semblait n'avoir jamais servi.

Jusqu'à ce moment-là.

CHAPITRE
DIX

Stephanie, Devon, Eve et Noah étaient penchés au-dessus de l'ordinateur de l'agente Willard. Une photographie de la poupée vaudou découverte sur la scène de crime occupait tout l'écran. Stephanie se sentit mal à l'aise en la regardant. Elle avait l'impression que la poupée la fixait, qu'elle l'appelait par son nom. Elle n'avait jamais été très portée sur les films d'horreur, ni sur quoi que ce soit qui recelait une menace maléfique — elle essayait de les éviter à tout prix — mais malgré son envie pressante de détourner le regard, elle n'arrivait pas à en détacher les yeux.

— On a découvert ça dans le micro-ondes de Claudia, dans sa chambre, a expliqué Stephanie. — Le technicien de la PTS qui l'a trouvé a dit que le couteau s'est planté dans la poupée *après* qu'il a ouvert la porte.

— Comme un piège ? a demandé Eve.

Stephanie a remarqué que la jeune femme se rongeait les ongles et a hoché la tête. — Il a trouvé un mot disant « Ouvre-moi » sur le bureau. Il était tombé et avait glissé sous le micro-ondes.

— Le tueur a dû le laisser là, a suggéré Devon.

— Elle est à l'université. Elle est plutôt intelligente. Je ne pense pas qu'elle ait eu besoin d'une instruction pour ouvrir la porte à chaque fois qu'elle voulait s'en servir, a rétorqué Stephanie.

Le commentaire a valu à Stephanie un regard noir de Devon,

qui a croisé les bras sur sa poitrine. Stephanie a remarqué le sourire en coin d'Olivia Willard qui la regardait.

— Pourquoi le tueur aurait-il laissé ça ? a demandé Eve.

— Nous ne *savons* pas si c'était le tueur, a répondu vivement Stephanie, soucieuse d'intervenir avant que quiconque ne le puisse. — La PTS a relevé une empreinte sur la poignée, et ils vont analyser la poupée, donc s'il y a des correspondances, on les trouvera. D'ailleurs, ça pourrait être une blague de ses colocataires ou de quelqu'un qu'elle connaissait. À ce stade, nous n'avons aucune raison de croire sans équivoque que c'était le tueur. Oui, il est logique pour nous de privilégier cette piste, mais je ne veux faire aucune supposition tant que nous n'aurons pas de certitude.

Alors qu'elle levait de nouveau les yeux vers la poupée, une boule s'est formée dans sa gorge et une goutte de sueur a perlé sur sa nuque. Pour combattre son anxiété, elle a attrapé son collier et s'est mise à en suivre le contour autour de son cou. Il avait appartenu à sa mère, qui le lui avait donné avant de mourir, et pour Stephanie, c'était plus qu'un simple doudou. C'était un souvenir, un bien durable. Elle le portait partout et ne l'enlevait qu'en cas d'absolue nécessité.

— Pour l'instant, je ne veux pas que l'on consacre trop de temps et d'efforts à cette poupée. Notre priorité absolue est de retrouver l'homme avec qui elle est rentrée hier soir.

Elle espérait paraître plus convaincante qu'elle ne l'était.

La poupée vaudou était un mauvais présage. Même si elle se refusait à l'admettre, elle était persuadée que cela ne pouvait signifier qu'une chose : il y aurait d'autres victimes.

Ils n'avaient aucune idée de quand, ni d'où, ni de qui.

Mais une chose était certaine.

Si elle ne reprenait pas rapidement en main sa nouvelle équipe et l'enquête, ils trouveraient d'autres poupées de ce genre.

CHAPITRE
ONZE

La brigadière Fiona Singleton ne savait pas quoi penser de Stephanie. Sa première impression était qu'elle était, de manière compréhensible, timide, nerveuse et un peu craintive. Mais s'intégrerait-elle bien à l'équipe ? Elle n'en était pas sûre. L'équipe travaillait comme une seule unité depuis quatre ans – sans être dérangée ni perturbée – jusqu'au départ de leur dernier inspecteur quelques mois auparavant. Ça avait été la seule perturbation que l'équipe avait connue. Au fil de ces années, ils s'étaient rapprochés et avaient tissé des liens solides les uns avec les autres. Ils étaient soudés et efficaces ; Fiona espérait que Stephanie n'allait pas débarquer et faire des vagues. Ce qui ne l'empêchait pas de la trouver séduisante.

— Qu'est-ce que tu penses d'elle ? a demandé Fiona en sautant sur le siège passager.

— Je la trouve sympa, a répondu Giles en mettant le contact et en regardant dans son rétroviseur.

— Sympa ?

— Ouais. Elle a l'air plutôt extravertie. Et elle est jolie.

C'était un point sur lequel elle était d'accord avec lui.

— Ça va être intéressant de voir comment Devon va réagir, a-t-elle dit.

— Eve ? a fait Giles en tournant le volant plusieurs fois pour sortir du parking.

— Eve ? C'est d'elle que tu parles ? Je parlais de Broadbent, crétin.

— Oooohhhhh, a dit Giles lentement en s'engageant au carrefour en direction du centre-ville de Guildford.

Elle a ricané. — Ça ne m'étonne pas que *tu* ne penses qu'à une seule chose.

— C'est toi qui dis ça, a rétorqué Giles. J'ai bien vu comment tu la regardais.

Fiona a haussé les épaules pour masquer son malaise. — Elle a de l'allure.

— Je pense qu'elles s'intégreront bien toutes les deux. Elles apporteront une nouvelle dynamique à l'équipe. L'ambiance était devenue un peu morose, ces derniers temps.

Ils sont arrivés au Red One quelques minutes plus tard. La petite boîte de nuit était située à l'angle d'un rond-point, coincée entre un cabinet d'avocats et, bien évidemment, un kebab. Pour un œil non averti, elle ressemblait à une maison crépie, si ce n'étaient les affiches des DJ et des artistes qui devaient se produire le week-end suivant. Mais pour les initiés, c'était une boîte de deep house remplie d'effets stroboscopiques psychédéliques, de machines à fumée et d'un escalier étroit menant aux toilettes, conçu pour semer la confusion et désorienter.

Le seul problème était de trouver une place pour se garer.

Giles, cependant, ne semblait pas y voir un obstacle. Il s'est garé devant le kebab, est monté sur le trottoir et est sorti de la voiture. L'arôme de friture, mêlé à une litanie d'herbes et d'épices, lui est rapidement montée au nez et a mis son estomac en émoi.

Il a eu une envie soudaine d'une barquette de frites. Mais il ne pouvait pas. Il essayait d'être raisonnable, de s'échapper de l'éternel cycle de la perte de poids suivie d'une reprise après avoir constaté son succès, pour finir par être dégoûté de lui-même avant de recommencer à maigrir. En ce moment, il était dans la phase de perte de poids et avait fait des progrès significatifs. Il s'en tenait à son programme de remise en forme, mangeait principalement des salades (et se détestait pour ça), et avait déjà perdu quelques kilos.

Juste une portion de frites au fromage… a-t-il pensé en se léchant les lèvres d'un air rêveur. Ça ne ferait de mal à personne.

Le son d'un klaxon qui a retenti à côté d'eux l'a sorti de sa rêverie et lui a rappelé la raison de sa présence. Il a suivi Fiona jusqu'à la porte d'entrée. Un flot de circulation s'écoulait à leurs côtés pendant qu'ils attendaient.

Un instant plus tard, un homme d'une petite trentaine d'années, vêtu d'un T-shirt noir moulant et d'un jean noir, est apparu. Il avait une calvitie naissante, qu'il avait tenté de compenser en se laissant pousser la barbe. Deux cernes sombres marquaient ses yeux, comme s'il venait de se réveiller après seulement quelques heures de sommeil.

— James Daniels ? a demandé Fiona en lui montrant sa carte de police. Mon collègue vous a parlé au téléphone ?

Daniels a examiné la carte d'identité avec attention. Sans rien dire, il s'est écarté pour les laisser entrer.

L'intérieur de la boîte de nuit était exigu, presque claustrophobe. Deux modestes coins salon flanquaient un bar étroit, dont les étagères étaient bondées de bouteilles de toutes les couleurs et de tous les types. Une paire de platines de DJ dominait un côté de la pièce. Au-dessus, un treillage de lumières stroboscopiques blanches pendait du plafond. Dans la clarté du jour, l'illusion était brisée. Ce qui, quelques heures auparavant, vibrait d'énergie, paraissait maintenant nu et exposé. L'air était lourd d'une odeur d'alcool rassis, de fumée de spectacle âcre et de l'aigre saveur du regret, accrochée aux meubles éraflés, aux murs – à tout. Comme si elle refusait de partir.

James Daniels se tenait au centre de l'espace. La nervosité se lisait sur son expression, mais il essayait de la masquer en croisant les bras et en s'appuyant contre une colonne noire.

— Mon collègue vous a expliqué pourquoi nous sommes là ? a demandé Fiona.

— Oui.

— Y aurait-il un endroit où nous pourrions nous asseoir ? Un bureau, peut-être ?

— À l'étage, a dit James, puis il a pivoté sur lui-même et a disparu au coin du mur, avant de les faire passer par une porte de service et de leur faire monter un escalier étroit et en colimaçon.

À l'étage, le couloir n'était assez large que pour une seule personne. Parfait pour eux. Moins quand on est ivre et pressé d'aller aux toilettes.

Ils sont entrés dans le bureau de James. À l'intérieur, il y avait un petit bureau et deux chaises en cuir noir. James et Fiona se sont assis tandis que Giles est resté debout. Fiona a sorti de sa poche une photo de Claudia Bellini qu'ils avaient prise sur ses profils de réseaux sociaux.

— Depuis combien de temps avez-vous cet endroit ? a-t-elle demandé.

— Trois ans. Nous venons d'entamer notre quatrième année. Et nous n'avons eu aucun incident depuis.

— À l'exception de la nuit dernière, a dit Fiona d'un léger hochement de tête.

— C'est vrai, a répondu James, pris au dépourvu. Mais l'incident ne s'est pas produit ici, pas dans l'établissement, n'est-ce pas ?

— Pas à notre connaissance, a répondu Fiona.

— Donc nous avons maintenu notre réputation. Je veux que ce soit un endroit sûr où les gens peuvent venir, passer un bon moment et se créer des souvenirs. Je ne veux pas que ce qui s'est passé la nuit dernière ternisse cette réputation. Et je ne crois pas à ces conneries de « toute publicité est bonne à prendre ». Il y en a une mauvaise si les gens croient ce qu'ils lisent et arrêtent de venir.

Fiona a joué avec la photo entre ses mains, en gardant l'image hors de vue. — Que pouvez-vous nous dire sur la nuit dernière ?

— Seulement ce qu'on m'a dit au téléphone et ce que j'ai vu en ligne.

— Vous travailliez ?

— Toujours.

— Quelqu'un d'autre ?

— Michaela, ma barmaid.

— C'est tout ?

— C'est un petit bar. On n'a pas besoin de beaucoup de monde pour le faire tourner.

Fiona a tendu la photo de Claudia Bellini à James. — Vous la reconnaissez ?

James a regardé la photo pendant quelques secondes avant de

secouer la tête. — Pas que je sache. Je n'ai jamais été très physionomiste, et on voit tellement de gens passer chaque soir que, à moins qu'ils ne soient des habitués, je ne me souviens pas d'eux.

— Elle était ici entre vingt-trois heures trente et une heure du matin environ, a dit Fiona. Elle est venue avec certains de ses colocataires étudiants.

— On a eu beaucoup d'étudiants la nuit dernière, a-t-il dit. La semaine d'intégration est l'une de nos plus grosses semaines.

— Elle a passé toute la soirée avec quelqu'un. Nous nous demandions si vous pourriez l'identifier pour nous.

La question était rhétorique, et James le savait. Il s'est frotté les bras, pensif. — Je ne la reconnais pas, et je ne sais rien du fait qu'elle était avec quelqu'un. J'étais trop occupé derrière le bar. Mais si vous pensez que je peux aider d'une manière ou d'une autre, bien sûr, dites-le-moi.

Fiona a montré l'ordinateur du doigt. — Vous avez des caméras de surveillance ?

— On pourrait le croire, a-t-il dit, se frottant le bras plus agressivement. Mais non.

— Non ?

— Parce qu'on n'a jamais eu de problème. On n'en a jamais eu besoin. On ne s'est jamais fait cambrioler. On n'a jamais eu d'ennuis. Nos verres sont en plastique. Personne n'a jamais été agressé. Les gens veulent juste se défoncer et passer un bon moment. C'est le genre de clientèle qu'on attire ici.

— De la drogue ? a demandé Fiona.

Giles était certain qu'on en trouverait des traces partout dans les toilettes.

— On essaie de surveiller ça autant que possible, mais à quoi serviraient des caméras ?

— Vous pourriez les attraper et les interdire d'entrée.

Un petit ricanement s'est dessiné sur le visage de James. Il a regardé Fiona puis Giles, presque perplexe. — Dans l'économie actuelle en difficulté, sérieusement ? Alors que cette génération de jeunes boit et sort de moins en moins… Je ne vais pas refuser la seule clientèle que j'ai. Si je fais ça, cet endroit n'existera plus, et moi non plus. Évidemment, je ne dis pas que j'approuve la consommation de drogue, mais je ne vais pas non plus couper l'oxygène à cet endroit.

Fiona a repris la photo des mains de James et l'a glissée dans la poche de son manteau. Puis elle a sorti de son autre poche une carte de visite.

— Nous aimerions aussi parler à Michaela. Elle se souvient peut-être de plus de choses. Il me faudra ses coordonnées et son adresse. Voici mes coordonnées si l'un de vous deux en a besoin.

James a pris la carte avec hésitation avant de l'examiner un long moment.

— Vous voulez que je vous raccompagne ? a-t-il demandé.

— Pas avant d'avoir les coordonnées de Michaela.

CHAPITRE
DOUZE

Pendant les premières minutes de leur trajet, elles ont roulé en silence. Stephanie surveillait attentivement sa conduite, gardant un œil sur cet embrayage capricieux qui lui en faisait voir de toutes les couleurs depuis des mois. Elle voulait faire bonne impression sur Eve ; lui montrer qu'elle maîtrisait la voiture, et non l'inverse. Ce n'était qu'une de ses nombreuses angoisses.

Alors qu'elles atteignaient le sommet de la colline qui quittait Mount Browne, le quartier général de la police du Surrey, le soleil s'est glissé à travers une trouée dans les nuages.

— Super temps pour ton premier jour, a-t-elle dit.

— J'ai rêvé qu'il allait pleuvoir des cordes, a répondu Eve. Et puis je me suis réveillée pour faire pipi.

Stephanie a eu un petit rire. — Ça se passe bien pour toi ?

— Super, jusqu'ici, a répondu Eve avec un sourire exubérant, presque enfantin. J'étais, genre, un peu nerveuse au début, mais tout le monde a été adorable pour l'instant.

Son visage rayonnait d'un optimisme juvénile et naïf.

— Même si cette affaire m'inquiète un peu, a-t-elle ajouté. Alors que Stephanie se tournait vers elle, Eve a fait un geste de la main pour s'excuser. — Je suis aussi super excitée. Genre, ne te méprends pas. Je suis excitée, j'ai vraiment hâte, mais, genre, nerveuse en même temps, tu vois ? C'est ma première.

Stephanie a eu un sourire en coin. L'innocence et la naïveté d'Eve transparaissaient dans sa façon de parler.

— J'ai ressenti la même chose pour mon premier jour, a ajouté Stephanie. Le pipi au lit en moins.

— Vraiment ? a dit Eve, comme si elle venait de découvrir le feu.

— Ça remonte à longtemps maintenant, à l'époque où je débutais en uniforme. Un type avait commis un délit de fuite et s'était introduit chez quelqu'un. Je suis entrée après lui avec un de mes collègues et je l'ai arrêté.

— Littéralement ?

— Littéralement.

— Waouh, a-t-elle dit avec une admiration sincère.

— Je me souviens m'être dit que c'était la chose la plus stupide que j'aurais pu faire, mais aussi la *seule* chose que j'aurais pu faire. C'est l'adrénaline qui m'a permis de tenir.

— C'est tellement courageux, a répondu Eve. Il ne m'est jamais rien arrivé de tel quand j'étais en uniforme. C'était surtout des interventions pour des personnes âgées et la gestion d'incidents de la route mineurs.

— Tout ça fait partie intégrante du métier. Ce que tu vois et ce que tu vis à ce moment-là te prépare pour le reste de ta carrière.

Eve a commencé à se ronger les ongles avant de rabattre une mèche de cheveux derrière son oreille. — Tu dis ça, mais je n'ai jamais vu de cadavre.

— Non ?

— Je n'ai été en uniforme que douze mois, littéralement, avant d'avoir ma mutation, et le pire que j'aie vu, c'était quelqu'un à l'autre bout de la pièce, pas de tout près, tu vois ce que je veux dire ?

Stephanie a hoché la tête. — On va changer ça quand on assistera à l'autopsie.

Une partie de l'éclat juvénile sur le visage d'Eve s'est estompée.

— Tu auras les deux prochaines heures pour te préparer. Mais ça ira. Comme je l'ai dit, l'adrénaline te fera tenir. Et si besoin, on aura un seau à portée de main.

Eve a eu un petit rire mal à l'aise tandis que son attention se portait sur le tableau de bord, en proie à un malaise silencieux. Les pensées de cadavres ont rapidement commencé à l'envahir.

À cet instant, Stephanie a senti monter en elle une pulsion surprotectrice, une qu'elle n'avait pas ressentie depuis des années. Depuis qu'elle et sa sœur avaient grandi et s'étaient éloignées l'une de l'autre, cette pulsion était en sommeil, mais elle ne s'était jamais éteinte. Eve lui rappelait sa jeune sœur à bien des égards — sa naïveté, son innocence juvénile, son enthousiasme et sa détermination, sans parler de ses manières et de sa façon de parler — et Stephanie a soudain senti son instinct de grande sœur se réveiller.

Elle voulait à la fois guider Eve, la modeler et la façonner pour en faire une bonne agente, solide et complète. Mais elle voulait aussi la protéger, la préserver des dures réalités et des horreurs que le monde avait à offrir.

Une tâche qu'elle avait, pour l'essentiel, réussie avec sa sœur. Du moins, en ce qui concernait le plus grand mal que les deux avaient jamais connu.

CHAPITRE
TREIZE

Elle avait vite compris qu'une grande partie du métier d'inspectrice principale consistait à garder le contrôle.

Pas seulement le contrôle de son équipe et de ce qui se passait au sein de l'enquête, mais aussi le contrôle sur ce qui se déroulait en dehors. Manipuler et tirer les ficelles depuis le poste de pilotage de son esprit. De plus, si elle maîtrisait l'enquête, elle se maîtrisait elle-même. Et vice versa. Les deux allaient de pair.

C'était une chose qu'elle avait toujours faite, une chose qu'elle avait été forcée d'apprendre enfant : le besoin de se sentir en contrôle, non seulement d'elle-même, mais aussi de sa sœur.

Si elle était aux commandes, elle ne risquait pas d'être blessée. Ni sa sœur.

Les mêmes règles s'appliquaient à une enquête d'envergure. Si elle était à la barre, tout le monde en profitait, et avoir une bonne maîtrise du flux d'informations qui fuitaient dans le public en était une part essentielle. Dans l'Essex, elle avait développé une relation étroite avec plusieurs journalistes des journaux locaux. Elle contrôlait les messages et les informations qui leur parvenaient et, en retour, ils l'aidaient à surmonter les obstacles ou les difficultés qu'elle pouvait rencontrer.

C'était une relation à double sens.

Elles sont arrivées au siège du *Surrey Live* à Guildford vingt minutes plus tard. Le bâtiment était un grand bloc qui dominait les arbres, se dressant telle une sentinelle de brique rouge au bord de la rivière Wey. Anciennement un entrepôt victorien, sa façade s'élevait sur cinq étages, sa symétrie uniquement rompue par la porte blanche délavée marquée « Privé » et le quai de chargement en saillie, suspendu sur des armatures en fer. Gravé en hauteur dans la brique se trouvait l'ancien nom du journal, The Surrey Advertiser.

À l'intérieur, un désodorisant à la lavande rose ne parvenait pas à masquer l'odeur de bois pourri et de la moquette vieille de plusieurs décennies.

Alors que Stephanie et Eve montaient les marches vers le deuxième étage, elles ont entendu des claviers martelés furieusement, et lorsqu'elles ont atteint la porte ouverte, le son s'est intensifié. À la surprise de Stephanie, seules quatre personnes étaient à l'origine de ce bruit, leur attention entièrement absorbée par leurs écrans d'ordinateur, inconscientes de leur arrivée.

Stephanie a frappé.

L'homme le plus proche a pivoté sur sa chaise et s'est approché d'elles. Proche de la soixantaine, il portait un costume qui semblait avoir trois tailles de trop pour lui. Soit il avait perdu beaucoup de poids, soit il n'avait plus personne pour le conseiller sur la taille de costume à acheter.

— Je peux vous aider ? a-t-il demandé.

Stephanie s'est présentée ainsi qu'Eve et a demandé à parler au responsable.

— C'est moi. Louis Brown.

Stephanie lui a serré la main. Sa poigne était plus ferme qu'elle ne s'y attendait.

— Je suis le rédacteur en chef du *Surrey Live*, a-t-il poursuivi. Y a-t-il quelque chose que je puisse faire pour vous ?

— Je voulais juste me présenter, a-t-elle dit. Me faire une idée de votre façon de travailler et de la manière dont nous pourrions collaborer.

Les yeux de Louis se sont assombris, tout comme le reste de la pièce, alors qu'un nuage venait d'avaler la lumière du soleil.

— Entrez dans mon bureau, a-t-il dit.

• • •

Son « bureau » était un petit café au coin de la rue. Elles ont commandé des boissons au comptoir et ont trouvé une table près de la fenêtre, entourées de clients qui commandaient leur déjeuner.

— Leur sandwich grillé au poulet et au pesto est à tomber, a-t-il dit.

— Nous ne sommes pas là pour manger, a répondu Stephanie. Elle n'avait pas faim. Comment avez-vous travaillé avec la police du Surrey et la Section des Enquêtes Criminelles par le passé ?

Louis a léché le café sur ses lèvres. — La méthode de travail a été assez classique, a-t-il expliqué. Nous avons toujours été très reconnaissants à l'équipe de nous fournir les informations demandées. Je sais que nous ne sommes pas les plus gros poissons dans la mare, mais beaucoup d'habitants nous demandent des informations sur des problèmes dans la région, et de nombreuses personnes comptent sur nous, surtout quand il s'agit du Surrey. Parfois, nous avons l'information. Parfois non. Le plus souvent, nous ne pouvons rien publier parce que nos reporters ne sont pas au courant, ou quand ils arrivent, il est trop tard. Et s'il est trop tard, la communication peut s'avérer délicate. Nous faisons de notre mieux pour ne pas vous court-circuiter ou vous marcher sur les pieds.

— Avec qui avez-vous travaillé récemment ?

Une autre gorgée. À ce rythme, il aurait fini sa boisson avant même de commencer à répondre à la question. — Plus récemment avec Devon, depuis le départ de votre prédécesseur.

C'est ce qu'elle craignait. Dans l'Essex, elle et son ancien sergent, Caleb Morgan, avaient géré de près la relation avec la presse, en travaillant en équipe. Avec Devon, cependant, elle sentait que ce partenariat serait au mieux unilatéral, voire inexistant.

— Je compte travailler un peu différemment, a-t-elle dit en se redressant. Pour commencer, je serai votre principal point de contact. Je sais que c'est un peu inhabituel, mais j'aime être aux commandes du flux d'informations dans les deux sens. Je considère que vous et votre équipe êtes un atout précieux, et d'expérience, je sais que vous pouvez vraiment changer la donne en aidant les enquêtes. Ce que j'envisage, c'est un partenariat à double sens. Je vous donnerai autant d'informations que possible, de préférence à vous en premier. Et en retour, vous me transmettrez toutes les pistes ou tous les renseignements qui pourraient être pertinents. Elle a entrelacé ses doigts dans un geste métaphorique. Qu'en pensez-vous ?

Louis a regardé tour à tour Stephanie et Eve. Dans son esprit, c'était logique. En fait, c'était trop beau pour être vrai. Jamais en vingt ans de carrière dans cette publication, on ne l'avait approché de la sorte. Il a pris un moment pour réfléchir à sa réponse.

— Bien que cela semble prometteur en théorie, a-t-il dit doucement, il faudra juste voir comment ça se passe en pratique.

— Autant commencer tout de suite, a enchaîné Stephanie. J'ai une histoire pour vous qui vient de l'université. Vous avez de quoi noter ?

CHAPITRE QUATORZE

Elle avait pris soin d'omettre l'élément le plus important : la découverte de la poupée vaudou sur la scène de crime. Bien sûr, elle voulait démarrer leur relation sur de bonnes bases, mais elle ne voulait pas encore révéler toutes les informations. Pas tant qu'elles ne savaient pas ce que cela signifiait.

Le contrôle. C'était ce que son ancien inspecteur en chef lui avait dit. Contrôlez le flux d'informations, et vous aurez tout le monde à vos pieds, à supplier pour en savoir plus. Plus ils supplieront, plus ils seront disposés à aider.

Peu après avoir quitté le café, Stephanie avait reçu un appel de quelqu'un prétendant travailler avec le médecin légiste chargé du corps de Claudia Bellini, confirmant qu'ils étaient prêts pour sa visite et celle d'Eve.

Le trajet jusqu'à l'hôpital de l'université du Surrey fut ralenti par les embouteillages de l'heure du déjeuner, et après avoir négocié plusieurs ronds-points et feux de circulation, elles arrivèrent avec cinq minutes de retard.

La morgue était comme ensevelie dans la partie la plus basse et la plus isolée du bâtiment, oubliée de la lumière du jour, où l'air était lourd d'antiseptique et de chagrin. Pas de fenêtres. Juste une enfilade de couloirs gris qui avalaient les sons et semblaient résonner des murmures doux et persistants des morts.

Steph détestait assister aux autopsies. Elle avait vu son premier cadavre à l'âge de neuf ans — un moment marqué au fer rouge dans sa mémoire. Depuis lors, la mort était devenue une compagne silencieuse et tenace. Elle connaissait son odeur, son immobilité, le silence contre nature qu'elle imposait dans une pièce. Et pourtant, malgré les années, malgré l'uniforme et l'insigne, ça n'était jamais devenu plus facile.

Les morts la dérangeaient, non pas pour ce qu'ils étaient, mais pour ce qu'ils ne pourraient plus jamais être. Chacun d'eux gisait là, inachevé, une vie fauchée en pleine respiration, en pleine pensée. Une adolescente à la gorge tranchée qui ne passerait jamais ses examens. Un homme d'âge mûr qui avait eu une crise cardiaque et ne s'excuserait jamais. Une femme qui portait encore du vernis écaillé, ses orteils dépassant de sous le drap, qui n'aurait plus jamais l'occasion de les vernir.

Malgré tout, Steph y trouvait parfois du réconfort. Dans le silence. Dans la certitude. Les morts ne pouvaient pas la blesser. Ils ne pouvaient ni crier, ni mentir, ni lever la main.

Contrairement aux vivants.

— Vous devez être Steph, lança une voix depuis l'autre bout d'un long couloir.

— *Stephanie*, répondit-elle en s'approchant.

La voix appartenait à Leanna Moore, la médecin légiste du ministère de l'Intérieur britannique. Elle avait retiré sa visière de protection et baissé son masque chirurgical pour révéler des lèvres minces encadrées par un visage étroit. Sous la combinaison en papier, elle portait un assortiment de vêtements multicolores. — Ravie de faire votre connaissance. Je suis sûre que nous apprendrons à nous connaître à partir de maintenant. Je suppose que vous êtes ici pour la fille, et non pour la conversation scintillante ? dit-elle.

— Les deux.

Le visage de Leanna s'éclaira d'un sourire. — Nous sommes très arrangeants, ici. Tous nos invités passent un moment fantastique.

— Je parie que vous n'avez pas encore eu de mauvaises critiques, dit Eve alors que Leanna posait la main sur la lourde porte coupe-feu.

Alors que la porte s'ouvrait, Eve devint blême et se figea. Leanna remarqua son hésitation et retourna dans le couloir.

— Première fois ?

Eve hocha la tête, le regard vide fixé sur la porte.

— On s'habitue à l'odeur. À la longue. C'est comme la moquette d'un pub en fin de soirée, même si je ne recommanderais pas de tirer la langue. Une fois qu'on en a vu un, on les a tous vus. Leanna posa de nouveau la main sur la porte et se tourna vers Stephanie. — Ça va pour vous ?

— Moi ? Ça va.

— Tant mieux. Parce que je n'ai qu'une seule serpillière.

La salle d'autopsie était froide et clinique, les murs peints d'une nuance de blanc qui donnait à tout un aspect un peu trop propre. Des paillasses en acier inoxydable luisaient sous l'éclairage cru des néons, et au centre de la pièce, sur une table en métal, gisait Claudia Bellini, nue. Sans ses vêtements, Claudia était plus maigre que Stephanie ne l'avait imaginé. Sa cage thoracique, ses clavicules et son bassin saillaient de manière proéminente sous sa peau pâle. Une légère ecchymose entourait sa gorge comme un collier serré. Ses bras reposaient le long de son corps, ses ongles peints d'un bleu ciel écaillé.

Un petit oiseau gravé sur le poignet de la jeune fille attira l'œil de Stephanie. Elle se figea, le regard fixé sur les ailes déployées en plein vol. Sa mère avait un tatouage similaire ; un que Steph avait l'habitude de suivre du doigt quand elle était enfant. Elle attrapa le collier de sa mère et le pinça. Immédiatement, les battements de son cœur, qui s'accéléraient, se mirent à ralentir.

La solennité de la pièce était déformée par les Rolling Stones qui hurlaient dans les haut-parleurs. Leanna se dirigea vers une paillasse dans le coin et baissa le volume avant de rejoindre Eve et Stephanie à la porte. Les deux inspectrices s'étaient changées pour mettre des combinaisons et avaient enfilé des masques chirurgicaux.

Leanna se dirigea d'un pas traînant vers le corps, puis leur fit signe de s'approcher. Stephanie fit le premier pas, mais hésita ensuite, attendant qu'Eve la suive. Les mouvements de la jeune inspectrice étaient prudents et délibérés, comme ceux d'un lionceau s'approchant d'une carcasse pour la première fois. Stephanie l'observa attentivement, marchant à ses côtés à chaque pas. Elle résista à l'envie de lui prendre la main et de la serrer fort.

Leanna les observait avec une réflexion silencieuse tandis qu'elles approchaient.

Eve laissa échapper un petit hoquet aigu dès qu'elle posa les yeux sur le visage de Claudia.

— Ça devient plus facile, murmura Stephanie. Fais-moi confiance. J'aime faire comme si elles dormaient.

Incapable de détacher son regard du corps de Claudia, Eve hocha lentement la tête.

— Claudia Bellini, commença Leanna, pour faire avancer la conversation. Dix-huit ans et demi. Cheveux bruns, yeux marron. Cinquante-huit kilogrammes. Cent soixante-huit centimètres. Elle se déplaça vers la tête de la victime, désignant son cou. — Les ecchymoses et les marques sur la peau indiquent qu'elle a été étranglée ou étouffée.

— C'est la cause de la mort ?

Un hochement de tête.

— Empreintes digitales ? ADN ?

Un signe de tête négatif. — Ça n'a pas été fait avec une paire de mains, dit-elle.

Stephanie lâcha le collier de sa mère. — Qu'est-ce qui a été utilisé pour la tuer ?

— À en juger par sa trachée écrasée, je dirais quelque chose de plus fort, de plus gros. Un genou, peut-être.

— Son tueur s'est agenouillé sur sa gorge ? demanda Eve. À la surprise de Stephanie, elle tenait extrêmement bien le coup. Elle n'avait pas vomi. Elle ne s'était pas évanouie. Elle n'avait pas fondu en larmes, même si, à en juger par la rougeur de ses yeux, ce n'était probablement qu'une question de temps. Peut-être était-ce le choc. Peut-être était-elle trop abasourdie, trop décontenancée pour faire autre chose que de garder les yeux fixés sur la tête de Claudia Bellini.

— Oui, ce serait mon hypothèse. Quelque chose qui aurait presque écrasé sa trachée et l'aurait finalement étouffée.

— Combien de temps serait-il resté sur elle ?

— Avec cette pression sur sa gorge ? Deux ou trois minutes.

Eve regarda tour à tour Stephanie et Leanna. — Personne ne l'aurait entendue ? Elle n'aurait pas crié ?

Ce fut au tour de Leanna et de Stephanie de se jeter un regard, décidant silencieusement qui devait répondre.

— Désolée si je pose trop de questions, dit-elle, d'un ton paniqué et gêné.

— Ne t'excuse pas, répondit Stephanie. Les questions, c'est bien. C'est comme ça que tu apprends. Et souviens-toi…

— Il n'y a pas de mauvaise question, termina Eve.

Stephanie sourit en réponse. C'était exactement le genre de chose que sa sœur dirait.

— De toute façon, tu poses toutes les questions que j'avais en tête. À ce rythme, je vais me retrouver au chômage et je n'aurai plus besoin de descendre la prochaine fois. Mais pour répondre à ta question, tu soulèves un point pertinent. Cependant, à cette heure de la nuit, la seule personne à leur étage était Shun-Chow. Je vais noter que quelqu'un doit lui parler pour savoir s'il a entendu quelque chose. Et, Leanna peut le confirmer, mais si le tueur avait son genou sur la gorge de Claudia, la dernière chose qu'elle aurait pu faire, c'est émettre un son.

Leanna hocha la tête.

Eve parut profondément insatisfaite de cette réponse. — Elle ne s'est pas débattue ?

— D'après ce que je comprends, elle était extrêmement ivre. On lui a peut-être même mis quelque chose dans son verre. Elle a peut-être essayé de se défendre, mais dans son état, ça n'aurait pas fait grande différence. Si elle l'avait fait, Leanna aurait trouvé de l'ADN sous ses ongles. Stephanie se tourna vers la légiste, lui lançant un regard interrogateur en haussant un sourcil.

— On dirait que je vais aussi me retrouver au chômage, à ce rythme. Leanna ajusta son masque, le pinçant contre son nez tout en se déplaçant vers les mains de Claudia. — J'ai fait des prélèvements, mais sous ce vernis bleu, je n'ai rien trouvé. L'oreiller qui étouffait son visage n'a probablement pas aidé non plus. Son tueur a mis la ceinture et les bretelles. Genou sur la gorge, oreiller sur le visage. Elle n'aurait pas tenu longtemps.

Il y avait quelque chose de brutal, de crûment factuel dans cette affirmation qui décontenança Stephanie. Elle s'arrêta pour imaginer la scène : Claudia entrant en titubant dans la chambre, riant, s'accrochant au cou de son amant, lui faisant signe de se taire alors qu'il faisait du bruit. Puis il l'avait jetée sur le lit, l'immobilisant avec son genou, lui écrasant la trachée. Avait-elle été consciente ? Avait-elle su ce qui se passait ? Avait-elle pensé que cela faisait partie d'un jeu sexuel auquel elle n'avait pas consenti ?

Ce fil de pensées particulier amena la question suivante de Stephanie : — Y a-t-il des signes d'agression sexuelle ?

Sous son masque, Leanna pinça les lèvres. — Rien du tout. Elle m'est arrivée entièrement vêtue, et elle est morte entièrement vêtue. Aucun signe de pénétration vaginale ou anale. J'ai regardé, et son hymen est toujours intact.

— Elle était vierge ?

Leanna hocha la tête.

— Y a-t-il autre chose que nous devrions savoir ?

Leanna parcourut des yeux toute la longueur du corps nu de Claudia. — Pas grand-chose de plus concernant la cause de sa mort ; cependant, des éléments que vous pourriez trouver intéressants sont qu'elle était définitivement ivre — je l'ai senti dès que je l'ai ouverte — mais elle n'avait jamais été une grande buveuse avant ça.

— Ce qui est naturel, vu son jeune âge et le fait qu'elle vienne de commencer l'université.

— C'est vrai. Cependant, j'ai repéré des dommages que cette jeune fille avait infligés à son corps.

— Comme quoi ?

Leanna se dirigea vers la bouche de Claudia et l'ouvrit, révélant une dentition mal entretenue. — Elle se faisait vomir, dit-elle.

— Elle se faisait vomir ? demanda Eve.

Stephanie referma la bouche presque involontairement.

— L'émail de ses dents a été sévèrement usé par des vomissements excessifs. Il y a plusieurs déchirures sur son œsophage. Ses reins sont dans un sale état. Je ne pense pas qu'elle ait eu ses règles depuis quelques mois, et ses os étaient légèrement moins denses que ce à quoi je m'attendrais pour quelqu'un de son âge. Je ne les ai pas testés, mais je suis certaine que ses niveaux de potassium et de sodium seraient terriblement bas. Si je devais me prononcer, elle souffrait très probablement d'un trouble de l'alimentation ; un trouble contre lequel elle luttait depuis de nombreuses années. Je dirais que la dernière fois qu'elle a vomi, c'était plusieurs heures avant sa mort.

Stephanie posa de nouveau la main sur le collier de sa mère, et toute la faim qu'elle ressentait disparut. L'envie de mettre un chewing-gum dans sa bouche revint, mais elle la réprima en déglutissant profondément.

— Merci pour ça, dit-elle lentement. C'est très utile.

Juste au moment où elle s'apprêtait à détourner son attention du corps sur la table, Eve fit signe qu'elle voulait dire quelque chose.

— J'espère que ça ne vous dérange pas que je dise ça, mais... Elle se gratta le sommet de la tête. — Vous m'inspirez un peu toutes les deux.

Stephanie et Leanna se regardèrent, curieuses. Aucune des deux n'avait la moindre idée de ce à quoi elle faisait référence.

— Je vous trouve inspirantes, continua Eve. Des femmes à des postes haut placés. Vous me montrez que c'est possible.

Leanna eut un ricanement. — Je regarde des morts toute la journée. Il n'y a rien de glamour là-dedans.

— Mais c'est important.

Stephanie lui adressa un sourire chaleureux. Elle ressentait la même chose. Cette volonté acharnée de faire ses preuves — d'être meilleure, plus vive, plus dure, plus carriériste — ne l'avait jamais quittée. Elle s'était coulée dans son travail comme du béton, le laissant durcir autour des fissures de celle qu'elle avait été. Des amitiés s'étaient étiolées. Elle avait perdu le contact avec sa sœur. L'amour, quelle que soit la forme qu'il avait prise autrefois, avait été laissé à la porte des années auparavant. Mais elle avait continué à grimper. Pas pour la gloire. Même pas pour elle-même. Pour des moments comme celui-ci. S'il fallait qu'elle porte les stigmates pour que des gens comme Eve puissent s'élever sans souffrir, alors ainsi soit-il. Ça en valait la peine.

CHAPITRE
QUINZE

Devon a écrasé sa cigarette contre le mur, la dernière bouffée de fumée encore vive dans ses poumons. Il l'a maintenue ainsi un instant, laissant les toxines se répandre dans son corps, avant de l'expirer lentement entre ses lèvres pincées. Le tabac l'aidait à calmer ses nerfs, apaisant l'irritation qui lui serrait la poitrine et qui s'embrasait chaque fois qu'il pensait à Stephanie. Elle avait débarqué comme si l'affaire lui appartenait – une étrangère qui ne connaissait rien à la région ni à l'équipe – et les menait dans la mauvaise direction. Elle était trop focalisée sur le petit merdeux qui était rentré avec la victime, mais Devon savait que c'était une fausse piste. Leur attention devrait se porter uniquement sur la poupée découverte sur les lieux.

La salle des opérations était silencieuse quand il y est rentré, à moitié éclairée par la lumière grise de la fin d'après-midi. La majeure partie de l'équipe était à son bureau, travaillant en silence sur les tâches que Stephanie leur avait confiées : Giles, Olivia, Fiona et Noah. Les membres d'origine de l'équipe. Les gens en qui il avait confiance.

Devon a frappé une fois dans ses mains, d'un geste sec et délibéré, attirant l'attention de toute la pièce.

— Fiona, Giles, sur quoi travaillez-vous ?

Giles a ouvert et fermé la bouche comme un poisson. Il détestait être pris au dépourvu. — J'essaie de contacter le barman du Red One.

— Fiona ?

— Je cherche les vidéos de surveillance du trajet de Claudia hier soir pour rentrer chez elle, a-t-elle répondu, plus clairement que son collègue.

— Noah ?

L'autre sergent s'est repoussé de son bureau et s'est penché en arrière sur sa chaise, avec son habituelle décontraction. — Je tape des notes, fut sa seule réponse.

Devon a montré l'arrière du bureau du doigt. — Wellard ? Même question pour vous.

— Je gère HOLMES, chef. J'ai passé toute la matinée à entrer des trucs dans ce putain de système, et je crois qu'il y a un truc qui déconne avec le Wi-Fi, parce que c'est un cauchemar. J'ai connu des connexions bas débit plus rapides que ça.

— C'est peut-être la poupée vaudou, a fait remarquer Giles.

Devon a tourné son attention vers le tableau d'enquête sur le mur. Son regard s'est fixé sur la photo de la poupée vaudou qui y avait été épinglée avec une punaise rouge. Il s'est précipité vers le tableau et l'a arrachée.

— Je viens de parler à la commissaire Broadbent, et elle dit qu'il faut changer de tactique. Il a tapoté la photo de la poupée vaudou à plusieurs reprises. — Voici notre priorité absolue. Nous devons découvrir d'où elle vient, à qui elle appartient et ce qu'elle signifie.

— Et qu'en est-il de nos autres tâches ? a demandé Fiona.

Devon n'a pas apprécié le sous-entendu dans son ton.

— Vous laissez tomber tout ce que vous êtes en train de faire et vous faites ce que je vais vous dire : nous devons trouver ou faire venir un expert local en vaudou. À défaut, Fiona, puisque vous l'avez si gentiment demandé, je vous désigne pour faire la recherche pour moi.

L'expression de Fiona s'est renfrognée.

— Ensuite, je veux que l'analyse en laboratoire de la poupée et de l'empreinte sur le micro-ondes soit envoyée en urgence. Les spécialistes doivent accélérer ça autant que possible. Peu importe le coût. Noah, je peux vous laisser ça ?

Noah a mimé un pistolet avec ses doigts en direction de Devon tout en pivotant sur sa chaise.

— Et moi, chef ? a demandé Wellard, son front dépassant de son écran d'ordinateur.

— Continuez ce que vous faites. Tenez-moi au courant si vos problèmes de connexion persistent.

Wellard a lentement rabaissé la tête à une position normale sans répondre.

— Pourquoi ce changement soudain de direction, Devon ? a demandé Fiona. Cette fois, elle a eu la politesse de lever le bras, ce que Devon a grandement apprécié.

— J'ai insisté sur l'importance de la poupée auprès de Steph. Elle était déjà sur la réserve, et nous sommes d'accord que le couteau dans la poupée pourrait signifier la méthode de meurtre qui sera utilisée sur une potentielle deuxième victime. Si nous ne faisons pas attention, nous pourrions avoir affaire à un tueur en série.

Une vague de solennité a parcouru le bureau.

— Par ailleurs, j'ai *aussi* lancé l'idée d'aller au pub après avoir fini ici. Pour apprendre à connaître un peu mieux Eve et Steph.

— Je croyais qu'elle préférait qu'on l'appelle Stephanie, a commenté Fiona. Elle avait entendu un des informaticiens faire l'erreur pendant qu'ils installaient le bureau de la commissaire.

Devon a chassé la remarque d'un revers de la main comme s'il s'agissait d'une mouche. — Qui est partant ?

Personne n'a répondu tout de suite.

— Malheureusement, la commissaire Broadbent a refusé, a-t-il dit. Il lui reste encore des tas de cartons à déballer. Mais je sais qu'Eve sera partante.

Il l'espérait. Il allait devoir lui demander et faire de son mieux pour la convaincre.

Finalement, après quelques instants de persuasion silencieuse, où il les a dévisagés d'un air sévère, ils ont tous accepté.

CHAPITRE
SEIZE

Niché au bord de la rivière Wey, en plein centre de Guildford, The Weyside était généralement bondé de monde à toute heure de la journée, allant des employés en pause déjeuner en semaine aux collègues venus boire un verre après le travail. Des canards et des oies serpentaient élégamment sur l'eau, flottant d'un bord à l'autre, s'écartant pour laisser le passage aux kayakistes et aux bateaux qui traversaient leur domaine. C'était le repaire habituel de l'équipe depuis cinq ans, et ils connaissaient tous la propriétaire, Cindy, comme si elle faisait partie des leurs.

Ils sont entrés au compte-gouttes, se débarrassant aussi bien de leurs manteaux que du poids de leur journée. Devon s'est dirigé droit vers le bar, prêt à commander la tournée habituelle, avec un gin tonic en plus pour Eve. Giles s'est affalé sur la banquette d'angle, Fiona et Noah se sont blottis à côté de lui, tandis qu'Eve s'est installée au bout de la banquette, de l'autre côté de Noah. Olivia a traîné une chaise d'une table voisine et s'y est laissée tomber.

Dès que les boissons sont arrivées – bières blondes, bières rousses, gin tonics et un cidre pour Noah qui faisait bande à part –, une certaine tension s'est dissipée au sein du groupe. Pour les heures à venir, ils n'étaient que des gens normaux. Ils pouvaient oublier les horreurs dont ils avaient été témoins. Ils avaient laissé leurs démons sur le pas de la porte, jusqu'à ce qu'ils soient obligés de les récupérer en rentrant.

— Eh bien, a commencé Devon en levant sa pinte, au nom de l'équipe, je voudrais souhaiter une chaleureuse bienvenue à l'agent Hope. Je vois que tu t'intègres déjà bien, et je suis sûr que tu vas t'épanouir parmi nous. J'ai vraiment hâte de travailler avec toi et de voir ce dont tu es capable.

Une acclamation a parcouru la table. Ils ont levé leurs verres, les ont entrechoqués, puis ont bu une gorgée à l'unisson pour fêter l'événement.

Eve a reposé son verre avec précaution sur la table, un large sourire illuminant son visage. En l'espace de quelques heures depuis son entrée dans le bureau, la femme timide et peu sûre d'elle s'était métamorphosée en quelqu'un qui semblait être là depuis des années et faire partie intégrante de l'équipe.

— Merci, sergent, a-t-elle commencé, faisant apparaître la fossette sur sa joue. Je n'y serais littéralement pas arrivée sans vous tous. J'apprécie vraiment tout ce que vous avez fait pour moi aujourd'hui. Vous avez tous été fantastiques, et je suis super reconnaissante d'être dans une équipe comme la vôtre ; vous êtes vraiment cent fois mieux que les gens avec qui je travaillais avant. C'est juste dommage que Stephanie n'ait pas pu être là.

Tous les regards se sont tournés vers Devon, attendant avec impatience sa réponse. Il s'est caché derrière son verre de Guinness. — Une autre fois, peut-être, a-t-il répondu. Désireux de changer de sujet, il s'est tourné vers Eve. — Quelles sont les trois choses intéressantes qu'on devrait savoir sur toi ? Le genre de choses que tu raconterais à un premier rendez-vous ?

Eve a posé son verre sur la table. — Ça, ce serait trop beau. Et si on jouait à « deux vérités, un mensonge » ?

— J'*adore* ce jeu, a dit Olivia avec enthousiasme.

— Vas-y, alors, a répondu Devon. Eve d'abord. Impressionne-nous.

Eve a réfléchi un instant, le regard perdu dans son verre, absorbée dans ses pensées. — D'accord… J'ai onze plantes d'intérieur et elles ont toutes un nom ; je ne me suis jamais cassé un os ; et je peux réciter chaque réplique de *Lolita malgré moi.*

Un silence contemplatif s'est abattu sur la table tandis que chacun cherchait intérieurement le mensonge parmi les vérités.

— Celle sur *Lolita malgré moi*, j'y crois sans hésiter, a dit Giles, sûr de lui. Je suis certain que ma sœur peut faire la même chose, et elle a à peu près ton âge.

— J'ai du mal à croire que tu ne te sois jamais rien cassé, a dit Noah. Genre, jamais ? Je crois que je me suis cassé la cheville quand j'avais dix ans.

— Tout le monde n'est pas une tête brûlée comme toi, a répliqué Olivia en secouant la tête d'un air désapprobateur. Je pense que c'est la plus probable des vérités.

Eve a hoché la tête, confirmant le soupçon d'Olivia. La table a éclaté en acclamations.

— Alors, vas-y, a dit Giles, comment s'appellent tes plantes ?

Eve a compté les noms sur ses doigts. — Terry, Jeremy, Sir Piquant, Malik, Dresden, Eric, Kevin, Moira, Rhubarbe, Pétale McGee, et Planty McPlanteface. Maintenant c'est à ton tour. Quelles sont tes deux vérités et ton mensonge ?

Le reste de l'équipe s'est regardé d'un air penaud. Giles a immédiatement pointé un doigt vers Devon, qui était en train de se lécher les lèvres.

Il s'est éclairci la gorge. — Très bien, vous l'aurez voulu : une fois, je suis resté enfermé toute une nuit dans un pub ; j'ai un tatouage de manchot ; et je sais jouer du violon.

— Violon.

— Mon cul, que tu sais jouer du violon.

— Si tu joues du violon, moi je suis Dave Grohl, a dit Giles.

Devon a confirmé que son mensonge était qu'il ne savait pas jouer du violon. D'ailleurs, il ne jouait d'aucun instrument. Il était aussi doué pour la musique qu'un âne en plein désert de Patagonie.

— Je meurs d'envie de savoir, a dit Eve en se penchant en avant. Il est où, ce tatouage ?

— Tu veux le voir ?

— Tant qu'il n'est pas près de ton cul, a lancé Noah.

Avec un sourire en coin, Devon s'est levé, a sorti sa chemise de son pantalon et l'a soulevée pour révéler un manchot skieur, avec masque de ski et cicatrice, sur ses côtes.

— Waouh, a dit Eve. C'est courageux. J'en ai un sur le poignet et ça a déjà fait assez mal. Qu'est-ce qui t'a pris de faire ça, et pourquoi là, de tous les endroits possibles ?

— L'immaturité, a répondu Devon en retournant à sa place, laissant sa chemise sortie. J'avais dix-huit ans, et je suis quasiment sûr que c'était un pari. Pendant longtemps, j'ai voulu m'en débarrasser, mais maintenant je m'y suis pas mal attaché, et c'est un bon sujet de conversation. Même si j'essaie de ne pas me mettre à poil tout le temps. Bon, à qui le tour ? Noah ?

À contrecœur, Noah a partagé sa version du jeu. — J'ai failli être recruté par le MI5. J'ai déjà couru un marathon déguisé en banane. Je n'ai jamais bu une tasse de café de ma vie.

La réponse de l'équipe a été unanime : qu'il avait couru le marathon en banane, uniquement parce qu'il n'avait pas le physique pour ça. Il approchait de la cinquantaine, et son ventre saillait comme une pastèque.

— Faux, a-t-il répondu, souriant comme s'il venait de terminer le marathon. J'ai fait ça quand j'avais la vingtaine avec quelques potes. On s'est dit que ce serait marrant de participer déguisés. Je suis arrivé premier de notre groupe de dix. J'étais assez en forme à l'époque. Il a rapidement perdu le fil de ses pensées en se remémorant une époque où son système cardiovasculaire était en bien meilleur état. Mon mensonge, c'était le MI5. Légère déformation de la vérité : j'ai postulé, mais ils ne m'ont jamais accepté. Je n'ai même pas passé la première étape du processus de sélection.

— Ils t'ont probablement vu courir un marathon en costume de banane et se sont dit : « On ne peut pas confier les secrets du gouvernement à ce type. Il va déraper quelque part… », a dit Giles, riant de sa propre blague. Mais comme elle n'a pas eu l'effet escompté, il a ajouté : « Vous saisissez ? Une peau de banane… déraper… comme dans *Mario Kart* ? »

Eve a posé une main compatissante sur son avant-bras. — On avait tous compris, a-t-elle dit. C'est juste qu'on n'a pas trouvé ça drôle.

— Vache, a rétorqué Giles en prenant une longue gorgée de sa bière.

— À ton tour, a dit Devon.

— J'ai plus envie de jouer, maintenant.

— Arrête de faire des manières, a lancé Olivia d'un ton sec.

La figure maternelle de l'équipe avait parlé. Il n'a fallu que deux minutes à Giles pour trouver ses réponses. — Une de mes vidéos est devenue virale sur TikTok. Je peux retenir ma respiration pendant plus de quatre minutes. Je ne suis jamais sorti du Royaume-Uni.

— Mon cul, a dit Devon immédiatement, en remontant sa manche pour révéler une montre Tag Heuer. Prouve-le.

— Ça va à l'encontre du principe du jeu.

— Si c'est vrai, tu dois le prouver.

— D'accord, a murmuré Giles en haussant les épaules.

— Je pense que c'est celle sur TikTok, a répondu Olivia. Je te suis sur TikTok et je ne t'ai jamais vu poster.

Son argument a suffi à convaincre le reste de l'équipe. Devon et Noah n'en avaient aucune idée, tandis qu'Eve ne le connaissait pas assez pour prendre une décision en toute connaissance de cause. Même si elle s'amusait beaucoup. Elle trouvait que le jeu, ainsi que l'alcool, était le parfait moyen de briser la glace, la manière idéale de mieux connaître son équipe. C'était juste dommage que Stephanie ne soit pas là pour se joindre à eux.

— Mon mensonge est… Giles a fait rouler ses doigts sur la table, créant du suspense. Je suis déjà sorti du Royaume-Uni ; des vacances entre mecs quand j'avais dix-huit ans.

Devon a levé la main. — Attends une minute. Donc tu es en train de dire que tu es devenu viral sur TikTok *et* que tu peux retenir ta respiration pendant quatre minutes ?

Le jeune agent a hoché la tête, suintant la conviction. — J'ai participé à un TikTok qui est devenu viral sur le compte de mon pote, et…

— Ça ne compte pas ! s'est exclamée Eve, se sentant un peu étourdie par l'alcool qui circulait dans ses veines. Ce n'est pas *toi* qui es devenu viral.

Giles a mis sa main devant son visage pour plaisanter. — Pour moi, ça compte.

Devon a tapoté sa montre. — Retiens ta respiration. Prouve-le.

Faisant craquer ses doigts et les articulations de son cou, Giles a inspiré profondément plusieurs fois avant de retenir son souffle. Ses joues se sont gonflées au maximum. Devon a commencé à compter, gardant un œil sur sa montre et l'autre sur la poitrine de

Giles. Si le jeune agent faisait le moindre mouvement ou donnait l'impression de respirer en douce, il le repérerait.

Pendant les deux premières minutes, rien. Aucun signe de difficulté, ni que Giles trichait.

Mais après vingt secondes de plus, Devon a repéré les narines de l'homme qui se dilataient légèrement. Juste au moment où il allait le dénoncer, Eve a pincé l'arête du nez de Giles, et en quelques secondes, il a tressailli et a explosé dans un halètement.

— Mais qu'est-ce que tu fais ? T'essaies de me tuer ?

— Tricheur, a-t-elle dit fièrement, sous un concert d'acclamations. Quelques clients dans le pub leur ont lancé des regards réprobateurs.

La dernière de l'équipe à jouer était Olivia.

— Très bien. À mon tour, a-t-elle dit, en essuyant une goutte de gin tonic au coin de sa bouche.

La table s'est penchée vers elle.

— Un : j'ai rencontré mon mari à un concert de Take That. Deux : j'ai accouché de mon fils à l'arrière d'un Uber. Trois : je fabrique mon propre gin dans le garage.

Il y a eu quelques murmures.

— Je crois à celle sur Take That, a dit Giles. Je pense que tu pourrais probablement y épouser ton *prochain* mari aussi.

— Seulement si c'était Gary Barlow. Elle a souri, lentement, satisfaite. C'est le gin. J'ai déjà du mal à faire des toasts sans supervision, et je ne saurais même pas par où commencer pour distiller le mien. Je suis allée à la distillerie Silent Pool pour goûter le leur, mais je ne pourrais jamais le faire moi-même. Je finirais probablement par tout boire et par me bourrer la gueule. Quant à l'Uber… le meilleur pourboire que ce chauffeur ait jamais eu, je suppose.

— J'espère que tu lui as mis cinq étoiles après ça…, a commenté Noah.

Les rires ont fusé autour de la table. Alors qu'ils s'estompaient, Devon a fini son verre, l'a posé sur la table et s'est levé.

— Bon, a-t-il dit en tapant dans ses mains. Qui en veut un autre ?

CHAPITRE **DIX-SEPT**

Le micro-ondes vrombissait dans la cuisine exiguë, tournant comme un aspirateur. Stephanie se tenait pieds nus sur le linoléum froid, les bras étroitement croisés sur sa poitrine, entourée de cartons empilés en désordre, regardant le plateau tourner avec une anticipation morne. L'air était saturé d'une odeur de plastique brûlé et de fromage artificiel.

Le dîner : des lasagnes qui seraient sans doute à peine tièdes au centre, mais brûlantes sur les bords. Si seulement elle parvenait à trouver le courage de les manger.

Tandis que la nourriture poursuivait sa transformation en quelque chose qui ressemblait à un repas, son regard a dérivé vers la salle de bain. La porte était juste assez entrouverte pour révéler la silhouette fine de la balance numérique nichée à côté des toilettes. Elle n'a pas bougé au début. Elle s'est contentée de la fixer, la douleur montant dans sa mâchoire crispée.

Puis elle s'est approchée sur la pointe des pieds, silencieusement, comme si le moindre bruit risquait de faire s'effondrer l'immeuble sur elle. La balance s'est allumée tandis qu'elle contournait un carton sur lequel était inscrit *Salle de bain ?* au marqueur noir épais, et elle est montée dessus sans un bruit. Elle a dévisagé le chiffre qui est apparu, puis a expiré par le nez et a attendu qu'il clignote de nouveau.

Il n'a pas changé.

Elle est descendue, sans un mot, et est retournée vers le micro-ondes au moment même où il a sonné. Le film plastique qui protégeait les lasagnes avait gonflé et s'était fendu. Elle l'a retiré machinalement, libérant un nuage de vapeur qui lui a brûlé le visage.

Les lasagnes pesaient lourd dans ses mains tandis qu'elle les transportait jusqu'au canapé. Elle a poussé sur le côté un carton à moitié ouvert étiqueté *Livres & Babioles*, a posé la barquette sur la table basse et s'est assise.

Mais elle n'a pas mangé.

Elle est juste restée là, immobile et silencieuse, à regarder la vapeur s'élever en volutes pour se dissiper dans le néant.

Bientôt, l'image de l'écran de télévision en face d'elle s'est estompée pour laisser place à celle de Claudia Bellini, reposant sur la table de la morgue. L'adolescente était mince. Mince d'une manière qui la faisait paraître fragile. De la même façon que Stephanie se voyait et se sentait, par moments. Elle avait remarqué que quelque chose n'allait pas chez Claudia dès l'instant où elle s'était approchée du corps à la morgue. Les clavicules saillantes, les côtes pâles qui se dessinaient trop nettement sous sa peau. Les mêmes choses qu'elle voyait chaque fois qu'elle se regardait dans le miroir.

Elle avait passé des années à mener la même guerre silencieuse. Une guerre faite de silence. Et menée *en* silence. L'alimentation obsessionnelle, les vomissements provoqués, les repas sautés, la fuite devant la nourriture.

Depuis quelque temps, elle avait la situation en main. Elle surveillait son poids de près, gardait un œil sur sa santé mentale. Mais depuis la mort de son collègue – depuis le jour où elle s'était tenue pour responsable de la perte d'une des personnes les plus proches de sa vie – elle sentait son contrôle lui échapper, se sentait retomber dans ses vieilles habitudes.

Je ne le ferai pas.

Je ne le ferai pas.

Ne le fais pas.

Stephanie a cligné des yeux avec force et a porté la main au collier de sa mère. Les images se sont soudainement dissipées. Elle a fixé les lasagnes. Encore fumantes. Toujours intactes. Leur odeur lui nouait l'estomac. Se levant, elle a traversé la pièce jusqu'à la fenêtre et a tiré le rideau usé, à moitié décroché, laissé par le locataire précédent. Dehors, les lampadaires illuminaient le ciel d'un ambre terne, et des feuilles humides collaient au trottoir. Les phares d'une voiture ont avancé lentement sur la route avant de disparaître dans les ténèbres.

Elle avait besoin de sortir. Bouger. Respirer.

Sans un autre regard pour les lasagnes, elle est passée dans la chambre et a enfilé sa tenue de course : un legging, un haut à manches longues et des baskets qui avaient vu trop de kilomètres et trop peu de repos. Pas de musique, pas de téléphone, juste elle et la nuit.

Elle a noué ses lacets avec une précision militaire. Bien serrés, avec un double nœud.

La course était l'une des rares choses dans sa vie qui lui offrait des règles : une douleur mesurable, quelque chose qu'elle pouvait contrôler.

Elle a fermé la porte à clé derrière elle, la douceur du début de l'automne s'accrochant encore aux dernières chaleurs de l'été lorsqu'elle est sortie. Elle a commencé lentement, laissant le rythme prendre le dessus, ses pieds martelant le trottoir tel un métronome, l'emportant là où ils le voulaient.

CHAPITRE
DIX-HUIT

De l'eau froide coulait du robinet. Elle a pris le savon, en a versé une noisette dans sa paume, et a commencé à frotter sa peau et le dessous de ses ongles. Au moment où elle plaçait ses mains sous le sèche-mains, la porte des toilettes s'est ouverte et Eve est entrée, les yeux bouffis.

— Salut, a dit Stephanie.

— Bonjour, madame, a répondu Eve d'une voix pâteuse.

Une odeur d'alcool émanait de ses pores et alourdissait son haleine.

— La soirée a été bien arrosée, hier soir ?

Le peu de couleur qui restait sur le visage déjà blafard d'Eve a aussitôt disparu. — On ne devait rester que pour boire un ou two verres.

— C'est ce qu'on dit toujours. Je suppose qu'il va y avoir pas mal de gueules de bois ce matin.

Eve a eu un petit rire gêné, hésitant dans l'embrasure de la porte.

— Vous êtes allés où ?

— Au Weyside, au bord de la rivière.

— Je vois où c'est.

— Vous avez réussi à finir de déballer vos cartons ?

— Mes… cartons ?

Eve a penché la tête et plissé les yeux. — Devon, enfin, le

sergent Lafferty, a dit que vous ne pouviez pas venir parce que vous aviez encore une tonne de cartons à déballer.

Stephanie est restée bouche bée. Comment aborder la situation ? Suivre le mouvement pour s'épargner, ainsi qu'à Eve, une conversation gênante ? Ou dire la vérité et dénoncer le sergent Lafferty pour la vipère qu'il se révélait être ? Elle n'avait reçu aucune invitation, aucune proposition de se joindre à eux pour leur pot de bienvenue.

Finalement, elle a décidé qu'il valait mieux sauver la face.

— Ouais, a-t-elle dit, peu convaincue. J'ai encore une montagne de trucs à faire, mais le plus gros est quasiment terminé, maintenant.

Le sourire d'Eve suggérait qu'elle n'était pas tout à fait convaincue. — Vous trouverez encore des cartons dans six mois, quand vous penserez avoir tout fini. — Elle est passée devant Stephanie pour se diriger vers la cabine la plus proche. — C'était pareil pour mes parents quand ils ont déménagé. Ça n'en finissait jamais.

L'alarme du téléphone de Stephanie a vibré.

— On se voit au briefing du matin, a-t-elle dit.

— Déjà ? a répondu Eve depuis la cabine. Il faut que je fasse pipi !

Steph n'en voulait pas à Eve pour ce qui s'était passé la veille ; elle était toute nouvelle dans l'équipe, désireuse d'impressionner, de connaître tout le monde sur un plan personnel, et elle n'en savait rien. Mais cela n'empêchait pas Steph de se sentir découragée et déçue par sa décision d'y assister. Eve était sa bouée de sauvetage, le pont entre elle et le reste de sa nouvelle équipe. Si elle perdait le contact avec elle, il s'avérerait difficile de s'intégrer. Bien sûr, ce n'était qu'une soirée, ce n'était qu'un pot entre collègues, mais elle ne voulait pas se sentir mise à l'écart avant même d'avoir commencé.

À neuf heures une, le sergent Noah Mackenzie était le seul assis près de la salle de crise, les jambes croisées. Il était d'une décontraction à toute épreuve.

Stephanie a commencé à faire les cent pas. Au cours des deux minutes suivantes, le reste de l'équipe a commencé à apparaître progressivement, sortant de la cuisine, tasses de café à la main, en pleine conversation, à l'exception d'Eve, qui est arrivée en courant des toilettes. La nouvelle recrue de l'équipe a été la seule à s'excuser de son retard.

Aucune trace du sergent Lafferty.

De l'extérieur, Stephanie était l'image même du calme. Mais à l'intérieur, elle était furieuse. Neuf heures, ça voulait dire neuf heures. Sans exception. Dans son ancienne équipe de l'Essex, elle les avait si durement formés à arriver à huit heures cinquante-cinq, parfois même à huit heures cinquante, qu'elle n'avait jamais eu de problèmes. Le fait d'avoir un sergent dévoué, qu'elle admirait et respectait profondément, pour s'assurer que tout le monde file droit, aidait beaucoup.

Elle ne voulait pas régner d'une main de fer. Elle ne voulait pas crier et hurler pour se faire comprendre ; le plus souvent, cela avait l'effet inverse. Elle préférait prêcher par l'exemple. Elle ne demanderait jamais à quelqu'un de faire quelque chose qu'elle n'était pas prête à faire elle-même. Pour elle, c'était le rôle d'un leader. Au lieu d'aboyer des ordres et de semer la zizanie dans l'équipe, elle voulait les manager de près, intimement. Elle voulait apprendre à les connaître un par un, sur un plan personnel. Tout le monde travaillait différemment, et elle tenait à comprendre ce qui faisait fonctionner chacun, car elle voulait tirer le meilleur de son équipe. Mais si les choses ne commençaient pas à changer, c'est elle qui allait devoir changer de méthode.

— Bonjour à tous, a-t-elle commencé, résolue. Je sais qu'il y a peut-être quelques gueules de bois parmi vous, mais un délai est un délai. Si je vous demande d'être là à neuf heures, j'entends par là neuf heures. Nous sommes au début d'une enquête pour meurtre, et nous avons besoin d'une concentration totale.

De légers murmures ont parcouru l'équipe. Elle était sûre d'avoir entendu une excuse quelque part.

— En attendant que Devon arrive, j'aimerais savoir comment vous vous en êtes tous sortis hier. — Elle a désigné Giles et Fiona. — Que s'est-il passé à Red One ?

Fiona lui a fait un compte rendu clair et concis.

— Avez-vous pu trouver des images de vidéosurveillance de Claudia rentrant chez elle ?

Fiona a secoué la tête.

— Et pour trouver son identité ?

Nouveau hochement de tête négatif. Elle la regardait froidement.

— Je me suis renseignée sur la poupée vaudou, madame, a-t-elle dit, avec une pointe de prudence dans la voix. Un expert doit venir plus tard dans la journée. Je dois juste confirmer une heure.

L'esprit de Stephanie s'est vidé. — La poupée vaudou ?

— Lafferty a dit que vous vouliez que nous concentrions nos efforts pour découvrir à qui appartenait la poupée et comment elle a été fabriquée, a ajouté Olivia « Wellard » Willard.

Bien sûr qu'il l'a dit.

Devon avait détourné son enquête. Il avait dit à l'équipe d'ignorer ses instructions et de suivre les siennes. Il lui retirait le contrôle de son enquête. Elle aurait dû être folle de rage contre lui. Elle aurait dû le dénoncer devant l'équipe. Mais chaque fois qu'elle pensait à Devon, elle se souvenait de son précédent sergent, Caleb. La dernière fois qu'elle lui avait donné une instruction, il s'était retrouvé nez à nez avec un tueur et en était mort. C'était une chose qu'elle ne s'était pas complètement pardonnée, et qu'elle ne se pardonnerait probablement jamais.

Elle n'était pas sûre de pouvoir lui dire quoi faire. Pas encore.

— Bien, a-t-elle dit après une longue pause. Désolée, oui. J'avais juste oublié un instant. Et… et comment vous en êtes-vous sortie ?

Au moment où Fiona s'apprêtait à répondre, la porte du bureau s'est ouverte et Devon a surgi. Il a balancé son sac par terre et s'est précipité vers un siège à l'arrière du groupe. Il s'est excusé, mais Stephanie a senti qu'il n'y avait aucune sincérité là-dedans.

Quelque part dans le bureau, un téléphone a sonné. Olivia a été la première à réagir. Elle a bondi de sa chaise et s'est jetée sur le téléphone. Elle a parlé efficacement dans le combiné, prenant des notes en même temps. Quand elle a raccroché, elle s'est tournée vers Stephanie.

— Désolée de vous interrompre, madame, mais l'homme avec qui Claudia Bellini était le soir de sa mort vient de se manifester et a dit qu'il aimerait nous parler.

CHAPITRE
DIX-NEUF

Kieran Holt était un étudiant en deuxième année de STAPS qui vivait à Battersea Court, juste en face de la bibliothèque, bien qu'il y passât peu de temps. Il passait plutôt le plus clair de son temps à la salle de sport ou au parc omnisports. Il était membre de plusieurs associations sportives : rugby, crosse, football et football américain, et faisait partie d'un club de course local. Doté du charme juvénile qui accompagnait la pratique de ces sports, mesurant plus d'un mètre quatre-vingts avec de larges épaules, il se présentait comme un jeune homme confiant, extraverti et populaire. Cependant, alors qu'il conduisait Stephanie à sa chambre au quatrième étage du bâtiment Tate, il s'est dérobé au regard de ses voisins et a rabattu la capuche de son sweat de l'équipe de rugby de l'université de Surrey sur son visage.

Si Stephanie avait eu besoin d'une preuve supplémentaire de sa forme physique et de son amour pour le sport, la montagne d'équipement qu'elle a trouvée dans sa chambre en était la manifestation évidente. Stephanie avait choisi de lui parler dans son logement, un endroit où il se sentirait plus calme et plus détendu. Une légère odeur de déodorant et d'après-rasage flottait dans la pièce. Le lit simple était défait et des vêtements – principalement des bas de jogging, des t-shirts et un short de rugby boueux – jonchaient le sol. Une rangée de boîtes de protéines en poudre s'alignait sur le rebord de la fenêtre, tels des trophées, et un shaker se trouvait à côté d'une barre protéinée à moitié entamée sur son bureau. Un sac de sport avait été jeté près du pied du bureau, laissant dépasser un ballon de rugby, un enchevêtrement de bandes de résistance et une ceinture d'haltérophilie. Une serviette était drapée sur le dossier d'une chaise, séchant dans la chaleur qui émanait du radiateur. Sur la table de chevet, il y avait une bouteille d'eau à moitié vide et un exemplaire de *Men's Health* avec, en couverture, un homme torse nu à l'air suffisant.

C'était une chambre qui respirait l'énergie et l'ambition. Mais sous tout cela, Stephanie a décelé une insécurité chez Kieran : le chaos d'un garçon qui s'efforçait de ressembler à un homme.

— Mettez-vous à l'aise, lui a-t-il dit tout en faisant une tentative de rangement hasardeuse de dernière minute.

Elle s'est demandée à combien de femmes il avait bien pu dire ça. — Debout, ça ira très bien.

Kieran est resté planté au milieu de sa chambre, l'air embarrassé, les mains dans les poches de son sweat à capuche.

— C'est comment, de partager la salle de bain avec vos colocataires ? a-t-elle demandé.

Il a haussé les épaules. — Moins pire que ce que vous pourriez croire. C'est un peu gênant par moments, mais on s'entend tous bien, donc ça va. Personne n'est encore tombé sur quelqu'un d'autre... Il a commencé à rire, mais l'entrain dans sa voix s'est vite estompé.

— Ça doit être un cauchemar si vous voulez inviter des gens, a-t-elle dit.

— Je... je ne saurais pas vous dire.

— C'est parce que vous êtes toujours allé chez elles, à la place ?

La mâchoire de Kieran s'est contractée. — Pas l'autre soir, si c'est à ça que vous faites allusion.

— Racontez-moi ce qui s'est passé, a-t-elle dit, sortant son téléphone de sa poche pour prendre des notes.

Kieran a rejeté sa capuche en arrière, révélant une épaisse chevelure blonde. — Je sais ce que vous devez penser, a-t-il dit à voix basse. Je parie que toutes ses copines vous ont raconté qu'on s'était collés toute la soirée et qu'on était rentrés ensemble. Mais je voulais juste laver mon honneur. Ça me ronge de l'intérieur.

— Racontez-moi ce qui s'est passé.

La capuche est revenue en place, comme si c'était sa cape, lui conférant le super-pouvoir du courage.

— On a commencé à discuter dans la file d'attente de la boîte, d'accord ? Le Red One. J'y étais déjà allé quelques fois. C'est pas vraiment mon genre d'ambiance, mais mes potes et moi, on s'est dit qu'on irait là pour changer. On était quatre en tout, des gars du rugby.

— Dès qu'on est arrivés dans la file, j'ai commencé à parler à Claudia, en la taquinant parce qu'elle avait un nom de famille italien, mais pas de sang italien. Elle a dit que le seul truc italien chez elle, c'est qu'elle aimait les pâtes, mais je lui ai répondu que, selon ce critère, ça faisait du monde entier des Italiens. Son visage s'est éclairé au souvenir de leur conversation. Quand on est entrés, je lui ai proposé de lui payer un verre. Elle était déjà bien partie à ce moment-là, mais moi, il m'en fallait un autre juste pour tenir le coup.

— Pourquoi ?

— Parce que… parce qu'elle n'était pas mon genre habituel, vous voyez. Je… j'avais besoin de plus d'alcool pour…

— Soulager la douleur d'être avec quelqu'un de moins attirant que vous ? a-t-elle terminé.

Le regard de Kieran est tombé au sol, plein de honte. Il était trop lâche pour l'admettre.

— Donc, vous avez acheté quelques verres. Et ensuite ?

— On a commencé à se chauffer, à danser, à discuter.

— Vous lui avez mis quelque chose dans son verre ?

Les yeux de Kieran se sont écarquillés, outrés. — Non ! Jamais. On est juste devenus de plus en plus saouls au fil de la nuit.

— Que s'est-il passé après ?

— Je ne me souviens plus à quelle heure on est partis. Il devait être environ une heure du matin. Mais à ce moment-là, j'étais assez bien entamé. Mais pas autant qu'elle, loin de là. Elle s'est accrochée à mon bras pendant tout le chemin du retour.

— Vous êtes rentrés à pied ?

— En passant par la gare, puis par Walnut Tree Close.

Stephanie s'en souvenait bien : cette route interminable qui devenait encore plus longue après une soirée arrosée. Pire pour les résidents, sans aucun doute.

— On a mis une éternité, a-t-il continué. On n'arrêtait pas de s'arrêter pour s'embrasser encore. Elle me disait tout ce qu'elle allait me faire. Et puis, quand on est arrivés au pont au-dessus de la voie ferrée, elle a vomi partout. Sur mes baskets et mon jean ; elle les a complètement bousillés.

L'odeur et la sensation du vomi ont envahi le nez et la gorge de Stephanie. Elle a de nouveau saisi le collier de sa mère.

— Vous les avez encore ? a-t-elle demandé.

— Le jean est à la laverie, mais les chaussures n'étaient pas si abîmées que ça. Je leur ai donné un petit coup de propre.

— Je vais devoir les prendre pour les analyser.

— Est-ce que je les récupérerai ?

— Peut-être. Que s'est-il passé après qu'elle a vomi ?

— Elle a paniqué. Elle m'a fait une crise pas possible. Elle m'a repoussé et m'a dit de la laisser tranquille.

— Qu'a-t-elle fait ?

— Elle est retournée en courant à sa résidence.

— Vous l'avez poursuivie ?

— J'y ai pensé, mais… Sa pomme d'Adam a tressauté alors qu'il déglutissait péniblement. Mais pour être honnête, j'étais un peu dégoûté, alors je suis rentré dans ma chambre. Je pense qu'elle avait surtout honte. On ne peut pas vraiment lui en vouloir. Si j'avais gerbé devant une fille, je voudrais probablement m'en débarrasser le plus vite possible.

Stephanie a hoché la tête, pensive, puis a fini de taper les notes sur son téléphone.

— Vous me croyez ? a-t-il demandé, le désespoir dans sa voix la faisant se briser.

— Il ne s'agit pas de savoir si je vous crois ou non. Il s'agit de savoir si nous pouvons prouver ce que vous dites, ou si *vous* pouvez le prouver.

Kieran a sorti son portable de sa poche et l'a brandi sous le nez de Stephanie. Sur l'écran, il y avait quelques messages qu'il avait envoyés à une conversation de groupe, expliquant ce qui s'était passé. L'horodatage des messages corroborait ses dires, mais cela ne le disculpait en rien. Si Claudia avait été dans l'état que tout le monde décrivait, elle n'aurait pas pu se rendre compte qu'il envoyait ces messages s'il avait tenté de couvrir ses arrières. Non, la seule chose qui pouvait l'innocenter et le retirer de la liste des suspects dans l'enquête, c'était une poignée de témoignages oculaires et des images de vidéosurveillance.

— S'il vous plaît, a-t-il commencé. S'il vous plaît, il faut que vous me croyiez. Je n'ai rien à voir avec ça. Tout ce que je sais, c'est qu'elle a traversé la bibliothèque et qu'ensuite, elle a juste disparu. C'est tout ce que je sais. Je ne l'ai pas suivie ; je ne l'ai pas poursuivie. Je ne ferais jamais de mal à quelqu'un comme ça. Il faut que vous me croyiez.

Même si elle n'était pas censée le faire, Stephanie l'a cru.

Elle le croyait.

CHAPITRE VINGT

Stephanie a refermé la porte derrière Kieran et elle. Une unité de la police scientifique ne tarderait pas à arriver pour mettre sous scellés les pièces à conviction à des fins d'analyse.

Au moment où elle s'est retournée pour partir, elle a failli percuter un homme qui arrivait au coin du couloir.

— Oh, pardon, a-t-il dit en reculant. Toutes mes excuses. Je ne m'attendais pas à vous trouver là.

L'homme était grand, large d'épaules et tiré à quatre épingles. Vêtu d'un pantalon chino beige, d'une chemise Gant assortie et de bottines en daim, il ne lui manquait qu'une écharpe bleu marine pour parfaire son look de professeur d'anglais. Cependant, le badge pendu à son cou, où l'on pouvait lire « Martin Bell – Service du bien-être étudiant », a vite dissipé cette impression.

— Vous êtes… vous êtes de la police ? a-t-il demandé à Stephanie. Une lueur de surprise a traversé son visage soigné.

Elle a hoché lentement la tête. — Inspectrice principale Broadbent.

— *Broadbent* ? Parfait. Je suis Martin Bell. Noah vous a dit de venir ici ? Je me demandais si quelqu'un arriverait à l'heure. Je sais que vous êtes tous très occupés. Je ne voulais pas vous mettre trop la pression.

Stephanie a étudié ses yeux. Il n'avait pas cligné des yeux depuis plus d'une minute. — La pression pour quoi ?

— Noah ne vous a rien dit ? Nous avons convenu que ce serait une bonne idée de discuter avec certains étudiants pour apaiser leurs craintes. Ils sont… ils sont naturellement ébranlés. Nous avons déjà envoyé une note à toute la promotion pour les informer de ce qui s'est passé.

— Oui, j'ai aidé Noah à la rédiger, a-t-elle menti.

— Parfait. Vous serez donc la mieux placée pour prendre la parole en personne, a-t-il dit en rajustant le poignet de sa chemise. Si ce n'est pas trop vous demander, bien sûr. Comme je l'ai dit, je sais que vous êtes occupée.

Stephanie a regardé sa montre. Elle était heureuse d'aider. Il était logique que ce soit elle, en tant que responsable de l'opération, qui contribue à apaiser les inquiétudes des étudiants.

Elle s'est tournée vers Kieran et lui a dit d'attendre là jusqu'à ce qu'un agent en uniforme arrive pour l'emmener au poste. L'adolescent a hoché la tête et a rabattu sa capuche sur ses yeux.

— Je vous suis, a-t-elle dit à Martin.

— Ces jeunes vivent tellement en ligne de nos jours, a expliqué Martin alors qu'ils descendaient plusieurs volées d'escaliers. Tout ce qu'ils lisent ou voient ne fait qu'ajouter à l'incertitude. C'est très différent de notre époque, n'est-ce pas ?

Stephanie lui a lancé un regard peu impressionné.

— Désolé, a-t-il dit en lui tenant la porte de sortie. Je ne voulais rien dire de… Je ne voulais pas dire que…

— Je sais ce que vous vouliez dire, a-t-elle dit en débouchant dans une petite cour. Dehors, l'odeur d'herbe, qu'elle avait vaguement remarquée en arrivant, s'était maintenant intensifiée. Elle provenait d'une fenêtre ouverte quelque part. Elle était sûre que c'était interdit, mais ça n'allait pas les arrêter. Elle doutait que la présence policière accrue ait le moindre effet non plus.

Martin l'a conduite vers une autre volée de marches — y en avait-il toujours eu autant ? — en direction de la bibliothèque, dont l'entrée était une vraie ruche. Des groupes d'étudiants emmitouflés dans leurs manteaux, sacs en bandoulière, se pressaient les uns contre les autres. Chacun avec sa propre identité, ses propres passions, son propre passé, sa propre histoire, son propre avenir. Stephanie les a tous regardés avec attendrissement.

Parfois, elle aurait aimé redevenir étudiante. Revivre cette liberté. Revivre sa jeunesse ; profiter de ce qui n'en avait pas été détruit, du moins.

Un instant plus tard, Martin a désigné l'amphithéâtre du campus. Sept rangées de sièges, disposées en hexagone, entouraient le point central. Derrière, une oasis de verdure au milieu du beige et du gris des bâtiments et des résidences offrait un espace où d'autres étudiants pouvaient se tenir debout. L'endroit était déjà peuplé de plus d'une centaine d'entre eux, serrés les uns contre les autres. Le doux murmure des conversations affolées résonnait dans l'espace.

Alors que Stephanie suivait Martin vers le centre de l'amphithéâtre, il lui a présenté deux femmes membres de l'équipe du bien-être étudiant. Elles lui ont serré la main avec empressement, la remerciant à plusieurs reprises d'être là.

— Je suis heureuse de pouvoir aider, a-t-elle dit, bien que le nœud qui se formait rapidement dans son estomac suggérât le contraire. Elle n'avait jamais été très douée pour parler en public. Elle n'avait jamais vraiment aimé ça. Elle trouvait toujours que son trac prenait le dessus et la faisait buter sur ses mots. Elle n'avait jamais aimé non plus s'adresser à la jeune génération. Elle avait peur qu'ils la jugent, qu'ils chuchotent des mots cruels à leurs amis, comme ils l'avaient si souvent fait durant son enfance.

— Merci de nous avoir rejoints aujourd'hui, a commencé Martin, sa voix résonnant dans l'amphithéâtre, claire et concise. L'université a pris contact avec tous vos professeurs, et ils sont conscients que beaucoup d'entre vous sont venus cet après-midi. Comme vous le savez tous, un terrible incident est survenu hier avec l'une de vos camarades, et il est de notre devoir de vous aider à traverser cette épreuve. Que vous soyez en deuil, que vous ayez peur, que vous soyez inquiets, nous sommes là pour vous aider. Nous avons invité l'inspectrice principale Stephanie Broadbent à répondre à toutes les questions que vous pourriez avoir. C'est elle qui est en charge de l'enquête sur la mort de Claudia. Nous avons tous été très attristés d'apprendre cette tragique nouvelle, et nous ferons tout notre possible pour vous aider. Stephanie…

Martin a reculé d'un pas et lui a fait signe de le remplacer.

Avec hésitation, elle a pris une grande inspiration, a redressé les épaules et s'est avancée.

Ils sont tous nus, s'est-elle dit. *Même les moches.*

Un silence écrasant s'est abattu sur l'amphithéâtre. Un instant, le monde a semblé s'arrêter de tourner.

— Merci pour cette présentation, Martin, a-t-elle dit en balayant la foule du regard. Je m'appelle Stephanie Broadbent, inspectrice principale, et je suis l'officier supérieur en charge de l'enquête sur le meurtre de Claudia Bellini. Je ne suis pas ici pour vous faire peur, mais je ne vais pas non plus vous mentir. Hier matin, elle a été découverte dans son logement après une soirée. Elle a été asphyxiée. Nous n'avons pas encore toutes les réponses, mais nous soupçonnons que quelqu'un l'a suivie dans sa chambre et lui a ôté la vie.

— Je sais que cela peut vous sembler angoissant, mais il est important que vous sachiez que nous travaillons sans relâche. Nous faisons tout notre possible pour trouver le responsable. Mais nous avons besoin de votre aide. Si vous avez vu quelque chose, même si vous n'êtes pas sûr que ce soit important, s'il vous plaît, présentez-vous et dites-le-nous. Si vous ne vous sentez pas en sécurité, parlez-en. Si vous avez peur, c'est normal. Nous sommes là pour ça aussi.

— Je fais ce métier depuis longtemps. Assez longtemps pour savoir à quelle vitesse la peur se propage, à quelle vitesse les histoires peuvent être déformées. Alors voici la vérité : ce n'est pas à vous de résoudre cette affaire. C'est à nous. Mais c'est à vous de veiller les uns sur les autres. Gardez la tête haute. Faites confiance à votre instinct. Et s'il vous plaît, s'il vous plaît, s'il vous plaît, ne rentrez pas seuls à pied, même si le trajet vous semble court. Je déteste le dire, mais votre vie pourrait en dépendre. Et si vous voyez quelque chose, s'il vous plaît, appelez la police. Aussi insignifiant ou anodin que cela puisse paraître. Nous ne pourrons rien faire pour vous aider s'il est trop tard.

Sa dernière phrase a semblé résonner plus longtemps. Un mur de visages solennels et moroses la fixait. Les murmures feutrés ou les chuchotements auxquels elle s'était attendue ne sont pas venus. Rien qu'un sourd vrombissement de silence.

— Quelqu'un a-t-il des questions ? a demandé la responsable du bien-être étudiant à côté d'elle.

Une main s'est à moitié levée au premier rang. Elle appartenait à un jeune homme qui semblait tout juste sorti de la puberté. — C'était quelqu'un de l'université ? Genre... quelqu'un qu'on connaît ? a-t-il demandé avec un fort accent écossais.

— Nous n'avons pas encore toutes les réponses, mais nous examinons toutes les possibilités, y compris les liens avec l'université. C'est pourquoi votre vigilance est importante. Si vous savez quelque chose, même si cela semble anodin, dites-le-nous. Quelqu'un d'autre ?

Rien.

— Si quelqu'un a des questions et ne se sent pas prêt à les poser ici, alors n'hésitez pas à vous adresser à vos tuteurs, à vos professeurs, à vos amis, à vos responsables du bien-être. De nombreuses personnes sont à votre disposition pour vous aider. Et nous collaborons étroitement avec l'université pour veiller à ce que chaque question et chaque préoccupation reçoive une réponse. Vous ne serez pas ignorés. On ne vous laissera pas de côté. Enfin, j'aimerais ajouter que les rumeurs peuvent faire autant de dégâts que la vérité. Je sais que vous êtes tous sur les réseaux sociaux, et je sais que vous en discutez probablement tous dans vos groupes de discussion, mais s'il vous plaît, ne propagez pas d'histoires à moins de savoir qu'elles sont factuelles. Laissez-nous faire notre travail correctement.

Alors que les étudiants commençaient à s'agiter, Stephanie a reculé, une pointe de culpabilité la tenaillant. Ils l'avaient regardée comme si elle détenait toutes les réponses, comme si elle pouvait d'une manière ou d'une autre les entourer d'un bouclier. Mais elle ne le pouvait pas. Tout ce qu'elle pouvait faire, c'était leur donner les informations dont ils avaient besoin pour se protéger. C'était à eux de s'assurer qu'ils tiendraient compte de ses paroles.

Et c'était à elle de s'assurer qu'elle attraperait le tueur avant qu'ils n'aient jamais besoin de le faire.

Stephanie s'est laissée tomber sur le siège conducteur, la portière s'est refermée avec un bruit sourd. Elle n'a pas mis le contact. Au lieu de ça, elle a fixé le tableau de bord, le regard vide, et dans le reflet sur le plastique, les visages des étudiants sont réapparus. Les yeux écarquillés. Effrayés.

Puis un autre visage a surgi. Plus doux. Plus âgé. Celui de sa mère. Allongée, morte, sur le canapé, des marques rouges autour de sa gorge. Stephanie a cligné des yeux avec force, mais l'image a persisté. Ses doigts se sont instinctivement portés à la fine chaîne en argent à son cou, la traçant autour de sa gorge. Elle avait toujours été trop serrée pour elle, comprimant légèrement ses voies respiratoires. Mais elle la gardait malgré tout, la portant comme une pénitence ; la douleur qu'elle ressentait était un rappel quotidien de son inactivité, du fait qu'elle était arrivée trop tard pour protéger sa mère de ce qui avait été inévitable. Ses doigts se sont enfoncés dans la chaîne, la pressant plus fort contre sa peau, comme si la douleur pouvait d'une manière ou d'une autre compenser les années de culpabilité. Ce n'était jamais le cas.

Alors qu'elle mettait les clés dans le contact, son portable a vibré.

— Ça va, cheffe ? a commencé Noah. J'ai entendu dire que tu avais fait un discours d'enfer tout à l'heure.

— « Enfer » n'est pas le mot que j'emploierais. Qu'est-ce que tu veux ?

— Une piste vient de tomber, a-t-il expliqué. Claudia était membre du club d'escalade. Apparemment, elle aurait un peu flirté avec un des autres membres lors de leur soirée au local syndical le premier soir de la semaine d'intégration. Je vais là-bas maintenant pour parler au type, si tu veux te joindre à moi ?

CHAPITRE
VINGT-ET-UN

Le Surrey Sports Park était une immense structure de plusieurs millions de livres, située à vingt minutes à pied du campus. Il abritait une piscine olympique à huit couloirs, plusieurs terrains de football, des courts de squash, de tennis, de basket, une salle de sport ultramoderne — également utilisée par l'équipe de rugby professionnelle des Harlequins — et un mur d'escalade de douze mètres.

Avec quatre-vingts problèmes de bloc de difficulté variable, il y avait des défis pour tous les niveaux. Stephanie a levé la tête vers le ciel, admirant la hauteur et l'aspect impressionnant de la structure.

— Ça vous tente de grimper là-haut ? a lancé une voix derrière elle. Distante. Lointaine.

Ce n'est que lorsque la silhouette s'est plantée devant elle qu'elle a compris qu'il s'adressait à elle. Mince et nerveux, les avant-bras noueux à force d'années d'escalade, il était léger sur ses appuis. Un T-shirt délavé du Surrey Sports Park moulait sa carrure filiforme et il portait aux pieds une paire de chaussons d'escalade professionnels haut de gamme. Juste au-dessus de son sourcil, on devinait une légère cicatrice, et ses cheveux bruns courts étaient parsemés de traces de magnésie. Un baudrier autour de sa taille tintait comme un carillon à chaque mouvement.

— Je tenterais bien le coup, a-t-elle dit.

L'homme l'a jaugée un instant du regard, détaillant son

pantalon de ville bon marché et son chemisier. Elle n'était pas habillée pour l'occasion, mais ça n'allait pas l'arrêter. Gardant son attention fixée sur le sommet du mur de douze mètres, elle a retiré ses chaussures et sa veste légère.

— Je vais devoir vous faire signer des formulaires, a dit l'homme.

Elle a balayé sa remarque d'un geste de la main.

— Non, vraiment. C'est pour des raisons de sécurité. Je ne peux pas vous laisser monter comme ça.

Stephanie a soupiré, a commencé à remettre ses pieds dans ses chaussures, puis a eu un soudain revirement. Ignorant l'homme à côté d'elle, elle a traversé le tapis moelleux jusqu'au pied du mur et a posé la main sur la première prise. Elle s'est mise à grimper, ses mouvements instinctifs. Elle avait si souvent grimpé en solo intégral qu'elle voyait le chemin devant elle, sa prochaine prise de main ou de pied s'illuminant comme une lumière.

— Eh, vous ne pouvez pas faire ça ! Vous devez redescendre !

Mais elle n'écoutait pas. Elle était trop concentrée, trop absorbée par son prochain mouvement.

Il n'y avait rien de tel que l'escalade en solo. Le rapport risque-récompense était sans égal. Le risque était qu'elle pouvait tomber et se blesser grièvement ; la récompense était une dose d'ego, une satisfaction personnelle d'y être parvenue sans aide, sans le secours de personne.

Elle grimpait depuis aussi longtemps qu'elle s'en souvenait. Le chêne de neuf mètres dans le jardin pour échapper aux cris. Les gouttières le long du foyer d'accueil pour s'enfuir le soir. C'était une échappatoire. Un exutoire. Juste elle et la brique. Elle et les prises.

Elle, ses mains, ses pieds.

Si elle faisait un faux mouvement, c'était sa faute. La faute de personne d'autre. Elle était aux commandes.

— Stephanie, a appelé Noah d'en bas. J'apprécierais que tu redescendes, s'il te plaît. Je ne suis pas très à l'aise avec le sang !

Cela a semblé déclencher une alarme dans son cerveau. Que ce qu'elle faisait, étant donné les circonstances et la compagnie dans laquelle elle se trouvait actuellement, était, en fait, une mauvaise décision. Prudemment, plus prudemment que la veille, Stephanie est redescendue le long du mur, plaçant son pied sur les prises précaires, calmant sa respiration, ignorant la douleur cuisante dans ses avant-bras et ses poumons.

Quelques instants angoissants plus tard, elle a atteint le bas et a sauté le dernier mètre, atterrissant en douceur sur la surface matelassée. Elle a levé les yeux vers Noah. Ses yeux étaient écarquillés de peur et d'incrédulité. L'employé arborait la même expression que Noah.

— Vous n'auriez vraiment pas dû faire ça, a-t-il dit.

— Je sais. Mais vous m'avez demandé si ça me tentait.

— Ce n'était pas une invitation à grimper sans aucun harnais de sécurité, par contre.

— Je trouve que c'était impressionnant, a interrompu Noah. Enfin, un peu psychotique, mais impressionnant quand même. Au moins, tu n'avais pas le vertige quand tu étais enfant. Ce n'est pas moi que vous verrez là-haut.

Elle a rapidement jeté un coup d'œil au mur, puis de nouveau à Noah. — Même avec une assurance ?

— Aucune chance.

Riant maladroitement, l'homme est intervenu. — Désolé, les gars… je ne sais pas ce qui vient de se passer, mais qu'est-ce qui se passe ici ? Est-ce que je peux vous aider ?

Noah a sorti sa carte de police de la poche de son manteau. — Nous cherchions à parler à un certain Alec Donnelly, à propos de…

— C'est moi. La panique a traversé le visage d'Alec alors qu'il reculait d'un pas. Qu'est-ce que… qu'est-ce que j'ai… qu'est-ce qui se passe ? C'est une sorte de blague ?

— Nous aimerions nous entretenir avec vous au sujet de votre relation avec Claudia Bellini.

Il a fallu un moment pour que le nom fasse tilt sur le visage d'Alec.

— Claudia ? Pourquoi ?

— Vous avez entendu les nouvelles à son sujet, je présume ?

Alec a hoché la tête, les yeux écarquillés. — Elle a rejoint l'association le premier jour… Il parlait lentement, les rouages de son esprit se grippant.

— Et vous deux, vous vous êtes montrés un peu trop amicaux l'autre soir, a dit Noah.

Maintenant, la bouche d'Alec s'est ouverte, révélant des dents jaunes, tachées par le tabac. — Je… je… Vous pensez que j'ai quelque chose à voir avec ce qui lui est arrivé ?

Stephanie a soudain pris conscience qu'ils avaient cette conversation au milieu du centre d'escalade, entourés de groupes de grimpeurs qui commençaient progressivement à tendre l'oreille.

— Y aurait-il un endroit plus privé où nous pourrions avoir cette discussion ? a-t-elle demandé.

Alec l'a regardée comme si elle venait de lui parler en chinois.

— C'est plus dans votre intérêt que dans le nôtre, a-t-elle ajouté.

Finalement, il a retrouvé ses esprits et les a conduits dans un petit bureau de direction près de l'accueil. Noah a refermé la porte derrière eux et a dit : — Est-il vrai que vous deux avez eu une relation intime l'autre soir ?

— Intime ? Intime ? Non, on n'a pas eu de relation intime. C'était juste un baiser. Deux ou trois fois. Et c'est tout. On était tous les deux assez saouls. Mais il ne s'est rien passé entre nous. Demandez à n'importe lequel des autres gars qui étaient là. Demandez à Dean. Demandez à Varun. Demandez-leur à tous. Ils vous diront qu'il ne s'est rien passé entre nous !

Sa voix s'est amplifiée dans la petite pièce.

— Pourquoi ne s'est-il rien passé entre vous ? a demandé Stephanie. Qui a pris la décision ?

— Hein ?

— Qui a décidé de ne pas aller plus loin ?

— C'était une décision mutuelle. On est sortis, on s'est saoulés, on s'est embrassés, et puis on est passés à autre chose. Ce n'était pas comme s'il y avait quelque chose de sérieux entre nous. On venait de se rencontrer. En plus, ça aurait été gênant si on avait couché ensemble et que le lendemain on avait une sortie avec l'asso. J'ai essayé ça pendant ma première année et ça n'a pas marché.

— Donc, elle ne vous a pas repoussé ?

Alec a secoué la tête comme si sa vie en dépendait. Puis il a levé les deux mains en signe de reddition. — Honnêtement, on était juste au pub en ville, pour une tournée des bars. Je parlais à quelques-uns des nouveaux, elle était à côté, nos regards se sont croisés, et puis on s'est juste embrassés. Ça n'a pas duré plus de dix, vingt secondes — *maximum*. Après ça, on a continué chacun de notre côté.

— Vous lui avez parlé depuis ? a demandé Stephanie.

Alec a secoué la tête. — Pour être honnête, je n'ai pas vraiment pensé à elle. C'était juste un truc comme ça.

— Eh bien, si l'on en croit ses textos et ses conversations avec ses amies, a commencé Noah, elle, elle pensait beaucoup à *vous*.

Alec a poussé un grand soupir, chargé de culpabilité.

— Je suis désolé, a-t-il dit. Je sais que ce qui lui est arrivé est une tragédie, et je n'arrive toujours pas à y croire. Mais je ne lui ai pas parlé et je n'ai pas pensé à elle depuis cette nuit-là. Je n'ai rien à voir avec ça.

— Y a-t-il quelqu'un qui, à votre connaissance, aurait pu vouloir lui faire du mal ?

Il n'a pas réfléchi longtemps. — Honnêtement, je n'en ai aucune idée. Comme je l'ai dit, je suis désolé.

Stephanie a sorti sa carte de visite de sa poche. En la tendant à Alec, elle a dit : — Gardez l'oreille aux aguets. J'imagine que beaucoup d'étudiants passent par ici. Si vous entendez quoi que ce soit, que ce soit quelqu'un qui mentionne son nom ou qui discute de ce qui lui est arrivé de quelque manière que ce soit, je veux que vous m'appeliez. Compris ?

Alec a pris la carte et l'a examinée. — Encore une fois, je suis désolé.

— Ce n'est rien, a-t-elle répondu. Vous pourrez vous rattraper en m'inscrivant comme membre ici. Je suppose que vous autorisez n'importe qui à utiliser les murs d'escalade ?

— Tant que vous avez le bon équipement.

Vingt minutes et plusieurs documents plus tard, elle était membre à part entière du Surrey Sports Park.

— Dommage qu'ils ne ferment pas tard, a-t-elle dit alors qu'ils retournaient à sa voiture.

— Dommage qu'ils n'aient pas une politique pour tenir à l'écart les gens avec des pulsions suicidaires, a fait remarquer Noah. Tu m'as presque fait faire une crise cardiaque, là-dedans.

Stephanie a eu un petit rire. — Quoi ? Tu n'as jamais vécu dangereusement ?

Noah s'est arrêté à côté de sa voiture et a posé une main sur la poignée. — Non, j'ai un prêt immobilier. Et pas d'assurance-vie. Je ne peux pas me permettre de vivre dangereusement.

— Ça, ou alors c'est parce que tu as peur de découvrir à quel point ça pourrait te plaire.

Il a ouvert la portière de la voiture. — Traquer les méchants depuis mon bureau dans le confort du commissariat, c'est bien assez d'aventure pour moi.

Elle a désigné le ciel gris au-dessus de leurs têtes d'un geste. — Ceci étant l'exception ?

Noah n'a pas répondu. Alors qu'il se glissait sur le siège conducteur, il a lancé : — J'ai parlé aux gars, et ils sont partants pour un deuxième round au pub ce soir. Ça a demandé un peu de persuasion, je te préviens. Donc tu peux mettre ton déménagement en pause pour quelques heures.

— Et si je dis non ?

— Alors tu passeras pour une vraie connasse. Ils ne viennent que parce que tu n'étais pas là hier soir.

— Pourquoi feraient-ils ça ? a-t-elle demandé.

— Parce qu'ils veulent apprendre à te connaître. Ce n'est pas une mauvaise bande si tu leur laisses une chance. Oh, et parce que je leur ai déjà dit que tu avais dit oui. — Noah a mimé un pistolet avec ses doigts dans sa direction, souriant jusqu'aux oreilles en refermant la portière. On se revoit au poste, chef. Conduis prudemment. Ce serait bien de te récupérer en un seul morceau.

CHAPITRE
VINGT-DEUX

Le Weyside bourdonnait du faible murmure des conversations, ponctué d'éclats de rire occasionnels qui s'élevaient au-dessus du brouhaha, provenant pour la plupart de la grande banquette que l'équipe avait réquisitionnée dans un coin de la salle. Stephanie les a repérés instantanément. Pas à la vue, mais à l'ouïe : le grondement grave du rire guttural de Noah et le gloussement aigu d'Olivia.

Elle a hésité un instant sur le seuil. Ça aurait dû être réconfortant, ordinaire. Ça l'avait été, à près de cent trente kilomètres de là, dans l'Essex, avec son ancienne équipe. Mais ici, elle se sentait encore totalement à part, comme une étrangère. Le poids de l'enquête qui pesait lourdement derrière ses yeux n'aidait en rien. Le fait que le tueur de Claudia Bellini soit toujours en liberté alors qu'eux se détendaient, buvaient, oubliaient les horreurs de la journée. Elle n'avait pas sa place dans ce genre d'insouciance. Et pourtant, elle était là, à essayer. Essayer de sourire. Essayer d'adoucir les traits que le travail et les traumatismes avaient creusés sur son visage. Elle voulait apprendre à connaître ces gens. Leur faire confiance. Peut-être même devenir l'une des leurs.

Avant même qu'elle ait pu envisager de faire demi-tour, Noah a croisé son regard et lui a fait signe de venir d'un geste ample et exagéré. Avec un soupir et un rictus à peine esquissé, elle s'est dirigée vers la table, chaque pas semblant plus délibéré qu'il n'aurait dû l'être.

Noah s'est décalé pour lui faire de la place, tapotant la banquette à côté de lui avec un grand sourire. Elle s'est glissée à ses côtés sans un mot, adressant un signe de tête poli aux autres, son regard s'attardant une seconde de trop sur Devon. Il a levé sa pinte en un simulacre de salut, son sourire acéré.

Eve s'est penchée en avant, l'air enjoué.

— Tu es venue ! Je commençais à croire que tu étais un mythe.

Stephanie est parvenue à sourire.

— Je me suis dit que j'avais bien deux ou trois heures à perdre.

— Tu nous gâtes, a fait remarquer Fiona en sirotant un verre de vin. Tu bois quelque chose ?

Steph a secoué la tête.

— Pas ce soir.

— Encore des cartons à défaire ?

— Quelque chose comme ça.

— Tu as raté ça hier soir, a dit Olivia à côté d'elle, posant une main sur le poignet mince de Stephanie. On jouait à « deux vérités, un mensonge ». Il ne manque plus que toi…

Stephanie a fixé la table en bois un long moment. Elle savait où tout ça allait la mener, et ce n'était pas un terrain sur lequel elle voulait s'aventurer pour l'instant. Mais, tout comme pour son invitation, elle n'avait pas d'autre choix que de se prêter au jeu.

— Deux vérités, un mensonge ?

— Et fais pas ça ennuyeux, a dit Eve.

— Pas ennuyeux ? D'accord. Voyons voir…

Autour de la table, les autres se sont tus, l'observant avec divers degrés d'intérêt. Eve était sur le qui-vive, Giles s'est légèrement penché en avant, et Olivia lui a offert un doux sourire d'encouragement. Même Devon a levé les yeux de sa pinte.

— Ne pas faire ça ennuyeux, a répété Stephanie, plus pour elle-même que pour quiconque. Son premier réflexe a été d'esquiver, mais ils auraient vu clair dans son jeu. Je ne suis pas très douée pour ça.

— Aucun de nous ne l'est. Tu ne t'en tireras pas si facilement.

Stephanie a expiré, une lente et prudente bouffée d'air.

— Très bien. Un : j'adore peindre et j'ai plus de deux cents tableaux à la maison. Deux : je parle couramment polonais. Et trois : j'ai envisagé de quitter la police la veille du jour où j'ai appris que j'allais être promue sergent.

Il y a eu un temps de silence autour de la table, le temps qu'ils absorbent les paroles de Stephanie. Puis Giles s'est penché, plissant les yeux comme si elle était un sudoku particulièrement retors.

— Sans vouloir vous offenser, a-t-il dit lentement, j'ai du mal à vous imaginer en train de peindre. Mais alors, pas du tout.

Eve a souri.

— Je suis d'accord avec Giles. Par contre, le coup du polonais, ça pourrait être vrai. Tu as ce genre d'aura, comme si tu pouvais déchaîner les enfers sur quelqu'un en cinq langues sans jamais ciller.

— Je pense que le mensonge, c'est le fait d'avoir voulu démissionner, a dit Noah, étonnamment pensif. Tu ne me donnes pas l'impression d'être du genre à faire marche arrière. Jamais.

Stephanie a haussé un sourcil, les lèvres crispées au coin.

— Tu en es sûr ?

Noah n'a pas répondu. Au lieu de ça, il a pris une gorgée hésitante de sa boisson.

Olivia a de nouveau posé sa main sur le bras de Stephanie.

— Je crois que c'est le polonais, a-t-elle dit.

Stephanie a pointé le doigt vers Olivia.

— Nous avons une gagnante, a-t-elle expliqué. Enfin, je sais jurer un peu. Il y avait un sergent dans l'Essex, Tomek Bowen, qui était à moitié polonais, à moitié anglais. On travaillait ensemble sur une affaire, et on a eu un après-midi de libre, alors je lui ai juste demandé de m'apprendre un peu de polonais. Naturellement, il m'a appris toutes les insultes, que je connais encore par cœur aujourd'hui.

— C'est pareil pour moi, a dit Giles. La seule chose dont je me souviens de mes cours d'allemand au collège, c'est les trucs cochons, et ce n'est certainement pas ma prof qui me les a appris.

Une vague de rires a parcouru la table.

— Attends… deux cents tableaux ? a demandé Eve en posant son verre sur la table. Sérieusement ?

Stephanie a haussé les épaules.

— Je n'aime pas les murs blancs.

Pas plus qu'elle n'aimait ce qu'ils lui rappelaient.

— Qu'est-ce que tu dessines ?

— N'importe quoi. Rien.

— On peut en voir quelques-uns ?

Steph a secoué la tête.

— J'en doute.

— Oh. Vraiment ? Mais quand même, c'est un vrai talent, ça. Giles arrive à peine à réchauffer une soupe au micro-ondes.

— Eh ! a répondu Giles, faussement offensé. Sache que j'ai maîtrisé l'art du Pot Noodle aujourd'hui même.

Stephanie a souri, malgré elle.

Fiona a penché la tête.

— Pourquoi tu as failli démissionner ?

— Pardon ? a demandé Stephanie.

— Ton troisième point. Tu as dit que tu as failli démissionner la veille de ta promotion au grade de sergent. *Failli*. Pourquoi ?

Stephanie n'a pas apprécié le ton accusateur de Fiona. À cet instant, elle a senti tous les regards braqués sur elle, lui brûlant la peau. Elle a pris un moment, les yeux fixés sur le bord du verre de bière de Noah, le bruit du pub devenant soudain lointain.

Avant de répondre, elle a pris une grande inspiration.

— Parce que je sortais d'une enquête qui m'avait vidée. Je travaillais jour et nuit, je dormais à peine, je m'étais coupée de tout le monde. Cette nuit-là, après que tout a été terminé, j'ai réalisé que je ne me reconnaissais plus. Et je ne savais pas si le boulot était en train de me transformer en quelqu'un avec qui je ne pourrais pas vivre… ou s'il ne faisait que révéler qui j'étais déjà. Le lendemain matin, je me suis quand même pointée. Je n'en avais pas fini.

Le silence est tombé sur la table ; pas un silence gêné, juste pensif. Et pour la première fois, Stephanie n'a pas eu l'impression d'être à l'extérieur, regardant vers l'intérieur. Elle était encore en train de les cerner, et eux, très certainement, en train de la cerner, mais quelque chose avait changé. Elle avait dévoilé une petite partie d'elle-même et de son histoire.

CHAPITRE VINGT-TROIS

La nuit, le bureau était un tout autre univers. Abandonné, désolé, dépouillé de l'agitation de la journée. Il était silencieux, hormis le bourdonnement du serveur derrière une porte fermée, la climatisation que quelqu'un avait laissée allumée et le faible grésillement des néons, qui projetaient de longues ombres sur le lino usé. Les bureaux s'étalaient, déserts, comme de petites îles, des piles de dossiers abandonnées en plein milieu d'une réflexion, des tasses de café figées à côté de notes inachevées. La seule activité provenait du clignotement lent et mécanique du photocopieur en veille.

Stephanie est restée un instant sur le seuil, les clés encore serrées dans sa main, la respiration courte. Elle a eu l'impression d'entrer dans une église après la fermeture — silencieuse, vide, habitée de fantômes. Et aucun d'eux n'était amical.

Elle s'est avancée avec précaution, le bruit de ses chaussures plates résonnant doucement tandis qu'elle traversait la pièce jusqu'à son bureau. Elle a balancé son manteau sur le dossier de sa chaise et s'est affalée, dévisageant les notes de l'affaire sur le bureau. Sa poitrine s'est serrée. L'enquête piétinait, lui glissait entre les doigts. Cela ne faisait que vingt-quatre heures, mais elle en perdait déjà le contrôle. Le numéro de Devon, plus tôt dans la journée, ne l'avait pas affectée sur le moment, mais maintenant qu'elle était seule, seule avec ses pensées, elle réalisait le chaos qu'il avait provoqué. Et pourtant, elle n'avait pas eu le cœur de le confronter à ce sujet. Qu'est-ce qui n'allait pas chez elle ? Pourquoi était-elle si faible ?

Et cette confession au pub.

Pourquoi avait-elle fait ça ? Elle avait ouvert une fenêtre sur sa vie, aussi infime soit-elle, et leur avait donné un aperçu de cette version d'elle-même. Maintenant que la fenêtre était ouverte, il leur serait beaucoup plus facile d'y entrer, de jeter un œil, et de repartir avec un souvenir.

Si elle voulait reprendre le contrôle de l'enquête et de sa relation avec l'équipe, elle allait devoir se fermer complètement. Et gérer ça de la seule façon qu'elle connaissait.

Le silence lui vrillait les tympans, écorchant ses pensées. Elle a ouvert son ordinateur portable. L'a refermé aussitôt. Deux minutes se sont écoulées. Puis cinq. Son estomac était tenaillé par cette faim familière et angoissée. Elle a attrapé son téléphone, trouvé l'application qu'elle cherchait — la téléchargeant de nouveau depuis l'App Store après l'avoir supprimée plusieurs semaines auparavant — puis a passé sa commande.

Vingt minutes plus tard, on a frappé à la porte. Stephanie a reconnu une femme qui travaillait dans l'immeuble.

— Je crois que c'est pour vous… a-t-elle dit en entrant dans la pièce et en posant la boîte de pizza Domino's sur le coin du bureau de Stephanie.

Stephanie a esquissé un sourire. — Parfait, merci. Vous en voulez une part ?

La femme a posé une main sur son ventre, presque instinctivement. — Moi ? Non. J'essaie d'être raisonnable. Profitez bien. Ça sent *délicieusement* bon. Elle a inspiré profondément en quittant le bureau.

Stephanie a fixé la boîte de pizza un instant, les crampes de faim s'intensifiant. Elle a saisi la boîte en carton et l'a posée sur son clavier. L'odeur a mis son estomac en effervescence. Et puis elle l'a dévorée. Part après part. Le gras, le sel, le fromage, tout fondait ensemble dans sa bouche. Jusqu'à ce qu'il ne reste plus rien. Son estomac s'est crispé, avec un mélange de soulagement et de regret. Cela a comblé le vide dans sa poitrine pendant à peine cinq minutes.

Puis la vague de culpabilité est arrivée. Épaisse. Acide.

Elle a agi automatiquement, rapidement, comme elle l'avait fait une centaine de fois. Dans les toilettes, en verrouillant la porte derrière elle. Les doigts au fond de la gorge. Les genoux sur le sol froid. La brûlure habituelle dans sa gorge, la pression derrière ses yeux, les mains tremblantes sur la cuvette ensuite. Le soulagement enveloppé de honte.

Alors que la chasse d'eau se déclenchait derrière elle, elle est sortie en titubant de la cabine et a commencé à se laver les mains. Elle s'est penchée pour se rincer la bouche, évitant le miroir. Toujours éviter le miroir. Toujours incapable de se regarder en face après ce qu'elle avait fait. Incapable d'affronter ses démons de front.

Au moment où elle allait se laver les mains, l'odeur de vomi épaisse dans ses narines et sa gorge, la porte des toilettes s'est ouverte.

Stephanie s'est figée.

L'agent Olivia Willard se tenait là, une main encore sur la poignée. Son regard a balayé le visage pâle de Stephanie, puis la cuvette des toilettes qui se remplissait rapidement d'eau.

Stephanie est restée penchée au-dessus du lavabo, paniquée.

Aucune d'elles n'a parlé pendant un long moment. Puis Stephanie s'est redressée, essuyant une goutte d'eau égarée sur son menton.

— Qu'est-ce que vous faites ici ? a-t-elle demandé, la voix rauque et éraillée.

Olivia a regardé derrière elle, comme si la réponse se trouvait dans le couloir. — Je vous ai suivie, a-t-elle dit. Après le pub. J'ai vu quelque chose sur votre visage. Alors je vous ai suivie. J'ai longuement hésité à entrer. Puis je me suis souvenue que j'avais besoin de quelque chose sur mon bureau.

— Je vois.

— Je ne voulais pas… a poursuivi Olivia. Je ne… Enfin, j'ai entendu, mais… Elle a dégluti difficilement. Puis son visage s'est rapidement empreint de chaleur, une compréhension silencieuse dans ses yeux. — Je ne poserai pas de questions, et je ne dirai rien, a-t-elle continué, la voix basse malgré le vide du bureau. — Je veux juste… que vous sachiez que je suis là. Si jamais vous voulez… vous savez. *Ne pas* aller bien.

La gorge de Stephanie s'est nouée. Elle a hoché la tête avec raideur, les yeux fixés quelque part par-dessus l'épaule d'Olivia. La façon dont Olivia parlait l'a touchée profondément. Il n'y avait aucun jugement. Aucune comédie.

— Allez vous reposer, Madame, a dit Olivia. On a du travail demain matin.

Puis elle s'est éloignée, laissant Stephanie dans le silence, la douleur dans sa poitrine encore plus forte qu'avant.

CHAPITRE **VINGT-QUATRE**

Jonglant avec sa tasse à café en acier inoxydable dans une main et son carnet de croquis dans l'autre, le Dr Ian Kettle a coincé la porte de l'Ivy Arts Centre avec sa sacoche en cuir. Le son de la pop des années 80 explosait dans son casque de Walkman. Tandis qu'il avançait dans le couloir, fredonnant sur la synthpop de Depeche Mode, il a aperçu son reflet. Il portait l'une de ses meilleures tenues : une veste en velours côtelé violet foncé, un fedora assorti, des bretelles noires attachées à la ceinture de son pantalon et une paire de richelieus qui arboraient toutes les couleurs de l'arc-en-ciel.

C'était un homme de style et de classe, réputé sur tout le campus pour son style vestimentaire excentrique. On disait souvent qu'il avait raté sa vocation en devenant artiste plutôt que créateur de mode, mais il aimait mélanger les deux, créant de l'art avec la mode et de la mode avec l'art. Dans son esprit, les deux étaient des formes d'expression universelles.

À cette heure matinale, avant que le campus ne se soit réveillé de sa nuit de désirs charnels et alcoolisés, l'Ivy Arts Centre était désert et silencieux. Il adorait ça. Cela lui donnait le temps de réfléchir, de respirer et de se concentrer sur sa dernière œuvre.

Son coin du centre des arts était situé à l'arrière du bâtiment, loin des installations dédiées aux arts du spectacle. D'habitude, l'endroit fourmillait d'acteurs, de chorégraphes, de scénographes et de metteurs en scène qui montaient la dernière production, se consacrant corps et âme à leur travail.

La chanson a laissé place à « Sweet Dreams » d'Eurythmics alors qu'il progressait dans les couloirs, s'enfonçant plus profondément dans le bâtiment. Finalement, il a trouvé ce qu'il cherchait : la salle 3BA. Le refuge de son dernier chef-d'œuvre. Il se trouvait au centre de la pièce, visible par tous les étudiants. Artistes. Acteurs. Comédiens. Quiconque s'y intéressait. Il y passait souvent ses débuts de matinée, y ajoutant des éléments, le retouchant et couvrant les erreurs de la veille. Tout ça avant le début de la journée de travail. Il adorait chaque instant de création, et les jours où il ne pouvait pas s'adonner à sa passion, il se sentait perdu et désemparé.

Alors qu'il approchait de la salle 3BA, il a remarqué que la porte était entrouverte.

Bizarre.

Le Cercle des Arts était toujours très scrupuleux pour la fermer à clé après ses réunions.

Il a retiré son casque et s'est approché avec précaution, le bruit de ses chaussures résonnant dans le couloir. Il a toqué doucement à la porte et l'a poussée.

— Bonjour ? a-t-il commencé. Il y a quelqu'un ?

Pas de réponse.

La première chose qui l'a frappé fut l'odeur. Pas celle de la peinture, du vernis ou de la térébenthine, mais quelque chose d'aigre et de lourd qui s'accrochait au fond de sa gorge.

Peut-être que quelqu'un avait renversé quelque chose et avait paniqué, s'enfuyant de la pièce, mort de honte.

Ou peut-être que quelqu'un s'était introduit par effraction et avait vandalisé sa peinture, la souillant de sa saleté.

Il est entré.

Il avait tort. Tellement tort.

Une fille, vêtue d'un jean baggy et d'un sweat-shirt ample, gisait avachie sur le sol, son sang formant une flaque sous elle, telle une ombre grotesque. Un de ses bras était rejeté sur le côté, les doigts mous et tachés de cramoisi. D'épaisses et profondes estafilades rouges maculaient son pull et sa chemise. Au début, il a cru que c'était de la peinture. La preuve d'une blague cruelle et de mauvais goût.

Mais ensuite, une bande de peau nue juste au-dessus de son nombril a révélé une blessure par perforation sous son abdomen.

Le café d'Ian s'est écrasé au sol dans une éclaboussure sourde, et sa gorge s'est nouée autour d'un son qu'il n'avait pas produit depuis des années.

— Non ! Oh mon Dieu, non !

Son cri rauque s'est répercuté dans l'interminable couloir.

CHAPITRE
VINGT-CINQ

Les images du visage d'Olivia, à la fois gêné, troublé, et pourtant étrangement chaleureux et réconfortant, l'avaient tenue éveillée toute la nuit. Pire encore, les pensées qui accompagnaient ces images l'avaient tourmentée. Et si elle le disait à l'équipe ? Et si elle la dénonçait devant tout le monde ? Et si elle lui en tenait rigueur et s'en servait pour la faire chanter ?

Son secret le plus profond, le plus sombre et le plus embarrassant — une chose avec laquelle elle s'était débattue presque toute sa vie et dont elle avait eu honte pendant tout ce temps — avait été mis à nu devant quelqu'un qu'elle connaissait à peine.

Elle a ressenti un sentiment de soulagement en entrant dans le bureau et en ne voyant pas Olivia à sa place. Avant qu'elle ait eu le temps de s'installer, l'inspecteur-chef McGowan est sorti de son bureau.

— Il m'a semblé entendre quelqu'un, a-t-il dit avec ce genre de sourire doux qui mettait la plupart des gens en confiance. Vous avez une minute ?

Stephanie a laissé tomber son sac par terre et l'a suivi dans son bureau. Il a refermé la porte derrière elle et a contourné son bureau, ses mouvements lents et méthodiques, comme s'il avait tout son temps. Trônant sur son bureau, un mug en céramique orné de l'inscription « Gardez votre calme et laissez l'inspecteur-chef s'en occuper » fumait abondamment.

— Vous êtes matinale, a-t-il commencé.

— Vous aussi.

— J'ai aussi entendu dire que vous aviez travaillé tard hier soir.

Un frisson glacial a parcouru Stephanie. Elle n'a rien dit.

— On m'a dit que vous étiez douée, a-t-il dit en s'asseyant lentement dans son fauteuil. Maintenant, je comprends pourquoi.

Elle a poussé un long et lent soupir de soulagement immense. Il ne savait pas. Ou, s'il savait, il avait choisi de ne pas en parler.

— J'avais juste des choses dont… dont je voulais m'occuper, a-t-elle répondu.

— Je suis content de l'entendre. Comment ça se passe ? a-t-il demandé en se penchant en arrière dans son fauteuil, dans l'attente.

Stephanie s'est assise, le dos droit, les paumes jointes sur ses genoux. — Je m'installe, inspecteur-chef. Ça a été… intense. Mais l'équipe semble compétente.

Clive l'a étudiée un instant. — Beaucoup d'entre eux chantent vos louanges. Avez-vous des sujets de préoccupation ?

Devon, a-t-elle pensé instantanément.

— Nous sommes dans un espace privé, a dit Clive doucement. Ce que vous direz ici ne dépassera pas ces quatre murs. Vous avez ma parole.

Stephanie a reniflé brusquement. Sa gorge lui faisait encore mal après s'être vidée la veille au soir. — Pour être honnête, j'ai du mal avec Devon. Je ne sais pas ce que c'est, mais il semble s'approprier certains éléments de l'enquête.

L'inspecteur-chef a hoché la tête d'un air songeur. Stephanie a commencé à jouer avec son collier.

— Il a donné à l'équipe de nouvelles tâches et instructions, en prétendant que je les lui avais données pour qu'il les transmette. J'ai travaillé avec quelques connards par le passé, inspecteur-chef. Mais il s'avère être le pire de tous.

— Je vous remercie de porter cela à mon attention, a-t-il répondu d'un soupir doux et léger qui était presque un murmure. Devon a quelques… problèmes personnels. Mais ce n'est pas une excuse pour les amener dans son travail. Voulez-vous que je lui en touche un mot ?

Elle a secoué la tête. — Laissez-moi m'en occuper. Si je n'arrive pas à gérer la situation, alors je serai d'accord pour que vous interveniez.

— Très bien. Comment avance le déballage des cartons ?

Elle a eu un petit rire méprisant. — Lentement.

— C'est bien ce qu'il me semblait. Dommage pour le timing. Quelqu'un vous aide ?

Steph a secoué la tête. — Juste moi, moi-même et encore moi.

— Et votre sœur ? D'après ce que vous avez dit, elle tenait absolument à ce que vous reveniez ici.

— Vous ne la connaissez pas. C'est une maniaque de la propreté. Elle ne s'approchera pas tant que tout ne sera pas terminé.

— Femme intelligente, a-t-il dit après un temps. Comment les choses avancent-elles avec l'université ? Quelles sont les avancées ?

Stephanie l'a mis au courant des dernières nouvelles, de sa visite au campus et au parc des sports, du fait qu'ils attendaient l'analyse de la poupée vaudou, et qu'ils essayaient toujours d'identifier le tueur grâce aux images de vidéosurveillance autour du campus.

— Qu'est-ce que votre instinct vous dit ? a demandé Clive.

— Mon instinct ?

— Je ne vous ai pas fait venir pour vos compétences relationnelles.

Stephanie a changé de position pour être plus à l'aise et a finalement lâché le collier. — Je pense que c'est plus qu'une simple attaque ciblée. Je pense que cela fait partie de quelque chose de pire. La poupée vaudou… elle me perturbe. Je pense que nous pourrions avoir affaire à quelque chose de plus gros.

— Comme quoi ?

— Un tueur en série.

Le ricanement qui a quitté ses lèvres a résonné dans la pièce. — Un tueur en série ? À Guildford ? J'ai entendu des choses fantastiques dans ma vie, mais… il n'y a eu qu'un seul meurtre.

— Pas si le couteau dans la poupée vaudou suggère qu'il y en aura d'autres.

— Mais vous ne savez pas qui, quand, où, ni pourquoi…

Elle a durci son regard. — C'est vrai, mais nous savons *comment*.

Une pause troublante s'est installée sur le bureau, atterrissant entre eux.

Avant que l'un ou l'autre ne parle, le téléphone de Stephanie a sonné dans sa poche. Clive lui a confirmé qu'elle pouvait répondre.

— Inspecteur Broadbent, dit-elle.

— Allô ? Madame l'inspecteur ? Bonjour, c'est Laurence du centre de régulation. Je voulais juste vous informer que nous recevons plusieurs signalements d'un incident ce matin sur le campus de l'Université du Surrey.

— À l'université ? a-t-elle demandé, ses yeux rencontrant lentement ceux de McGowan.

— Oui. Les signalements indiquent qu'un des étudiants a été poignardé dans une salle de classe.

CHAPITRE
VINGT-SIX

Au moment où Stephanie arriva à l'Ivy Arts Centre, en proie à une puissante sensation de déjà-vu, Devon et Noah étaient déjà sur place. Ils portaient leurs combinaisons de la police scientifique lorsqu'elle entra dans la salle d'arts plastiques 3BA.

L'espace était plus grand qu'elle ne l'avait imaginé. Un cercle de chevalets se dressait au centre de la pièce, tel un Stonehenge version artiste. En périphérie, du matériel d'art débordait de cartons, de placards et d'armoires. La première chose qu'elle remarqua fut l'odeur de peinture, épaisse et écœurante, qui flottait dans l'air, et elle fut reconnaissante de porter un masque qui protégeait sa gorge fragilisée des vapeurs. Sur le mur de gauche, une toile inachevée d'environ cent cinquante centimètres sur cent dominait la pièce.

Le corps se trouvait dans le coin, tout au fond à gauche, entouré de deux techniciens de la police scientifique qui prenaient des clichés en gros plan de son visage, de ses blessures et de ses membres. Stephanie se dit qu'il y avait quelque chose d'étrangement artistique dans ces photos du corps, dans la façon dont d'autres photographies, sources d'inspiration, étaient accrochées aux murs, et dans la manière dont le tueur avait peint une image sauvage et brutale, en utilisant sa victime pour toile.

Beaucoup de peintures et de photographies dans la pièce lui

rappelèrent les siennes : les paysages, les bâtiments, les aperçus obscurs de la vie et de la psyché des artistes, et les coups de pinceau sombres et puissants qui baignaient la toile. Les siennes étaient loin d'être aussi abouties.

— Pourquoi avez-vous mis autant de temps ? demanda l'inspecteur Lafferty alors qu'elle s'approchait.

— Et *vous*, comment êtes-vous arrivé si vite ? rétorqua-t-elle.

— J'ai reçu l'appel du central, tout comme vous.

— Comment ça ? J'avais demandé à être la première prévenue dès qu'une information tombait.

Il haussa les épaules, l'air de rien. — J'imagine que c'est la force de l'habitude, répondit-il. Maintenant qu'on est tous là, où est le problème ?

Elle choisit de ne pas répondre, de ne pas se laisser atteindre, laissant sa frustration s'envenimer au plus profond d'elle-même. Elle pensa à Caleb, son ancien inspecteur. Jamais il n'aurait fait une chose pareille. Jamais il n'aurait outrepassé ses fonctions ni interféré avec son rôle de responsable de l'enquête.

Elle commençait à se dire que lui donner un ordre qui lui ferait subir le même sort que Caleb n'était peut-être pas une si mauvaise chose, après tout.

— Tu es là !

La voix venait de derrière elle. Leanna Moore, la médecin légiste, entra d'un pas pressé et s'arrêta à côté de Stephanie.

— Contente de te revoir. Elle lui donna une petite tape amicale sur le bras. — Ça me fait plaisir d'être sur place pour celle-ci, tu sais. Ça accélère un peu le processus.

Leanna se dirigea vers le corps, saluant poliment les inspecteurs de police d'un signe de tête.

— J'imagine que vous voulez savoir comment elle a été tuée ?

— Non, répondit sèchement Stephanie. Je veux savoir si quelqu'un a trouvé une autre poupée vaudou.

Presque aussitôt après avoir posé la question, son regard tomba sur un conteneur en plastique bleu foncé posé sur le rebord de la fenêtre. Sur le côté, les mots « Ouvre-moi » étaient peints au pochoir en rose. Stephanie fonça vers la boîte et regarda à l'intérieur.

Le couvercle avait déjà été retiré. À l'intérieur, elle vit une autre poupée vaudou flottant dans une étendue d'eau. Elle porta la main à son cou.

— Qui a ouvert ça ? lança-t-elle en désignant la poupée qui la fixait de ses yeux rouges, se déplaçant silencieusement sur l'eau, la hantant, la narguant.

— C'est moi. Une pointe de fierté et de défi perçait dans le ton de Devon.

— Pardon ?

— C'est moi qui l'ai ouverte, Madame l'inspectrice. Je l'ai remarquée dès mon arrivée.

Elle déglutit et prit une profonde inspiration. *Du calme, du calme, du calme.*

— Qui vous a autorisé à faire ça ?

— Personne, Madame l'inspectrice. Je l'ai remarquée et j'ai pensé que ce serait utile pour l'enquête.

— Devon, cingla-t-elle, gardant les yeux rivés sur la poupée, qui venait de faire un demi-tour sur elle-même. Êtes-vous en charge de cette enquête ? Non. Vous saviez que j'arrivais, vous auriez pu m'attendre. Mais vous ne l'avez pas fait. Je suis la seule à pouvoir ouvrir ça. C'est bien compris ?

Pas de réponse.

Elle se retourna brusquement et le foudroya du regard.

— C'est bien compris ?

Quelque chose s'embrasa dans les yeux de Devon alors qu'il hochait la tête d'un air maussade.

— Et pour les autres, dit-elle en s'adressant à Leanna et aux techniciens de la police scientifique présents dans la pièce. Si, à Dieu ne plaise, nous tombons sur d'autres boîtes où il est écrit « Ouvre-moi », personne, sous aucun prétexte, n'est autorisé à les ouvrir sans mon autorisation explicite. Vous avez compris ?

De légers murmures d'approbation parcoururent la pièce.

Stephanie les remercia, puis reporta son attention sur la poupée. L'air dans la pièce s'épaissit, son poids oppressant sa poitrine. Elle avait du mal à respirer tandis que son esprit reconstituait la scène qui se déroulait sous ses yeux. Le corps qui gisait sur le sol était mort exactement comme la dernière poupée vaudou l'avait prédit : un coup de couteau dans le ventre.

Maintenant, il n'y avait plus de doute possible.

Ils avaient affaire à un tueur calculateur et cruel. Un tueur qui avait un plan.

Et s'ils ne l'attrapaient pas, alors bientôt, quelqu'un allait mourir noyé.

CHAPITRE
VINGT-SEPT

L'équipe s'est traînée vers la salle de crise dans une raideur empreinte de réserve. Stephanie a senti une appréhension palpable flotter dans la pièce, exacerbée par la machine à rumeurs qui commençait à tourner à plein régime dans le bureau. La nouvelle de la deuxième poupée vaudou s'était vite répandue, et à présent, tous les membres de l'équipe y pensaient, craignant le pire : qu'un tueur en série potentiel soit arrivé à Guildford pour la toute première fois. Leur petite ville coquette et pittoresque était désormais ternie, souillée, déchirée par les actes d'un seul individu.

C'était à eux de garantir la sécurité des habitants, et pour l'instant, ils échouaient.

Beaucoup de choses restaient non-dites, communiquées par leurs regards et leurs expressions.

Pourtant, Stephanie voulait leur faire bien comprendre que s'ils ne se bougeaient pas, d'autres corps allaient faire leur apparition.

Elle a sorti une impression du visage de la victime et l'a collée sur le tableau en liège, à côté de l'image sans vie de Claudia Bellini. — Paulina Potter, a-t-elle commencé. — Dix-neuf ans. Étudiante en deuxième année d'université. Retrouvée morte dans la salle d'arts plastiques, poignardée à mort. — Elle a désigné la photo de la première poupée vaudou. — Elle a été tuée comme on nous avait annoncé qu'elle le serait. — Elle a fixé au tableau une image de la deuxième poupée dans l'eau. — Et c'est comme ça que notre prochaine victime va mourir si nous ne faisons rien.

Elle a marqué une pause pour laisser l'information faire son effet. Un mélange d'horreur et de panique se lisait sur les visages de son équipe. Elle les a regardés un par un, s'attardant un instant avant de passer au suivant. Cependant, elle n'arrivait pas à regarder Olivia. Pas depuis la veille. Pas depuis qu'elle avait découvert…

— Qu'est-ce qu'on a sur Paulina Potter pour l'instant ? a demandé Stephanie.

— Elle était étudiante en sciences de l'alimentation, a commencé Fiona.

— Comme Claudia ?

Fiona a hoché la tête. Stephanie a tracé un trait entre les noms des deux victimes.

— Elle vit hors du campus, a poursuivi Fiona.

— Qu'est-ce qu'elle faisait dans cette salle hier soir pour se faire tuer ?

Ce fut au tour de Giles de parler. — Elle participait à l'une des réunions hebdomadaires du club d'art, a-t-il expliqué en posant sa tasse de café par terre. — Ils se retrouvent tous les mardis pour peindre, dessiner et se montrer ce sur quoi ils ont travaillé. Le type qui l'a trouvée, le Dr Ian Kettle, est celui qui a monté ça à l'époque, mais ce sont surtout les étudiants qui s'en occupent et le gèrent. La plupart du temps, ils gardent leurs œuvres pour eux ; d'autres fois, ils les vendent à des marchés d'artisanat ou sur des stands en centre-ville.

— Ce Dr Kettle… est-ce un suspect potentiel ?

Giles a haussé les épaules d'un air qui n'aidait en rien. — Il avait l'air assez bouleversé quand je lui ai parlé.

— Peu importe, garde-le dans un coin de ta tête. Qu'est-ce qu'il avait d'autre à dire ?

— Pas grand-chose. — Il a consulté rapidement ses notes. — Il y a dix membres dans le club. Ils ont tous des talents variés. Certains aiment dessiner des animes, d'autres aiment peindre, d'autres encore aiment faire des croquis de visages. Chaque mois, ils organisent un concours de dessin d'après modèle vivant, mais le premier de cette année n'a pas encore eu lieu.

Stephanie ne pensait pas que quoi que ce soit de tout cela fût important.

— Parle aux autres membres du club, a-t-elle ordonné. — Découvre ce qu'ils savent et ce qu'ils pensent de Paulina. Quelqu'un l'avait peut-être prise en grippe. Autre chose ?

Eve a levé timidement la main. — J'ai essayé de vérifier ses réseaux sociaux, a-t-elle commencé, — et il semble que Paulina était ce qu'on pourrait appeler célèbre sur TikTok.

Elle l'a dit d'une manière qui suggérait qu'elle ne pensait pas que Stephanie sache ce qu'était TikTok.

— Qu'est-ce qui te fait dire ça ? a demandé Stephanie.

— Elle avait un peu plus d'un demi-million d'abonnés et des dizaines de millions de vues.

— Sur quoi ?

— TikTok.

— Oui, ça je sais. Mais de quoi parlaient ses vidéos ?

— De son art. — Eve a sorti son téléphone de sa poche, l'a déverrouillé et a commencé à montrer à l'équipe. — Elle montre l'avant et l'après de ses œuvres. Elle faisait plein de choses. Des illustrations, des dessins au fusain, des paysages, des bâtiments, des scènes de films, des portraits de personnages, des versions hyperréalistes de portraits et de personnes ; elle a même pu les partager avec les gens qu'elle avait dessinés. À première vue, elle était super talentueuse.

Stephanie a regardé avec admiration certaines des vidéos qui apparaissaient à l'écran. C'était vrai : la jeune fille possédait un talent démesuré qui éclipsait tout ce que Stephanie avait pu faire. Son art à elle n'avait toujours été que personnel, un passe-temps, une échappatoire cathartique à l'enfance. Mais voir ce que cette fille offrait au monde lui a donné un sentiment d'incompétence.

Tu ne vaux rien…

Tu ne seras jamais rien dans la vie…

— Très bien, a dit Stephanie en lui rendant le téléphone. — Je veux que tu creuses cette piste. Vois si quelqu'un commentait ses publications, interagissait avec elle, quelqu'un de l'université ou quelqu'un avec qui elle aurait pu entrer en contact. Et fais des recoupements avec les profils de Claudia Bellini et son journal intime aussi.

Stephanie a reporté son attention sur le tableau. Les lumières semblaient baisser, à l'exception de celle qui éclairait la poupée vaudou flottant dans l'eau.

— Noah, a-t-elle commencé. — Tu connais bien la région ?

— J'y ai vécu toute ma vie, chef, a-t-il répondu.

— Bien. Je veux que tu appelles tous les lieux qui ont un plan d'eau — piscine, lac, rivière — et que tu leur demandes de garder un œil sur toute activité suspecte. S'ils ont des étudiants qui y travaillent pour gagner un peu d'argent pour financer leurs études, alors mets-les sur une liste à part. Notre tueur va cibler quelqu'un et le noyer. Nous devons être prêts si ce moment arrive.

— On doit les arrêter avant d'en arriver là, est venue la réponse narquoise de Devon. — On dirait que tu fais déjà une croix sur la prochaine victime.

Elle l'a ignoré et s'est tournée vers Olivia, bien qu'elle fût toujours incapable de croiser le regard de la jeune femme. — J'aimerais que tu trouves des liens entre nos deux victimes. Compile toutes les informations de HOLMES et mets-les dans des rapports de victimologie pour moi. Il doit y avoir quelque chose qui lie Claudia Bellini et Paulina Potter. Penche-toi sur leurs chargés de cours, les camarades de classe qu'elles auraient pu avoir en commun, les clubs ou groupes dont elles faisaient partie... toute personne avec qui elles ont pu entrer en contact récemment. À partir de là, nous devrons établir une liste de victimes potentielles et voir si nous pouvons analyser qui pourrait être la prochaine. Et *ensuite* les protéger avant qu'il ne leur arrive quoi que ce soit.

La dernière phrase a été prononcée avec venin et implicitement dirigée contre Devon. Le brigadier l'a bien senti. Il a redressé le dos et levé le menton.

— Et qu'est-ce que tu veux que je fasse ?

— Je veux que tu ailles dans mon bureau, a-t-elle dit. — Toi et moi, on a besoin d'avoir une petite discussion.

CHAPITRE
VINGT-HUIT

Un silence de plomb est tombé dès que Devon a refermé la porte dans un déclic discret. Pas un bruit, pas un bavardage en provenance de l'open space. Même le climatiseur ne s'était pas mis en marche. Tout était calme, silencieux.

Hormis le battement sourd de son cœur dans ses tempes.

Elle n'a pas parlé. Ne lui a pas proposé de s'asseoir. Au lieu de ça, elle est restée debout de l'autre côté de son bureau, les bras croisés, le fixant avec intensité. Devon est resté près du seuil, et la tension entre eux crépitait comme de l'électricité statique.

La pièce contenait le strict nécessaire : deux chaises, un bureau et un écran d'ordinateur avec tous ses accessoires. Depuis le peu de temps qu'elle était là, elle avait essayé de se l'approprier, d'y marquer sa présence : la plante d'intérieur qui se fanait sur le coin de son bureau ; la boîte de pastilles à la menthe ; le flacon à moitié entamé de crème hydratante pour les mains ; le mug de café qui disait « La patronne la plus passable du monde ». À part ça, c'était vide, ses effets personnels pouvant tenir dans un seul petit carton léger. Si on la mettait à la porte à cet instant précis, elle aurait disparu en cinq minutes.

Elle s'est demandé en combien de temps Devon pourrait remballer ses affaires.

— Je crois qu'il faut qu'on ait une discussion, vous et moi, a-t-elle dit sans détour.

L'expression de Devon n'a rien trahi.

— On a un problème ? a-t-elle demandé.

Toujours rien.

— Je vous ai posé une question, Devon.

— Non, madame, a-t-il répondu avec la politesse d'un enfant forcé de s'excuser. Aucun problème.

— Alors pourquoi avez-vous agi dans mon dos ?

— Quand ai-je fait ça, madame ?

Elle a soupiré. Elle connaissait ce petit numéro. Il ne pourrait pas jouer à l'innocent bien longtemps avant qu'elle ne démasque son petit jeu.

— L'autre jour. Vous avez dit à l'équipe que j'avais changé le plan. Vous avez donné des instructions en mon nom. Qu'est-ce qui vous en a donné le droit ?

— La poupée vaudou était une piste plus solide. J'ai pris une décision.

— Et qu'avez-vous appris de votre expert ? Quelque chose qui va nous aider dans cette enquête ?

Il a secoué la tête. — Non, madame. Pas encore.

— Vous avez sapé mon autorité. Sa voix était d'acier. — Ça ne se reproduira pas.

Il a incliné la tête sans rien dire. À cet instant, elle a vu en lui une lueur de Caleb dans ce geste. Son ancien sergent avait fait le même mouvement, sauf que ça avait toujours été dans des circonstances différentes, plus amicales.

— Et ce qui s'est passé tout à l'heure, sur la scène de crime ? Pourquoi avez-vous ouvert la boîte avant que j'arrive ?

— J'ai vu la boîte, et je l'ai ouverte. Je n'ai pas réfléchi. Je pensais agir dans le meilleur intérêt de l'enquête.

Ce qui se traduisait en gros par : il croyait agir dans son propre intérêt.

— Je suis la directrice d'enquête, a-t-elle énoncé. J'ai un contrôle total sur les opérations.

— On n'a jamais travaillé comme ça avant, a-t-il répliqué. J'ai toujours eu plus de contrôle dans les enquêtes.

Elle a pris un instant, a inspiré, et s'est ressaisie. — C'était peut-être le cas avec votre précédent inspecteur, mais avec moi, ce privilège, il faut le mériter. Ce n'est pas un dû.

Devon s'est agité, mal à l'aise, à cette remarque. Elle a senti qu'il n'aimait pas l'idée de devoir travailler dur pour obtenir ce qu'il voulait, qu'il avait tellement l'habitude qu'on lui facilite la tâche et de contrôler certains aspects d'une enquête que toute autre façon de faire lui semblait anormale et s'apparentait à une attaque personnelle.

— Je sais que le changement doit être difficile pour vous, mais je ne suis pas votre ennemie, a-t-elle poursuivi. Je ne suis pas quelqu'un de mauvais. Je suis venue ici pour vous aider, pour aider l'inspecteur en chef, pour aider le reste de l'équipe.

— C'est ce que vous avez dit à votre dernier sergent ?

Le commentaire lui a fait l'effet d'un coup en pleine gorge. Elle a ouvert et fermé la bouche, mais aucun son n'en est sorti.

— Pardon ?

— Je me suis renseigné sur votre dernière affaire avant que vous n'arriviez ici, a-t-il commencé. Celle où vous avez envoyé votre sergent à la mort.

L'esprit de Stephanie s'est vidé. Ses genoux se sont mis à flageoler. Elle a cherché son collier, mais son corps était si engourdi qu'elle ne l'a pas senti.

— Vous n'avez aucun droit de parler de ça, a-t-elle dit, une fêlure dans la voix. Je vis avec cette décision tous les jours. Vous ne connaissez pas la douleur que j'ai endurée à cause de ce qui lui est arrivé, alors ne parlez pas de choses dont vous ne savez rien. Je suis toujours prête à endosser la responsabilité pour mon équipe. Leurs erreurs sont les miennes. Chaque fois qu'ils déconnent, c'est de ma faute. Et ce qui est arrivé à Caleb… personne ne porte ce fardeau ou cette culpabilité plus lourdement que moi. Maintenant, si c'est tout, je voudrais que vous quittiez mon bureau, et je voudrais que vous rentriez chez vous pour le reste de la journée. La discussion est close.

Elle l'a regardé froidement tandis qu'il lui tournait le dos et refermait la porte. Dès qu'elle s'est scellée, elle a poussé un long et lourd soupir qui l'a vidée de toute son énergie. Avant qu'elle ait pu réfléchir davantage à Devon et à son attitude belliqueuse, son portable a sonné.

Kimberley, sa sœur.

— Ma Steph ! Comment ça va ?

— Occupée. Qu'est-ce que tu veux ?

— Tu sais quel jour on est ?

Elle a ouvert la bouche pour répondre, mais s'est interrompue en remarquant la date sur son ordinateur. Une boule s'est formée dans sa gorge.

— Je ne peux pas…, a-t-elle dit.

— Si, tu peux. Tu dois le faire. S'il te plaît, Steph. Pour moi. Et ne cherche pas d'excuse. Je saurai si tu me mens.

CHAPITRE
VINGT-NEUF

La maison sentait légèrement le pain grillé brûlé, l'humidité, la moisissure et l'alcool. Beaucoup, beaucoup d'alcool. Dans la cuisine, où on lui avait offert une tasse de thé, Fiona a repéré plusieurs bouteilles de vodka vides, exposées sur le plan de travail comme des trophées ; des miettes et des surfaces tachées à côté de restes de nourriture ; des assiettes et des tasses sales empilées dans l'évier. Pas de doute, c'était bien une maison d'étudiants. Des années de laisser-aller de la part d'adolescents négligents, aggravées par un propriétaire qui respectait encore moins la maison que ses locataires.

Le salon était bien pire. Deux canapés beiges esseulés, balafrés par des centaines d'éraflures, de taches et de marques, faisaient face à un coin de mur nu. La moquette, décolorée et usée, semblait ne pas avoir été changée depuis des décennies. À l'endroit où une télévision aurait dû se trouver, il y avait une unique table de salle à manger IKEA, assez grande pour deux personnes. À côté, une fenêtre donnait sur un long jardin tentaculaire. Elles n'avaient emménagé que depuis quelques semaines, et le jardin était déjà envahi par les mauvaises herbes. Un enchevêtrement d'herbes hautes, d'arbres aux branches basses et une terrasse couverte de végétaux indésirables. Tout au fond, une corde à linge affaissée se balançait doucement dans la brise.

— Vous voulez vous asseoir ? a demandé Mya, une jeune

femme menue d'origine sud-asiatique. Elle portait un trait d'eye-liner précis et du vernis à ongles écaillé. Son pull oversize tombait sur ses épaules, et ses cheveux sombres étaient attachés en queue de cheval.

— Je pense que nous devrions toutes nous asseoir, a répondu Fiona en se dirigeant vers la place la plus proche sur le canapé. Elle l'a regretté aussitôt et a eu pitié des étudiantes qui devaient passer leur temps ici.

Quelques instants plus tard, les autres filles ont fait leur entrée dans le salon. Quatre en tout, chacune ayant l'air de venir de se réveiller.

— Je suis désolée de vous déranger ce matin, a-t-elle commencé. Je sais que vous êtes en pleine semaine d'intégration, mais il y a quelque chose que vous devez savoir.

Au cours des minutes qui ont suivi, elle a expliqué ce qui était arrivé à Paulina Potter. Les réactions des filles ont été celles attendues. Les larmes ont coulé, et les fenêtres ont failli se briser sous la tonalité aiguë de leurs lamentations. Fiona les a consolées l'une après l'autre avec une étreinte et une main réconfortante dans le dos avant qu'elles ne trouvent finalement du réconfort entre elles, se blottissant en groupe.

Une fois le choc initial passé, Fiona s'est réinstallée sur le canapé et leur a adressé à toutes un sourire chaleureux. — Je sais que c'est difficile et que c'est beaucoup à encaisser en ce moment ; je le comprends et, honnêtement, si je n'avais pas à avoir cette conversation avec vous, je ne le ferais pas. Vous êtes toutes sous le choc, et c'est compréhensible. Mais là, tout de suite, j'ai quelques questions à vous poser pour que nous puissions trouver la personne qui a fait ça.

— C'est la même personne qui a tué cette autre fille sur le campus ? a demandé une jeune femme nommée Georgia. Grande et élancée, elle avait les cheveux teints en un blond vénitien désordonné et portait un pyjama dépareillé. Elle parlait avec animation, en faisant de grands gestes.

— Pour le moment, nous traitons ces meurtres comme étant sans lien, a dit Fiona, pour ne pas affoler les filles.

— Ils doivent l'être, a poursuivi Georgia. Sinon, pourquoi deux personnes mourraient sur le campus la même semaine ?

— Comme je l'ai dit, pour l'instant, nous ne les considérons pas comme liés. Mais ça ne veut pas dire que les choses ne changeront pas à mesure que notre enquête progressera. C'est pour ça que je suis là. C'est vous qui connaissiez le mieux Paulina. Vous pourriez peut-être nous aider.

Les épaules de Georgia se sont détendues à cette suggestion.

— Depuis combien de temps vous vous connaissez toutes ? a demandé Fiona en sortant son carnet.

— Depuis la première année, a répondu Georgia, parlant pour les autres. On s'est toutes rencontrées en résidence universitaire.

— Et vous vivez ensemble maintenant ?

Elles ont hoché la tête.

— Comment ça se passe ?

— Bien.

— Qui a la plus grande chambre ?

— Paulina, a répondu Mya. Au dernier étage. Il a été aménagé l'année dernière. Elle nous a aidées à tout organiser, alors on lui a donné cette chambre pour la remercier.

— Je suis sûre qu'elle en a fait bon usage.

— Elle est parfaite pour elle, a réagi Lilly, une petite blonde avec un piercing au nez et des lunettes à monture épaisse, en se triturant nerveusement les doigts. Vous devriez voir ça. Elle a des peintures et des dessins partout.

— J'adorerais voir ça, a dit Fiona. Elle était tout le temps en train de créer ?

— Tout le temps. Même à, genre, deux heures du matin, parfois. C'était sa raison de vivre. Elle a même essayé de nous apprendre deux ou trois trucs, mais aucune de nous n'était douée.

— J'ai cru comprendre qu'elle était populaire sur TikTok ?

Georgia a hoché la tête. — C'était fou. Certaines de ses vidéos faisaient un nombre de vues démentiel. Elle a eu son premier partenariat avec une marque le mois dernier.

Fiona a pris une note. — Elle devait être folle de joie.

— Elle l'était, elle l'était vraiment, a poursuivi Georgia. Il était clair pour tout le monde dans la pièce qu'elle voulait être celle qui parlait. Elle a fourni tellement d'efforts et de travail. C'était vraiment génial de voir que ça payait comme ça. Je n'arrive juste pas… je n'arrive juste pas à croire qu'on l'a perdue.

Fiona a attrapé un mouchoir et le lui a tendu.

— Comment vous a-t-elle paru ces derniers jours ? Excitée d'être de retour ?

Georgia a hoché la tête, en tamponnant délicatement ce qui restait de maquillage sous ses yeux. — Elle était super impatiente. Je ne crois pas… je ne crois pas qu'elle aimait particulièrement être chez elle. Je pense que ses parents lui prenaient la tête pour qu'elle laisse tomber l'art, pour qu'elle fasse quelque chose qui pourrait lui rapporter de l'argent. J'imagine que ça leur a cloué le bec quand le partenariat est arrivé.

— Elle n'était pas *entièrement* heureuse, cela dit… a commencé doucement Lucy.

Fiona a senti que, de toutes les filles, Paulina était la plus proche de Lucy — la calme et réservée Lucy.

— Pourquoi ça ?

— Pendant l'été, quelqu'un… quelqu'un lui envoyait des messages sur TikTok. Un type qui s'appelle Damien.

— Argh, Damien, a soufflé Georgia en levant les yeux au ciel.

— Elle s'est remise avec lui ? a demandé Mya à Lucy. Elle m'a dit qu'il ne s'était rien passé entre eux.

Lucy a attendu un moment avant de parler, s'adressant à Fiona. — Ils se sont rencontrés en soirée l'année dernière, quelques mois avant la fin des cours. Il est allé à son appartement plusieurs fois, et elle au sien. Elle ne voulait rien de sérieux. Mais lui, si. Et… Elle s'est humecté les lèvres, retenant ses larmes. Et pendant l'été, elle m'a dit qu'il n'arrêtait pas de lui envoyer des messages, disant qu'il avait hâte de la revoir, hâte de la serrer dans ses bras. Il était vraiment flippant.

— Est-ce que Paulina a répondu ?

Lucy a hoché la tête. — Seulement quelques fois. Juste pour être polie. Elle a compris qu'elle ne pouvait pas l'ignorer complètement parce qu'elle savait qu'ils finiraient par se croiser à un moment ou à un autre.

— Comment ça ?

— Ils étaient dans le même club de course.

Une autre note. Cette fois, elle a dû repasser plusieurs fois sur son écriture car l'encre de son stylo commençait à manquer.

— Pourriez-vous me donner son nom de famille ?

— Veitch. Damien Veitch, a expliqué Lucy. Je ne sais pas à quoi il ressemble, je ne l'ai jamais vu. Mais je suis sûre que vous pouvez le retrouver d'une manière ou d'une autre dans les listes d'étudiants de l'université.

Fiona a fini de prendre sa dernière note. En remettant le capuchon de son stylo, elle a étudié chaque jeune femme, observant leurs expressions brisées et abattues. Elle aurait aimé pouvoir toutes les serrer dans ses bras, leur dire que tout irait bien, que ce n'était qu'un rêve. Mais la vie n'était pas si clémente. Pourtant, ces filles avaient besoin de positivité, d'un rappel des bons côtés de Paulina. Elles n'avaient pas besoin de rester là à ruminer, à penser à la façon dont elle était morte.

Il était temps pour elle de faire ce en quoi elle excellait et d'injecter un peu de vie dans cette pièce qui avait métaphoriquement vu deux cadavres.

— Bon, a-t-elle dit avec un enthousiasme pétillant en bondissant du canapé. Assez parlé de ça pour aujourd'hui. Montrez-moi la chambre de Paulina. J'adorerais voir certaines de ses œuvres en vrai.

CHAPITRE **TRENTE**

Le moment était enfin arrivé. Le jour qu'elle redoutait depuis son retour. Le jour que sa sœur Kimberley n'avait cessé de lui rappeler, appel après appel.

« Steph, n'oublie pas que c'est l'anniversaire de papa cette semaine. »

« Steph, tu peux me dire si tu vas voir papa ? Je me disais qu'on pourrait y aller ensemble. »

« Steph, je viens d'avoir des nouvelles de la maison de retraite, et il a vraiment hâte de nous voir ce week-end. Ils ont prévu une fête, et je leur ai dit qu'on serait là toutes les deux. »

Il fallait que ça tombe sur elle. Que son premier jour coïncide avec la semaine de l'anniversaire de son père. Si elle avait encore travaillé dans l'Essex, elle aurait eu une excuse, une raison de ne pas y aller, une distance de cent trente kilomètres justifiant son absence une année de plus.

Mais ce n'était plus le cas. Maintenant, seuls quelques kilomètres la séparaient de l'homme avec qui elle voulait passer le moins de temps possible.

— Il a passé un super anniversaire, commença l'infirmier, Wayne Lyons, alors qu'ils continuaient d'avancer dans le couloir en direction de la chambre de son père. On a tous chanté « Joyeux Anniversaire » dans la salle commune. On a mangé une délicieuse part de gâteau au citron que Julie lui a préparé. Elle est vraiment douée pour les gâteaux ; elle en fait pour tous nos résidents. Bien sûr, c'est votre père qui en a eu le plus. Je crois qu'il s'est resservi deux ou trois fois.

— Il a toujours été un bec sucré.

Wayne marchait d'un pas léger, sa voix empreinte d'une candeur joyeuse. Pour un observateur extérieur, il serait passé pour un passionné de son métier, quelqu'un qui aimait ce qu'il faisait. Mais pour Stephanie, dont l'avis sur lui et sur toute la maison de retraite était terni par sa relation avec son père, il était juste agaçant. Elle voulait être le plus loin possible de cet endroit.

— Comment va-t-il, ces derniers temps ? demanda-t-elle.

— Vous savez, répondit Wayne, il a des bons et des mauvais jours, comme tout le monde. Polly est la mieux placée pour vous en parler.

Polly. Ce nom lui disait quelque chose. Elle était sûre de l'avoir entendu ou vu dans certains des e-mails qu'elle avait survolés quand Kimberley avait organisé l'installation à la maison de retraite. Sa relation avec cette femme s'arrêtait là.

Ils finirent par s'arrêter devant la chambre treize. Sur la porte, une plaque en plastique portait le nom de Colin Broadbent.

Un nom auquel elle n'avait pas pensé depuis longtemps. Un nom qui lui donnait la nausée.

Regarde ce que tu as fait ! Tout ça, c'est de ta faute !

Wayne frappa doucement avant d'ouvrir la porte avec précaution. La pièce sentait légèrement l'antiseptique et l'urine, avec une subtile touche de quelque chose de plus doux : le désodorisant au citron livrait une bataille perdue d'avance. Un lit simple, collé dans un coin, sauta immédiatement aux yeux. À côté se trouvait une robuste table de chevet en chêne, encombrée d'objets essentiels : une carafe d'eau, un pilulier, des mouchoirs et un réveil numérique aux chiffres surdimensionnés. Des photographies dans des cadres dépareillés s'entassaient sur la commode. Des images de Kimberley et de son mari, Jason, à leur mariage ; une photo de Stephanie dans son uniforme de police dont elle ne se souvenait pas ; une photographie de leur mère, assise sur la plage, souriant à l'objectif. Des images d'instants qui n'existaient plus pour Colin que dans ces souvenirs capturés.

La porte de l'armoire était entrouverte, révélant des vêtements soigneusement étiquetés que Colin ne savait plus choisir de manière appropriée.

Son père était assis dans un fauteuil usé, le regard fixé sur la télévision qui diffusait quelque chose de joyeux à faible volume. Heureusement, il ne perdait que la tête, pas l'ouïe.

La démence avait commencé quelques années auparavant. D'abord, il avait montré des signes de troubles de la mémoire : poser les mêmes questions, égarer des objets du quotidien, répéter les mêmes histoires, appeler les gens par le mauvais nom. Puis était venue la confusion : ne plus reconnaître l'agencement de sa propre maison, se perdre lors de promenades qu'il faisait depuis des années, peiner à suivre des conversations simples. Le diagnostic était tombé peu après, mais à ce moment-là, l'homme qu'elle et Kimberley avaient connu avait déjà commencé à leur échapper.

Il était dans cette maison de retraite depuis six mois, et déjà ses cheveux, en grande partie gris, s'étaient considérablement clairsemés, et son dos était voûté d'une manière dont elle ne se souvenait pas. Il avait aussi beaucoup maigri. La peau autrefois tendue pendait maintenant sur ses joues, et le jean qui avait été ajusté à sa taille reposait lâchement sur ses hanches.

Mais il y avait encore quelque chose dans son visage, son expression, ses yeux, qui ne montrait aucun signe de disparition. La malveillance, la manipulation, le calcul. Une histoire de perversité gravée dans chaque pore de son visage, dans chaque poil mal rasé de son menton. Il s'effaçait peut-être — lentement, inexorablement — mais l'homme qui avait un jour fait de sa vie un enfer n'était pas complètement parti. Il était toujours là, quelque part, sous le regard vide et absent qu'il lui offrit quand elle entra. Après quelques secondes, la reconnaissance se fit dans son cerveau, et il lui adressa un lent sourire.

Le même sourire lent et sinueux qui précédait toujours les paroles et les actes qu'aucun parent ne devrait jamais avoir. À cette vue, elle enroula une main autour de son collier et serra l'autre dans sa poche, pinçant un morceau de chair de sa cuisse à travers son pantalon pour apaiser la nausée.

— Stephy… dit-il lentement, son sourire narquois s'élargissant, de plus en plus menaçant.

Tais-toi, espèce de connasse ! Tu vois ce que tu as fait !

— Salut, papa, dit-elle en évitant son regard aussi longtemps que possible.

— *Eh bien,* dit Wayne, d'un ton excessivement enjoué. Je vois que vous avez beaucoup de choses à vous raconter. Je vais vous laisser. Je serai au bureau si vous avez besoin de moi.

Il posa une main sur le bras de Stephanie avant de partir.

Alors que la porte se refermait, sa poitrine se serra et sa respiration devint superficielle. L'air était aspiré hors de la pièce. Les murs se refermaient sur elle. Un sentiment écrasant d'effroi et de perte de contrôle l'assaillit de toutes parts.

— Comment ça va, Stephy ?

Elle ne parvenait pas à répondre. Des tueurs, des violeurs, des ravisseurs ; elle en avait croisé de toutes sortes. Mais aucun d'entre eux, aucun d'eux de toute sa carrière, n'était aussi abject que l'homme en face d'elle.

— Joyeux anniversaire, fut tout ce qu'elle trouva à dire, en serrant son collier si fort qu'il lui cisaillait la peau.

— C'est mon anniversaire ? C'est gentil. Merci d'être venue. Il y a eu une fête ?

Elle grimaça. — Apparemment.

— Ça t'a plu ?

— Je n'ai pas pu venir. J'avais du travail.

— Oh, oui. Où est-ce que tu travailles, maintenant ?

— Ici.

Elle n'avait rien à lui dire. Rien, au cours des vingt années depuis leur dernière rencontre, qu'elle ait envie d'aborder. Il ne méritait pas de savoir à quel point elle et Kimberley s'en sortaient bien sans lui dans leur vie. À quel point elles avaient survécu à leur enfance grâce à ses sacrifices, à son rôle de guide, et à la rapidité avec laquelle elle avait été forcée de grandir. Même si elle était sûre que sa sœur l'avait tenu au courant de chaque détail de leurs vies.

— Où est Kimberley ? demanda-t-il, un autre sourire narquois apparaissant lentement sur son visage.

— Elle est déjà venue.

— Oh. C'est gentil.

— Et ta mère ?

Stephanie serra la mâchoire de frustration, se mordant la joue.

Une douleur se propagea dans sa bouche, si puissante et intense qu'elle la détourna du bleu qui se formait rapidement sur sa cuisse.

N'ose pas parler d'elle. N'ose même pas prononcer son nom devant moi.

— Au revoir, papa, dit-elle, déjà à moitié tournée pour partir.

Elle ne supportait plus d'être là. Ne supportait plus d'être dans la même pièce que lui plus que nécessaire. Sa peau se couvrit de chair de poule alors que son corps était secoué d'un frisson de malaise, et une cacophonie d'émotions déferla en elle. Fureur. Chagrin. Culpabilité.

Les images de son sourire narquois maculaient sa vision tandis qu'elle filait dans le couloir. Elle devait les bannir. Elle devait le chasser de sa tête et de sa vie.

Elle avait besoin de vomir.

CHAPITRE
TRENTE-ET-UN

Stephanie s'est arrêtée net près de la sortie. La porte était sous alarme et un membre du personnel devait l'ouvrir. Elle a essayé à plusieurs reprises de le faire elle-même, mais en vain.

— Il y en a qui sont pressés, a dit une femme qui boitait en s'approchant. Ils vous ont déjà fait fuir ?

— Je dois retourner au travail, a répondu Stephanie.

La femme a tapé un code PIN sur un clavier numérique et lui a tenu la porte. Au moment où Stephanie s'apprêtait à quitter le bâtiment, la femme l'a rappelée et lui a demandé de signer le registre des sorties.

— Juste au cas où il y aurait un incendie, a-t-elle expliqué. Je dirais bien que ce n'est pas moi qui fais les règles, mais malheureusement, dans ce cas précis, ce n'est pas vrai.

Tandis que Stephanie griffonnait l'heure de sa sortie sur le papier – six minutes exactement après son arrivée –, la femme s'est penchée et a parcouru la page du regard.

— Vous êtes la sœur de Kimberley ?

— Oui.

La femme s'est essuyé la main sur son pantalon. — Je suis Polly. Ravie de pouvoir enfin mettre un visage sur un nom.

— De même, a répondu Stephanie en serrant timidement la main de Polly. Elle voulait ficher le camp d'ici le plus vite possible.

— Je n'ai toujours eu affaire qu'à votre sœur, a expliqué Polly.

— Elle a toujours été douée pour ce genre de choses.

— J'ai cru comprendre que vous étiez partie ?

Steph a hoché la tête. — On dirait qu'elle s'en est bien sortie sans mon aide.

— Kimberley a dit que vous aviez déménagé à Guildford, maintenant ?

Stephanie a confirmé d'un autre hochement de tête.

— Ça veut dire qu'on vous verra plus souvent ? Il n'arrête pas de demander après vous.

— Vous voulez dire Kimberley ?

— Non. *Vous.* Polly l'a pointée du doigt, comme pour la blâmer. — Il mentionne tout le temps votre nom, il demande quand vous allez venir lui rendre visite. Je crois que vous lui manquez vraiment.

Steph s'est forcée à sourire.

— Il adorerait que vous passiez plus souvent.

À quoi jouait cette femme ? Essayait-elle de la faire culpabiliser pour qu'elle voie plus fréquemment l'homme qui avait ruiné sa vie ? De lui donner son temps si précieux pendant que le sien s'épuisait ?

Si seulement elle savait…

— Je dois retourner au travail, a dit brusquement Stephanie, indiquant que toute discussion était close.

— Bien sûr. Polly lui a de nouveau tendu la main. — Eh bien, c'était un plaisir de vous rencontrer.

Alors que Stephanie la saisissait à contrecœur pour la seconde fois, une image de son père a refait surface. Cette fois, il était à moitié nu, empestant l'alcool, montant péniblement les escaliers, entrant dans la chambre de ses parents, claquant la porte au nez de Stephanie avant que les bruits et les cris ne commencent.

Et que les bleus n'apparaissent.

Ferme-la, putain de connasse !

En refermant la lourde porte derrière elle, Stephanie a inspiré profondément. De grandes goulées d'air ont inondé ses poumons, relâchant la pression dans son corps. Elle pouvait de nouveau respirer. Elle pouvait voler. Elle était libre. Libérée de l'emprise de son père.

Au moment où elle allait monter en voiture, son portable a

sonné. Elle a espéré que ce soit un membre de son équipe qui appelait pour lui donner des nouvelles des tâches qu'elle avait assignées, et non la maison de retraite pour lui dire qu'elle avait oublié quelque chose.

C'était sa sœur.

— Stephounette, a hurlé Kimberley au téléphone. Tu es déjà allée voir papa ?

— Je pars à l'instant.

— Comment il était ?

— Bien.

— Il t'a reconnue ?

— Ouais.

— Je te l'avais dit qu'il demandait tout le temps après toi.

— Je pensais que tu disais ça juste pour que j'y aille.

— Bien sûr que non. Tu lui manques.

— Si tu le dis.

— Ne sois pas comme ça, Steph. C'est tout ce qu'il nous reste. Et on ne sait pas combien de temps il sera encore là.

Steph a grogné.

— Je pense vraiment que tu devrais faire plus d'efforts maintenant que tu es revenue ici.

Un autre grognement, suivi d'une réponse sans grande conviction.

— Bref, a continué Kimberley, assez parlé de lui. Tu fais quoi ce week-end ?

— J'allais sortir mon VTT et faire une balade.

— Non, plus maintenant, a dit Kimberley. Tu viens dîner avec Jason et moi.

CHAPITRE
TRENTE-DEUX

Depuis sa plus tendre enfance, elle avait toujours eu du mal à déconnecter. La peur omniprésente que son père lui avait instillée pendant son enfance l'a hantée toute sa vie. Les fracas qui résonnaient depuis le salon, en bas. Les hurlements qui provenaient de la chambre. La porte qui grinçait en s'ouvrant au milieu de la nuit…

Au fil des ans, elle avait trouvé plusieurs activités qui l'aidaient à oublier et à surmonter son traumatisme : la peinture, la course à pied, l'escalade et le jiu-jitsu.

Le VTT était l'une des plus récentes. Elle adorait le frisson de la montée et la descente rapide sur le terrain humide et accidenté. Elle savourait l'effort et la torture que cela imposait à son corps. Elle adorait la montée d'adrénaline lorsqu'elle dévalait une colline escarpée à près de 50 km/h, en se fiant uniquement à son intuition et à ses réflexes ; une erreur de jugement, et elle se retrouverait la tête la première contre un rocher déchiqueté ou un arbre.

Il n'y avait qu'elle, son VTT et le sentier. Comme en escalade, elle était aux commandes. Si ça tournait mal, c'était de sa faute. Si elle tombait, c'était de sa faute.

Si elle trébuchait et se cassait la clavicule, elle ne pourrait s'en prendre qu'à elle-même.

Les derniers jours s'étaient écoulés sans incident. C'est-à-dire que personne d'autre n'était mort. Pendant ce temps, l'équipe avait travaillé d'arrache-pied pour rassembler autant de preuves que possible sur le meurtre de Claudia Bellini et de Paulina Potter. Ils avaient épluché les réseaux sociaux des deux victimes à la recherche de liens, mais n'avaient rien trouvé. Ils avaient passé au peigne fin le journal intime de Claudia Bellini, sans résultat. Les seuls liens qu'ils avaient établis étaient que les deux jeunes femmes faisaient partie du même club de course et suivaient le même cursus, avec les mêmes professeurs et étudiants.

Ce qui leur manquait, c'étaient de véritables preuves tangibles. Sur les deux scènes de crime, il y en avait eu très peu. Ou, d'un autre point de vue, il y avait eu tellement de preuves, avec tant de personnes différentes qui étaient entrées et sorties de la chambre de Claudia et de la salle d'arts plastiques 3BA, que les équipes de la police scientifique avaient été incapables de discerner quoi que ce soit de concret, à l'exception d'une empreinte digitale trouvée sur le micro-ondes dans la chambre de Claudia Bellini.

La preuve clé, cependant, résidait dans les images de vidéosurveillance trouvées à l'Ivy Arts Centre. Olivia avait découvert le tueur présumé entrant dans le centre au moment de la mort de Paulina. Une silhouette s'était glissée dans le bâtiment, entièrement vêtue et encapuchonnée, ses traits dissimulés, et s'était dirigée vers la salle 3BA. Peu de temps après, elle était repartie.

Le suspect était vraisemblablement l'étudiant que les amis de Paulina avaient signalé à Fiona : Damien Veitch. Il avait la même taille, la même carrure, et d'après les photos qu'ils avaient vues sur ses comptes de réseaux sociaux, il portait un sweat à capuche identique. Depuis, plusieurs tentatives avaient été faites pour retrouver le jeune homme, et à eux trois, Fiona, Giles et Devon s'étaient rendus à son domicile et avaient assisté à certains de ses cours dans l'espoir de le trouver. Mais rien. L'homme s'était volatilisé, il avait complètement disparu.

Stephanie était sûre qu'il finirait par réapparaître. Mais à cet instant, tout ce à quoi elle pouvait penser était le meilleur chemin à prendre. La descente progressive et plus douce ? Ou celle, plus abrupte et plus cahoteuse ?

Finalement, elle a choisi la seconde.

Au-dessus de sa tête, des nuages bas et lourds planaient, baignant St Martha's Hill d'une lumière gris acier. Ses joues rougissaient à chaque inspiration alors qu'elle se tenait au sommet de la pente, un pied sur la pédale, l'autre planté dans la terre, le cœur battant à tout rompre.

Elle s'est élancée.

Les pneus ont craché de la terre et des cailloux derrière elle tandis que la gravité prenait le contrôle. Elle s'est penchée en avant, les doigts effleurant les freins. Ils ont couiné comme des porcs, déchirant le silence des bois. Les arbres se sont transformés en taches vert foncé floues de chaque côté d'elle. Son cœur s'est emballé. Ses jambes se sont contractées. Sa respiration était courte, rapide et paniquée.

Sur les vingt premiers mètres, elle maîtrisait la situation, manœuvrant les roues sur le sentier, par-dessus les racines et les creux de la terre avec soin et précision. Mais quelques mètres plus loin, quelque chose a changé. Elle a cru voir une silhouette parmi les arbres. Un homme ressemblant à son père, qui l'observait. Dans ses mains, il tenait quelque chose qui scintillait.

Le collier de Maman.

Derrière lui se tenaient deux jeunes femmes : Claudia Bellini et Paulina Potter. Leurs visages étaient pâles, empreints des supplications qu'elles avaient adressées à leur tueur.

S'il vous plaît, laissez-moi partir.

Ne faites pas ça !

Maintenant, elles venaient à elle.

Venge-nous, Stephanie.

L'apparition l'a distraite un instant de trop, et elle a manqué la racine qui barrait le chemin tel un doigt accusateur. Son pneu avant l'a heurtée de plein fouet, faisant pivoter brutalement le guidon. Un instant, elle a flotté dans les airs, en apesanteur. Puis le monde a basculé.

Elle a été propulsée dans les airs, son corps heurtant le sol avec un bruit sourd et écœurant. L'épaule d'abord, puis les côtes, puis la hanche, expulsant l'air de ses poumons.

Le vélo s'est écrasé à côté d'elle, ses roues tournant doucement. Elle n'a pas bougé. Elle ne pouvait pas. Une douleur fulgurante lui a transpercé le côté. Sa vision s'est brouillée de larmes. Était-ce dû à l'impact ou à la pure frustration, elle l'ignorait. Au-dessus, à travers la canopée, il y avait une trouée dans les nuages, et un fin rayon de soleil illuminait l'endroit où elle avait vu les silhouettes. Quand elle a tendu le cou pour les voir, elle a été soulagée de constater qu'elles avaient disparu.

CHAPITRE **TRENTE-TROIS**

La douleur à son épaule et à sa hanche ne s'était pas calmée le soir venu. Elle était encore en train de masser le côté de son corps avec son pouce quand la porte d'entrée s'est ouverte à la volée et que sa sœur l'a accueillie. Ce soir-là, Kimberley portait une élégante jupe noire et un gilet en maille à rayures noires et blanches. Ses cheveux avaient été coiffés et elle avait appliqué une fine couche de maquillage sur un visage qui, selon Stephanie, n'en avait jamais eu besoin. Sa sœur était belle dans tous les sens du terme.

Stephanie, en revanche, s'était toujours considérée comme le vilain petit canard du duo. C'était Kimberley qui recevait toujours l'attention des garçons à l'école. C'était Kimberley qui avait enchaîné les petits amis dans sa vingtaine et sa trentaine. Pendant ce temps, Stephanie était occupée à s'inquiéter pour elle, à s'assurer qu'elle était en sécurité et raisonnable. Elle n'avait pas eu le temps, ni l'envie, de trouver l'amour. Elle ne pensait pas non plus en être tout à fait digne. C'était peut-être la raison pour laquelle la plupart de ses prétendants gardaient leurs distances dès qu'ils voyaient son attitude et son expression.

L'amour, entre autres, n'avait jamais figuré en haut de sa liste de choses à obtenir. Elle avait déjà vu l'« amour » auparavant, et si elle devait se fier à ce qu'elle avait vécu, ça l'en avait dégoûtée à vie. Comme la version de l'amour de ses parents était le seul exemple qu'elle avait, elle ne voulait rien avoir à faire avec ça. Naturellement, cela la rendait méfiante et prudente à l'égard de quiconque essayait d'interférer avec sa petite sœur et de lui faire la cour.

— Tu es là ! s'est exclamée Kimberley, sa voix résonnant dans la pittoresque rue résidentielle, où les maisons valaient à peine moins d'un million de livres sterling et où les voitures dans chaque allée semblaient tout droit sorties d'un film de James Bond.

— Je peux faire demi-tour si tu veux ?

— Ne sois pas idiote, a dit Kimberley en entraînant Stephanie à l'intérieur par le bras.

Elle a retiré ses chaussures dans l'entrée et a inspecté le couloir. La maison de Kimberley et Jason était tout ce que la sienne n'était pas : accueillante, bien décorée, moderne ; le genre d'endroit où l'on emménagerait sans hésiter une seconde. Il était clair qu'ils avaient dépensé beaucoup de temps, d'argent et d'efforts pour lui donner cette apparence. Ou plutôt, *Kimberley* avait dépensé beaucoup de temps, d'argent et d'efforts. Elle voyait l'empreinte de la personnalité de sa sœur cousue dans chaque fibre du bâtiment, ce qui n'était qu'accentué alors qu'elles passaient dans la cuisine : le frigo Smeg dont elle avait toujours parlé ; la cuisinière Aga qu'elle rêvait d'avoir depuis qu'elle l'avait vue dans un catalogue au foyer d'accueil ; les lambris verts sur un fond bleu foncé qui correspondaient à sa personnalité. C'était la maison de Jason – *officiellement*, en tout cas – mais elle en avait fait un foyer.

Sur le plan de travail, une série de casseroles et de poêles bouillonnaient, et la lumière du four en dessous était allumée. L'odeur de cuisine emplissait la pièce.

— Du vin ?

Stephanie a secoué la tête. — Je conduis.

— N'importe quoi, a insisté Kim. C'est le week-end. Tu n'es pas de service. Et je t'oblige à en prendre un, que ça te plaise ou non.

Alors que Stephanie tendait la main vers son verre, elle a grimacé de douleur.

— Tu es blessée ? a demandé Kim, posant une main inquiète sur son bras.

— C'est juste un accident de VTT.

— Tu es encore allée faire du VTT toute seule ?

Stephanie a repoussé la main de sa sœur d'un haussement d'épaules. — J'y vais toujours seule.

Kimberley l'a ignorée et s'est précipitée vers le congélateur, où elle a trouvé un sac de glace. Malgré les protestations de Stephanie, Kimberley l'a enveloppé dans un torchon de cuisine et l'a pressé contre son épaule.

— Tu n'as pas besoin de faire ça, a répliqué Stephanie. Je suis capable de m'occuper de moi-même.

— C'est à mon tour de te rendre la pareille. Après toutes ces années que tu as passées à t'occuper de moi.

Stephanie a eu un petit rire. Si seulement elle savait la moitié de ce qu'il en était. Tenant la compresse dans une main et son verre dans l'autre, Stephanie a demandé : — Où est Jason ?

— En haut. Il finit un truc pour le travail. Il descend dans une minute.

Stephanie a pris une gorgée de son verre et a observé sa sœur s'affairer dans la cuisine. — C'est ce que tu portes pour aller travailler ?

— Ça ? Qu'est-ce qui ne va pas ?

— Je demande, c'est tout.

Kim s'est arrêtée et a jeté un coup d'œil à la tenue de Stephanie. — Toi, c'est ce que *tu* portes pour aller travailler ?

— C'est tout ce que je possède, alors oui. Techniquement, je le porte partout.

— Il faut qu'on aille faire les boutiques, toi et moi.

— Non, il ne faut pas.

Stephanie détestait le shopping. Elle exécrait ça. Elle ne pouvait pas imaginer quelque chose qu'elle aurait moins envie de faire. Elle détestait ça à un tel point qu'elle se disait souvent qu'elle préférerait passer la nuit à la morgue.

— Ça te fera du bien, a poursuivi Kimberley, mais Stephanie n'écoutait pas. Comment avance le déballage de tes cartons ?

Stephanie a pris une autre gorgée. — Ils sont toujours là. Ils ne vont pas s'envoler.

— Faut-il que je vienne le faire pour toi ?

— On dirait que tu as déjà assez de pain sur la planche.

Cette remarque a stoppé Kim net. Elle s'est figée au milieu du transport d'une casserole d'eau bouillante vers l'évier. — Qu'est-ce que tu veux dire ?

— Tu as l'air fatiguée, a dit Stephanie sincèrement. Le ton enjoué de leur conversation précédente avait disparu. Maintenant, elle utilisait sa voix de grande sœur. Comme si quelque chose t'empêchait de dormir.

Kimberley a secoué la tête. — Le travail a juste été très intense.

Stephanie ne l'a pas crue. Elle connaissait assez bien sa sœur pour savoir quand elle mentait. Mais avant qu'elle puisse insister davantage, le bruit lourd de pas dévalant les escaliers l'a dérangée. Un instant plus tard, un homme grand, brun et séduisant, vêtu d'une chemise élégante et ajustée et d'un chino, est apparu dans l'encadrement de la porte. Jason était entré dans la vie de Kim près de dix ans plus tôt, et ils étaient mariés depuis sept de ces années. Stephanie se souvenait de leur première rencontre, dans un café au milieu de Colchester, dans l'Essex, lorsque Stephanie avait renoncé à sa chambre et dormi sur le canapé pendant un long week-end. Stephanie avait la même impression aujourd'hui que lors de leur première rencontre : il était poli, charmant et savait toujours quoi dire. Elle avait ses soupçons – cela faisait partie intégrante du fait de veiller sur sa sœur depuis si longtemps – mais il semblait rendre sa sœur heureuse. Et tant que sa sœur était heureuse, elle l'était aussi.

— Stephanie, a-t-il dit en l'étreignant. Je suis si content de vous voir.

Elle a grimacé en s'écartant. — Moi de même.

— Désolé, je ne voulais pas vous faire mal.

— Elle s'est blessée *toute seule*, est intervenue Kim. C'est entièrement de sa faute. Ne la plaignez pas.

Un air intrigué est apparu sur le visage de Jason. — Qu'est-ce que vous avez fait ?

— Je suis tombée en faisant du VTT.

— Et elle a fait de l'escalade en solo l'autre jour, a ajouté Kimberley. Seule, et *sans* harnais ni sécurité.

— Une vraie accro à l'adrénaline, a répondu Jason, puis il a posé une main sur son autre épaule. Eh bien, vous avez l'air en forme. Ça faisait trop longtemps, et je suis désolé d'avoir été en retard. J'avais juste deux ou trois choses à terminer.

— Un week-end ?

— Vous savez ce que c'est. La vie trépidante du trading ne s'arrête jamais.

— Tu as de la chance qu'il soit là, a noté Kimberley. Il devait être au Japon pour le travail, mais le voyage a été écourté.

Stephanie a perçu une pointe d'accusation dans le ton de sa sœur qui était restée tacite depuis un certain temps.

— Je suis contente que vous ayez pu être là, a dit Stephanie, soucieuse d'apaiser la tension montante dans la pièce. Elle savait comment ces choses commençaient – elle les avait vues de ses propres yeux – et elle savait aussi comment elles se terminaient… Elle a porté la main au collier de sa mère et s'est sentie commencer à se calmer.

— Il a l'air un peu serré, ton collier, a remarqué Kimberley. Tu n'as pas pensé à y faire ajouter des maillons ?

Stephanie a secoué la tête.

— Je trouve qu'il lui va très bien, a ajouté Jason, prenant sa défense.

— Elle l'a depuis aussi longtemps que je me souvienne et elle ne veut toujours pas me dire d'où il vient.

— Je te l'ai dit, c'est un cadeau de Maman.

— Ça m'énerve toujours de ne pas en avoir eu un.

Avant que Stephanie puisse répondre, l'eau bouillante sur la plaque de cuisson a débordé, projetant des nuages de vapeur dans l'air. Kimberley a paniqué et a rapidement nettoyé. Jason et Stephanie ont tous deux proposé leur aide, mais elle les a renvoyés de la cuisine vers la salle à manger, et ils s'y sont dépêchés en silence, dans une certaine gêne.

Stephanie n'avait jamais été douée pour la conversation de salon ; la conversation forcée avec des gens qu'elle ne connaissait pas très bien. Et Jason n'était pas différent.

— Comment va le travail ? a-t-il demandé. Comment vous acclimatez-vous au nouvel environnement et au fait de revivre à Guildford ? J'imagine que ça doit être comme si vous n'étiez jamais partie.

Sauf que ce n'était pas le cas. À certains égards, tout semblait identique à ce qu'il y avait vingt ans. À d'autres égards, chaque partie de la ville, de la région et des gens avait changé. Elle ne reconnaissait plus rien, et plus elle y passait du temps, plus elle se sentait comme une étrangère.

— Il est encore tôt, a-t-elle répondu. Mais ma nouvelle équipe me tient bien occupée.

— Et cette affaire dont j'ai entendu parler aux informations, a-t-il dit. Avec les étudiants. Vous avez déjà du pain sur la planche.

Trop occupé pour aider à la maison et passer du temps avec ta femme, mais plein de temps pour lire les nouvelles locales, a-t-elle pensé.

— Rien de tel que d'être jetée dans le grand bain, a-t-elle répondu.

— N'empêche, ça doit vous tenir éveillée la nuit.

Ça, et la peur. Et la paranoïa. Et la culpabilité. Et le regret.

— Les progrès sont lents, mais je suis convaincue que nous pouvons y arriver.

Juste au moment où Jason allait répondre, la porte de la cuisine s'est ouverte et Kimberley a fait irruption, portant plusieurs assiettes de nourriture fumante. Jason et Stephanie se sont écartés de son chemin alors qu'elle posait les assiettes sur la table. Ils ont de nouveau proposé leur aide, mais encore une fois, elle a refusé et leur a ordonné de s'asseoir. Quelques minutes plus tard, un magnifique rôti du dimanche, complet avec poulet, pommes de terre, légumes, gratin de chou-fleur et sauce, se trouvait devant eux, des volutes de vapeur s'élevant doucement dans l'air.

Kimberley a tapoté son verre avec sa cuillère, réclamant leur attention. — Je voulais juste te dire, Steph, merci d'être venue ce soir. Ça faisait trop longtemps, mais c'est génial de t'avoir de retour. Tu ne sais pas à quel point je suis heureuse, et à quel point Papa est heureux aussi, que ma grande sœur soit de retour. Elle a levé son verre. — À la famille, a-t-elle ajouté.

— À la famille, a répondu Stephanie, refoulant l'image de son père au fond de son esprit.

CHAPITRE **TRENTE-QUATRE**

Ce qui avait commencé comme une soirée plaisante et agréable avait rapidement déraillé à cause des discussions sur leur père. Sur la perfection de la maison de retraite, sur le soutien et l'amour immenses qu'il y recevait, sur le fait que Stephanie devait lui rendre visite plus souvent, et qu'elle devait renouer le contact avec lui, lui rappeler qui elle était avant que sa mémoire ne s'efface complètement.

Pendant tout ce temps, Stephanie avait hoché la tête poliment et joué le rôle de la sœur aimable, principalement pour Jason, mais aussi parce qu'elle n'avait pas voulu prolonger cette conversation déjà pénible.

En conséquence, elle a quitté la maison de sa sœur plus stressée qu'à son arrivée. Pour se calmer, elle a enfilé sa tenue de course et est partie pour un jogging nocturne.

L'arrière-goût et la sensation de brûlure du vomi étaient pâteux dans sa bouche alors qu'elle entrait sur le campus universitaire. Des flaques de lumière se déversaient des hauts lampadaires, étirant des ombres sur le chemin désert. Les silhouettes des bâtiments universitaires se dessinaient sur le ciel nocturne, leurs fenêtres luisant comme des yeux vides. Au-dessus, les nuages étaient bas et lourds, emprisonnant la lueur des lampes à sodium qui donnait au monde une teinte ambrée et feutrée. Les espaces verts et les allées en béton qui, d'habitude, bourdonnaient d'étudiants, étaient maintenant déserts, les bancs vides, l'air immobile. L'endroit était étrangement silencieux, un contraste frappant avec l'effervescence habituelle de la journée. La respiration de Stephanie sortait en halètements courts et contrôlés tandis qu'elle mettait un pied devant l'autre. Alors qu'elle gravissait une pente raide pour atteindre le syndicat étudiant, les bruits de conversation et les rires filtraient par les fenêtres ouvertes des résidences : des étudiants qui bavardaient, se préparaient pour sortir, jouaient aux jeux vidéo, vivaient leur vie librement, sans limites.

Au sommet de la pente, elle est arrivée à l'amphithéâtre. Des flashs de son discours de l'autre jour lui sont apparus à l'esprit mais ont vite disparu dès qu'elle a repéré une jeune femme qui descendait nonchalamment les marches, une paire d'écouteurs vissés dans les oreilles.

Stephanie s'est arrêtée au bas des marches et lui a fait signe. La jeune femme s'est arrêtée net et l'a étudiée attentivement avant de retirer l'un de ses écouteurs.

— Ouais ? a-t-elle lancé sèchement.

— Qu'est-ce que vous faites ? Il est minuit, et vous vous promenez toute seule.

— Pardon, mais vous êtes qui ? a-t-elle demandé avec un fort accent de l'est de Londres.

— Vous n'avez pas vu les infos sur les deux filles qui sont mortes sur le campus ? Vous devez faire attention à vous. Vous ne devriez pas vous promener à cette heure de la nuit, seule, et avec des écouteurs. Vous devez être prudente. N'importe quoi pourrait vous arriver.

La jeune fille a ajusté la bandoulière de son sac sur son épaule. — J'pourrais en dire autant de vous. Vous êtes dehors toute seule en pleine nuit.

Stephanie a légèrement relevé le menton. — C'est différent. Je suis policière. Je peux me défendre.

— Policière ? Vous avez bossé sur l'affaire ?

Elle a hoché la tête.

— Qu'est-ce que… qu'est-ce que vous faites ici ?

— Courir m'aide à réfléchir, à analyser.

— Vous voulez un autre truc à quoi réfléchir ? a demandé l'étudiante.

— Allez-y…

— J'ai pas entendu grand-chose là-dessus, a-t-elle commencé. J'ai essayé de faire profil bas, tout ça. Mais de c'que j'ai entendu, y a plein de gens qui disent qu'un des profs aurait pu le faire, vous voyez.

Stephanie s'est souvenue de ce qu'elle avait dit à cet endroit précis. Que les rumeurs étaient la mort de la vérité.

— Merci, a-t-elle dit à l'intention de l'adolescente. Je garderai ça à l'esprit. Où allez-vous ?

— Chez moi, a répondu la jeune fille.

— C'est où ?

— Kernel Court. Elle a pointé du doigt par-dessus l'épaule de Stephanie. — C'est une nouvelle résidence qui a ouvert y a deux ou trois ans, après que l'université a commencé à être surbookée.

— Voulez-vous que je vous raccompagne ?

La jeune femme y a réfléchi un instant, puis a poliment secoué la tête.

— Ça ira, a-t-elle répondu en retirant ses écouteurs de ses oreilles pour les mettre dans sa poche.

À contrecœur, Stephanie a laissé la jeune fille partir. Elle ne voulait pas l'intimider ni la forcer. Au lieu de ça, elle est partie dans la direction opposée et a fait une boucle, se chronométrant de manière à pouvoir voir la jeune fille juste au moment où elle quittait le campus pour s'engager sur le pont menant à sa résidence.

Telle une protectrice vigilante, elle a gardé un œil sur la jeune fille jusqu'à ce qu'elle soit en sécurité.

Le seul problème, c'est qu'elle n'était qu'une étudiante, et qu'il y en avait des milliers d'autres comme elle, et que Stephanie ne pouvait pas se démultiplier pour s'occuper de toutes.

CHAPITRE
TRENTE-CINQ

Le lendemain matin, Stephanie a été soulagée de se réveiller sans avoir reçu d'appel du central. Même si elle avait vu la jeune femme entrer dans son immeuble et fermer fermement la porte derrière elle, une part d'elle craignait toujours qu'elle ait subi le même sort que Claudia Bellini. Que quelqu'un l'ait suivie à l'intérieur, se soit glissé jusque dans sa chambre et lui soit tombé dessus.

Ce sentiment d'insécurité et de paranoïa s'est aggravé lorsqu'elle est entrée dans le bureau de l'inspecteur en chef McGowan. Derrière lui, les stores étaient à moitié baissés, laissant filtrer la douce lumière d'un matin couvert. Il a levé les yeux vers elle et l'a gratifiée d'un signe de tête qui tenait à la fois de la salutation et de l'invitation. Tandis qu'elle tirait la chaise, Stephanie a essayé de déchiffrer son expression, mais il ne laissait rien paraître. Il portait son uniforme de police impeccable, comme d'habitude, mais ce matin-là, elle a remarqué qu'il avait au poignet une montre avec un fin bracelet en cuir, une montre qu'elle ne lui avait jamais vue.

— Vous vous êtes fait un petit plaisir ce week-end ? a-t-elle demandé en désignant son poignet d'un signe de tête.

— Ce vieux truc ? Je l'ai depuis que je suis gamin. Ils ont arrêté de les fabriquer, ainsi que les pièces détachées, il y a une dizaine d'années. Maintenant, j'ai peur de la porter, de peur de l'abîmer.

Stephanie a eu un sourire en coin. — De peur de la cogner

contre votre clavier ou de mettre de l'encre de stylo dessus, c'est ça ?

Un mince sourire a traversé sa bouche. Ce moment de légèreté a été de courte durée.

— J'ose espérer que vous avez passé une bonne journée de congé ce week-end, a-t-il dit. L'occasion de vous reposer, de recharger les batteries, etc. Mais maintenant, il faut qu'on passe à la vitesse supérieure. J'ai passé toute la journée d'hier à répondre aux appels de la police des West Midlands et du Northumberland. Puisque les victimes sont originaires de ces régions, tous ceux qui les ont côtoyées de près ou de loin se sont mis à appeler leurs commissariats locaux, pour poser des questions ou balancer des noms. Les deux chefs de la police m'ont proposé leur aide, ce que j'ai refusé pour l'instant, mais si les choses continuent de s'envenimer à ce rythme, je n'aurai pas d'autre choix que de faire appel à d'autres services.

Stephanie n'a rien dit. Elle s'est contentée de soutenir son regard.

— Il y a aussi eu une *énorme* couverture médiatique ces deux derniers jours, a-t-il poursuivi. On n'a vu que ça sur la *BBC*, le *Daily Mail* et le reste. Je ne veux pas avoir l'air de radoter… c'est bien ça, la métaphore ? Peu importe, ce que je veux dire, c'est que j'ai accepté que vous rejoigniez l'équipe sur la base de votre réputation. On m'a dit que vous obtiendriez des résultats. Et jusqu'à présent, tout ce que je vois, ce sont deux cadavres, beaucoup de bruit et pas la moindre avancée.

Je sais ! a-t-elle eu envie de lui hurler au visage. *Je le sais, merde ! Je sais à quel point ça a l'air grave. Je sais l'image que ça renvoie de moi. J'essaie ! Donnez-moi juste plus de temps !*

— Oui, je comprends parfaitement, monsieur, a-t-elle dit doucement. Je vais parler à l'équipe dès maintenant et leur rappeler l'urgence de la situation.

— Merci, a-t-il dit alors qu'elle se levait de sa chaise. Comme je l'ai dit, je n'en ai pas envie, mais si les choses continuent…

— Je comprends.

Alors que Steph posait la main sur la porte, il a ajouté : — Vous devez comprendre qu'on n'a jamais rien eu de tel. Et plus le temps passe, plus je pense que vous avez peut-être raison, qu'on a peut-être affaire à quelque chose de *gros*. J'espère juste qu'on pourra gérer ça avant que ça n'atteigne ce stade. Intérieurement, je panique.

Elle a eu un sourire en coin. — Ne vous en faites pas, monsieur. Vous le cachez bien mieux que la plupart des gens avec qui j'ai travaillé.

CHAPITRE
TRENTE-SIX

Quelques minutes plus tard, l'équipe s'est réunie dans la salle de briefing. Face à elle, un mélange de visages aux yeux bouffis, fatigués, marqués par le blues du lundi matin, de gens qui n'avaient pas envie d'être là ou n'avaient pas assez dormi du week-end, côtoyait les mines énergiques et vives de ceux qui avaient bien dormi ou étaient si pleins de caféine que leur corps ne s'en rendait pas compte. Fiona et Eve appartenaient à la seconde catégorie. Elles paraissaient toutes deux pleines de vie, et comme si elles voulaient être là. Impatientes. Cette émotion était évidente sur leurs visages dès qu'elles ont vu Stephanie approcher. La cynique en elle a pensé qu'elles en faisaient trop, qu'elles essayaient de se faire bien voir et de lui insuffler confiance, comme si elle était une collègue nerveuse sur le point de faire une grosse présentation. L'autre partie d'elle croyait que cela faisait simplement partie de leur personnalité. Tous les autres, en revanche, avaient l'air de s'être tout juste entendu dire qu'ils devaient courir un kilomètre et demi sous trente degrés. Tous sauf Devon, qui chuchotait discrètement à Noah à l'arrière du demi-cercle, les séquelles de leur discussion persistant encore.

— Devon, a-t-elle lancé. Vous êtes avec nous ?

— Quoi ? Oh, oui. Désolée, madame. Il s'est agité sur son siège pour lui faire face. Continuez.

— Merci, a-t-elle dit en ajoutant une bonne dose de sarcasme pour que le reste de l'équipe le remarque. Se tournant vers le tableau d'enquête, elle a poursuivi : Voilà maintenant un peu moins d'une semaine que l'opération Lucifer a commencé, et j'aimerais savoir où nous en sommes afin de pouvoir au mieux réaligner nos priorités pour la semaine à venir.

Stephanie a attrapé sa tasse de café sur un bureau voisin et a bu une gorgée. — Devon, puisque vous êtes si bavard ce matin, voyons ce que vous avez pour nous.

— Eh bien… a-t-il commencé, en se penchant en arrière sur sa chaise, les mains croisées derrière la tête. Je me suis penché sur les poupées, car je crois que c'est là que nous devrions concentrer nos efforts. Les deux poupées laissées sur les scènes de crime sont en cours d'examen. Les résultats sont attendus dans deux semaines.

— Deux semaines ? Pourquoi si longtemps ?

— Parce qu'il y a du retard, comme toujours.

Elle a laissé échapper un soupir. — On va garder ça sous le coude, si ça doit prendre autant de temps. Qu'est-ce que vous cherchez ?

— Pour voir de quoi elles sont faites et s'il y a des traces dessus.

— Pourquoi ?

— Parce qu'elles pourraient nous mener au tueur… ? a-t-il dit comme si c'était une évidence.

— Quelle est l'importance de leur composition ?

Il s'est légèrement penché en avant. Il n'a pas apprécié son ton, ni la façon dont elle lui parlait. Il a senti ça comme une attaque.

— À mon avis, soit quelqu'un les a achetées, soit il les a fabriquées à la main. S'il les a achetées quelque part, alors on a de la chance ; il n'y a nulle part à Guildford où l'on peut acheter ce genre de choses, donc tout ce qu'on a à faire, c'est de trouver un endroit qui en vend et de voir s'ils ont envoyé des commandes dans le Surrey récemment. Et *combien*.

Stephanie n'a pas aimé cette dernière phrase. Combien ? Combien de victimes y aurait-il encore avant que le déchaînement du tueur ne s'arrête ? Combien de victimes de plus avant qu'ils ne finissent par l'attraper ?

Les poils se sont hérissés sur ses bras.

— Si ça ne marche pas, a-t-il continué, et qu'il s'avère qu'elles sont faites à la main, alors on pourrait peut-être trouver une boutique de loisirs créatifs locale qui vend les matériaux dont elles sont faites.

— Si je comprends bien. Vous voulez sonder le vaste océan d'Internet dans l'espoir de trouver un site qui vend des poupées vaudoues ? Ou vous voulez chercher dans tout le pays une mercerie qui aurait vendu les composants à quelqu'un ? Ça me paraît très ambitieux.

— Le pays ? Pourquoi le pays ?

— Parce que c'est une université. Des étudiants de tout le pays, et du monde entier, sont venus étudier ici. Si notre tueur est un étudiant, il pourrait venir de n'importe où. Je pensais que vous vous en seriez rendu compte.

Devon n'avait rien à répondre. Stephanie a réprimé un sourire suffisant en s'adressant à Giles et Eve. — Où en sommes-nous avec les amis, les colocataires et les camarades de classe des victimes ?

Les enquêteurs se sont jeté un regard, décidant qui parlerait en premier. Giles a passé le relais à Eve.

— Nous avons mené des entretiens avec les témoins et les proches des colocataires de Claudia et de Paulina. On a commencé à parler à *certains* de leurs camarades de classe ; cependant, c'est sur notre liste de tâches pour cette semaine, a-t-elle expliqué. Ça fait beaucoup de monde à voir, mais je pense qu'on peut le faire, pas vrai, Giles ?

— Absolument, a-t-il dit, son ton contredisant le choix de ses mots.

— Il m'a été rapporté qu'une rumeur circule selon laquelle nous pourrions avoir affaire à l'un des professeurs, a déclaré Stephanie. Bon, je sais que j'ai dit que je ne voulais pas me concentrer sur les rumeurs, mais c'est une chose à laquelle j'ai réfléchi, et ça a du sens. Ils sont dignes de confiance ; ils ont accès à tous les endroits du campus, peut-être même plus que les étudiants, et ils peuvent croire qu'ils peuvent passer inaperçus. Alors, je veux que vous vous concentriez sur eux. Faites une liste de tous les professeurs que les deux filles ont eus en cours et interrogez-les. Encore, si nécessaire. Je suggérerais de vous partager le travail pour aller plus vite, mais découvrez où ils étaient les deux soirs et quel est leur lien avec les filles au-delà de leurs cours. En ce moment, ce qui me préoccupe beaucoup, c'est le mobile. Pourquoi font-ils ça ? D'après ce que j'ai compris, ces filles étaient simples, normales. Elles n'ont fait de mal à personne. Mais quelque chose me suggère qu'elles ont été ciblées pour une raison précise. Pourquoi ? La question était rhétorique, mais quelques membres de l'équipe ont secoué la tête, incertains. Devon, vous êtes notre expert vaudou résident. Pourquoi le tueur laisse-t-il des poupées ?

Un éclair de fierté a traversé le visage du sergent tandis qu'il s'ajustait sur son siège. — J'ai eu un appel vidéo avec quelqu'un qui s'y connaît un peu. Un professeur d'anthropologie religieuse de l'université, en fait. Il a dit que les poupées vaudoues ne sont pas ce qu'Hollywood en fait. Il ne s'agit pas seulement de planter des épingles dans des poupées pour faire du mal aux gens. Ce sont en fait des outils spirituels utilisés pour la guérison, la protection, et même la communication avec les esprits ou les divinités. Ce que notre tueur fait, nous dire comment la prochaine personne va mourir, c'est juste détourner l'image, le faire pour l'effet. Ça n'a rien à voir avec le vrai vaudou.

Stephanie ne savait pas si cela aidait ou nuisait à l'enquête.

— Je suppose que ça veut dire que notre tueur n'est pas un religieux obsédé par les poupées ; il les utilise juste pour instiller la peur. Elle a inspiré brusquement. Mais ça ne nous dit toujours pas pourquoi…

Un moment de réflexion est tombé sur la pièce. Peu après, une main s'est levée. C'était celle de Fiona.

— Qu'est-ce que vous voulez qu'on fasse pour le club de course, madame ? a demandé l'agente. Je dois avouer que ça ne me dérangerait pas de les accompagner sur une de leurs courses. Je pourrais y trouver la future Mme Singleton.

— Beurk, ce sont tous des ados, a rétorqué Giles.

Fiona a secoué la tête vigoureusement. — N'importe quoi. On m'a dit que c'est aussi ouvert aux adultes.

— Pervers, a dit Giles en plaisantant. J'ai toujours su qu'il fallait se méfier de toi.

— Il n'y a pas de mal à faire du lèche-vitrine.

— Au moins, ils pourront te semer quand tu commenceras à les poursuivre avec la langue à moitié sortie de la bouche.

Une vague de rires a parcouru l'équipe. Stephanie s'est surprise, à son grand étonnement, à se joindre à eux. Puis elle a vite réalisé que le moment était passé.

— Olivia… Des nouvelles de la vidéosurveillance ?

Ce matin-là, elle a réussi à maintenir le contact visuel quelques secondes de plus qu'avant. Il y avait une lueur de complicité silencieuse sur le visage de l'enquêtrice.

— J'ai continué à examiner les enregistrements de la nuit de la mort de Paulina. J'ai épluché les images de tout le campus, et il n'y a rien. Je veux dire, il n'y a pas grand-chose au départ. Il n'y a pas tant de caméras que ça, mais pour celles dont nous avons les enregistrements… Je ne vois pas le tueur entrer sur le campus.

Sur une partie du tableau, un membre de l'équipe avait placé une grande carte du campus universitaire. Dessus, deux marqueurs indiquant les scènes de crime des victimes avaient été épinglés, avec la date et l'heure sur une note en dessous.

— Paulina et Claudia ont toutes deux été tuées du côté ouest de l'université, a commencé Stephanie. On peut supposer que notre tueur est entré soit par la route principale qui mène au campus, en passant devant la statue de Stag Hill, soit par la cathédrale au sud.

— Il y a un sentier qui mène au parc des sports, à Tesco et à plein de logements étudiants, a ajouté Olivia. Près de la Guildford School of Acting.

— Des images ?

Olivia a secoué la tête.

— D'accord, alors supposons que notre tueur soit entré par là… sans se faire remarquer, au milieu de la nuit. Elle a regardé à nouveau les cartes, cette fois en prêtant attention aux environs. Où aurait-il pu aller ? Au sud, vers la ville ? À l'ouest, vers Manor Park et l'hôpital ? Ou au nord, vers Stoughton ? Elle a mis en évidence Western Road, qui se situait au nord du campus. Paulina Potter vivait hors du campus mais aurait dû emprunter ce chemin tous les jours, surtout la nuit de sa mort. Peut-être que notre tueur connaissait ses habitudes. Les rouages ont commencé à tourner dans sa tête. Elle a fermé les yeux, imaginant la scène de la mort de Paulina. La jeune fille était venue sur le campus avec son matériel de peinture, prête pour une nuit d'expression et de créativité. Le tueur savait où elle serait et à quelle heure. Il l'avait suivie et avait attendu qu'elle soit seule. Si c'était un acte aléatoire, il aurait pu tuer n'importe qui. Il aurait pu poignarder n'importe qui à mort. Mais Paulina… ça devait être Paulina. Et ça devait être mis en scène de cette manière. Pourquoi… ?

Elle s'était parlé à elle-même, mais Fiona lui a répondu.

— On a parlé au type qui la harcelait sur TikTok ? a-t-elle demandé. Il aurait su où elle serait et quand.

Stephanie a claqué des doigts.

— Bonne idée. Mais ça n'explique pas Claudia…

— Peu importe. Il y a peut-être quelque chose entre Damien et Claudia. On ne le saura pas tant qu'on ne lui aura pas parlé.

Stephanie s'est tournée vers Olivia, l'espoir s'échappant de son expression.

Olivia a secoué la tête.

— Toujours impossible de le joindre.

— Noah, une avancée avec l'université sur ce front ?

Un autre hochement de tête négatif. — Personne n'a eu de ses nouvelles, madame. Nous avons contacté ses colocataires. On a essayé de frapper à sa porte. Ses professeurs ne l'ont pas vu. Personne ne sait où il est passé.

Une idée lui est venue.

— Est-ce qu'il a un travail ?

Elle a jeté un coup d'œil à ses notes. — Quelqu'un a mentionné qu'il était vendeur chez Tesco.

CHAPITRE **TRENTE-SEPT**

La voiture filait sur la route, ses pneus vrombissant sur la surface irrégulière. Wellard l'accompagnait, feuilletant son carnet. Un parfum suave s'échappait de ses vêtements ; des vagues fraîches de cette odeur parvenaient à Steph chaque fois qu'Olivia bougeait ou se remuait sur son siège. C'était l'agente qui en savait le plus sur leur adolescent disparu, Damien Veitch, il était donc logique de l'emmener. Le seul problème était le silence entre elles, épais et lourd des souvenirs de l'autre soir. Dès qu'elles étaient montées en voiture, Stephanie s'était sentie mal à l'aise, gauche. C'était comme si Olivia avait les mots sur le bout de la langue. Elle a essayé de garder son attention fixée sur la route, mais le bruit dans sa tête augmentait en volume.

— Pour l'autre soir… a-t-elle commencé, la voix basse, presque brisée.

— On n'est pas obligées d'en parler.

— Je voulais te remercier.

Olivia a tourné lentement la tête. — Tu n'as pas à le faire.

— Si. Tu aurais pu dire quelque chose. Mais tu ne l'as pas fait.

— Comme je te l'ai dit, ton secret est en sécurité avec moi. Ce n'est pas mon rôle ; ça ne me regarde pas. Sauf si tu veux m'en parler, bien sûr.

Stephanie n'a rien dit, et elles ont conduit en silence pendant quelques instants. Alors qu'elles s'arrêtaient au feu rouge devant le Red One, elle a dit : — Tu es la seule personne au courant, au fait.

— Ah oui ?

— De toute ma vie, a ajouté Stephanie.

— C'est un sacré fardeau à porter.

— Je ne me souviens pas quand ça a commencé, a-t-elle dit alors que le feu passait au vert. — Mais c'était il y a très longtemps. J'étais jeune. Très jeune.

— J'en suis désolée, a répondu Olivia. Il n'y avait aucun jugement dans sa voix.

— Je suppose que je suis devenue tellement douée pour le cacher à tout le monde que je n'ai jamais pensé me faire prendre.

— Un problème partagé est un problème à moitié résolu.

Sauf que ce n'était pas son ressenti. Au contraire, la situation était pire depuis qu'Olivia l'avait surprise. Dans l'Essex, elle avait passé des mois, voire des années, sans se faire vomir. Bien sûr, il y avait eu quelques dérapages quand le stress de la vie, une enquête pour meurtre et la pression du métier prenaient le dessus. Mais la plupart du temps, elle avait gardé le contrôle, une facette de sa personnalité qu'elle était parvenue à réprimer. Elle avait toujours su que c'était encore là — ça le serait *toujours*, un démon tapi dans l'ombre — mais elle l'avait mis en cage, l'avait dissimulé, et c'est elle qui gardait la clé. Seulement maintenant… la cage était déverrouillée, et le démon ressortait peu à peu.

— C'est juste que… Stephanie a hésité, puis a jeté un regard vers elle. — Je ne veux pas que tu penses que je suis moins capable de faire mon travail à cause de ça.

Olivia a fermé son carnet, le posant délicatement sur ses genoux. Quand sa voix s'est élevée, elle était calme mais ferme. — Stephanie, si je pensais une seule seconde que tu n'étais pas capable de faire ton travail, je ne serais pas assise dans cette voiture avec toi.

Stephanie a hoché la tête d'un mouvement sec, gardant les yeux sur la route.

— Tu es une bonne inspectrice, a continué Olivia. — Tu es vive, concentrée. Tu donnes l'exemple. Ça ne disparaît pas parce que tu portes un fardeau.

Stephanie a dégluti difficilement.

— J'ai vu beaucoup de gens dans ce métier essayer de cacher leurs problèmes, a dit Olivia. — Ils refoulent tout, prétendent que ça n'existe pas. C'est là que ça explose. Mais toi ? Tu tiens toujours debout. Ça compte, ça.

La mâchoire de Stephanie s'est crispée. Elle sentait l'émotion monter de nouveau, cet étrange mélange de gratitude et de honte. Elle ne s'en sentait pas digne.

— Je ne veux pas de pitié, a-t-elle marmonné.

— Ce n'est pas de la pitié, a dit Olivia. — C'est du respect. Mais… ce n'est pas parce que tu es forte que tu es incassable. Tout le monde a ses limites. Et je veux que tu saches que tu peux toujours m'appeler si tu sens que tu vas les atteindre.

La voiture est retombée dans le silence, mais c'était un silence différent.

Quelques secondes plus tard, Stephanie a expiré par le nez. — Merci, Wellard.

— Quand tu veux, cheffe.

Et pour la première fois depuis cette nuit-là, Stephanie a pu respirer, et elle a pu regarder son agente droit dans les yeux, sans craindre d'être jugée.

À quinze minutes à pied du campus, l'hypermarché Tesco Extra était vital pour les étudiants, qu'ils soient sobres, ivres ou défoncés, qui le fréquentaient assidûment. Ouvert vingt-quatre heures sur vingt-quatre, il était toujours bondé, densément peuplé d'étudiants généralement en gueule de bois, à moitié réveillés et fauchés, à la recherche de pizzas surgelées, de nouilles instantanées, d'en-cas nocturnes pour calmer une fringale, et de la bière ou des alcools les moins chers.

Alors que Stephanie sortait du rond-point et s'engageait sur le parking, elle a à peine remarqué le passage piéton devant elle. Le temps qu'elle voie un mouvement, il était trop tard. Un jeune homme en sweat à capuche a surgi devant elle, son apparition soudaine et indistincte dans la faible lumière du petit matin. Sous l'impact, il a heurté le capot, a roulé avec un bruit sourd et mat, puis s'est effondré en un tas informe sur le bitume. Stephanie a écrasé les freins, le cœur battant la chamade dans sa poitrine, et la voiture s'est arrêtée dans une secousse.

— Oh mon Dieu, je viens de renverser un gamin !

Elle a coupé le contact, est sortie précipitamment de la voiture et a contourné le capot. La silhouette était en train de se relever.

— Putain, mais ça va pas !

Stephanie a tendu la main pour l'aider, mais il l'a repoussée.

— Tu m'as renversé avec ta bagnole !

— Je suis vraiment désolée, a-t-elle dit, submergée par la panique. — Je ne t'ai pas vu. Tu vas bien ?

Le gamin s'est remis sur pied. Il devait avoir dans les dix-neuf ans, peut-être moins, son visage portant encore les traits doux de l'adolescence. De longs cheveux noirs s'échappaient de la capuche de son sweat, tombant sur son front et couvrant à moitié un œil. Son jean était trop grand pour lui, serré à la taille par une ceinture, et un sac à dos usé pendait à l'une de ses épaules.

— Je crois que tu m'as niqué la hanche, a-t-il dit, avant de grogner bruyamment en prenant appui sur sa jambe.

C'est à ce moment-là, alors qu'il rejetait la tête en arrière, que Stephanie a entrevu son visage. Elle l'a reconnu instantanément grâce aux photos qu'Olivia avait imprimées et affichées sur le tableau du bureau.

— Damien ?

Sauf que ce n'était pas la voix de Stephanie. Elle s'est retournée pour voir Olivia qui sortait à moitié de la voiture.

Damien Veitch s'est figé. Ses yeux sombres ont étudié attentivement Olivia. Puis il s'est tourné vers Stephanie. La reconnaissance, mêlée à la panique et à la peur, s'est installée, et il a détalé à travers une petite aire de jeux voisine. Stephanie n'a pas attendu. L'instinct a pris le dessus et elle s'est lancée à sa poursuite, ses pieds reconnaissants de retrouver la surface familière de l'herbe. Damien a bifurqué, se dirigeant vers la route principale qui menait à sa résidence de Manor Park, boitant légèrement, une main appuyée contre sa hanche. Il n'était pas rapide, mais il était désespéré, l'adrénaline lui donnant des pointes de vitesse qui lui permettaient de rester juste hors de portée.

— Arrêtez-vous ! a-t-elle crié. — Police !

Damien n'a pas écouté. Il a accéléré, manquant de trébucher sur ses propres pieds en grimpant une petite pente qui reliait le parc à la route. Stephanie a produit un soudain sursaut d'énergie et lui a sauté sur le dos, le plaquant contre l'arrière d'un abribus. Usant de tout son poids contre lui, elle l'a immobilisé contre le panneau, son souffle chaud sur sa nuque.

— Damien, a-t-elle dit, tu es un homme difficile à trouver. Je crois qu'il est temps que toi et moi, on ait une petite conversation.

CHAPITRE
TRENTE-HUIT

Damien Veitch n'avait pas arrêté de se plaindre de sa hanche blessée depuis l'instant où il avait mis les pieds dans la salle d'interrogatoire. Il n'avait pas non plus cessé de menacer Stephanie de lui intenter un énorme procès, ce qui, malgré l'absurdité de la chose, l'inquiétait quelque peu. Après tout, elle l'avait *bel et bien* percuté avec sa voiture. Elle l'avait *bel et bien* renversé sur un passage piéton sans visibilité. Elle lui avait *bel et bien* blessé la hanche. Peut-être pas autant qu'il le prétendait, si l'on en jugeait par le sprint qu'il avait piqué pour lui échapper, mais elle s'en voulait toujours de ne pas l'avoir remarqué au détour du virage, d'avoir été trop distraite.

En conséquence, elle avait confié l'interrogatoire à Giles et Eve. La théorie, c'était qu'ils avaient interrogé des témoins et recueilli des dépositions toute la matinée et pendant tout le week-end, et qu'ils devaient donc être des experts en la matière. Et à vrai dire, ils l'étaient. Secrètement, Giles pensait qu'Eve et lui formaient une bonne équipe. Pas seulement au sens professionnel, mais aussi au sens romantique. Incorrigible romantique, il tombait amoureux de chaque personne séduisante sur qui il posait les yeux, ce qui transformait l'interrogatoire de certains témoins et suspects en véritable cauchemar. Mais avec Eve, c'était différent. Elle était pétillante et extravertie, dotée d'une personnalité et d'un sens de l'humour fantastiques. Pour couronner le tout, elle était son genre « sur le papier », comme diraient les candidats de sa téléréalité préférée, *Love Island*. Ils étaient sur la même longueur d'onde, et il se surprenait toujours à sourire dès qu'elle entrait dans une pièce. Était-ce de l'amour ? Trop tôt pour le dire. Il la connaissait depuis moins d'une semaine. Mais ça ne voulait pas dire que ça ne pouvait pas l'être. Le seul problème, c'était qu'ils travaillaient ensemble, ce qui créait un terrain potentiellement miné de problèmes à l'avenir. En dix ans de carrière dans la police, il n'avait connu personne ayant une relation entre collègues qui ait fonctionné. Bien sûr, ça arrivait, mais il n'y avait personne dont il pouvait s'inspirer, personne à qui il pouvait demander conseil.

Il devrait donc s'aventurer seul hors des sentiers battus, avec Wellard pour ramasser les morceaux quand tout finirait inévitablement par mal tourner.

Giles entra dans la salle d'interrogatoire peu après Eve, le sillage de son parfum flottant dans l'air. Ils y trouvèrent le jeune homme de dix-neuf ans affalé sur une chaise, adossé au mur, un bras drapé sur le dossier, la capuche rabattue sur les yeux.

— Bonjour, Damien, commença Giles alors qu'Eve et lui s'asseyaient en face de lui. — Comment va la hanche ?

— Ça fait un mal de chien, répondit l'étudiant. — Je vous le dis, si vous ne me sortez pas d'ici bientôt, je porte plainte.

— Il y a juste quelques questions que nous aimerions vous poser avant cela, si ça ne vous dérange pas, poursuivit Giles.

— Ça me dérange, oui.

Giles ouvrit la bouche comme pour dire quelque chose, hésita, puis dit : — Eh bien, c'est dommage, parce que nous allons vous les poser quand même.

— Pas question. Sortez-moi d'ici, s'il vous plaît. Damien croisa les bras et s'enfonça davantage dans sa chaise. S'il descendait plus bas, il serait presque à l'horizontale et disparaîtrait sous la table.

Eve sortit son carnet et l'inspecta un instant. — Il est écrit ici que vous êtes un étudiant en deuxième année d'art dramatique, c'est bien ça ?

Damien grogna.

— C'est ce que vous faites en ce moment ? Vous nous jouez la comédie ?

Damien releva la tête, lui lançant un regard noir, visiblement offensé.

— Je crois aussi savoir que vous êtes d'Exeter, n'est-ce pas ?

— Ouais. Son attitude s'était légèrement adoucie, devenant moins agressive.

— Comment trouvez-vous la vie étudiante ?

— Bien.

— Et les cours ?

— Bien aussi.

— Vous n'avez donc pas connu les doutes de la deuxième année ?

— Quoi… qu'est-ce que c'est ?

— Le moment où on décide de tout laisser tomber en deuxième année et où on envisage de rejoindre la police ? Non ? Juste moi, alors, dit Eve, sur un ton bien trop aimable.

Damien eut un petit rire et se redressa légèrement sur sa chaise. En si peu de temps, elle avait réussi à le désarmer et à le convaincre de baisser sa garde. Mais le travail n'était pas encore terminé. Il y avait encore beaucoup de chemin à parcourir avant qu'il ne coopère pleinement.

— Nan, je n'en suis pas encore passé par là, répondit-il.

— Croisons les doigts pour que ça n'arrive pas. Parfois, je regrette de ne pas avoir persévéré, les amis, les souvenirs, le côté social de tout ça. Ne vous méprenez pas, j'aurais quand même rejoint la police. Juste à un autre moment de ma vie. Elle jeta un nouveau coup d'œil à son carnet. — Mais si vous n'avez pas connu les doutes de la deuxième année, alors comment se fait-il que mes collègues et moi n'ayons pas réussi à vous trouver dans votre appartement ou à vos cours ces deux derniers jours ?

Ce changement de cap soudain prit Damien par surprise.

— *Quoi* ?

— Nous sommes passés à votre appartement plusieurs fois, mais vous n'étiez pas là.

— Pourquoi est-ce que vous étiez à mon appartement ?

— Pourquoi n'y *étiez*-vous pas ? demanda-t-elle. — On commençait à s'inquiéter un peu. L'espace d'une seconde, on a cru qu'il faudrait appeler la police, mais on s'est souvenus qu'on *était* la police. Heureusement qu'on n'a pas eu à défoncer votre porte.

— De quoi vous parlez ? demanda Damien, se redressant lentement sur son siège, centimètre par centimètre.

— Où étiez-vous, Damien ? demanda Giles, d'un ton plus autoritaire.

— J'étais chez un ami.

— Pendant tout le week-end ?

Un hochement de tête.

— Où ça ?

— À Stoughton. Un de mes potes de première année vit hors du campus.

— Qu'est-ce que vous êtes allé y faire ?

Un haussement d'épaules. L'extérieur dur et agressif avait commencé à se fissurer, laissant place à un jeune homme plus doux et plus respectueux. — J'avais besoin de m'échapper, dit-il.

— Vous échapper de quoi ?

— De ce que j'ai vu…

— Qu'avez-vous vu ?

Damien se tourna pour leur faire face, les bras posés sur la table, la tête basse. — Vous savez ce que j'ai vu, dit-il. — C'est pour ça que je suis là, non ?

Eve sortit une photographie de son carnet et la fit glisser sur la table. Dès qu'elle apparut dans son champ de vision, Damien y jeta un œil, releva la tête et la repoussa.

— C'est vous ? demanda-t-elle.

— Vous savez bien que oui.

— Qu'est-ce que vous faisiez là, Damien ?

Avant de pouvoir répondre, il essuya le coin de son œil. — Je voulais juste la voir, commença-t-il. — Lui faire une surprise. Je ne m'attendais pas à la voir comme ça…

— Quelle est votre relation avec Paulina ?

— On est amis.

— Rien de plus ?

Il secoua la tête.

— Mais vous aimeriez bien, n'est-ce pas ?

Il releva la tête d'un rien, confus.

— On nous a informés que vous aviez eu une petite amourette avant l'été. C'est vrai ?

— C'était juste un baiser.

— On nous a aussi informés que vous êtes devenu un peu obsédé par elle à partir de ce moment-là. Est-ce vrai ?

— *Obsédé* ?

— Commenter ses publications. L'attendre à la sortie de ses cours. Lui envoyer des messages sur TikTok.

— Je n'étais pas *obsédé*. J'essayais juste de… Il s'effondra en larmes, son corps secoué par chaque sanglot. — J'essayais juste de lui parler, de voir si quelque chose pouvait se passer entre nous.

Ils laissèrent le jeune homme sangloter quelques instants avant que Giles ne reprenne. — Que faisiez-vous au Ivy Arts Centre jeudi soir, Damien ?

Entre des halètements courts, saccadés, à la limite de l'hyperventilation, il répondit : — Je voulais lui faire une surprise. Elle m'ignorait, alors j'ai pensé que j'allais venir lui dire bonjour, voir sur quoi elle travaillait. Mais je n'ai rien à voir avec ce qui lui est arrivé. Je l'ai trouvée comme ça. Je vous jure ! Quand il les regarda tous les deux dans les yeux, les siens étaient rougis et injectés de sang, la fine pellicule de liquide les faisant briller sous la lumière artificielle. — Je ne l'ai pas tuée. Ce n'est pas moi. Vous devez me croire.

— Que faisiez-vous avant de la trouver ? demanda Eve.

— J'étais… dans mon appartement, à regarder la télé. Puis je me suis souvenu de l'heure qu'il était et je suis sorti. Je ne pensais pas qu'elle serait encore là. J'étais en retard…

— Alors vous êtes entré, vous l'avez trouvée, et ensuite ? demanda Giles.

— J'ai couru. J'ai paniqué. Je… je savais que vous alliez me chercher, que vous penseriez que c'était moi, alors je suis allé chez mon pote où j'ai passé tout le week-end défoncé. Je… je n'arrivais pas à gérer ça. Je n'ai pas arrêté de pleurer depuis. Et dès que l'e-mail de l'université est arrivé, j'ai su que vous me chercheriez.

Damien s'effondra à nouveau dans un flot de larmes après avoir terminé. Eve, prenant sur elle, quitta la pièce et revint avec une boîte de mouchoirs. Il les prit avec précaution, marmonnant un « merci » ce faisant.

— C'est la vérité, dit-il en reniflant. — Je vous le promets. Je vous promets que je n'ai absolument rien à voir avec ce qui est arrivé à Paulina.

CHAPITRE TRENTE-NEUF

Stephanie n'avait pas eu le temps de digérer le compte rendu d'Eve et de Giles qu'elle a reçu un appel. Elle a jeté un œil à l'écran, les a remerciés pour leur temps et a décroché dès que la porte s'est refermée derrière eux.

— Louis, a-t-elle dit en pivotant sur sa chaise pour faire face à la fenêtre. Contente de vous entendre.

— J'y pense depuis un moment, a répondu le rédacteur en chef du *Surrey Live*.

— Moi aussi. J'avais l'intention de vous appeler, mais j'ai eu des contretemps.

— Vous aviez dit que vous vouliez un partenariat à double sens. Son ton a baissé de plusieurs crans. Mais vous ne m'avez rien donné. Aucune nouvelle, aucune info. Je vois que la presse nationale couvre bien plus l'affaire que nous.

Dehors, un grand oiseau a traversé son champ de vision. En bas, dans le champ, plusieurs policiers entraînaient des chiens sur divers parcours d'obstacles, le son de leurs aboiements s'infiltrant par une fissure dans la vitre.

— Je vous assure que je ne leur ai rien donné, a-t-elle expliqué. Vous savez comment certains d'entre eux sont. Ils s'accrochent au moindre fait ou à la moindre rumeur qu'ils peuvent trouver. Je vous ai déjà dit tout ce qu'il y a à savoir. Deux victimes, deux étudiantes, deux jeunes femmes privées de leur avenir.

— Il m'en faut plus. J'ai des lecteurs qui commentent et envoient des e-mails pour demander des nouvelles.

Stephanie n'en doutait pas. Mais d'après son expérience, la plupart de ces e-mails provenaient de lecteurs qui envoyaient leurs condoléances, et non qui exigeaient plus d'informations.

— Écoutez, a-t-elle commencé, je vais être franche avec vous : nous interrogeons actuellement d'anciens partenaires, des colocataires, des camarades de classe et des professeurs en lien avec ces décès. Nous n'avons procédé à aucune arrestation et nous ne sommes pas près d'en faire. Bien sûr, nous lançons toujours un appel à témoins, donc je vous serais reconnaissante de continuer à nous soutenir sur ce point.

— Mais ça a un prix, Stephanie.

Elle a soupiré. — Non, ça n'en a pas. Vous touchez toujours vos recettes publicitaires, comme d'habitude. Elle a posé le téléphone sur la table et l'a mis sur haut-parleur. Avez-vous déjà entendu parler de confiance, Louis ?

— Elle se mérite, a-t-il répondu. Et pour l'instant, vous ne faites rien pour la mériter.

— Vous non plus, a-t-elle répliqué. Mais, comme je l'ai dit l'autre jour, nous avons besoin l'un de l'autre. Ce n'est peut-être pas du donnant-donnant immédiat, mais ça finira par s'équilibrer. Les choses tourneront en notre faveur à tous les deux, à différents moments.

Louis a grommelé au téléphone. — Il faut que j'écrive quelque chose de nouveau. Notre équipe ne peut pas continuer à resservir la même histoire. L'engagement a chuté en flèche.

Elle a inspiré profondément, expirant lentement par le nez. — Je suis désolée, Louis. Je n'ai rien pour vous. Mais à un moment donné, il faut se demander ce qui est le plus important : rendre justice aux victimes et découvrir la vérité, ou obtenir plus de clics.

Une heure plus tard, Stephanie menait deux batailles : celle dans son estomac, qui lui disait qu'elle devait manger, et vite, et l'autre contre un chargeur d'ordinateur portable qui s'était débranché et menaçait d'éteindre sa machine à la seconde où il tomberait. Les ressources technologiques qu'on lui avait fournies à son arrivée laissaient à désirer, mais elle n'avait pas voulu se plaindre. Elle pouvait se débrouiller pour travailler au bureau sans ordinateur portable — à vrai dire, ne pas en avoir l'aidait — mais elle en aurait besoin en parfait état de marche pour tout travail qu'elle déciderait de ramener chez elle le soir.

Avant qu'elle ne puisse attraper le téléphone fixe pour appeler l'équipe informatique, on a frappé à la porte. Un instant plus tard, Noah a passé la tête et a immédiatement commencé à inspecter les murs nus de son bureau.

— Bon sang, cheffe. Je vois que tu t'es vraiment sentie chez toi ici. Où est-ce que tu as déniché ce talent pour la décoration d'intérieur ?

Elle s'est penchée en arrière sur sa chaise, l'air impassible. — Au même endroit que ta coupe de cheveux, j'imagine.

Il a mimé un pistolet avec sa main dans sa direction. — Touché. Il est entré et a refermé la porte derrière lui. Il tenait deux gobelets de café. L'ambiance est un peu « morgue », « autopsie » et « macchabée ».

— Dans le thème, alors.

Noah lui a tendu l'un des cafés à emporter. — Eh bien, si on reste dans le sinistre et le sans âme, j'ai apporté les accessoires assortis. Noir, sans sucre. Certains diraient que ça correspond à ton sens de l'humour, mais pas moi, madame la commissaire.

Stephanie a pris le gobelet en gloussant. — Tu as de la chance que je sois trop fatiguée pour te le jeter à la figure.

Il s'est affalé sur la chaise d'en face en soupirant. — Toi, fatiguée ? J'ai deux enfants de moins de cinq ans et l'un d'eux fait ses dents. Tu as déjà essayé d'interroger un jeune de dix-neuf ans après trois heures de sommeil et une chanson de Peppa Pig en tête ?

Elle a souri. — On dirait une forme de torture psychologique particulièrement raffinée.

— Pire. Au moins, les meurtriers finissent par avouer.

Stephanie a bu une gorgée de son café. — Qu'est-ce qu'il y a ? Tu n'es pas venu juste pour juger mon feng shui ou te moquer de moi.

Il a posé son gobelet sur la table, en s'humectant les lèvres. — Je viens d'avoir Martin Bell au téléphone, le responsable du bien-être étudiant à l'université du Surrey.

— Un homme charmant, à ce qu'il paraît, a-t-elle dit, sarcastique.

— C'est un homme en *panique*, ça, je peux te le dire.

— Pourquoi ?

— Il dit que son service est submergé de demandes et de questions de la part des étudiants. Il se demandait si ça ne dérangerait pas trop que quelqu'un, de préférence vous, aille sur place pour parler à nouveau aux étudiants.

CHAPITRE **QUARANTE**

Le bureau du bien-être étudiant était niché au coin d'une avenue animée du campus. Stephanie a frappé deux fois avant d'entrer. L'air sentait légèrement le café éventé et les désodorisants à la lavande. Assis derrière un bureau encombré se trouvait le conseiller au bien-être étudiant de l'université qu'elle avait déjà rencontré, Martin Bell. Depuis la dernière fois qu'elle l'avait vu, sa coiffure était plus soignée, et son visage luisait sous la lumière des néons. Son sourire a été immédiat et large, révélant une dentition impeccable. Il donnait une impression de calme, mais Stephanie a senti autre chose, une panique dissimulée dans son regard, comme un canard qui s'agite frénétiquement sous la surface.

— Inspecteur, s'est-il exclamé alors qu'elle était à mi-chemin du bureau, la main déjà tendue. C'est un plaisir de vous revoir. Et c'est très aimable à vous d'être venue dans un délai aussi court. Il a désigné de la main son bureau au fond de la pièce. J'espère que ça ne vous a pas trop dérangée ?

— Jamais. Je suis toujours ravie d'être le visage de l'organisation.

Même si elle en détestait chaque seconde.

Elles sont arrivées à son bureau. Martin lui a proposé de s'asseoir, mais elle a décliné son offre.

— Je peux vous offrir quelque chose à boire ?

— Je croyais que je devais m'adresser aux étudiants ?

— C'est bien le cas. Mais vous êtes en avance. Je me suis dit que j'allais prendre soin de vous avant.

Stephanie a vérifié sa montre, a réalisé qu'elle n'avait nulle part où aller, puis a tiré la chaise en face du bureau de Martin. — Je prendrai un verre d'eau, s'il vous plaît.

— Tout de suite.

Quelques instants plus tard, Martin est revenu avec un gobelet en plastique rempli d'eau de la fontaine du bureau. L'eau était fraîche, presque glacée, et lui a engourdi les dents quand elle en a bu une gorgée.

— Comment ça se passe ? a demandé Martin en s'installant avec précaution dans son fauteuil de bureau. Il y avait maintenant dans sa voix une précipitation paniquée. Je veux dire, avec l'enquête.

Elle l'a observé d'un œil suspicieux. — Lentement, mais sûrement. On y arrivera.

Il a hoché la tête avec un enthousiasme mitigé. — Bien… Bien… On a été super occupés ici aussi. Je veux dire, ça n'arrête pas. On a eu tellement d'étudiants qui sont venus nous voir, disant qu'ils se sentaient anxieux et en insécurité, qu'ils hésitaient à sortir le soir.

— J'en suis ravie, a dit Stephanie. Son ton est resté neutre, mais son regard s'est posé sur la pile de dossiers aux codes couleur près de son coude. Bien que tout le monde ne le prenne pas au sérieux.

— Ah, bon ?

Elle lui a raconté l'incident de l'autre soir avec l'étudiant à l'amphithéâtre.

— Les jeunes de nos jours…, a-t-il dit. On fait de notre mieux pour veiller sur eux, mais la plupart du temps, ils pensent tout savoir.

Les doigts de Martin se sont agités nerveusement sur les dossiers. Stephanie l'a regardé gratter une étiquette dans le coin supérieur de l'un d'eux.

— Qu'est-ce que les étudiants rapportent ? a-t-elle demandé. Des détails ? Des personnes, des lieux, des incidents qu'ils peuvent identifier ?

Il a dégluti. — Quelques-uns ont affirmé avoir entendu quelqu'un les suivre près du parc des sports tard le soir. Mais il n'y a pas de schéma récurrent. Juste une nervosité exacerbée, je pense.

— Nous aurons besoin de copies de ces déclarations.

Le sourire de Martin a vacillé. — Bien sûr. Je… j'allais les envoyer à Noah, mais j'ai été débordé. Comme je vous l'ai dit, ça n'a pas arrêté. On a eu des files de gens dehors, qui posaient des questions auxquelles nous n'avons pas de réponse. C'est pour ça que vous êtes là, pour apaiser certaines de leurs craintes et peut-être répondre à d'autres questions.

Stephanie a hoché poliment la tête. Encore un coup d'œil à sa montre. La fin de la journée de travail approchait. Elle avait son premier cours de ju-jitsu ce soir-là. Elle ne voulait pas le manquer.

Martin s'est éclairci la gorge, la tirant de sa rêverie. — On peut y aller maintenant. Les étudiants devraient commencer à arriver.

Ils se sont dirigés vers la sortie du bureau. Alors que Martin lui tenait la porte, il a ajouté : — Il y a aussi une chose que vous devriez probablement savoir : beaucoup d'étudiants ont évoqué l'idée de quitter le campus et de rentrer chez eux jusqu'à ce que tout soit résolu. Le vice-président de l'université a dit que cela ne devait en aucun cas être autorisé.

CHAPITRE
QUARANTE-ET-UN

Stephanie n'aimait pas l'idée de garder des étudiants à l'université contre leur gré, surtout avec un tueur qui rôdait potentiellement sur le campus. Mais elle n'avait rien laissé paraître de son désaccord, ni sur son visage ni dans ses propos. Elle s'est rappelé qu'elle était une inspectrice, pas une décisionnaire. Son travail consistait à protéger, enquêter et arrêter le responsable. Pourtant, le malaise la rongeait. Alors qu'elle observait le groupe d'étudiants rassemblés dans le foyer, serrant leurs sacs à dos avec des yeux méfiants, elle a senti le poids de l'enquête peser sur ses épaules. Et si la prochaine victime se trouvait dans cette pièce ? Et si le fait de les garder ici les mettait directement en danger ?

Cette pensée persistait alors qu'elle les remerciait tous de leur présence. Il y avait eu une session de questions-réponses, au cours de laquelle elle avait répondu à une poignée de questions. En sortant, quelques étudiants l'ont approchée pour lui poser les questions qu'ils étaient trop timides pour exprimer en public.

Au moment où elle disait au revoir à une jeune étudiante en biologie, un homme au début de la quarantaine s'est approché. Grand, mais d'une carrure étroite, comme si ses membres avaient grandi trop vite sans jamais trouver leur place. Ses vêtements étaient impeccables et son visage soigné. Ses cheveux, d'un auburn délavé, étaient coupés court, révélant un crâne pâle et couvert de taches de rousseur. C'était un homme séduisant, qui avait probablement du succès auprès des étudiantes. Mais ce sont ses mains qui ont attiré l'attention de Stephanie, longues, nerveuses, avec des ongles rongés jusqu'au vif.

— Inspectrice… Sa voix était calme, presque douce.

— Vous devez être Tristan, a-t-elle dit en lui serrant la main.

— Tristan… Comment avez-vous… ?

— J'ai reconnu votre visage dans les rapports de mes collègues. Je crois savoir que vous avez enseigné aux deux jeunes filles pendant leur licence, et que mes collègues vous ont posé quelques questions sur vos interactions avec elles.

Le foyer des étudiants s'était en grande partie vidé, mais quelques derniers groupes d'étudiants se traînaient encore vers la sortie.

Tristan a jeté un regard par-dessus son épaule et a baissé la voix. — C'est de ça que je voulais vous parler. Un autre coup d'œil. — J'espère que vous me pardonnerez, mais ça n'a pas été facile pour moi. Je… je commence à m'inquiéter.

— Le tueur semble cibler les étudiantes. Je pense que vous ne risquez rien.

— Ce n'est pas ça, a-t-il poursuivi. C'est pour mon travail. Vos collègues… Eve, je crois, au début, puis Fiona après… quand elles sont venues m'interroger… elles ont menacé mon travail, ma carrière, en disant que j'allais tout perdre. Je… Il a tapoté son majeur gauche contre son pouce, rapidement et en rythme, comme s'il comptait une pulsation que lui seul pouvait entendre. Je ne peux pas me permettre de perdre mon travail.

— Pourquoi perdriez-vous votre travail ?

— Parce que… Il s'est repris en penchant la tête. Un autre regard par-dessus son épaule. Vous n'êtes pas au courant ?

L'expression de son visage est restée impénétrable.

Soupirant lourdement, il a passé ses longs doigts dans ses cheveux impeccables. — À propos de l'*incident* ? Entre Paulina et moi ?

La curiosité de Stephanie a été piquée au vif. — Je ne suis pas encore arrivée à cette partie du rapport. Voudriez-vous développer ?

— C'était une erreur stupide. Ça n'aurait jamais dû arriver. C'était pendant mes heures de permanence l'année dernière.

Paulina avait réservé un créneau pour discuter d'un devoir à rendre, et… on a commencé à parler. De choses personnelles. De son art. J'ai mentionné que j'avais vu certaines de ses vidéos TikTok ; elle a proposé qu'on en filme une ensemble. Elle s'est levée de sa chaise et est venue s'asseoir sur mes genoux. J'ai été pris au dépourvu, je ne savais pas quoi faire. Puis elle s'est jetée sur moi pour m'embrasser. Je-je-je-je l'ai repoussée, mais je l'ai fait si fort qu'elle est tombée et s'est cogné la tête contre la chaise. J'ai essayé de l'aider, mais elle est sortie en courant.

Stephanie a hoché lentement la tête, le visage impassible. — Et c'est pour ça que vous êtes inquiet ?

— Ce n'est pas le pire : elle a tout filmé. L'été a été horrible. Je n'ai pas pu penser à autre chose. J'étais convaincu qu'elle s'en servirait pour me faire virer.

— En a-t-elle déjà parlé à l'université ?

Tristan a secoué la tête. — Non. Ou si elle l'a fait, ça n'a jamais rien donné. Les RH ne m'ont jamais contacté. Aucune plainte officielle. J'ai pensé qu'elle avait peut-être changé d'avis ou vu que ça n'allait pas dans le sens qu'elle avait prévu. Mais ensuite… Il a hésité, les mots se coinçant dans sa gorge. Cette semaine, quand elle est revenue, elle a glissé un dessin de moi sous la porte de mon bureau. Et puis, le jour de sa mort, elle est venue me voir.

— Pourquoi ?

— Elle voulait s'excuser. Et puis… puis elle a réessayé.

— Pourquoi ne l'avez-vous pas signalé ?

— Parce que j'avais peur, a-t-il dit rapidement. Peur que si je le faisais, on imagine le pire. Vous savez comment ça se passe. Il n'y a aucune façon d'expliquer ça sans que ça paraisse accablant. Il a eu un rire amer, en s'essuyant le visage. Je marche sur des œufs depuis. Chaque fois que le directeur du département convoque une réunion, je me dis que ça y est. C'est la fin pour moi.

Son tic était revenu, plus rapide maintenant.

— Eh bien, elle est morte, a répondu Stephanie sans détour. Vous n'avez plus de souci à vous faire. Votre poste n'est plus menacé.

Il a agité son doigt squelettique en l'air. — C'est là que vous vous trompez. Maintenant, après vous avoir raconté ça à *vous*, la police, vous pensez probablement que je l'ai tuée pour la faire taire.

— C'est le cas ?

La bouche de Tristan s'est ouverte, puis refermée. Son visage s'est contracté dans un mélange de choc, d'offense et d'indignation. — Non, a-t-il fini par dire, la voix plus grave cette fois. Bien sûr que non. Mais je sais de quoi ça a l'air. Un professeur d'une quarantaine d'années et une étudiante d'une vingtaine d'années, quelqu'un qui a la moitié de mon âge, et qui se retrouve morte subitement. Ça ne respire pas vraiment l'innocence, n'est-ce pas ?

Stephanie n'a pas cillé. — Vous avez raison. Effectivement. Pourquoi me dites-vous ça ?

— Parce que j'ai besoin que vous me croyiez. Je ne l'ai pas touchée. Après ce qui s'est passé entre nous le jour de sa mort, je l'ai fait sortir de mon bureau et je ne l'ai plus jamais revue. Je ne veux pas que toute cette affaire me retombe dessus à cause d'une seule erreur.

Stephanie a croisé les bras. — Alors vous n'avez aucune raison de vous inquiéter. Pas vrai ?

CHAPITRE
QUARANTE-DEUX

Le tapis semblait froid sous son dos tandis que Stephanie, allongée, reprenait son souffle. Les néons au-dessus d'elle dansaient devant ses yeux. Elle a grimaçé en se redressant sur les coudes, la douleur fulgurante à la hanche et à l'épaule, due à sa chute précédente, se ravivant. Elle aurait dû reporter sa première leçon de jiu-jitsu, mais elle était trop impatiente. Elle avait déjà appelé et signé toutes les décharges. Elle ne voulait pas rater ça.

Stephanie avait découvert ce sport par hasard. Un dépliant dans un café de l'Essex proposait une séance d'essai gratuite pour les débutants. Après avoir failli tout laisser tomber, elle s'est vite rendu compte qu'elle en était tombée amoureuse. Amoureuse de cet exutoire physique pour son stress, son ressentiment et son agressivité. Mais c'était plus que ça ; c'était le contrôle, la précision, la façon dont sa petite taille et sa force importaient moins que la stratégie. Là, sur le tapis, il n'y avait qu'elle et son adversaire. Rien d'autre. Pas de pensées qui tourbillonnaient ou de souvenirs qui réclamaient son attention. Pas d'angoisses concernant l'enquête sur laquelle elle travaillait, ni de voix dans sa tête. Juste ses pieds nus, ses mains sans protection et la force de chaque muscle de son corps. Essayer de survivre.

Si elle se blessait, c'était parce qu'elle avait fait une erreur.

Sauf quand son adversaire était une championne nationale et un ancien espoir olympique.

Maya Corcoran était sur ses pieds, se tenant au-dessus d'elle, et lui a tendu la main. Stephanie l'a prise avec un sourire crispé.

— Pas mal, a dit Maya en resserrant sa ceinture noire. De mieux en mieux. Mais tu laisses toujours ton flanc gauche complètement à découvert.

Stephanie enviait la jeune femme à bien des égards. Elle était rapide, agile et d'une force trompeuse. Pire encore, elle n'avait même pas une goutte de sueur et sa fine couche de maquillage était toujours parfaitement intacte. Pendant ce temps, Stephanie sentait la sueur perler sur son front et s'accumuler au creux de ses reins.

— Je m'en souviendrai pour la prochaine fois. — Stephanie a resserré sa propre ceinture. — J'espère que d'ici là, les bleus auront disparu.

Maya a souri, ses joues juvéniles luisant sous la lumière. — La prochaine fois, j'essaierai de ne pas te faire retomber sur cette hanche. Tu as atterri lourdement.

— On ne sait jamais, ça pourrait être l'inverse.

Maya a gloussé : — Alors tu seras la première. — Pourtant, il n'y avait aucune trace d'arrogance dans son ton. — La plupart des gens avec qui je m'entraîne ne reviendraient pas après une projection comme ça.

— Se faire mettre au tapis, c'est la partie facile, a répondu Stephanie en s'essuyant le front avec la manche de son gi. C'est de se relever qui compte.

— Depuis combien de temps tu pratiques ?, a demandé Maya.

— Environ un an. Pas longtemps. Et toi ?

— Toute ma vie. Quelqu'un de mon école a organisé une fête d'anniversaire et on jouait sur le château gonflable. Un des parents m'a vue faire une prise à quelqu'un et a dit que je serais plutôt douée. Il m'y a initiée.

— Sympa.

— À partir de là, j'ai gagné quelques tournois, puis j'ai concouru au niveau national.

Stephanie a reconnu un accent familier. — D'où viens-tu ?

— De l'Essex, a répondu Maya. De Chelmsford.

— Je connais bien le coin.

— Ah oui ?

Stephanie a hoché la tête. — Je travaille avec la police.

— Qu'est-ce qui t'a éloignée des charmantes rues de Chelmsford ?

— Le travail.

Maya a hoché la tête d'un air songeur, en regardant ses pieds. — Tu t'occupes de cette affaire avec les deux filles ?

Stephanie a baissé la tête.

Avant que l'une ou l'autre puisse continuer, l'instructeur du cours a tapé dans ses mains, le son résonnant dans le petit espace. — Très bien tout le monde, c'est tout pour ce soir. Bons combats. Rentrez chez vous, mettez de la glace sur vos articulations, buvez de l'eau, et pour l'amour de Dieu, n'allez pas boire un coup juste après ça.

Quelques rires ont fusé dans le groupe, quelques tapes sur les épaules et des saluts, tandis que tout le monde commençait à se disperser vers les bords de la salle pour récupérer ses affaires. Ils étaient dix au total. Un groupe assez petit pour que chacun puisse affronter au moins une fois chaque adversaire par séance. Pas si grand qu'il n'y ait plus assez de place sur les tapis.

Stephanie et Maya se sont dirigées vers un coin de la salle et ont commencé à rassembler leurs affaires.

— Comment rentres-tu ?, a demandé Stephanie en enfilant sa veste sur un bras.

— À pied.

— Tu habites où ?

— Sur le campus. Ce n'est pas loin d'ici.

— Tu es étudiante ?, a demandé Stephanie, incapable de masquer la surprise dans sa voix. Je veux dire, je savais que tu étais jeune, mais…

— Le jiu-jitsu ne paie pas les factures, a répondu Maya. Papa et Maman ont pensé que je ferais mieux d'avoir un plan B, au cas où. — Elle a jeté son sac sur son épaule.

Elles se sont dirigées vers la sortie. Près de la porte se tenait l'instructeur, Sam, dont la large carrure obstruait presque le passage.

— Bon travail aujourd'hui, Stephanie, a-t-il dit, ses muscles saillants sous son gi. Comment avez-vous trouvé le cours ?

Stephanie a fait un geste en direction de Maya. — Tant que celle-ci ne sera pas là la semaine prochaine, ça ira.

— Et dans ce cas, je mettrai la clé sous la porte. Nous avons de la chance de l'avoir. Mais vous vous êtes bien débrouillée contre elle. Je vous ai observée à plusieurs reprises. Je ne peux pas en dire autant de tout le monde. Vous avez du talent.

— Ou une commotion cérébrale, a marmonné Stephanie en se frottant le cou alors qu'elles sortaient dans l'air frais de la nuit.

En face d'elles se trouvait le centre commercial Friary, qui se dressait derrière la gare routière. Les lampadaires baignaient le bâtiment de briques d'une lueur orange et terne.

— Ça ira pour rentrer ?, a demandé Stephanie. Je peux te déposer sans problème.

Maya a eu un sourire en coin, puis a baissé les yeux vers sa ceinture noire. — Je sais me défendre. Et au pire du pire, a-t-elle dit, je peux toujours l'enlever et me mettre à les frapper avec.

CHAPITRE
QUARANTE-TROIS

Tom Singfield s'est réveillé en sursaut, quelque chose venait de tirer brusquement sur son sweat à capuche. Clignant des yeux face au halo gris bleuté des nuages au-dessus de lui, Tom a plissé les paupières pour distinguer la forme floue de plumes qui lui picorait la poitrine.

— Hé ! Fous le camp ! a-t-il grogné en chassant la pie d'un geste de la main. L'oiseau a battu des ailes, l'air indigné, et a détalé sur la pelouse.

Puis la douleur a déferlé dans son corps. Ses os endoloris par une nuit inconfortable sur un banc public. La douleur lancinante dans sa tête, fruit des mauvaises décisions de la veille. Le froid aggravait le tout. Ses vêtements humides, détrempés par la moiteur ambiante et la rosée du banc, lui collaient au dos, siphonnant la chaleur de son corps. Il a été secoué de frissons incontrôlables en descendant ses jambes du banc et a commencé à vérifier ses affaires, sa colonne vertébrale craquant comme une fermeture Éclair.

Téléphone ? Ok.

Portefeuille ? Ok.

Clés ? Toujours pas. Sinon, il aurait passé la nuit dans son lit et non dehors, dans un froid de canard, près du lac du campus. Dormir près de la grande étendue d'eau, dans la partie est du campus, lui avait paru une bonne idée à trois heures et demie du matin, mais à présent, alors qu'une petite rafale de vent faisait frémir la surface de l'eau, il n'en était plus si sûr.

Enfin, c'est en faisant des erreurs qu'on apprend.

Comme celle de ne pas confier ses clés d'appartement à un parfait inconnu pour un tour de magie.

Ce salaud les avait bel et bien fait disparaître.

Lentement, Tom s'est levé du banc et a avancé d'un pas chancelant, prêt à entamer le long trajet du retour. Il voulait juste se glisser dans son lit et oublier que cette soirée embarrassante avait eu lieu.

Alors qu'il se traînait vers la silhouette familière de son immeuble, il a instinctivement contourné le centre de la pelouse, la légère dépression où se trouvait le lac, principalement ornemental, avec une petite fontaine qui crachotait parfois lorsque quelqu'un pensait à l'allumer.

Il était à mi-chemin quand il a ralenti, a froncé les sourcils et a regardé de nouveau.

Il y avait quelque chose dans l'eau.

Au début, il a cru que c'était une ordure. Peut-être un manteau noir, jeté ou balancé là par un étudiant, emmêlé dans les algues. Mais à mesure qu'il s'approchait, la forme a pris le poids de quelque chose de réel. D'humain.

C'était une femme. Elle flottait sur le ventre, vêtue d'un kimono de sport de combat blanc, les bras écartés comme des ailes, ses cheveux sombres déployés autour de sa tête comme du varech. Le doux mouvement de la fontaine toute proche faisait osciller son corps de façon presque rythmique.

L'estomac de Tom s'est noué. Le froid s'est évanoui en un instant, remplacé par une décharge d'adrénaline nauséeuse. Il a reculé en titubant, ses chaussures glissant sur l'herbe mouillée, son cœur battant la chamade.

— Merde, a-t-il murmuré en s'éloignant. Merde, merde, merde.

Puis il a tourné les talons et s'est mis à courir. Vers son appartement, vers de l'aide, vers quiconque saurait ce qu'il était censé faire. Parce que ce qu'il avait vu sur le dos de la femme lui avait flanqué la peur de sa vie.

Une petite boîte sur laquelle était inscrit un simple message : *Ouvre-moi.*

CHAPITRE
QUARANTE-QUATRE

Le lendemain matin, Stephanie avait l'impression d'être passée sous un bus. Deux fois. Sans aucune protection. Et de s'être ensuite fait rouer de coups de crosse de hockey.

La séance de ju-jitsu de la veille l'avait plus épuisée qu'elle ne l'aurait cru. Ses muscles étaient endoloris et la lançaient, une douleur qu'elle n'aurait jamais crue possible dans des endroits où elle ne se savait même pas capable de ressentir. Elle s'était crue forte, bien entraînée, tonique, mais se retrouver face à une championne nationale ceinture noire avait vite remis les pendules à l'heure.

Avec précaution, ne pouvant bouger que de quelques centimètres à la fois, elle a fait basculer ses jambes hors du lit et s'est traînée jusqu'aux toilettes. Pour une raison inconnue, une douleur a enflé dans sa tête et elle s'est sentie prise de vertiges. C'était peut-être à cause de la bouteille d'eau intacte sur sa table de chevet, ainsi que du verre plein qu'elle avait eu l'intention de boire dans la salle de bains. Elle l'a attrapée et l'a bue à petites gorgées en allant aux toilettes, buvant avec précaution pour ne pas se sentir ballonnée. Une odeur écœurante flottait dans la salle de bains, lui rappelant qu'elle devait refaire le plein de désodorisants. Elle n'attendait pas de visite de sitôt, mais il valait toujours mieux être préparée. Au fil des ans, Stephanie s'était habituée à l'odeur qui la suivait partout ; c'était un rappel de la honte, de la culpabilité qu'elle ressentait.

C'était aussi un rappel de son apparence, des compliments qu'elle recevait de ceux qui lui disaient qu'elle avait maigri et qu'elle avait bonne mine.

Elle est restée assise sur les toilettes quelques instants de plus, l'esprit vagabond. Dehors, par un petit interstice de la fenêtre, le son d'un cri perçant lui est parvenu, déchirant le silence. Pendant une seconde, elle s'est figée. Non pas à cause du son lui-même, mais à cause de ce qu'il a réveillé en elle.

Elle avait de nouveau six ans. Accroupie derrière le canapé. Le grésillement épais de la télévision bourdonnant derrière elle. Une porte qui claque. La voix de sa mère, tranchante de peur. Le rugissement de son père, suivi du bruit de la chair frappant la chair, et le cri qui l'accompagnait.

Et puis le silence, rapidement percé par les hurlements de Kimberley dans ses bras.

La tenant tout contre elle, blottie contre sa poitrine. Attendant. Priant pour que le bruit de pas ne s'approche pas d'elles.

Stephanie a agrippé son collier, le faisant tourner autour de son cou. Son pouls s'est accéléré, et son regard est devenu vitreux. Les cris d'enfants qui s'interpellaient l'ont sortie de sa transe. Elle a tiré la chasse, s'est levée et s'est lavé lentement les mains, regardant l'eau tourbillonner et couler sur ses doigts.

Quand elle a eu terminé, elle est descendue péniblement. La douleur dans ses muscles était toujours là, mais son cerveau ne la percevait plus. En bas des escaliers, des peintures, à moitié finies et abandonnées, étaient appuyées contre la plinthe. D'habitude, elle peignait tous les jours, avant et après le travail, mais depuis la mort de Paulina Potter, elle n'avait pas pu toucher à ses pinceaux. Chaque coup, chaque trait n'aurait fait que lui rappeler la mort de la star de TikTok.

Le reste de la maison était dans un état tout aussi fragile que son esprit. Son kimono de ju-jitsu gisait, froissé, près du radiateur où elle l'avait jeté la veille. La poubelle de la cuisine débordait, des emballages en plastique menaçant de basculer. Du linge sale serpentait depuis le salon en petits îlots de vêtements : des chaussettes dépareillées, un bas de jogging, sa chemise de travail autrefois blanche, maculée de fond de teint.

C'était le chaos.

Puis on a frappé à la porte.

Elle s'est figée. Le coup était léger, hésitant, mais assez fort pour percer le bruit sourd qui martelait son crâne. Elle a resserré sa robe de chambre autour d'elle et s'est dirigée vers la porte, qu'elle a ouverte sans regarder par le judas.

De l'autre côté se tenait un homme décharné, approchant les quatre-vingts ans, avec des cheveux gris, des lunettes trop grandes pour son visage étroit, et un cardigan qui avait connu de meilleures décennies. Son voisin d'à côté. Elle l'avait déjà aperçu et avait eu l'intention d'aller se présenter.

— Bonjour, a-t-il dit doucement. Désolé de vous déranger. Je n'étais pas sûr que vous seriez là, mais je suis content de vous rencontrer enfin. Je me suis dit que j'allais me présenter et vous souhaiter la bienvenue dans la rue. Jimmy, Jimmy Walgrave. Il a tendu sa main couverte de taches de vieillesse.

— Stephanie. Stephanie Broadbent.

— Très « James Bond », a-t-il dit avec un sourire. Comment trouvez-vous le quartier ?

— Calme. Plus calme que ce à quoi je suis habituée.

— D'où venez-vous ?

— De l'Essex. Mais je suis née et j'ai grandi ici.

— Ah. Nous, les gens de Guildford, on finit toujours par revenir au bercail, a-t-il dit. Ça a été pareil pour mon fils et sa femme. Mais je soupçonne que c'était surtout pour avoir un grand-père pour faire le baby-sitter au débotté.

Cela expliquait les cris à l'extérieur.

— Je m'excuse s'ils ont fait un peu de raffut tout à l'heure. Ils sont survoltés, et je n'ai plus l'habitude d'avoir autant d'énergie qui rebondit sur les murs.

Stephanie a cligné des yeux. — Ce n'est rien, vraiment. Je n'ai même pas remarqué.

— Vous êtes sûre ? Il a jeté un œil par-dessus son épaule vers le couloir encombré. Je me souviens des galères d'un déménagement. Ça n'en finit jamais.

Elle a regardé derrière elle et a observé les cartons par terre. — La semaine a été longue. Mais j'y arriverai un jour ou l'autre.

— Eh bien, si vous avez besoin d'un coup de main, n'hésitez

pas, a-t-il dit, sa voix s'adoucissant encore. Je proposerais bien mes services, mais mon dos n'est plus ce qu'il était. Par contre, je peux toujours faire venir mon fils, il pourra vous aider.

Stephanie a eu un demi-sourire, sans rien dire.

— Bref, a-t-il dit en reculant. Vous savez où me trouver. Oh, et avant que j'oublie, c'est le jour de la collecte des poubelles noires. Au cas où vous auriez des choses à jeter.

Stephanie l'a remercié poliment, puis lui a fait signe de la main. En refermant la porte derrière lui, elle a inspiré profondément, observant le désordre devant elle. Elle n'était pas prête pour une tâche aussi monumentale. Pas encore.

À l'étage, son portable s'est mis à vibrer sur la table de chevet. Elle a sprinté en haut des escaliers aussi vite que ses muscles et ses os fatigués le lui permettaient et a répondu à l'appel.

C'était Devon.

— Bonjour, a-t-elle dit.

Il a été direct, droit au but. Sans chichis.

— Il va falloir que vous reveniez au campus. On en a un autre.

CHAPITRE
QUARANTE-CINQ

Je sais me défendre.

Les mots de Maya Corcoran résonnaient dans sa tête.

Mais au pire, je peux toujours l'enlever et commencer à les frapper avec.

La ceinture de jiujitsu de la jeune fille avait disparu, et pendant un instant, Stephanie s'est demandé si elle avait essayé. Si Maya avait eu l'occasion de l'enlever pour en fouetter son meurtrier.

Mais même si c'était le cas, ses tentatives d'autodéfense avaient finalement été vaines. Son corps sans vie gisait là, dans l'eau, le visage immergé, son gi flottant autour de sa taille, lui donnant l'air d'un ange déchu. Quelques plongeurs de la police, vêtus de leur équipement complet avec appareil respiratoire et combinaisons, se trouvaient dans le lac, la déplaçant avec précaution vers le bord. Stephanie regardait, hébétée et l'esprit vide, tandis qu'ils la rapprochaient.

Le champ entier avait été bouclé, et des dizaines d'agents en uniforme contenaient la horde d'étudiants. C'était la première fois que le tueur laissait une victime à la vue de tous. Les chuchotements tendus et feutrés de la foule dévalaient la colline, couvrant le bruit de la fontaine située à quelques mètres de là.

Une petite armée de techniciens de la police scientifique s'affairait dans le champ. Leur tâche, qui consistait à passer toute la zone au peigne fin, prendrait toute la journée. Mais il fallait d'abord évacuer le corps, et Stephanie leur avait dit qu'aucun travail ne devait commencer avant son arrivée.

Elle voulait être celle qui ouvrirait la boîte.

Elle voulait être celle qui découvrirait comment la prochaine victime serait tuée.

Après d'anxieuses et douloureuses minutes d'attente, le corps de Maya a enfin été sorti de l'eau. La boîte a été mise de côté et on l'a retournée sur le dos. L'eau, pleine d'algues et de saletés, n'avait pas épargné son visage blême et bleuté. La vase et la crasse avaient noirci ses joues et ses yeux vitreux. Des herbes s'étaient emmêlées dans ses cheveux agglutinés et une petite brindille s'était logée dans son nez.

La hanche de Stephanie l'a de nouveau élancée. Une punition, sans aucun doute, pour sa gestion de l'enquête. Mais la douleur qu'elle ressentait à cet instant n'était pas suffisante. Elle avait besoin de souffrir plus.

Et elle allait souffrir.

Bientôt.

Son téléphone s'est mis à sonner. Elle a jeté un œil à l'écran : Louis Brown. Comment était-il déjà au courant ? Quelqu'un de l'équipe ? Devon ? Elle a rejeté l'appel, son pouce appuyant sur le bouton rouge un peu plus fort que nécessaire, puis a mis son téléphone en mode Avion. Ainsi, personne ne pourrait la joindre.

— Madame, a dit doucement Giles derrière elle, alors qu'elle rangeait l'appareil. Leanna est là.

En resserrant ses gants, Stephanie s'est retournée pour voir la légiste se diriger vers la scène de crime, pressant le pas sur les derniers mètres comme si c'était la first fois qu'elle courait depuis des années.

— Ne me refais plus jamais ça, a-t-elle dit en s'arrêtant à côté du corps.

— Faire quoi ?

— Me faire courir comme ça.

— Je ne t'ai rien fait faire du tout.

— Si, tu l'as fait. Elle a pointé son doigt vers le visage de Stephanie. Avec le regard que tu m'as lancé. Je n'aime pas avoir l'impression qu'on me presse.

— C'est dans ta tête, a lâché Stephanie.

Les yeux de Leanna se sont écarquillés de surprise.

— On y va ? a dit Stephanie, son humeur s'assombrissant de seconde en seconde.

La légiste s'est accroupie et a commencé à examiner le corps de Maya. — Elle est bien morte. À moins qu'elle n'ait marché sur l'eau ?

Stephanie a secoué la tête, silencieuse et observatrice.

— Il n'y a pas de signes de traumatisme immédiats, a poursuivi Leanna. Mais je dirais qu'elle a été noyée.

Comme l'avait prédit la poupée vaudou.

— Comment a-t-elle été maîtrisée ? a demandé Stephanie. Elle était forte. Incroyablement forte.

— Comment le savez-vous, madame ? a demandé Giles.

— Je me suis entraînée avec elle hier soir. Elle était championne nationale de jiujitsu.

Giles a aspiré brusquement une goulée d'air. — Peut-être qu'elle a été prise par surprise ou frappée derrière la tête.

— Elle n'aurait pas pu se défendre si son visage était maintenu sous l'eau, a ajouté Leanna.

Stephanie ne voulait pas le croire. Elle voulait croire que Maya s'était défendue, qu'elle avait botté le cul de son agresseur, et que ce n'était que lorsqu'il avait changé les règles du jeu et l'avait frappée au visage avec une arme qu'elle avait fini par succomber à ses attaques. Et qu'elle en avait payé le prix ultime.

— Depuis combien de temps ?

Leanna a balancé la tête d'un côté à l'autre, songeuse. — Difficile à dire. L'eau l'a conservée, mais si vous l'avez vue hier soir et qu'elle porte toujours sa tenue, alors je suppose que c'est arrivé peu de temps après que vous l'ayez quittée.

Stephanie a cherché le collier de sa mère mais n'a pas réussi à le trouver sous ses gants et sa combinaison de protection.

Si seulement elle avait ramené Maya. Si elle l'avait *forcée* à monter dans sa voiture. Peut-être qu'elle serait encore parmi eux. Peut-être qu'elle ne serait pas devenue sa troisième victime.

— Autre chose ? a-t-elle demandé, la voix brisée.

— Pas pour l'instant. J'en aurai plus à vous dire quand je l'examinerai correctement.

Stephanie a fermé les yeux et a inspiré profondément. Quand

elle les a rouverts, elle a contourné le corps de Maya et s'est dirigée vers la boîte.

— Chef ? a demandé Giles.

Elle n'a pas répondu.

— Chef ? Vous voulez que je m'en charge ? Ce n'est peut-être pas sûr.

— Ça va aller. Je peux le faire.

Stephanie s'est accroupie, posant les genoux sur l'herbe humide et couverte de rosée. Elle a dévisagé le mot, « OUVRE-MOI », qui avait été écrit au marqueur noir indélébile.

Fais ce qu'on te putain de dit, espèce de petite idiote !

Ne me désobéis plus jamais, stupide connasse !

Son souffle s'est coupé alors qu'elle décollait le mot du couvercle, en faisant attention à ne pas altérer d'éventuelles empreintes. Elle l'a tendu à un technicien de la police scientifique qui se tenait à proximité, lequel l'a délicatement placé dans un sac de scellés.

Ensuite, Stephanie a reporté son attention sur le couvercle en plastique. Alors qu'elle le soulevait doucement, la boîte a émis un faible clic.

Une étincelle a jailli.

En un instant, la poupée à l'intérieur — la même qu'elle avait vue deux fois auparavant avec ses yeux en bouton et son torse cousu — s'est enflammée. Des flammes ont éclos dans sa poitrine, léchant le fil et faisant noircir et se recroqueviller le tissu. Stephanie a eu un mouvement de recul, protégeant son visage avec son avant-bras tandis que la chaleur se propageait vers l'extérieur en une brève et violente déflagration. La poupée s'est tordue dans les flammes, ses yeux en bouton bouillonnant et éclatant, les coutures s'ouvrant pour révéler un rembourrage noirci qui se consumait comme de l'encens.

Le temps qu'elle se ressaisisse, la poupée avait été réduite en cendres et en plastique fondu au fond de la boîte, l'odeur d'accélérant flottant dans l'air.

Derrière elle, quelqu'un a juré entre ses dents.

Stephanie n'a pas bougé, se contentant de fixer les restes calcinés de la boîte.

— Je n'y crois pas, a-t-elle murmuré. Il va brûler quelqu'un vif.

CHAPITRE **QUARANTE-SIX**

Elle n'a pas regardé le menu longtemps. De toute façon, tout avait le même goût et finissait au même endroit.

— Un kebab géant avec des frites au fromage, extra fromage, s'il vous plaît, a-t-elle dit en tapotant avec impatience sa carte bancaire sur le comptoir.

— Pas de problème, Madame, a répondu le patron en saisissant la commande dans le système.

Pendant qu'elle payait avec sa carte, l'homme a commencé à préparer sa nourriture. Il a plongé un panier de frites dans un bain d'huile et s'est mis à découper la viande qui tombait dans un bac. Aussitôt, une odeur de viande grillée et d'oignons lui a assailli les sens, envahissant rapidement son esprit.

Les courbatures de la veille avaient presque toutes disparu, remplacées par la peur, le chagrin et la culpabilité. L'enquête commençait à lui échapper. En moins d'une semaine, déjà trois morts ; trois personnes qui comptaient sur son équipe et elle pour les protéger. C'était comme essayer de retenir une savonnette ; chaque fil de l'enquête lui glissait entre les doigts.

Elle n'arrivait pas à faire taire la voix de Maya dans sa tête. Elle ne pouvait pas réduire au silence les pensées qui la tourmentaient.

Viens ici ! Viens ici quand je te parle ! Ne m'oblige pas à le faire !

Elle a cherché le collier de sa mère. Par chance, maintenant qu'elle avait quitté sa combinaison de la police scientifique pour enfiler des vêtements respirants, elle l'a senti. Mais cette fois, ça n'a rien fait pour calmer le bruit, faire taire les pensées, ou effacer les images de la poupée en feu.

Il n'y avait qu'une seule façon d'y parvenir.

Quelques instants plus tard, le patron du kebab lui a tendu un sac en plastique chaud et lourd. Elle a marmonné un rapide merci, puis a décampé, se précipitant à la lumière du jour. Elle a baissé la tête et gardé les yeux au sol en montant dans la voiture garée devant la boîte de nuit Red One.

Dans la voiture, elle a déchiré l'aluminium avec des mains tremblantes et a commencé à manger comme si quelqu'un allait le lui voler. Elle a mangé vite, machinalement, mâchant à peine. Le goût s'enregistrait à peine dans sa bouche ou son cerveau, juste la sensation de nourriture épicée et grasse glissant dans sa gorge à chaque bouchée.

Elle a sorti son téléphone de sa poche, a vu qu'il était toujours en mode Avion, puis l'a jeté sur le siège passager. Son équipe essayait probablement de la joindre, de savoir où elle était partie si vite. Mais ils pouvaient attendre. Le monde pouvait attendre.

C'était son moment de contrôle avant de le perdre à nouveau.

CHAPITRE
QUARANTE-SEPT

Sa tête était penchée au-dessus de la cuvette des toilettes, un fin filet de salive pendant au coin de sa bouche, le goût âcre de la bile persistant sur sa langue, sa gorge la brûlant à cause de l'effort, ses doigts couverts de salissures.

Elle s'est forcée à regarder dans la cuvette, un rappel de la façon dont tout avait commencé : une punition pour avoir mangé toute la nourriture de la maison, s'être faufilée jusqu'au frigo et avoir savouré les derniers en-cas de son père jusqu'à ce qu'il ne reste plus rien.

Qu'est-ce qui te rend si spéciale pour que tu puisses tout manger dans la maison alors que personne d'autre n'a rien ? Espèce de petite grosse !

Et puis les coups commençaient. Pas sur elle. Du moins, pas au début.

Maman. Maman était toujours la cible.

Elle tient ça de toi. Elle est exactement comme toi, une petite cochonne égoïste et cupide. Une petite salope ingrate.

Suivi d'un coup de poing, d'une gifle, puis il tirait les cheveux de sa mère et la jetait au sol.

Je sais ce que vous racontez sur moi toutes les deux. C'est ma maison. Mes règles.

Stephanie a craché dans l'eau. L'image des violences s'est dissipée dans les ondulations, et elle s'est écartée de la cuvette pour s'accroupir sur les talons. Elle a essuyé sa bouche du dos de sa main. La douleur dans son corps était revenue, pire cette fois, à cause de la souffrance sourde dans ses côtes et de la sensation de creux dans son estomac. Elle est restée là un instant de plus, à fixer la porcelaine, en pensant à quel point elle aurait aimé pouvoir changer, à quel point sa vie aurait pu être différente.

Quand elle était revenue à Guildford trois semaines plus tôt, tout était sous contrôle. La boulimie était devenue gérable, ne refaisant surface que dans des circonstances extrêmes.

Jusqu'à maintenant.

Alors que les meurtres de deux jeunes femmes étaient de sa faute parce qu'elle n'avait pas agi assez vite, tout comme lorsque sa mère était morte.

Le contrôle.

À l'époque, elle avait quelque chose à contrôler : Kimberley. S'assurer qu'elle et sa sœur se cachaient dans l'armoire, chantaient ensemble, faisaient semblant de jouer à un jeu, dessinaient avec leurs crayons de cire sous la lumière de la torche qu'elle avait fait entrer en douce. Elle avait protégé sa petite sœur ; contrôlé ce qu'elle voyait, entendait, vivait.

L'avait protégée.

Mais depuis qu'elles avaient grandi et s'étaient éloignées l'une de l'autre, elle avait remplacé sa sœur par ses victimes ; elle était chargée de les protéger.

Jusqu'à maintenant.

Elle a tiré la chasse et s'est relevée, le corps tremblant tandis qu'elle se hissait jusqu'au lavabo. Ensuite, elle a attrapé la balance numérique coincée sur le côté des toilettes et est montée dessus. Une partie de sa force lui est revenue ; elle avait perdu un kilo ou two. En la remettant dans sa cachette, elle a évité son reflet dans le miroir. Elle ne pouvait pas se regarder ; fixer la cuvette des toilettes était une punition suffisante.

Une pastille à la menthe ou un chewing-gum pour débarrasser sa bouche de la culpabilité et de la honte, et elle était prête à repartir.

Elle est sortie nonchalamment de la salle de bain, se cramponnant à son collier. En descendant les escaliers et en entrant dans la cuisine, elle a été transportée dans la maison de ses parents, près de trente ans auparavant. Il faisait nuit, presque minuit. La télévision jouait en arrière-plan. Elle venait de se glisser hors de sa chambre pour trouver quelque chose à manger : une pomme, des restes du dîner dans la poubelle. Elle mourrait de faim, elle n'avait jamais connu de telles crampes d'estomac, mais ce n'était pas pour elle. C'était pour Kimberley. Sa sœur n'arrêtait pas de pleurer, suppliant pour avoir de la nourriture.

Stephanie est entrée dans la cuisine sur la pointe des pieds et s'est dirigée vers le frigo. Au moment où elle l'a ouvert, un bruit est venu du salon. Elle s'est figée. Un instant plus tard, sa mère est apparue, parlant vite et à voix basse.

— Tu devrais dormir, a-t-elle sifflé.

— À manger.

— Je sais, ma chérie. Sa mère s'est déplacée vers le placard de l'autre côté, a ouvert une porte et a sorti un paquet de chips non entamé. L'emballage a fait tellement de bruit qu'il a failli les trahir. — Prends-les, a-t-elle dit. — Mais fais vite. Et ne t'arrête pas de courir.

Les conseils de sa mère n'avaient pas suffi à empêcher son père de les attraper toutes les deux. Ils n'avaient pas suffi à arrêter les coups. Cette nuit-là, Stephanie avait été séparée de Kimberley et forcée de dormir dans la salle de bain, où la douleur avait été si grande, l'envie de manger si immense, qu'elle avait grignoté le papier toilette suspendu près de sa tête. Il n'avait pas fallu longtemps pour qu'elle le vomisse.

Pendant un long moment, elle est restée dans son couloir, le regard fixé sur sa cuisine. Le frigo dépassait de derrière l'embrasure de la porte, et elle a senti une faim fulgurante exploser dans son estomac. Un instant plus tard, une silhouette est apparue : vieille, mal nourrie, un jean flottant autour de sa taille, mais ce n'était pas suffisant pour détourner l'attention de la malveillance et du mal qui tourbillonnaient dans ses yeux.

— Sors de ma maison et sors de ma tête ! a-t-elle hurlé en se martelant la tempe avec le talon de sa main.

Elle devait sortir de cette maison. Loin d'ici, loin de tout le monde.

Puis ses yeux sont tombés sur le VTT appuyé contre le mur du couloir, de la boue et des mottes d'herbe y pendant.

CHAPITRE QUARANTE-HUIT

Le vent lui cinglait le visage, tirant sur sa veste et fouettant ses cheveux contre son front. Chaque virage, chaque montée, chaque secousse sur une racine ou une pierre contribuait à dissiper le brouillard dans sa tête. Ses muscles brûlaient, ses poumons peinaient, mais c'était une distraction bienvenue, une pause bienvenue dans la symphonie incessante de douleur et de dégoût de soi.

Son périple l'avait menée à travers Chantry Wood, une ancienne forêt semi-naturelle et des prairies s'étendant sur environ quatre-vingts hectares, avant d'arriver à Shalford, à une courte distance du centre-ville de Guildford. De là, elle avait pédalé le long de la route, faisant de son mieux pour suivre le rythme de la circulation, en direction du cimetière de The Mount. Après une côte impitoyable qui avait presque épuisé les muscles de ses jambes, elle atteignit le cimetière par le sud, et descendit de son vélo à côté de la Booker Tower. Construite en 1839 sur ordre du maire de la ville, Charles Booker, la structure octogonale avait initialement servi de lieu de souvenir pour ses deux fils avant de devenir plus tard un site d'observation astronomique. L'imposante structure de briques se dressait au pied du cimetière, agissant comme un gardien. Laissant son vélo appuyé contre la clôture en fer, Stephanie pénétra dans le cimetière d'un pas las, le souffle court, les jambes tremblantes.

Mais ce n'était pas dû à la montée.

Le cimetière de The Mount abritait de nombreux noms célèbres, dont Lewis Carroll, et plusieurs des plus anciennes sépultures dataient du dix-neuvième siècle. Mais ce n'était pas la raison de sa présence. Pour elle, il y avait quelqu'un de plus important que tous ceux qui étaient venus avant et qui viendraient après.

C'était l'endroit où sa mère était enterrée. Un endroit qu'elle n'avait pas visité depuis son dernier long séjour à Guildford.

Le cimetière s'étendait devant elle dans une solennité silencieuse. Les arbres projetaient des ombres aux longs doigts sur le sentier qui en faisait le tour. Au-delà, elle pouvait voir l'étendue des toits et la cathédrale de Guildford, perdue dans les nuages bas.

Ses baskets crissèrent doucement sur le chemin de gravier tandis qu'elle gravissait la pente, dépassant les tombes les plus récentes au marbre immaculé et aux fleurs artificielles, et celles dont les dates étaient trop rapprochées pour être justes. Sa gorge se serra, et elle agrippa son collier lorsque la tombe de sa mère apparut. La mousse et le lichen s'étaient approprié la pierre tombale, et les coins s'étaient érodés au fil des ans.

Stephanie s'abaissa sur l'herbe humide et s'assit en tailleur au pied de la pierre tombale. Elle baissa les yeux vers l'herbe et se mit à jouer avec, comme une écolière dans la cour de récréation.

— Salut, Maman, dit-elle en grattant une touffe de mousse. C'est… Désolée, ça fait un bail. J'ai été occupée par le travail. Je sais que ce n'est pas une excuse…

Une poignée de feuilles, soulevée par le vent, traversa l'herbe, attirant son attention du coin de l'œil.

— Mais la bonne nouvelle, c'est que je suis de retour. Je travaille pour la police du Surrey. Kim est contente, comme tu t'en doutes. Je l'ai vue l'autre jour. Elle a l'air en pleine forme. Vraiment, en pleine forme, en fait. On dirait qu'elle a repris sa vie en main. Elle laissa tomber la mousse. Un sourire se fraya un chemin sur son visage. Au moins l'une de nous deux s'en est bien sortie, malgré tout. Je n'oublierai jamais le sacrifice que tu as fait pour elle — le sacrifice que tu as fait pour *nous*. Je suis heureuse pour elle. Elle a un super boulot, une jolie maison et un mari qui l'aime. Mais… mais elle est toujours en contact avec Papa. Je sais que c'est difficile à gérer. J'ai essayé. Mais… Elle inspira profondément, retint l'air dans ses poumons quelques secondes, puis le laissa s'échapper. Assez parlé de lui. Moins je pense à lui, mieux je me porte. Comment vas-tu ? On a beaucoup de choses à se raconter, j'imagine. Je… je sais que tu veilles sur moi. Je l'ai senti, même quand j'ai fait des choses dont je ne suis pas fière. Elle renifla bruyamment, essuyant une larme au coin de son œil. Tu me manques, Maman. Et je suis toujours désolée. Je serai toujours désolée…

— Ne sois pas désolée.

La voix la prit par surprise et lui envoya un frisson le long de la colonne vertébrale tandis que son estomac se nouait. Au début, elle crut que c'était sa mère qui lui parlait d'outre-tombe, mais quand elle entendit des bruits de pas, elle réalisa qu'elle avait tort. Un homme, grand et mince, avec des cheveux gris clair et une paire de lunettes à fine monture, vêtu d'une chemise à carreaux rentrée dans un jean, s'approcha prudemment, les bras dans le dos.

— Ne sois pas désolée, répéta-t-il. Ce n'est jamais une bonne idée d'être désolé. Sois plutôt reconnaissante. Reconnaissante pour les souvenirs, reconnaissante pour les erreurs, reconnaissante pour les leçons.

Il se rapprocha. Stephanie sentit un calme immédiat l'envahir en sa présence, à tel point que son interruption ne la dérangea pas.

— Les gens pensent que les cimetières sont pour les fins, poursuivit-il, ses yeux parcourant la rangée de pierres tombales, mais en réalité, ce sont des lieux pour les commencements. Les conversations que nous n'avons pas pu commencer ou finir quand ils étaient encore en vie.

Stephanie hocha la tête. Une boule s'était formée dans sa gorge, retenant ses mots en otage.

Il désigna la pierre tombale. — Ta mère ?

Un autre hochement de tête.

— Toute ma famille est enterrée ici. Mes parents, mon frère. Ma femme.

— J'imagine que tu as déjà ta parcelle réservée, répondit Stephanie.

— Non, pas moi. Il éclata d'un petit rire rauque et afficha un sourire malicieux, révélant une rangée de dents parfaitement symétriques. Tu ne me trouveras pas en train de pourrir ici. Non, je préfère être réduit en cendres, merci. Ça ou en mer.

— Vraiment ?

— Ouais. Juste pour faire chier la famille. J'ai tout prévu. Je vais sauter sur une de mes motos et foncer droit dans l'eau. Comme ça, personne ne pourra venir me dire ce qu'ils pensaient vraiment de moi !

Pour la première fois depuis ce qui semblait une éternité, Stephanie rit. Une explosion qui jaillit de ses lèvres et roula par-dessus les pierres tombales. Cela la prit par surprise. Elle n'avait pas ressenti cette émotion depuis longtemps. Et c'était venu en parlant de la mortalité, de toutes choses. Le genre de sujet qu'elle côtoyait toute la journée, tous les jours.

— Je m'appelle Dave, au fait, dit-il en tendant la main.

— Stephanie. J'aime bien ta chemise.

— Ce truc ? C'est mon petit-fils qui me l'a achetée en Floride. C'est mon préféré. Sa voix se gonfla de fierté.

— Ça a l'air d'être un type sympa.

— C'est mon pote. Tant qu'il travaille dur et qu'il ne s'attire pas d'ennuis, ça ira pour lui.

— Une leçon pour nous tous.

Dave eut un sourire en coin, puis resta là un instant de plus.

— C'était un plaisir de te rencontrer, Stephanie, dit-il en se dirigeant vers la sortie, s'éloignant d'un pas nonchalant, les mains dans le dos. Prends soin de toi.

CHAPITRE
QUARANTE-NEUF

Près d'une heure plus tard, elle est retournée au bureau. Lavée, propre, ragaillardie.

En entrant dans la pièce, elle a remarqué le silence. L'endroit était vide, à l'exception d'Eve et Fiona, qui étaient assises l'une à côté de l'autre, chuchotant à voix basse. Stephanie n'arrivait pas à entendre ce qu'elles se disaient, mais elle sentait que la conversation tournait autour d'elle. Même si ce n'était pas le cas, son anxiété la persuadait du contraire.

— Oh mon Dieu, tu es vivante ! a lancé Eve en bondissant de sa chaise. Elle s'est précipitée vers Stephanie, comme si cette dernière était un chien perdu qui venait de rentrer après des semaines d'absence. — Où est-ce que tu es allée ? Où étais-tu passée ?

Fiona les a rejointes près de la porte avant que Stephanie ait pu répondre.

— On s'est inquiétées pour toi un moment, a dit Fiona.

— Un *moment* ? Parle pour toi. Moi, j'ai cru qu'il t'était arrivé quelque chose de grave. L'innocence et la naïveté juvéniles sur le visage d'Eve ont rempli Stephanie de culpabilité.

C'était la même expression que sa sœur lui avait affichée durant leur enfance, chaque fois que Stephanie avait reçu une correction ou avait été forcée de regarder son père faire du mal à sa mère. Quand elle avait ouvert la porte de la chambre, sa sœur l'avait accueillie avec le même regard écarquillé et soulagé. Elle aidait

Papa et Maman à construire quelque chose, avait-elle dit. Elle les aidait à réparer quelque chose. Elle avait été contrainte de mentir à sa sœur à ce moment-là, de prétendre qu'elle allait bien et que tout s'arrangerait.

Mais elle n'a pas eu le cœur de mentir à Eve.

— J'avais besoin de m'éloigner, a-t-elle dit. J'avais juste besoin de me vider la tête.

— Où es-tu allée ? a demandé Fiona.

— Chez moi. Et puis j'ai fait un tour à moto. J'avais juste... besoin de digérer tout ça.

Fiona a hoché la tête d'un air songeur. Aucune trace de jugement dans son expression. En fait, Stephanie a cru y déceler de la compassion. — Je vois ce que tu veux dire, a-t-elle déclaré. C'est beaucoup à encaisser. Je n'ose même pas imaginer ce que c'est pour vous... pour vous deux, en fait. Vous êtes nouvelles ici. Tout est nouveau. Vous ne nous connaissez pas si bien. Steph, tu as le stress supplémentaire de l'emménagement et toute l'anxiété que ça peut générer. Je comprends...

Steph ne savait pas quoi dire.

— Je faisais un peu la même chose quand j'ai débuté, a poursuivi Fiona.

— C'est-à-dire ?

— Filer. Je disparaissais quand tout devenait trop lourd pour moi. Au travail, à la maison. J'étais en vrac. Plusieurs fois, j'ai juste quitté la maison et je ne suis pas rentrée avant plusieurs heures. Parfois, je partais pour la nuit entière. J'étais... « brisée » n'est pas le bon mot... mais je n'étais pas bien du tout pendant longtemps. Et puis, il y a eu un déclic, et je me suis reprise en main. Je suppose que je m'y suis habituée, en fait. Je suis devenue insensible, désensibilisée à ce qu'on fait, et j'ai réussi à maîtriser ce qui se passait dans ma tête.

C'était une facette de Fiona que Steph n'avait pas vu venir. Elle s'était livrée, s'était rendue vulnérable en partageant une information aussi intime et personnelle. Stephanie l'admirait beaucoup pour ça. Eve, de son côté, avait l'air d'apprendre qu'il ne lui restait que six semaines à vivre.

— Ça veut dire que je vais vivre quelque chose de semblable ?

Fiona a posé une main sur le haut du bras de la jeune inspectrice. — Probablement. Mais tu as deux femmes fortes et expérimentées qui peuvent t'aider à traverser ça. Nous savons quand les mauvais moments sont là, et nous savons quand ils approchent. Nous savons aussi quand les bons moments sont sur le point d'arriver. Il n'y en a pas beaucoup, remarque, mais c'est ce qui les rend d'autant plus beaux quand ils surviennent. Quand des mois, peut-être des *années* de travail acharné finissent par payer et que tu obtiens le résultat que tu voulais.

Cela a semblé apaiser certaines des craintes d'Eve. Cependant, l'angoisse résiduelle sur son visage suggérait qu'il en restait encore beaucoup sous la surface.

Steph a fait un geste en direction du bureau vide. — Qu'est-ce que j'ai manqué ?

Fiona a jeté un œil par-dessus son épaule. — Tu seras ravie d'apprendre que Devon s'est auto-désigné responsable pendant ton absence.

Évidemment, a-t-elle pensé.

— Giles est toujours sur la scène de crime, je crois, a poursuivi Fiona. Soit ça, soit il est à l'autopsie. Noah est à l'université, il s'occupe du recteur et essaie de voir ce qu'il faut faire ensuite. Et Wellard interroge les colocataires de la victime, tandis que les agents en uniforme se chargent du porte-à-porte.

Stephanie a répondu d'un hochement de tête. Bien sûr, Devon avait pris sur lui de distribuer les rôles et les responsabilités au reste de l'équipe en son absence. En quelques minutes, il avait pris le contrôle de l'opération, s'assurant d'y laisser sa marque.

— Et vous deux, qu'est-ce que vous faites ici ? a demandé Steph.

— On attend, a répondu Eve.

— Quoi ?

— Des instructions, a dit Fiona. Il veut qu'on soit disponibles au cas où quelque chose surviendrait et qu'on doive s'en occuper. Entre nous, cheffe, je ne pense pas qu'il nous fasse autant confiance qu'aux autres.

Stephanie a réfléchi à cela un instant. Est-ce que Devon choisissait ses favoris en fonction de ceux avec qui elle avait passé le plus de temps, ou de ceux dont il pensait qu'elle était la plus proche ? Elle ne savait pas grand-chose de cet homme, mais elle n'estimait pas que ce soit hors du domaine du possible.

Avant qu'elle ne puisse répondre, le son d'une toux a résonné depuis le bureau de l'inspecteur en chef.

— Ça me fait penser, a dit Fiona rapidement. McGowan a demandé à vous voir à votre retour.

Steph a jeté un œil à la plaque sur la porte de l'homme. — Merci de m'avoir prévenue.

CHAPITRE CINQUANTE

Elle a attendu ce qui a semblé une éternité, se balançant d'un pied sur l'autre, la tête basse, incapable de regarder ses collègues qui, sans aucun doute, l'observaient avec une curiosité fébrile. Finalement, on l'a appelée de l'intérieur, et elle a ouvert la porte. Assis derrière son bureau, l'inspecteur en chef Clive McGowan était en train de retirer ses lunettes.

— Ah, inspectrice, vous voilà. Je vous en prie, asseyez-vous.

Il n'y avait aucune malice dans sa façon de parler. Aucune agressivité, aucune déception. Son ton était neutre, calme. Pourtant, Stephanie a senti que la conversation serait tout sauf cela. Elle a tiré la chaise avec précaution, comme si elle craignait un piège, puis s'y est assise, les genoux serrés et les mains posées sur ses cuisses.

— Il semblerait que vous ayez des explications à nous donner, a dit McGowan, sa voix toujours calme et posée. D'après ce qu'on m'a dit, vous avez tout simplement quitté la scène de crime sans expliquer où vous alliez, ce que vous faisiez, ni pour combien de temps vous partiez.

— Je peux tout vous expliquer.

— C'est bien ce que j'espérais. Il a posé les mains sur le bureau en entrelaçant ses doigts.

Stephanie a inspiré, puis a expiré lentement avant de commencer. — Tout ça m'a un peu dépassée. J'étais avec Maya, la victime, hier soir. Nous étions à un cours de ju-jitsu. Je lui ai proposé de la raccompagner chez elle, et la voir comme ça… ça m'a retournée. Alors, je suis allée faire un tour à vélo. J'avais besoin de me vider la tête, de l'oublier un instant, et j'ai fini par me retrouver devant la tombe de ma mère. J'avais juste besoin de parler à quelqu'un. C'était la seule façon pour moi de gérer la situation.

McGowan a assimilé ce qu'il venait d'entendre.

— Vous avez abandonné votre équipe, a-t-il dit. Eve était dans tous ses états. Elle a cru qu'il vous était arrivé quelque chose de *grave*. Et je dois avouer que moi aussi.

Elle a baissé la tête. — Je sais. Je suis désolée.

— Si vous n'êtes pas apte à faire ce travail, alors…

— Ne terminez pas cette phrase, l'a interrompu Stephanie. Je vous en supplie. Je suis toujours la personne qu'il faut pour ce poste. Vous m'avez fait venir pour une raison.

— Oui, parce qu'on m'a dit que vous aviez des résultats. Que vous étiez tenace. Que vous pensiez différemment de vos pairs. Que vous voyiez des choses que les autres ne voient pas. Et pourtant, jusqu'à présent, vous m'avez donné des raisons de croire que ce n'est pas vrai. Que tout ça n'était qu'un mensonge.

Stephanie a ouvert la bouche, mais aucun son n'en est sorti.

— Je comprends que vous ayez des problèmes, d'où qu'ils viennent – ça ne m'intéresse pas de le savoir – mais vous ne pouvez pas les laisser déborder sur votre travail, Steph. Ces gens dépendent de vous, de votre direction et de vos conseils. Comment pouvez-vous leur apporter ça si vous n'êtes même pas là ?

Elle a hoché la tête. — Vous avez raison, je leur ai fait défaut.

Il a haussé les épaules. — Pas encore. Vous avez encore le temps de vous rattraper.

— Je garde mon poste ?

Un soupçon de sourire. — Pour l'instant. Il ne serait pas juste de ma part de me débarrasser de vous si vite sans vous avoir offert le moindre soutien.

— Que voulez-vous dire ?

— De l'aide. En avez-vous besoin ? Comme je vous l'ai dit l'autre jour, plusieurs commissaires divisionnaires et directeurs de police des circonscriptions voisines nous ont contactés pour savoir si nous avions besoin d'aide. Jusqu'ici, j'ai tout refusé, car je pensais que ce n'était pas ce que vous vouliez. Mais si ça a changé, vous n'avez qu'à me le dire…

Elle a compris, et a apprécié la proposition de soutien, mais elle n'en voulait pas. Elle était têtue. Et elle croyait en ses capacités à mener à bien cette mission, à obtenir justice pour les victimes.

Même si ça devait la briser.

— Vous pouvez leur dire que tout va bien, a-t-elle répondu avec détermination.

McGowan l'a étudiée un long moment, ses yeux scrutant son visage à la recherche de quelque chose – un doute, une peur, le moindre signe qu'elle bluffait –, mais tout ce qu'il a trouvé, c'est le feu dont on l'avait prévenu quand il avait accepté de la faire venir. Qu'elle était obstinée, peu conventionnelle et implacable.

Il a eu un petit hochement de tête, mi-approbateur, mi-résigné. — Très bien. Mais comprenez bien ceci, Stephanie. La prochaine fois que nous aurons cette conversation, je ne serai pas aussi indulgent ni compréhensif. Et je ne demanderai pas l'avis ; je prendrai les mesures nécessaires pour donner à cette enquête les ressources dont elle a besoin. Si une chose pareille se reproduit, je ne pourrai pas vous défendre. Vous savez mieux que quiconque les pressions de ce métier, et les décisions que je devrai prendre si on me force la main.

Elle a dégluti avec difficulté, la gorge sèche, puis s'est forcée à croiser son regard.

— J'ai compris.

McGowan s'est penché en avant, posant ses avant-bras sur le bureau. — Vous avez toujours une équipe qui vous attend, Stephanie. Puis-je vous rappeler de vous en servir ?

— Je crois que Devon s'en est chargé. D'après ce que je comprends, il se comporte déjà comme si j'avais été définitivement écartée de l'équipe.

Clive s'est mordu l'intérieur de la joue gauche. — Eh bien, vous feriez mieux de rappeler à tout le monde qui est le chef, et comment les choses fonctionnent ici. Si ma mémoire est bonne, vous avez dit un jour que vous vous sacrifieriez pour votre équipe ; que leurs erreurs sont les vôtres.

Elle a acquiescé.

— Vous maintenez toujours ça ?

Nouveau hochement de tête.

— Alors il semble que vous ayez des erreurs à réparer. Et pas seulement les vôtres.

CHAPITRE
CINQUANTE-ET-UN

La musique house a explosé dans la salle de sport dès qu'elle a ouvert la porte. Le deuxième assaut contre ses sens est venu de la puanteur des produits de nettoyage. D'ordinaire, l'odeur l'aurait alertée — elle aurait pensé que Sam, le propriétaire, avait tenté de dissimuler quelque chose de la veille — mais comme elle était là, comme elle avait vu ce qui s'était passé et avait été le témoin direct de la sueur de certains de ses adversaires, elle a immédiatement écarté cette idée.

Cependant, cela ne rendait pas l'odeur plus facile à supporter.

L'ancien videur d'un mètre quatre-vingt-huit sautait à la corde avec acharnement au fond de la salle. Il a remarqué Stephanie et Eve dès qu'elles sont entrées. Stephanie avait emmené la jeune agente avec elle pour s'excuser et pour tenir compte des sages paroles de l'inspecteur en chef McGowan. Elle tenait une tablette, prête à prendre des notes avec diligence.

— Stephanie ! a appelé Sam, en laissant tomber sa corde sur le sol et en traversant le tapis d'un pas léger. Malgré sa taille et son poids, il se déplaçait avec légèreté, avec l'agilité de quelqu'un qui savait comment contrôler presque chaque partie de son corps. — Comment vous sentez-vous après hier soir ?

— J'ai des courbatures, a-t-elle dit, puis elle s'est tournée vers Eve. — Eve, je vous présente Sam. Sam, voici Eve.

— Enchanté de vous rencontrer, a répondu Sam en essuyant une goutte de sueur sur son front. — Elle vous a convaincue de vous inscrire ou quelque chose du genre ?

— Pas tout à fait, a répondu Eve.

— Nous sommes là au sujet de Maya, a ajouté Stephanie.

— Maya ? Qu'est-ce qui se passe avec elle ?

Avant que Stephanie ne puisse répondre, il s'est dirigé vers les casiers de l'autre côté de la salle et a éteint la musique. Un silence pesant s'est installé dans la pièce tandis qu'il revenait lentement, semblant perdre sa légèreté.

— S'il vous plaît, a-t-il dit. Dites-moi ce qui est arrivé à Maya. Est-ce qu'elle va bien ?

— Nous sommes de la police, a répondu Stephanie. Je suis inspectrice de police pour la police du Surrey, et Eve est brigadière. La nuit dernière, Maya a été tuée sur le campus. Nous essayons…

— Tuée ? Sa voix se brisa. Il a cherché un appui contre le mur. — Maya ? Vous êtes sûre que c'est elle ?

Stephanie a hoché la tête.

— Non… Sûrement pas. Comment est-ce qu'elle… comment est-elle morte ?

— Noyée. Nous essayons d'établir ses déplacements d'hier soir. Évidemment, nous étions toutes les deux ici, mais je me demandais si vous aviez vu ou entendu quelque chose d'inhabituel quand elle est partie ?

Sam secoua la tête. Ses yeux se sont écarquillés, et son regard est tombé sur les tapis au centre de la salle.

— Qu'avez-vous fait après la fin de la séance ? a-t-elle demandé.

— Vous pensez que c'est moi qui ai fait ça ?

— C'est la procédure, a-t-elle répondu. Vous et moi étions parmi les dernières personnes à l'avoir vue vivante. Je suis obligée de poser ces questions.

Sam a essuyé une autre perle de sueur de son front, bien que Stephanie ait senti que ce n'était pas pour la même raison que l'exercice. — À propos d'hier soir…

— Continuez.

— Je sais comment ça va paraître. Et je sais ce que vous allez penser. Mais je soulève ce point maintenant, pour que vous ne pensiez pas qu'il s'est passé quoi que ce soit entre nous, parce que ce n'est pas le cas.

— Dites-moi, a entonné Stephanie.

Croisant les bras sur sa poitrine, il a dit : — Après votre départ à toutes, je suis resté environ une demi-heure, peut-être plus. Je rangeais la salle, comme je le fais après chaque séance. Quand je suis parti, j'ai traversé la ville en voiture et j'ai vu Maya devant le cinéma. Alors je me suis arrêté et je lui ai proposé de la raccompagner.

Stephanie sentit sa respiration se bloquer légèrement dans sa gorge. Eve, debout à côté d'elle, s'était déjà mise à taper rapidement sur sa tablette.

— A-t-elle accepté ?

Sam hésita, se frottant la nuque. — Ouais. Elle avait l'air surprise de me voir là.

— Pourquoi attendait-elle là ?

— Eh bien, elle n'*attendait* pas. Elle était sur le chemin du retour. Elle a dit qu'elle s'était arrêtée chez Nando's en rentrant après la séance. Je l'ai juste rattrapée par hasard.

— Et ensuite ?

Stephanie était inconsciente de ce qui l'entourait, du bruit des doigts d'Eve sur l'écran, des voitures qui passaient devant la fenêtre, de l'odeur de produits chimiques qui s'accrochait au fond de sa gorge.

— Elle m'a donné son adresse et je l'ai déposée.

— Où ? Où l'avez-vous déposée ? Son ton est devenu plus autoritaire, empreint d'une pointe de désespoir. Des images d'elle et Maya se battant sur les tapis ont commencé à défiler dans son esprit, suivies par les scènes explicites de son corps flottant, le visage dans l'eau.

— Je l'ai déposée en bas du campus. Près du pont. Elle a dit que c'était bon, qu'elle pouvait faire le reste du chemin à pied.

— C'était à quelle heure ?

Sam a haussé les épaules. — Il devait être environ neuf heures. Peut-être plus tard.

— J'ai besoin que vous soyez précis, Sam. C'est important.

— Vers neuf heures, neuf heures et quart.

— Sûr ?

— Oui. Aussi sûr que je puisse l'être.

Stephanie a jeté un coup d'œil à Eve, qui était occupée à prendre des notes. Elle a vu les heures sur l'écran et fut satisfaite de voir que la brigadière avait tout noté.

— Comment était le campus ? a-t-elle poursuivi.

— Que voulez-vous dire ?

— Y avait-il du monde ? Était-ce calme ? Y avait-il une énorme fête dans la rue ?

— Calme, a-t-il dit. Sauf ce groupe d'étudiants de hockey qui descendait la route. Ils ont quitté le campus juste au moment où je me suis arrêté à la borne.

— Que s'est-il passé ensuite ?

— Je… je lui ai dit au revoir, je l'ai laissée, et puis c'est tout.

— Avez-vous vu dans quelle direction elle est allée ?

Sam a secoué la tête.

— Est-ce qu'on vous suivait ?

— Quoi ?

— *Suivi*, Sam. Est-ce qu'on vous suivait ? Quelqu'un en voiture peut-être ? Ou à pied ? Avez-vous remarqué quelque chose d'étrange ?

L'homme n'y a pas réfléchi très longtemps. — Honnêtement, je ne regardais pas. Et, pour être honnête, je ne saurais même pas quoi chercher.

— Où êtes-vous allé après avoir quitté Maya ?

— Chez moi.

— C'est où ?

— Worplesdon.

— Quel est votre numéro d'immatriculation ?

Sam le lui a donné.

Stephanie s'est tournée vers Eve. — Notez ça pour que quelqu'un vérifie sur la vidéosurveillance et les LAPI.

— Vous pensez que j'ai quelque chose à voir là-dedans ? a demandé Sam, d'un air presque offensé.

— Non. Mais je dois m'assurer que ce n'est pas le cas. Et je dois m'assurer que personne d'autre ne le pense non plus. Ça s'appelle vous mettre hors de cause. Et j'espère, pour votre bien, que nous le pourrons.

Stephanie l'a remercié de son temps, puis a fait un geste à Eve pour qu'elle prenne ses coordonnées. Ensuite, elles se sont dirigées vers la sortie.

Alors qu'Eve tenait la porte ouverte, il a demandé : — Vais-je devoir fermer la salle de sport ? Sa voix était chargée de peur.

— Non, Sam. Ce ne sera pas nécessaire.

— Est-ce que je vous verrai la semaine prochaine pour une autre séance ?

Elle a pensé à Maya. Au sourire de la jeune fille, à la façon dont elles avaient brièvement sympathisé.

— Non, a-t-elle dit solennellement. Je ne pense pas.

CHAPITRE
CINQUANTE-DEUX

Stephanie ne savait pas quelle heure il était quand elle est rentrée chez elle ce soir-là. Tout ce qu'elle savait, c'était qu'il faisait nuit, qu'elle était fatiguée et que les crampes de faim dans son estomac ne s'étaient pas calmées depuis le matin. Le reste de l'après-midi l'avait empêchée de manger ou de boire quoi que ce soit de consistant, à part quelques encas sucrés et ultra-transformés du distributeur automatique. L'équipe, à son retour progressif au bureau, avait célébré sa présence comme si elle était revenue d'entre les morts. Pour Noah et Giles, c'était exactement ce qu'ils avaient dit. À sa grande surprise, ils l'avaient bien pris. Dans l'ensemble, ils n'avaient pas été amers quant à sa disparition ; ils ne s'étaient pas sentis lésés, ne s'étaient pas vexés, ni même ne l'avaient pris personnellement. À l'exception de Devon, qui n'avait rien dit à ce sujet, ils avaient tous été reconnaissants qu'elle aille bien, qu'elle soit en sécurité et qu'elle se sente mieux. Elle avait pensé prendre de nouveau Devon à part pour le sermonner d'avoir pris le contrôle de son enquête, mais elle n'avait pas réussi à le trouver ; il l'évitait à tout prix. Chaque fois qu'elle sortait de son bureau, il se levait de sa chaise et descendait à l'espace fumeurs. Chaque fois qu'elle entrait dans la cuisine pour un café, il faisait semblant de recevoir un appel.

Il se comportait comme un lâche, mais elle avait de plus gros soucis en tête, comme appeler la police locale de Maya Corcoran pour leur demander de transmettre la nouvelle de son décès à ses parents. Dans l'après-midi, la nouvelle de sa mort avait éclaté, mais ce n'est qu'une fois les parents de Maya informés de son décès que son nom avait été rendu public par *Surrey Live*. Depuis lors, le poste avait été inondé d'appels de la communauté, exprimant son inquiétude et son soutien. Des réactions partagées. Leur patience et leur sentiment de sécurité s'épuisaient rapidement, et le niveau de rancœur envers Stephanie et son équipe grandissait. Trois adolescentes étaient mortes en l'espace d'une semaine, et ils n'avaient même pas un suspect potentiel. Ils n'avaient aucune piste tangible. Aucune nouvelle trace d'ADN ou empreinte digitale n'avait été trouvée sur les scènes de crime, et le peu qu'ils avaient était toujours en cours d'analyse et les résultats ne parviendraient pas avant une semaine ou deux. Il n'y avait aucune image de vidéosurveillance des agressions sur le campus. Tout ce qu'ils avaient, c'était l'image floue d'un homme à capuche, qui s'était avéré être Damien Veitch.

Ils étaient à court d'options, et Stephanie mentirait si elle disait qu'elle était confiante d'obtenir bientôt un résultat. Elle pensait que la Troisième Guerre mondiale risquait de commencer avant.

Le désordre dans la maison n'a rien fait pour améliorer son humeur. Le chaos régnait en maître aussi bien chez elle que dans son esprit, mais elle était trop bouleversée et démoralisée pour y faire quoi que ce soit. Elle avait entendu dire que certaines personnes aimaient faire le ménage quand elles étaient contrariées, mais elle ne pouvait rien imaginer de pire. Alors elle a enjambé la myriade de cartons, de vêtements, de chaussures et la boîte à outils dans le couloir pour atteindre la cuisine. Quand elle a ouvert le frigo et n'y a rien trouvé, elle a poussé un long et lourd soupir.

Il lui fallait à manger. Quelque chose de rapide, de simple. Quelque chose qu'elle pourrait mettre au four ou au micro-ondes et oublier.

Expirant tout l'air de ses poumons, elle a refermé le frigo et s'est dirigée vers la porte d'entrée, qu'elle a fermée d'une poussée énergique qui a résonné dans toute la rue, avertissant sans doute son voisin de sa présence.

Dehors, le ciel nocturne s'étendait, vaste et sans nuages, à l'exception de la lumière d'un avion qui fendait la toile. À côté du clair de lune se cachaient plusieurs piqûres de lumière, à des millions de kilomètres de là, luttant pour percer. Il y avait encore cette chaleur de fin d'été dans l'air, alors elle a décidé de faire le court trajet jusqu'au supermarché local à pied.

Elle est arrivée au bout de son allée avant d'être interpellée. Son voisin, Jimmy, a ouvert sa porte brusquement et a bondi sur sa terrasse, lui faisant de grands signes.

— Je suis désolé de vous déranger, a-t-il dit, baissant soudainement le ton en entendant sa voix rebondir sur les maisons. Vous êtes pressée ?

— Pas particulièrement, a-t-elle répondu, ignorant le gargouillement de son estomac.

Jimmy a tiré la porte, laissant une fine lame de lumière fendre l'herbe, puis s'est dépêché de la rejoindre, resserrant son pull fin contre son corps. Sa tête a balayé la rue de haut en bas alors qu'il s'arrêtait à côté d'elle.

— Désolé pour tous ces mystères, mais je ne veux pas que toute la rue entende, a-t-il chuchoté. Mais je me suis dit que vous devriez savoir. Ce n'est probablement rien. Je suis sans doute un peu parano, et je ne veux pas que vous pensiez que je suis un voisin fouineur ou quoi que ce soit, mais…

— Qu'y a-t-il, Jimmy ? a-t-elle insisté, les crampes de faim raccourcissant considérablement sa patience.

— Tout à l'heure, il y avait un homme, a-t-il commencé, d'une voix murmurée. Je pensais que vous étiez rentrée plus tôt, et j'allais vous aider avec votre poubelle.

Elle a jeté un rapide coup d'œil vers la poubelle noire qui était toujours là où les éboueurs l'avaient laissée.

— Mais ensuite je l'ai vu regarder par votre boîte aux lettres, alors je me suis arrêté pour lui demander s'il avait besoin de quelque chose.

— Qui c'était ?

— Je ne sais pas, a répondu Jimmy. Il n'a pas dit.

— Que voulait-il ?

— Il a dit qu'il vous cherchait.

Stephanie a marqué une pause. Une étincelle d'inquiétude a commencé à luire en elle. — À quoi ressemblait-il ?

— Taille moyenne, cheveux noirs. Je n'ai pas vraiment fait attention.

Devon, a-t-elle pensé.

— Quand est-ce que c'est arrivé ?

Jimmy s'est gratté l'arrière de la tête. — Ça devait être vers l'heure du déjeuner, en début d'après-midi.

Hochant la tête, elle a répondu : — C'était probablement un de mes collègues. Il y a eu un moment où ils essayaient de me joindre.

— D'accord. Eh bien, si vous en êtes sûre ?

Elle ne l'était pas, mais elle ne pouvait rien y faire maintenant.

— S'il revient, vous pourriez me le faire savoir ?

Jimmy a confirmé qu'il le ferait, puis Stephanie lui a donné son numéro de portable.

— Merci de garder un œil, a-t-elle ajouté.

— De rien, a répondu Jimmy. On a un assez bon système de surveillance de voisinage par ici, juste sans le nom. Bon, je crois que je vais aller me coucher. Les petits-enfants m'ont complètement épuisé.

Le supermarché local était encore ouvert quand elle est arrivée. Juste. À cinq minutes de la fermeture. Tandis qu'elle fouillait dans ce qui restait dans les rayons, elle a senti les regards impérieux du personnel lui souhaitant d'aller au diable. Le résultat a été qu'elle a attrapé à la dernière minute une lasagne pour micro-ondes dont la date de péremption expirait dans trois heures.

Comme prévu, c'était fade, sans goût et sans âme. Mais ça avait comblé un creux.

Elle a passé le reste de la soirée à regarder fixement la télévision, observant les images défiler sur l'écran sans en intégrer une seule.

Quand elle a finalement senti la fatigue monter, il était près de minuit. Tout le quartier était silencieux. Heureusement, le bruit des cris d'enfants avait également disparu. En éteignant la lumière du salon, elle a pensé à l'homme qui était venu la chercher.

Était-ce Devon ? Et pourquoi ? Ce dernier point l'inquiétait le plus. Pourquoi lui, de toute l'équipe, serait-il venu la chercher ? Avait-il pris un coup sur la tête ? Ou essayait-il juste de faire amende honorable, de prouver qu'il n'était pas un tel enfoiré ?

Cette pensée la tourmentait alors qu'elle montait les escaliers en direction de sa chambre. Elle avait toujours hâte de se glisser dans son lit à la fin de la journée, surtout dans sa housse de couette ours en peluche qui lui donnait l'impression de câliner un vrai. Elle l'utilisait toute l'année, même pendant les chaleurs étouffantes de l'été. Elle lui rappelait la couverture à laquelle Kimberley et elle s'étaient accrochées dans l'armoire ou quand elles se cachaient sous le lit. Elle la faisait se sentir en sécurité, protégée. En se glissant dans le lit, elle a ajouté à cette couche de protection en attrapant son ours en peluche et en le serrant contre sa poitrine.

Le petit jouet en peluche, qu'elle avait appelé Bart d'après son personnage préféré des *Simpson*, était petit et élimé par endroits, avec un œil et une jambe légèrement plus lâches que l'autre, réparations hâtives d'il y a des années qui avaient miraculeusement tenu. Sa fourrure, autrefois d'une couleur miel pâle, s'était ternie avec l'âge pour prendre une teinte de thé infusé. Mais Stephanie s'en fichait. Bart était toujours avec elle. Bart existait toujours.

Un cadeau de sa mère, offert pour son quatrième anniversaire, qu'elle avait emporté partout. Traîné sur la route en marchant vers le parc. Maculé de crayons de cire quand elle jouait à la maternelle. Comme la couverture, il avait été à ses côtés à travers toutes les tempêtes, serré dans ses bras pendant les disputes nocturnes au rez-de-chaussée, agrippé fermement sous les draps pendant qu'elle essayait de bloquer les cris et les coups. Il avait absorbé des larmes qu'elle avait trop peur de verser devant qui que ce soit d'autre.

Ce n'était pas juste un jouet. C'était un témoin. La seule chose qui ne lui avait jamais fait de mal, ne lui avait jamais menti, ne l'avait jamais quittée.

Alors qu'elle se blottissait contre lui, s'endormant lentement, le monde extérieur était toujours plein de tueurs, de violence et de douleur, mais à cet instant, avec Bart niché sous son menton et sa couette tirée contre sa poitrine, c'était le plus proche qu'elle ait jamais été de croire qu'elle était en sécurité.

CHAPITRE
CINQUANTE-TROIS

Une lumière grésillait et vacillait au-dessus de leurs têtes, jetant une lueur blafarde sur les visages fatigués de l'équipe qui avait commencé à se rassembler, membre après membre. Stephanie se tenait à l'avant de la salle de crise, les bras croisés, les épaules carrées, essayant de paraître plus assurée qu'elle ne l'était en réalité. Sur le bureau à côté d'elle, une tasse de café à moitié bue fumait encore, intacte depuis deux minutes. Elle était arrivée tôt, trop tôt, et en était déjà à sa troisième tasse.

Pendant ce temps, elle avait lu les rapports journaliers de l'équipe, les scrutant à la recherche de questions de suivi et de pistes d'enquête. À sa surprise, ils étaient tous détaillés et complets, y compris celui de Devon, dont elle s'était attendue à ce qu'il contienne la moitié du travail des autres.

Stephanie a attendu que le faible murmure des voix s'éteigne, puis s'est éclairci la gorge. — Merci d'être venus tôt, a-t-elle commencé. J'ai conscience que ce n'est pas agréable, surtout avec le temps si maussade dehors.

Le ciel parfaitement dégagé de la nuit dernière les avait depuis longtemps abandonnés, remplacé par des nuages sombres et menaçants qui amenaient un déluge de pluie.

— Espérons que ce n'est pas le reflet de ce qui nous attend, a-t-elle poursuivi. — Bon, je sais que nous en avons à moitié parlé hier, mais je voulais y revenir. Mon absence. Ce n'était rien d'autre qu'une crise de panique. J'avais passé la soirée avec Maya Corcoran et la voir dans cet état m'a plus affectée que je ne le pensais. J'ai donc eu besoin de m'échapper un peu, de me vider la tête. Je m'excuse d'avoir disparu des radars. Devon, merci d'avoir dirigé l'équipe pendant ma brève absence.

Le sergent a paru visiblement choqué par ce commentaire, à tel point qu'il n'a pas su quoi répondre.

— Ce n'est rien, commissaire, a dit Olivia d'une voix douce. On a tous nos mauvais jours. Vous n'avez pas besoin de vous justifier ou de dire quoi que ce soit de plus à ce sujet.

Stephanie a poussé un lourd soupir de soulagement. Elle s'était exposée. Elle s'était montrée vulnérable. Elle s'était ouverte à son équipe. Et ils l'avaient respectée.

Affaire classée.

— J'ai parcouru vos rapports d'hier et je veux discuter des prochaines étapes avec vous, a commencé Stephanie. Elle a fait un geste en direction du sergent Mackenzie. — Noah, l'université ne peut pas forcer les étudiants à rester. Je me fiche complètement qu'ils pensent que ça nuira à leur réputation ou qu'ils perdront un tas d'argent. Toute cette affaire a pour but de protéger les étudiants, et s'ils veulent partir, alors ils devraient être autorisés à le faire sans craindre de représailles. Ce sont des *adultes*. Il est grand temps que l'université commence à les traiter comme tels.

Noah a hoché la tête. — Compris, commissaire. Je vais en reparler au chancelier et voir pour mettre en place des mesures de protection pour les étudiants. Un couvre-feu, ce genre de choses. Je verrai aussi si on peut organiser une patrouille d'une manière ou d'une autre.

Stephanie l'a remercié, puis a tourné son attention vers Olivia. — Wellard, est-ce qu'un des amis ou colocataires de Maya à qui tu as parlé hier t'a donné des raisons de t'inquiéter ?

Olivia a secoué la tête.

— Est-ce que l'un d'entre eux avait eu de ses nouvelles avant qu'elle ne soit tuée ?

Nouveau hochement de tête négatif. — Seulement pour dire qu'elle était en route pour rentrer.

Stephanie s'est tournée vers le tableau derrière elle. Sous une photo de Maya Corcoran, Stephanie avait reconstitué une chronologie des événements. Avec son marqueur pour tableau blanc, elle a pointé le premier horodatage. — D'après ce que j'ai pu déterminer, elle a été déposée sur le campus à vingt et une heures quinze. Elle habitait à Twyford Court, de l'autre côté du campus, ce qui représente quelques minutes de marche. Du nouveau sur les caméras de surveillance la montrant traverser le site ?

Giles s'en est chargé. — J'ai regardé hier, et on la voit passer devant le bâtiment Duke of Kent à 21 h 17 précisément. De là, elle fait un détour par le champ, et elle n'en ressort pas.

— On peut donc supposer que l'heure de sa mort est peu de temps après, a dit Stephanie en entourant l'horodatage de 21 h 30 sur le tableau. — Y a-t-il des images de vidéosurveillance de voitures qui passent, ou d'autres personnes sur le campus qui entrent dans le champ à ce moment-là ?

Un hochement de tête négatif.

— Le tueur aurait pu l'attendre ? a demandé Eve.

— C'est possible, a répondu Giles. Mais de l'aveu même de l'université, il y a des angles morts sur le campus. Tout n'est pas couvert par les caméras de sécurité, comme on l'a déjà vu. *Surtout* le champ.

Stephanie a hoché la tête, plongée dans ses pensées. — Je pense que soit le tueur savait qu'elle allait être là, soit il l'a suivie jusque chez elle. Comme pour Claudia Bellini et Paulina Potter, je pense que Maya était ciblée.

— Et si c'était quelqu'un du cours de ju-jitsu ? a demandé Eve, la main sur la bouche comme si elle avait parlé à tort et à travers. — Je sais qu'on a parlé au professeur, mais ne devrait-on pas interroger les personnes qui ont assisté à la séance ?

— Ça ne coûte rien d'essayer, a répondu Steph. Mais il faudrait qu'ils connaissent les deux autres victimes, donc je n'ai pas beaucoup d'espoir. N'y passe pas trop de temps.

— Oui, commissaire.

La conversation est entrée dans une accalmie naturelle et Stephanie a profité du silence pour siroter son café tiède. Il était amer et éventé, mais ça lui donnait quelque chose à faire de ses mains. Elle a reposé la tasse et a fixé de nouveau la chronologie, plissant les yeux sur l'espace entre 21 h 17 et 21 h 30.

— Le timing est la clé, a-t-elle dit. Toutes les filles ont été tuées le soir. Oui, le tueur a profité de la faveur de la nuit. Mais je pense que c'est plus que ça. Il y a un fort élément de préparation ici. C'est quelqu'un qui a passé beaucoup de temps à planifier ces meurtres. Fiona, quelles sont les prochaines étapes concernant Tristan Penrose, le chargé de cours de Claudia et Paulina ?

— Il n'a rien à voir avec Maya Corcoran, a répondu Fiona sèchement. — Elle est étudiante en histoire, ce qui est à peu près aussi éloigné que possible de ce que font les autres filles.

— Est-il toujours un suspect ?

Fiona a été décontenancée par la question. — Je… je ne sais pas, commissaire.

— Et d'après ton expérience ? Penses-tu qu'il est toujours suspect, ou devrions-nous concentrer notre attention sur quelqu'un d'autre comme Damien Veitch ?

Il n'a pas fallu longtemps à Fiona pour trouver une réponse. — Aucun des deux suspects n'a eu affaire à Maya Corcoran. Il n'y a rien que je puisse discerner pour le moment qui relie les trois victimes à l'un ou l'autre de ces deux suspects.

— Alors… ? Steph a posé les mains sur ses hanches.

— Alors… quoi ?

— Quel est ton verdict ?

— Je ne pense pas qu'ils soient suspects, non. Mais je pense qu'on ne devrait pas les écarter complètement.

— Très bien. C'est réglé. Stephanie s'est tournée vers Devon. — Sergent Lafferty, puisque tu en as fait ton domaine d'expertise, où en sommes-nous avec les poupées ?

Devon a reniflé bruyamment et s'est essuyé le dessous du nez avant de répondre. — Rien de la part de la police scientifique pour l'instant. J'ai brièvement cherché en ligne des fournisseurs de poupées, et personne ne m'a encore répondu, donc je ne sais pas d'où elles proviennent.

— Bon travail, a-t-elle dit. Continue là-dessus. Pour l'instant, la seule chose qui relie ces trois victimes, ce sont ces poupées. Et… vous savez tous ce qui est arrivé à celle sur la scène de crime de Maya. Je ne pourrai pas vivre avec moi-même si *ça* arrive à quelqu'un sur le campus. Noah, parle à l'université et demande-leur d'envoyer un e-mail ou une communication aux étudiants, pour leur rappeler de rester dans la lumière, de rester à l'intérieur le soir, et s'ils doivent sortir la nuit, de s'assurer qu'ils sont par deux. J'ai essayé deux fois et ça n'a fait aucune différence.

Noah lui a décoché un de ses pistolets avec les doigts, sa marque de fabrique. — Je m'en occupe, cheffe.

— Autre chose ?

Une main s'est levée, celle d'Olivia. — Je ne suis pas sûre que ce soit important, mais pendant que j'étais sur le campus hier, j'ai entendu dire que certains étudiants prévoyaient une veillée pour les filles au lac où Maya a été retrouvée.

— C'est touchant, mais je ne pense pas que ça aide notre enquête. Stephanie a jeté un rapide coup d'œil au tableau, regardant le visage de chaque victime avant de continuer. — Une grande partie de tout ça est académique jusqu'à ce qu'on découvre *pourquoi* le tueur cible ces filles, a poursuivi Steph. Si on peut comprendre ça, on pourra cerner le qui.

— En fait, commissaire, je pense que c'est la mauvaise façon de voir les choses.

Bien sûr, le commentaire venait de Devon. Elle s'est lentement tournée pour lui faire face.

— Pourquoi ça, sergent ?

— Parce que je crois que j'ai trouvé quelque chose qui les relie toutes.

— Tu veux bien faire profiter le reste de la classe ?

— Elles faisaient toutes partie du même club de course, a-t-il dit. J'ai justement rendez-vous avec le responsable de l'association ce matin.

— Merci pour l'invitation, a-t-elle dit, sarcastique. J'adorerais me joindre à toi.

CHAPITRE CINQUANTE-QUATRE

Les premières minutes du trajet en voiture s'étaient déroulées en silence, à l'exception du *vrombissement* des voitures qui les doublaient à toute allure sur la voie opposée. Pendant ce temps, Stephanie avait réfléchi à la meilleure façon d'aborder sa conversation avec Devon. Elle entrevoyait trois options.

Premièrement, la plus simple : ne rien dire du tout. Elle avait l'habitude des silences gênants et savait se taire aussi longtemps que nécessaire, donc ça n'allait pas être difficile.

Deuxièmement : lui lancer une tirade verbale, lui faire savoir ce qu'elle pensait vraiment de lui et de son comportement. Si ça avait été Caleb, son ancien sergent, elle aurait choisi cette option et y serait allée bille en tête, lui administrant une bonne secouée comme il les aimait. Mais Devon n'était pas Caleb. Et Caleb n'était pas Devon. Si elle voulait progresser avec son nouveau sergent, elle allait devoir essayer autre chose. Le flatter un peu. Caresser son ego dans le sens du poil autant que sa tolérance le lui permettait.

Elle a donc choisi la troisième option : l'avoir par la douceur.

— Merci d'avoir géré l'équipe pendant mon absence hier, a-t-elle dit en posant les mains sur ses genoux.

Du siège conducteur, Devon lui a jeté un coup d'œil. Elle a décelé une pointe de surprise dans son expression. — De rien. Son ton était incrédule, comme s'il ne croyait pas un mot de ce qu'elle disait.

— Je n'y serais pas arrivée sans toi, a-t-elle poursuivi. C'est à ça que sert un sergent. J'apprécie.

— Euh…

— McGowan n'était pas content, a-t-elle ajouté. Mais j'ai l'habitude de gérer les inspecteurs en chef et tous leurs dérèglements hormonaux. Je te jure que certains sont parfois pires que des adolescentes.

Devon ne savait pas s'il devait rire ou acquiescer. Il a fait un bref signe de tête, les yeux fixés sur la route. — Il fait juste son travail. Comme moi. Ce n'est pas comme si le service allait s'écrouler sans toi.

Stephanie a résisté à l'envie de lui lancer une remarque cinglante. Elle s'en tenait à l'option trois, pour l'instant. — Bon à savoir. Peut-être que je le ferai plus souvent. Je prendrai quelques jours de congé la prochaine fois.

Il n'a pas trouvé ça drôle et ils ont roulé en silence pendant quelques instants.

— Ça va, maintenant ?, a soudain demandé Devon. La question était sèche et maladroite, comme s'il n'était pas sûr d'avoir dû la poser.

Stephanie a fixé la route devant elle, son reflet à peine visible sur le pare-brise. — Je n'ai jamais été bien, a-t-elle dit. Mais j'ai appris à vivre avec. Et toi ? Tu as tes moments de faiblesse, parfois ?

Il a pointé son torse du doigt. — Moi ?

— Tu es le seul autre occupant de la voiture.

— Des faiblesses ? Pas que je sache.

— Elles ne te définissent pas, a-t-elle dit. Ce n'est pas grave d'en avoir, Devon. Tout le monde en a. C'est la façon dont on les surmonte qui montre qui nous sommes vraiment.

Il a reporté son attention sur la route, passant une vitesse inférieure. Il n'a rien dit.

— Parle-moi de toi, a-t-elle dit.

— Comment ça ?

— Qui es-tu, Devon ? Je ne vais nulle part dans l'immédiat. Tu ne te débarrasseras pas de moi si facilement. Alors autant apprendre à te connaître un peu mieux. J'ai déjà fait quelques progrès avec le reste de l'équipe.

— Et je suis le dernier sur ta liste ?

Elle a haussé les épaules. — Ce n'est pas comme si tu m'avais facilité la tâche.

Il lui a jeté un regard, a saisi la lueur de sarcasme, et a presque souri lui-même. Presque. — Il n'y a pas grand-chose à dire, pour être honnête.

— Rien du tout ? Tu ne fais qu'exister ? Sans aucune profondeur ?

Un haussement d'épaules. — À peu près.

La voiture a légèrement tressauté en heurtant un nid-de-poule. Il a de nouveau changé de vitesse, le moteur vibrant sous eux.

Ça ne s'était pas aussi bien passé qu'elle l'avait espéré. Elle ne s'attendait pas à ce qu'il lui livre ses mémoires, mais elle en avait espéré un peu plus. Il était clair qu'il portait toujours son armure, et qu'il faudrait un temps considérable pour réussir à la percer.

Ils ont continué à rouler en silence pendant quelques minutes de plus, mais ce silence s'est installé différemment cette fois. Aucune gêne ne s'y accrochait, aucune animosité entre eux. Les deux armées avaient signé un armistice temporaire, et des progrès étaient en cours.

— Comment as-tu trouvé mon adresse ?, a-t-elle soudain demandé, alors qu'ils passaient devant la statue de Stag Hill en entrant sur le campus.

— J'ai fait quoi ?

— Quand tu es venu chez moi hier ?

— Je ne vois pas de quoi tu parles.

Elle s'est lentement tournée vers lui. — Ma voisine a dit que quelqu'un correspondant à ta description était venu chez moi, pour me chercher. J'ai supposé que c'était toi.

Devon a engagé la voiture dans le parking du côté nord du campus et l'a garée sur la première place disponible. — Non. Rien à voir avec moi, a-t-il dit en coupant le contact. Désolé.

CHAPITRE
CINQUANTE-CINQ

Toutes les pensées concernant sa relation avec Devon se sont évanouies à l'instant où ils sont entrés dans l'atrium de la bibliothèque universitaire. L'endroit pulsait de vie, c'était le cœur battant du campus. Des groupes d'étudiants grouillaient à l'entrée, dérivant dans toutes les directions comme des courants dans une marée agitée. À droite, des étudiants agrippés à des en-cas et des boissons énergisantes sortaient en masse d'une supérette, la plupart avec des écouteurs, le visage éclairé par la lueur de leur téléphone. À gauche, la librairie du campus exposait une modeste collection de manuels scolaires à côté d'étagères remplies de sweats à capuche, de mugs et de tours de cou de l'Université de Surrey. Partout où elle regardait, il y avait des étudiants portant des sweats à capuche et des pulls officiels. Des étudiants de toutes les morphologies, de tous les âges et de toutes les origines, se déplaçant d'un endroit à l'autre. Un kaléidoscope de cultures, de races et d'ethnicités. Elle s'est immédiatement sentie invisible, l'anonymat l'enveloppant comme l'un de ces pulls. Elle n'était qu'une étudiante de plus cherchant une place dans la bibliothèque pour poursuivre ses études.

Cette cape d'anonymat n'a pas duré longtemps. Elle a été balayée à l'instant où elle a vu une rangée de tables pliantes qui longeaient le mur en face de l'entrée. Des étudiants se tenaient derrière, distribuant des prospectus avec une efficacité mécanique.

Les tables étaient placardées d'affiches faites maison : *En souvenir de Claudia. En souvenir de Paulina. En souvenir de Maya.* Des bougies chauffe-plat vacillaient dans des pots de confiture. Des portraits imprimés des défuntes souriaient sur des affiches scotchées à des panneaux d'exposition, leurs yeux la suivant avec une accusation silencieuse. Une table proposait des informations sur des cours d'autodéfense et des programmes de raccompagnement sécurisé. Une autre annonçait une veillée prévue pour la semaine.

Stephanie a senti ses jambes avancer vers les tables.

Une fille aux cheveux violets s'est plantée devant Stephanie. — Je te reconnais ! T'es la flic qui enquête sur la mort des filles. Pourquoi t'as pas encore trouvé le coupable ?

Au moment où Stephanie s'apprêtait à répondre, un autre étudiant s'est exclamé :

— Des étudiantes meurent ! Plus personne ne se sent en sécurité sur le campus.

Un autre a dit : — Vous ne comprenez rien à rien. Vous seriez même pas foutus de retrouver vos couilles si elles vous claquaient au visage.

Stephanie a cherché des yeux l'insolent, mais son visage s'est rapidement perdu dans la marée d'étudiants. Bientôt, la foule a commencé à lui crier des questions, à la harceler, à lever les bras en l'air de dégoût. Stephanie a fait de son mieux pour les calmer, mais la sensation de claustrophobie l'a rapidement étouffée.

Elle avait l'habitude des espaces confinés, de se cacher dans l'armoire ou sous le lit pendant des heures, un lieu d'évasion. Mais là, c'était une agression totale de ses sens.

Le bruit. La proximité de ceux qui l'entouraient.

Des images de son père faisant irruption dans sa chambre, l'arrachant de son lit et lui hurlant au visage avant de lever le poing ont défilé devant ses yeux.

Les murs se sont mis à tourner. Les visages de ses bourreaux ont commencé à fondre et à se brouiller.

Jusqu'à ce que, finalement, l'obscurité étouffe la lumière de la pièce, et qu'elle s'effondre sur le sol.

• • •

Quand elle s'est réveillée, elle a été aveuglée par une dure lumière artificielle, qui a aggravé la douleur dans sa tête. Elle a essayé de bouger, mais ses muscles étaient faibles.

— Ça va, là, en bas ? a demandé Devon en posant une main sur son épaule.

Alors qu'elle levait les yeux pour le voir debout au-dessus d'elle, une autre image est apparue, celle de son père, nu dans la chambre.

Elle a tressailli à son contact et a essayé de se lever de la chaise.

— Où suis-je ?

— Dans l'infirmerie, a répondu une voix douce et apaisante. Elle appartenait à une femme d'une cinquantaine d'années. Elle a tendu la main et l'a posée sur le poignet de Stephanie, la calmant instantanément.

— Je m'appelle Jules. Je travaille à la boutique, mais heureusement pour vous, je suis l'une des seules membres du personnel à avoir une formation de secouriste. Vous avez fait une belle frayeur à tout le monde.

— Que s'est-il passé ?

— Vous vous êtes évanouie. Jules lui a tendu une barre de chocolat. Un Kinder Bueno. — Mangez. Il vous faut du sucre.

Stephanie l'a ignorée. — Il faut qu'on finisse ce qu'on est venus faire.

Elle a amorcé un mouvement pour se lever de la chaise, mais Devon l'a maintenue assise. — Tu dois te ressaisir avant de faire plus de dégâts.

Trop tard pour ça.

En levant de nouveau les yeux vers lui, elle n'arrivait pas à chasser l'image de son esprit. Pour une raison quelconque, sous l'éclairage cru, il lui rappelait son père. Quelque chose dans les yeux. Quelque chose qui persistait dans l'expression.

Un malaise a envahi son corps, et elle l'a repoussé en se levant de la chaise. Elle a arraché l'en-cas des mains de Jules et a dit : — Allez. On n'a pas de temps à perdre.

Après plusieurs minutes de chamaillerie, Stephanie a fini par convaincre Devon et Jules qu'elle allait assez bien pour continuer, mais elle n'a pu partir qu'à condition de finir la barre de chocolat.

Jouant avec l'emballage entre ses doigts, la culpabilité commençant à s'installer, elle a ouvert la porte et est retournée dans l'atrium de la bibliothèque. Immédiatement, elle a été accostée par un homme grand et dégingandé – au moins un mètre quatre-vingt-quinze – avec des bras anormalement longs par rapport à son torse. Il avait au moins trente centimètres de plus que Stephanie, avec des pommettes saillantes et une mâchoire qui semblait avoir été taillée dans la pierre. Si elle n'avait pas eu presque le double de son âge, elle l'aurait trouvé séduisant.

— Excusez-moi, a-t-il dit, sa voix grave teintée d'un léger accent de Bristol. Vous êtes de la police ?

— Je ne porte pas ce costume pour le plaisir, a répondu Devon d'un ton sarcastique, puis il a tendu la main. Toi, tu dois être Elliot ?

L'homme aux longs bras a hoché la tête et a serré la main de Devon. Stephanie était si occupée à essayer d'assimiler la taille de l'homme qu'elle n'a pas remarqué sa main devant son visage.

— C'est vous le coureur ? a-t-elle demandé, léchant un morceau de chocolat sur ses lèvres.

— Les gens pensent généralement au basket parce que… enfin, vous voyez. Mais oui. Je suis le président du club de course. J'avais réservé une salle à l'étage et je vous attendais. Mais j'ai entendu ce qu'il s'est passé et je suis descendu tout de suite. On y va ?

Devon a fait signe à l'homme de les précéder. Les jambes de Stephanie étaient un peu chancelantes pendant qu'elle montait les marches vers la bibliothèque au premier étage, but elle a refusé l'aide des deux hommes, insistant sur le fait qu'elle pouvait se débrouiller. Elle n'avait pas encore tout à fait réalisé ce qui s'était passé. Du moins, pas encore. Elle s'était évanouie devant son sergent. Elle s'était évanouie devant une centaine d'étudiants. Que devait penser Devon d'elle ? D'abord, elle avait disparu sans laisser de traces. Et maintenant ça ? Trois mots lui sont venus à l'esprit : peu fiable, instable, inapte. Le genre de mots qui se murmurent derrière les écrans d'ordinateur ou dans les couloirs. Le genre qui se retrouve dans les évaluations de performance. Elle avait perdu le contrôle d'elle-même, et bientôt elle perdrait sans doute le contrôle de l'équipe.

Elle devait se ressaisir.

En haut des marches, ils sont arrivés à une série de tourniquets.

Elliot est passé avec sa carte de bibliothèque ; Stephanie and Devon ont obtenu l'accès grâce à un membre du personnel. L'atmosphère là-haut était plus calme, feutrée. Le brouhaha des conversations et des rires d'en bas n'existait plus, comme s'ils avaient franchi une barrière invisible en entrant.

Elliot les a conduits dans une salle privée utilisée pour les réunions de groupe. La pièce était moderne, avec une table au centre et une télévision à écran plat fixée à l'un des murs. Les autres murs étaient des baies vitrées allant du sol au plafond. Exposée, ouverte. Rien ni nulle part où se cacher.

— Elliot, a commencé Stephanie, s'affalant lourdement sur une chaise. Mon collègue vous a-t-il expliqué pourquoi nous sommes ici ?

Un hochement de tête.

— Je pense que nous devrions commencer par discuter du club de course. Qu'est-ce que c'est ?

— C'est ce à quoi on s'attend. C'est un groupe de trente personnes, tous passionnés de course à pied. Nous incluons tout le monde, des étudiants de première année jusqu'aux doctorants. On a même quelques anciens, des gens qui ont récemment quitté l'université mais pas le sport.

— Quand vous réunissez-vous ?

— Tous les dimanches. Nous nous adaptons à toutes les expériences et à tous les niveaux, et nous faisons généralement des courses entre cinq et quinze kilomètres avant d'aller au café ou parfois au pub.

— Et c'est vous l'organisateur ?

Un hochement de tête. — Il n'y a pas grand-chose à faire, pour être honnête. Je m'occupe juste du groupe WhatsApp et je dis aux gens où ils doivent être et quand. Tout le monde arrive à l'heure, donc j'ai l'impression que je fais quelque chose de bien.

Stephanie s'est tournée vers Devon, qui était assis de l'autre côté de la table. Il a compris le signal et a commencé à s'adresser directement à Elliot.

— Est-ce vrai que Claudia Bellini, Paulina Potter et Maya Corcoran étaient toutes membres de ton club de course ?

Elliot a joint ses doigts et les a regardés, rentrant profondément son menton dans sa poitrine. C'était comme s'il était au milieu d'un entretien d'embauche. — Oui, c'est vrai. Bien que je n'aie vu Claudia qu'une seule fois, dimanche dernier. Elle a dit que c'était l'un des premiers clubs qu'elle voulait rejoindre. Un sourire s'est glissé sur son visage. — C'était aussi une sacrée coureuse, en fait. Elle avait tout l'équipement et a réussi à suivre quelques-uns des coureurs de fond.

— Quelqu'un s'est-il intéressé à elle ? a demandé Devon. Ou à l'une des autres filles, d'ailleurs ?

Elliot a lentement incliné la tête vers le sergent. — Qu'est-ce que tu insinues ?

— Veuillez répondre à la question, est intervenue Stephanie.

— Je n'ai rien remarqué. Mais il n'y a que cinq hommes dans le groupe, si c'est ce que vous insinuez.

— Y compris vous-même ? a demandé Stephanie.

Il a doucement hoché la tête.

— Y en a-t-il qui sont en troisième cycle ?

Un autre hochement de tête. — Il y en a un.

Stephanie a échangé un regard avec Devon. — Nous allons avoir bisogno des noms de tous les hommes du groupe de course, s'il vous plaît.

CHAPITRE
CINQUANTE-SIX

Stephanie était perchée sur le bord du canapé, les yeux rivés sur l'espace vide derrière la bow-window. D'un instant à l'autre, sa sœur arriverait et elle devait s'assurer que, sous aucun prétexte, Kimberley n'entre. C'était le bazar, et elle n'était pas d'humeur à en discuter (entendez : à se disputer). Son esprit avait été trop absorbé par l'enquête pour s'en soucier, et ces derniers jours, les cartons, les vêtements, les tas d'ordures et le désordre général s'étaient accumulés, prenant de plus en plus de place dans le peu d'espace dont elle disposait.

L'enquête était au point mort. Suite à son entretien et celui de Devon avec Elliot, le directeur du club de course, elle avait demandé à l'équipe d'interroger les membres masculins dont ils avaient obtenu les noms. Un seul d'entre eux était apparu comme un suspect potentiel, uniquement parce qu'il était le seul à ne pas avoir d'alibi solide pour le meurtre de Paulina Potter, et l'équipe avait été chargée de corroborer sa version des faits. Depuis, si leur charge de travail avait augmenté, le flux de pistes sérieuses s'était pratiquement tari.

Les pensées de l'enquête et des jeunes filles avaient hanté chaque instant de veille de Stephanie et l'avaient tellement distraite qu'elle en avait oublié quel jour on était. En vérité, elle l'avait toujours su — au fond d'elle, du moins. Mais c'était peut-être son subconscient qui la forçait à oublier, qui la poussait à choisir d'oublier ce jour qu'elle avait eu tant de mal à accepter depuis plus de trente ans.

Elle enroula involontairement ses doigts autour de son collier. Un instant plus tard, comme s'il avait été invoqué, un énorme 4x4 s'arrêta en dérapant dans l'allée.

Steph attrapa vivement ses affaires et sortit de la maison.

— Pourquoi as-tu besoin d'une voiture aussi grosse ? demanda-t-elle à Kimberley en grimpant à près de deux mètres de hauteur pour s'installer sur le siège passager. — Tu n'as pas d'enfants. Tu n'as pas d'animaux. Pourquoi ?

— Contente de te voir aussi, sœurette.

Elles s'embrassèrent sur la joue, puis Steph boucla sa ceinture.

— C'est Jason qui l'a choisie.

— Parce que tout le monde en a une ? Le style de vie du Surrey te va bien. Tout le monde a l'air d'avoir des voitures immenses par ici, et ce sont toujours des femmes qui les conduisent.

Kim démarra sans regarder. La voiture fit une embardée sur le côté, et Stephanie s'agrippa à la poignée de maintien.

— Quelqu'un s'est levé du pied gauche aujourd'hui, rétorqua Kim.

— Tu peux m'en vouloir ?

Kim jeta un coup d'œil de côté à Stephanie, posant une main sur sa cuisse. — Non, j'imagine que non. Comment ça va ?

Stephanie tourna son attention vers les maisons qui défilaient en un flou. Ce matin-là, le ciel était d'un gris acier et il y avait une pression dans l'air, comme s'il se refermait sur elles à mesure qu'elles approchaient.

— Bien, mentit-elle.

— Le travail ?

— Chargé. Et toi ?

— Pareil. Pareil pour Jason aussi. Je ne l'ai pas beaucoup vu cette semaine. Il a fait des allers-retours à Londres à toute heure de la nuit. Il est aussi sorti boire quelques verres avec son équipe.

Espérons que ce n'est que ça.

— Il mène la belle vie, répondit Steph, ne voulant pas inquiéter sa sœur.

— Tu n'as plus fait de dangereuses balades à vélo, ni d'escalade en solo ? Ou de courses nocturnes ?

Stephanie confirma que non. En vérité, elle n'avait pas pu penser à ces choses — la course, l'escalade, ou même la peinture — car le faire n'aurait servi qu'à lui rappeler douloureusement les étudiants qui avaient perdu la vie.

Kim pila net, projetant Stephanie en avant sur son siège. Sans la ceinture de sécurité pour la retenir, elle se serait cogné le visage contre le pare-brise. Kimberley jura à plusieurs reprises contre le conducteur, lui faisant un doigt d'honneur alors qu'il la dépassait à toute allure.

— On pourrait croire qu'il t'aurait vue arriver dans ce virage sans visibilité, commenta Stephanie avec sarcasme.

— Chauffards de merde. Les routes en sont pleines.

Stephanie se pencha vers le centre de la voiture et jeta un œil au tableau de bord. — Surtout quand on roule huit kilomètres-heure au-dessus de la limite de vitesse. Elle serra le bord de son siège, paniquée. — J'ai suivi des stages de conduite poussés ; j'ai roulé à près de deux cents kilomètres-heure ; j'ai slalomé entre les voitures sur une nationale ; et pourtant je ne me suis jamais sentie aussi morte de peur que ces cinq dernières minutes.

Sa sœur balaya le commentaire d'un geste de la main. — N'importe quoi.

— Tes cours, c'est comme ça ? Le chaos absolu.

— La ferme.

— Ne crois pas que je ne te collerai pas une amende pour conduite dangereuse juste parce que tu es ma sœur.

Devant, un feu vert était sur le point de passer à l'orange. Kimberley écrasa l'accélérateur, faisant bondir la voiture.

— J'aimerais arriver vivante, merci, dit Steph.

Moins de cinq minutes plus tard, après avoir prié pour sa survie à chaque seconde du trajet, elles arrivèrent au cimetière. Kim ralentit jusqu'à une allure d'escargot, se garant le long d'un mur couvert de mousse. Le cimetière était presque vide, à l'exception d'un vieil homme s'occupant d'une pierre tombale avec un arrosoir et une paire de gants de jardinage. Stephanie le reconnut, l'ayant vu l'autre jour.

Dave.

Alors qu'elle sautait de la voiture, elle fut immédiatement frappée par l'odeur de terre humide et d'herbe coupée. Les nuages s'étaient épaissis au-dessus d'elles, se refermant encore davantage, et le vent charriait un froid qui lui donna la chair de poule.

Kim ouvrit le coffre et en sortit un petit bouquet de marguerites.

— Tu as acheté des fleurs ?

— Je le fais tous les ans.

L'idée ne lui avait même pas effleuré l'esprit. Maintenant, elle se sentait éclipsée.

Elles marchèrent ensemble en silence, se faufilant entre les pierres tombales de guingois et les parterres de fleurs sauvages, jusqu'à ce qu'elles arrivent à la tombe de leur mère.

Stephanie n'avait jamais commémoré l'anniversaire de sa mort. Elle n'en avait jamais trouvé le courage. Elle s'était toujours noyée dans le travail. Le souvenir était trop douloureux.

Trente ans, jour pour jour, qu'elle avait assisté à la mort de sa mère.

Trente ans, jour pour jour, qu'elle s'était contentée de regarder sans rien faire.

Trente ans, jour pour jour, que sa vie et celle de sa sœur avaient changé pour toujours.

Steph sentit un froid glacial l'envahir. Du coin de l'œil, elle vit Dave à genoux dans l'herbe, la tête tournée vers elle. Elle agrippa de nouveau son collier.

Salut, Maman.

Kim s'agenouilla pour arranger les fleurs et nettoyer la pierre tombale, tandis que Stephanie se tenait immobile. Elle ne pleurait pas. Ne pouvait pas. Ne voulait pas. Pas devant Kimberley. Elle n'avait jamais pleuré devant sa sœur. Ça avait toujours été l'inverse. Elle avait dû rester forte, dure, résiliente. Elle n'avait jamais pu montrer que quelque chose n'allait pas.

Cela faisait partie du pacte qu'elle avait conclu avec elle-même à l'âge de dix ans — sois forte, tais-toi, continue d'avancer.

Elles restèrent là un long moment. Juste le vent dans les arbres, le bruissement des feuilles, le chant occasionnel d'un oiseau.

— Est-ce que tu te demandes parfois ce qu'elle penserait de nous ? demanda soudain Kim.

Stephanie fixa la pierre tombale et hocha la tête.

— Tu penses qu'elle serait fière de nous ?

Un autre hochement de tête. — Une inspectrice et une institutrice, dit-elle doucement. — On aide toutes les deux les autres, de manières différentes, alors que personne ne voulait nous aider. Je pense qu'elle serait fière. Parce qu'on a survécu.

Stephanie regarda au-delà des tombes, les toits des maisons au loin, le ciel lourd au-dessus.

À plus d'un titre, pensa-t-elle.

Stephanie remonta dans la voiture, la poitrine lourde. Elle referma doucement la portière, puis s'assit, immobile, le regard fixé droit devant à travers le pare-brise. Un instant plus tard, Kim bondit à côté d'elle et mit le contact, le grondement sourd du moteur comblant le silence entre elles.

— Prête ?

— Quand tu veux.

Stephanie appuya sa tête contre la vitre tandis que la voiture s'éloignait, sa respiration embuant le verre. Elle pensa à leur mère : à son rire (les rares fois où elle l'avait entendu) ; à sa beauté ; à sa franchise et son honnêteté ; à la façon dont elle faisait toujours passer les autres avant elle. Un souvenir traversa son esprit : un été, sa mère peignant les placards de la cuisine en jaune, disant qu'elle voulait du soleil même les jours de pluie. Ça lui avait valu une raclée, et à Stephanie aussi, mais elle s'en était fichue. Tout cela en valait la peine juste pour voir le sourire sur son visage.

Lorsqu'elles arrivèrent au carrefour au bout du chemin, Kim tourna à droite au lieu de gauche, comme Stephanie s'y attendait.

Elle se redressa légèrement. — On va où ?

Kim ne répondit pas. Sa sœur ne la regarda pas non plus.

— *Kimberley*.

— Juste un petit arrêt.

— Un arrêt ? répéta Stephanie, sa voix se durcissant. — *Où* ?

— On va voir papa.

Stephanie cilla. Une fois. Deux fois. Comme si les mots n'avaient pas bien atterri. — Non, on n'y va pas.

— Je passe cette journée avec eux deux, Steph. Maman et papa. Chaque année.

Le souffle de Stephanie se coupa. Ses mains se crispèrent sur ses genoux.

— Tu ne me l'as pas dit.

— Parce que je savais que tu réagirais comme ça. Il ne sera pas là pour toujours, Steph. Je ne sais pas combien de temps il lui reste, et je veux passer autant de temps que possible avec lui. On lui doit bien ça. Toutes les deux. Sans lui, on n'aurait jamais trouvé qui a fait ça à maman.

Steph ferma les yeux et inspira brusquement. Elle contrôla sa respiration car c'était la seule chose qu'elle pouvait contrôler à ce moment-là.

— Fais demi-tour.

— C'est trop tard. Ça va aller. *Tu* iras bien.

— Kimberley. Fais demi-tour. Maintenant.

Kimberley ne fit rien. Elle maintint la voiture sur la route, en direction de la maison de retraite, filant sur les routes sinueuses, tandis que des nœuds se serraient dans l'estomac de Stephanie. L'idée de le voir, de regarder dans les yeux l'homme qui avait façonné une si grande partie de son traumatisme, lui donnait envie d'ouvrir la portière et de se jeter sur l'A3.

Kim se pencha et posa une main sur sa cuisse. — S'il te plaît, Steph. Fais ça pour moi. C'est important.

Steph commença à hyperventiler. Son pouls martelait son cou. Ses paumes étaient couvertes d'une fine couche de sueur, et elle se déconnecta de son propre corps, comme si ses jambes bougeaient contre sa volonté.

En fait, toute la visite était contre sa volonté.

Cette fois, elle n'avait pas eu besoin d'une infirmière pour lui montrer où aller. Kimberley la guida dans le couloir silencieux, saluant poliment le personnel qu'elles croisaient. Stephanie suivait à quelques pas derrière. Sa poitrine était serrée, ses poumons se rétrécissaient. Au loin, le son de la télévision de la salle commune résonnait.

Un couple en visite sortit de la chambre voisine de celle de leur père. Kimberley les salua, échangeant des banalités comme s'ils étaient les meilleurs amis du monde. Stephanie planait maladroitement derrière sa sœur, sa respiration devenant plus rapide et plus superficielle.

Les murs se refermèrent sur elle alors qu'elles avançaient vers la chambre de leur père. Son cœur cognait contre ses côtes. Elle n'arrivait pas à respirer.

Kimberley entra la première. Stephanie resta là, sur le seuil, tandis que sa sœur s'avançait vers leur père, affalé dans son fauteuil à haut dossier près de la fenêtre, une couverture drapée sur ses jambes, son attention entièrement tournée vers la télévision en face de lui. Ses yeux étaient vitreux, sans expression.

Stephanie déglutit difficilement.

— Ça va, papa ? commença Kim. — C'est moi.

Colin Broadbent n'accorda aucune attention à Kimberley. Mais dès que Stephanie franchit le seuil, son regard commença à se tourner, lentement, vers elle.

— Toi, croassa-t-il, sa voix rauque. — Tu es… Il cilla. — Tu es… Stephy.

— C'est Stephanie, oui, intervint Kimberley quand Steph fut trop submergée par l'émotion pour répondre.

Kim s'installa sur le bord du fauteuil de Colin, passant son bras autour de lui. — Elle est venue te dire bonjour. Toutes les deux. Tu sais quel jour on est aujourd'hui, papa ?

Évidemment, il n'y eut aucune réponse. Le regard de Colin ne quittait pas Stephanie.

— C'est l'anniversaire de la mort de maman. Tu y crois que ça fait déjà trente ans ? Où est passé le temps ? On vient juste d'aller voir sa tombe, et elle est vraiment magnifique. On a déposé de belles fleurs et on a dit quelques mots pour elle, n'est-ce pas, Steph ?

Stephanie grogna, fixant une tache sur la moquette.

— Je pense qu'elle est fière de nous, là-haut, papa. Elle veille sur nous tous, nous protège. Toi, moi, Steph… et dans environ six mois, ta petite-fille.

Stephanie tourna brusquement la tête vers sa sœur. — Qu'est-ce que tu viens de dire ?

Kim posa sa main sur son ventre. — Je suis enceinte.

— Depuis quand ?

— Il y a environ trois mois. On ne voulait rien dire avant d'avoir le feu vert du médecin, et…

Stephanie bondit à travers la pièce et serra sa sœur dans ses bras. — C'est une nouvelle fantastique ! s'exclama-t-elle. — Pourquoi tu ne me l'as pas dit plus tôt ?

— On ne voulait pas te stresser. Après tout le déménagement, le travail… ça ne semblait pas être le bon moment. Mais aujourd'hui, c'est juste…

Colin leva lentement son regard vers Kim. — Un bébé… ?

— Oui, répondit Kim. — Tu vas être grand-père, papa. Prévu pour mars. Elle se frotta de nouveau le ventre. — J'ai hâte que tu la rencontres.

Un puissant mélange d'émotions submergea Stephanie. Les murs semblaient se refermer, et elle avait du mal à respirer. — J'ai besoin d'air, dit-elle en se détournant et en sortant de la pièce.

Elle tourna à droite et se retrouva dans un couloir au hasard. Comment pouvait-elle se perdre dans une maison de retraite ? Puis elle se souvint que l'endroit était comme une prison pour personnes âgées.

Par chance, elle trouva l'entrée et interpella un membre du personnel. Après ce qui lui parut une éternité, elle fut enfin libérée. Dehors, elle aspira de grandes goulées d'oxygène, et peu après, la sensation de vertige disparut. À quelques mètres de là, deux membres du personnel savouraient une cigarette. L'odeur flotta doucement jusqu'à elle. Malgré ses autres vices, elle n'avait jamais fumé.

À ce moment-là, elle se dit qu'elle en aurait peut-être besoin d'une.

— Comment va-t-il ? lui demanda Wayne, l'infirmier qu'elle avait déjà rencontré. Ses yeux étaient grands derrière ses lunettes, et il avait un nouveau tatouage sur l'avant-bras.

— Bien, répondit-elle en posant les mains sur ses hanches.

— Il a demandé de vos nouvelles l'autre jour, continua Wayne, tirant une grosse bouffée de sa cigarette. — Il a dit qu'il vous avait vue aux informations.

Elle ne dit rien, se contentant d'esquisser un sourire poli et souhaitant qu'il arrête de lui parler.

Comme par intervention divine, son portable vibra dans sa poche. Elle répondit à l'appel avant qu'il ne puisse dire autre chose.

— Fiona, tout va bien ?

— Qu'est-ce que tu fais en ce moment ?

— Je suis dans un endroit où j'aimerais ne pas être. Pourquoi ?

— Parfait. Prends tes affaires, ta carte d'identité, et ramène-toi au King's Head. Eve et moi, on s'ennuie, on veut que tu viennes boire un verre avec nous. On a réservé une table à partir de dix-neuf heures.

CHAPITRE
CINQUANTE-SEPT

Le pub était bruyant, chaleureux et bondé, un contraste saisissant avec le silence stérile de la maison de retraite quelques heures plus tôt. Stephanie est restée un instant près du bar, mal à l'aise, son manteau encore à moitié enfilé, ne sachant pas si elle avait pris la bonne décision en venant. Mais elle a alors aperçu Eve et Fiona, installées dans une banquette au fond, qui lui faisaient signe avec leurs gin tonics à moitié vides.

Elle a commandé un verre au bar, puis a traversé la salle, se faufilant entre les tables et évitant un homme qui portait trois pintes comme s'il en avait l'habitude.

— La voilà, a souri Eve en poussant un verre vers la place vide. — SB ! Je commençais à croire que tu t'étais dégonflée.

— J'ai failli, a admis Stephanie en se glissant à côté d'elles. Elle a posé son verre sur la table et a retiré son manteau. — Mais là, tout de suite, j'en ai besoin plus que tout.

Fiona a penché la tête en l'étudiant. — Dure journée ?

— Oui et non. Steph a pris sa première gorgée. L'alcool lui a explosé en bouche. — Je suis allée voir la tombe de ma mère avec ma sœur, puis j'ai rendu visite à mon père à la maison de retraite, et ensuite j'ai appris que ma sœur était enceinte de son premier enfant. Alors ça a été un vrai tourbillon d'émotions.

Eve et Fiona se sont regardées. En l'espace de quelques phrases,

Steph avait partagé plus sur sa vie privée que pendant toute la semaine qu'elle avait passée là.

Fiona a levé son verre. — Eh bien, trinquons à tout le monde : à ta sœur et son bébé, à ton père et sa santé, et à ta…

— Pas à mon père, a répondu Stephanie, qui prenait déjà une gorgée.

— Non ?

— On ne s'entendait pas.

— D'accord. À ta sœur, son bébé, et ta mère…

— Trinquons à ça, a dit Steph, tandis qu'elles entrechoquaient leurs verres. Elle a bu une énorme gorgée, finissant presque son verre d'un trait, puis a posé son verre sur la table. — Ça ne vous a pas dit d'inviter le reste de l'équipe ?

Fiona s'est léché les lèvres en secouant la tête. — On voulait juste un verre au calme, un truc civilisé. Juste entre filles.

— Wellard ?

— Elle s'occupe des enfants. L'un a entraînement de foot et l'autre a piano. Pauvre femme. Ils dévorent chaque instant de sa vie en dehors du travail. Et parfois même pendant.

Steph a jeté un regard à Eve et Fiona. — C'est sympa. Merci de m'avoir invitée.

— On l'a fait seulement parce que tu es la cheffe, a plaisanté Fiona. — On devrait peut-être faire ça tous les mois.

Sa suggestion a été accueillie par un silence, car ni Eve ni Stephanie n'étaient particulièrement réceptives à l'idée d'un rendez-vous mensuel, à l'exclusion du reste de l'équipe. Stephanie n'aimait pas l'idée que des clans se forment. Il y avait déjà trop de désordre et de troubles parmi eux en ce moment ; c'était la dernière chose dont ils avaient besoin.

— Comment ça se passe avec ton proprio ? a demandé Fiona à Eve alors qu'elle finissait son verre.

Eve a levé les yeux au ciel et a poussé un profond soupir. — Je te jure, s'il faut que je le rappelle encore une fois, je vais vraiment péter un plomb. La dernière fois que je lui ai parlé, il m'a appelée « ma puce » ! S'il ne répare pas la fuite de ma chaudière bientôt, je vais devoir lui montrer à quel point je peux être une puce. Il ne saura pas ce qui lui est arrivé. Soit ça, soit je fais venir ma mère. Elle n'aura qu'à le fixer du regard jusqu'à ce que la plomberie se répare toute seule.

Stephanie a ri, un rire doux et surpris. — Ta mère a l'air terrifiante.

— Elle fait un mètre cinquante à tout casser et c'est un concentré de rage. Elle a grandi dans le sud de Londres avec quatre frères et pas de temps à perdre avec des conneries.

Fiona a souri. — Ça explique tout. Ma mère est la douceur incarnée. Honnêtement, il n'y a rien que je ne ferais pas pour cette… Elle s'est interrompue, les yeux écarquillés. — Steph, je suis vraiment désolée. Je n'ai pas réfléchi. Ta mère…

Steph a fait un geste de la main, balayant le commentaire. — Ce n'est rien.

— J'ai manqué de tact. Je suis désolée.

— C'est rien, Fiona. Vraiment. Elle est morte quand j'étais très jeune. J'ai eu beaucoup de temps pour l'accepter.

— N'empêche que je me sens stupide.

— Tu ne l'es pas. C'est juste un de ces jours. Et puis, c'est agréable. Je n'ai pas souvent l'occasion de parler d'elle.

Il y a eu une pause tandis qu'elles sirotaient chacune leur verre. Steph jouait avec son collier. Elle sentait déjà l'alcool lui monter à la tête. — C'est elle qui me l'a donné, d'ailleurs, a-t-elle commencé. — Avant de mourir.

— Il est magnifique, a répondu Fiona en se penchant pour le regarder.

— Elle m'a aussi donné un ours en peluche.

— Qu'est-ce qu'il est devenu ?

— Je l'ai toujours. Je dors avec lui toutes les nuits. C'est une des premières choses que j'ai sorties d'un carton quand j'ai emménagé.

— Comment il s'appelle ?

— Bart.

— Comme le personnage ?

Elle a hoché la tête. — Ne te moque pas. Il est très distingué.

Les yeux d'Eve se sont illuminés. — Oui ! Je savais que tu avais un côté sensible. J'ai un vieux sweat de la fac que je porte encore chaque fois que je suis déprimée.

C'était au tour de Fiona. Elle a posé son menton dans sa main. — Avant, j'avais une boîte à chaussures pleine de notes sous mon lit. Des choses que j'avais entendues dire par des gens. Des inconnus. Mes parents. Mes profs. Je pensais que j'allais devenir écrivaine. Puis j'ai réalisé que je ne voulais pas créer des mystères. Je voulais les résoudre.

— C'est plutôt beau, a dit Eve. — Et un peu flippant.

— Merci, a répondu Fiona, pince-sans-rire.

Stephanie les a regardées tour à tour et a eu l'impression, pour la première fois depuis longtemps, de faire à nouveau partie de quelque chose.

— Vous êtes bizarres, vous deux, a-t-elle dit en levant son verre.

— Regarde qui parle, SB ! a répliqué Eve.

Elles ont de nouveau trinqué. Cette fois, le sourire sur le visage de Stephanie s'est attardé un peu plus longtemps.

CHAPITRE
CINQUANTE-HUIT

Les freins ont grincé tandis qu'elle pilait. Priya a passé la jambe par-dessus son vélo et a retiré son casque. — C'était dingue, a-t-elle haleté. Ses cheveux étaient collés à son front et une traînée de boue maculait l'une de ses joues. — J'avais oublié à quel point ça me manquait.

— On aurait dû faire ça plus tôt, a dit Tamzin en sautant de son vélo pour s'étirer. Ses jambes tremblaient. — On en fait un rendez-vous hebdomadaire. Pas d'excuses.

— D'accord, a ajouté Megan en balayant une aiguille de pin de sa manche. — Même si je ne peux plus m'asseoir demain.

Elles ont ri de nouveau, en poussant leurs vélos vers le râtelier le plus proche. Mais au moment où elles l'ont atteint, Megan s'est arrêtée net.

— Ils sont tous pleins.

Priya a cligné des yeux. — Sans blague ?

Elle a examiné le râtelier le plus proche de leur résidence universitaire. Il était complètement occupé. Des dizaines de vélos, y compris ceux disponibles à la location dans le centre-ville, remplissaient les emplacements.

— Il va falloir trouver un autre endroit où les laisser, a dit Megan en remontant sur son vélo.

— Vous pouvez, a répondu Priya. — Moi, j'ai la flemme. Je vais juste laisser le mien dans ma voiture. C'est plus simple.

Megan a paru mal à l'aise. — Tu es sûre ? On pourrait les doubler. En attacher deux ensemble.

Priya a secoué la tête. — Nan. Ça ne me prendra qu'une seconde. Allez-y, vous deux, je vous rejoindrai plus tard.

Elles se sont séparées, partant dans des directions opposées. Tandis que Megan et Tamzin remontaient la colline vers le foyer des étudiants, Priya a pris le long chemin qui contournait le campus par la périphérie, passant devant le lac, en direction du parking du côté nord. D'habitude, le parking – et tout le campus, d'ailleurs – grouillait de voitures, les étudiants et les professeurs se disputant les places limitées. Mais à présent, au milieu de la matinée, il était complètement vide. Elle avait entendu les rumeurs selon lesquelles des étudiants partaient pour rentrer chez eux, mais elle ne s'était pas attendue à ce que tant d'entre eux le fassent vraiment. C'était peut-être pour ça que les râteliers à vélos étaient pleins, a-t-elle pensé.

Le gravier a crissé sous les pneus de Priya tandis qu'elle se dirigeait vers sa Polo argentée, garée sous un lampadaire. Elle s'est arrêtée, a déclipsé son casque et a cherché ses clés dans sa poche.

La voiture s'est déverrouillée facilement, puis elle a entamé le processus laborieux consistant à manœuvrer le vélo dans le véhicule. D'abord, elle a dû abaisser les sièges arrière, ce qui a nécessité de manipuler délicatement un mécanisme récalcitrant jusqu'à ce qu'il cède. Ensuite, elle a dû retirer tout le bazar du coffre – le liquide lave-glace, le ballon de foot de son frère et une pile de conserves que sa mère lui avait données pour les cas d'urgence – avant de pouvoir envisager de charger le vélo. La voiture datait du début des années 2000, avait plus de cent soixante mille kilomètres au compteur et était souvent une vraie plaie à conduire. Mais c'était sa petite plaie à elle. Fiable, robuste. Sa première voiture, et elle l'avait aidée à tout transporter de Hastings à l'université. Elle n'aurait rien changé.

Priya en était encore à la première étape, à titiller le mécanisme sous le siège, quand quelque chose lui a craqué sur le crâne.

Sa vision est devenue blanche et ses genoux ont fléchi.

Un autre coup a atterri, plus fort cette fois, et elle est tombée lourdement sur le bitume.

Des mains l'ont empoignée. Elle a essayé de crier, mais l'air avait été entièrement chassé de ses poumons. Elle s'est sentie traînée, ses membres lourds et inutiles. La portière arrière de sa voiture a été ouverte à la volée, et on l'a poussée à l'intérieur, la porte claquant derrière elle.

Elle a griffé la poignée, mais celle-ci n'a pas bougé. Elle était enfermée.

Puis elle l'a sentie. Une odeur âcre, amère. De l'essence.

Sa vision était encore floue, sa tête la martelait, du sang coulait dans un de ses yeux.

Le bruit d'un liquide qui s'écoule. Un pas. Puis un autre.

Elle a hurlé. A martelé les vitres. A essayé de défoncer la portière à coups de pied.

Un déclic – le son inimitable d'un briquet. Puis le feu.

Il a jailli en un instant, un éclair orange contre la vitre, puis la chaleur.

Elle a poussé un cri strident, agitant les bras, sa peau cloquant déjà sous l'air brûlant. La dernière chose qu'elle a vue fut la silhouette de quelqu'un qui s'éloignait. Calme. Sans se presser. Tandis que les flammes dévoraient tout autour d'elle.

CHAPITRE
CINQUANTE-NEUF

Stephanie n'avait pas bougé depuis cinq minutes ; elle n'avait pas réussi à détacher son regard du spectacle qui s'offrait à elle depuis encore plus longtemps.

Sa tête lui battait encore à cause de sa cuite de la veille. Mais à cet instant, une douleur différente enflait dans son crâne. Tout se refermait sur elle. Des images de la poupée trouvée sur la scène de crime de Maya Corcoran lui sont revenues en mémoire : l'étincelle initiale, la combustion immédiate, les restes carbonisés de la poupée.

La scène de crime devant elle était la même. Des cordons de sécurité s'étendaient sur toute la longueur du parking, laissant intactes les voitures du personnel et des étudiants, que les gyrophares bleus illuminaient, ainsi que les arbres environnants. Les restes du véhicule n'étaient plus qu'un amas noirci et froissé. Les pompiers aspergeaient encore le sol, un léger sifflement s'élevant du béton trempé. L'odeur incomparable du caoutchouc brûlé, du plastique calciné et de l'accélérant lui prenait à la gorge.

La destruction était si étendue que Stephanie ne pouvait même pas déchiffrer la marque ou le modèle de la voiture. Ce n'était rien de plus qu'un tas de ferraille noircie sur le sol.

Et pourtant, la boîte en métal qui avait été placée à quelques mètres du coffre restait parfaitement intacte.

La bile lui est remontée dans la gorge, un mélange d'alcool et de la pensée d'une autre victime. Elle ne voulait pas l'ouvrir. Elle ne savait pas si elle en serait capable.

La quatrième victime en moins de deux semaines.

Quelles histoires se cachaient derrière celle-ci ? Quels espoirs, rêves et aspirations lui avaient été dérobés ? Et *pourquoi* ? Pourquoi lui avait-on pris la vie ? Pourquoi le tueur l'avait-il choisie, elle en particulier ?

Et puis le monde s'est obscurci. Elle avait de nouveau six ans, assise sur le canapé, essayant de regarder la télé pendant que sa mère s'occupait de Kimberley qui hurlait dans la cuisine. Papa était de l'autre côté de la pièce, jouant avec son briquet, s'ennuyant, buvant, faisant semblant de s'occuper. Il n'a pas mis longtemps à être à court d'allumettes à brûler ; il s'est approché en titubant, l'a attrapée par le bras et s'y est agrippé fermement. Elle avait beau essayer de bouger et de se défendre, il ne la lâchait pas. Il était bien plus fort qu'elle physiquement. Mais pas mentalement. Jamais il ne la vaincrait mentalement.

— Donne-moi ton pouce, a-t-il dit.

— Je ne veux pas !

La fois suivante, il n'a pas demandé. Enfonçant son ongle dans son point de pression, il lui a dégagé le pouce de force et a allumé la flamme. Elle s'est toujours souvenue du son que ça faisait : le clic, suivi de l'odeur explosive du combustible.

— On va voir qui crie le plus fort, a-t-il dit en approchant la flamme de son pouce. Toi ou ta petite salope de sœur.

En deux secondes, son pouce a commencé à brûler au-dessus de la pointe de la flamme. Elle a tiré et s'est débattue, mais c'était inutile. Il était toujours trop fort pour elle.

Pourtant, elle a gardé le silence. Malgré la douleur atroce, elle a gardé les lèvres scellées et a hurlé intérieurement jusqu'à en avoir mal aux entrailles. Elle ne lui donnerait pas la satisfaction de pleurer.

Heureusement, il s'est lassé après quelques secondes de plus et a laissé tomber sa main sur l'accoudoir du canapé. Stephanie n'a pas perdu de temps pour se précipiter dans la salle de bain et la passer sous le robinet d'eau froide.

Ses doigts ont caressé la cicatrice sur son pouce tandis que quelqu'un l'appelait par son nom.

Giles.

— Madame, a-t-il dit prudemment, en s'avançant à côté d'elle. Les pompiers ont terminé. On peut s'approcher de la voiture.

Elle ne l'écoutait qu'à moitié. — Connaissons-nous le nom de la victime ?

— Des témoins oculaires ont dit que la voiture appartenait à une certaine Priya Chadha. Une étudiante de première année en biomécanique.

— Fiables ?

— Ce sont ses colocataires, madame.

— Savez-vous comment elle en est arrivée là ?

Giles a retiré son masque et s'est gratté le nez. — Elles sont allées faire du VTT dans les Chantries ce matin pendant que c'était calme. Toutes les trois. Elles n'avaient pas de cours ni rien d'autre à faire. En revenant, elles n'ont pas trouvé de place dans le râtelier à vélos près de leur résidence, alors Megan et Tamzin, les personnes avec qui elle était, sont parties en chercher un ailleurs sur le campus, et Priya est venue mettre le sien dans la voiture.

Stephanie a examiné l'épave. Au milieu de la masse de métal fondu, elle a cru voir ce qui ressemblait à des rayons de roue.

— Qui l'a trouvée ?

— Ses colocataires, madame. Elles sont venues la chercher en revenant.

— Ont-elles vu quelqu'un s'enfuir ? Quelqu'un la suivre quand elle est partie vers le parking ?

Giles a remis son masque sur sa bouche. — Non, madame. Elles n'ont rien vu. Elles ont toutes les deux remarqué que le campus était très calme, comme si l'endroit s'était vidé pendant la nuit, et elles auraient vu quelqu'un la suivre ou s'enfuir. Mais elles n'ont vu personne.

Stephanie a inspiré profondément, en fermant les yeux. Comment le tueur s'en sortait-il ? Pour les meurtres précédents, il devait se déplacer à pied ; sinon, ils l'auraient repéré sur les caméras de surveillance et les LAPI à la sortie du campus. Mais s'il était maintenant à pied, où pouvait-il aller ?

Et puis la réponse lui est venue : le bruit d'un train qui passait sur les voies de l'autre côté du parking, caché derrière une longue rangée d'arbres qui longeait le côté nord du campus. Soit le tueur s'enfuyait par là d'une manière ou d'une autre, en coupant à travers les clôtures et en sautant par-dessus les voies, soit il longeait le périmètre du campus, se tenant à l'abri des caméras. Soit c'était un étudiant ou un professeur qui connaissait la configuration des lieux, soit quelqu'un qui avait passé un temps considérable à analyser ses faiblesses, repérant les meilleures cachettes.

— C'est bien ce que je pense, madame ? a demandé Giles, la tirant de sa rêverie. Il a fait un vague geste vers la boîte au sol.

— J'en ai bien peur, a-t-elle répondu. Où est Devon ?

Giles a rapidement jeté un coup d'œil derrière eux. — Aucune idée, madame.

— Tout le monde est là sauf lui ?

— Vous voulez que j'aille le chercher ?

— J'allais lui demander d'ouvrir la boîte. C'est un tel expert.

Giles a fait un mouvement pour partir, mais Stephanie l'a retenu.

— Vous pouvez le faire pour moi, Giles ? a-t-elle demandé doucement. Je ne pense pas pouvoir en supporter une autre pour l'instant.

On va voir qui crie le plus fort.

Giles a hésité. — Madame… je…

Toi ou ta petite salope de sœur.

— Trouvez quelqu'un dans l'équipe qui *accepte*.

Sans plus réfléchir, Giles a pivoté sur lui-même et s'est dirigé vers la foule. Un instant plus tard, Eve l'a remplacé.

— Vous vous sentez aussi mal que vous en avez l'air ? a demandé Stephanie, faisant référence à l'expression fatiguée et blafarde de la jeune agente derrière son masque.

— On a juste bu quelques verres, a répondu Eve. Vous aviez besoin de moi ?

— La boîte.

Stephanie n'a pas eu besoin de lui dire quoi faire. Elle n'a pas eu besoin d'expliquer pourquoi. C'était une tâche nécessaire, une tâche qu'elle était trop faible pour affronter elle-même.

La peur s'est dessinée sur le visage d'Eve alors que la difficulté de ce qu'on lui demandait lui est apparue. Elle a contrôlé sa respiration pendant plusieurs instants avant de se mettre en route. Stephanie a serré son collier en la regardant.

L'agente avançait lentement, prudemment, comme si elle approchait d'une bombe. Son cœur battait la chamade, et ses doigts ont commencé à devenir moites sous ses gants. À mesure que la boîte se rapprochait, sa crainte de ce qui se trouvait à l'intérieur grandissait.

Eve s'est arrêtée. A retenu son souffle. S'est accroupie.

La boîte en métal était faite d'acier et était chaude au toucher. Ses doigts ont parcouru le bord jusqu'à ce qu'elle trouve le fermoir. Puis, en comptant jusqu'à trois, elle l'a ouverte avec précaution par son côté le plus long, les charnières grinçant en signe de protestation.

Là, suspendue au sommet du couvercle, se trouvait une autre poupée, un nœud coulant de pendu enroulé autour de son cou. La poupée s'est balancée d'un côté à l'autre tandis qu'elle ouvrait le couvercle, et elle a fini par s'immobiliser, reposant contre le métal, une paire d'yeux de bouton sans âme la fixant.

CHAPITRE **SOIXANTE**

Une heure plus tard, Stephanie s'est retrouvée de nouveau dans l'amphithéâtre. Sauf que cette fois, la foule d'étudiants pétrifiés avait été remplacée par un petit groupe de journalistes et de cadreurs. La conférence de presse avait été organisée par le commissaire McGowan sans son autorisation, pourtant, en tant que visage de l'enquête, on attendait d'elle qu'elle y assiste, bien qu'elle n'ait rien préparé et ne sache pas ce qu'elle allait dire.

Le pupitre devant elle avait été emprunté à l'un des amphithéâtres, et plus d'une dizaine de micros y pendaient en désordre, telle une grappe de vipères de métal sifflant dans sa direction. Son mal de tête ne s'était pas calmé, et l'odeur de caoutchouc brûlé s'accrochait encore à ses vêtements, bien qu'elle ait retiré sa combinaison de la police scientifique et se soit aspergée de parfum.

Derrière elle se tenait une rangée de responsables de l'université, dont Martin Bell, le responsable du bien-être étudiant, et des policiers en uniforme l'encadraient, le visage solennel et silencieux. Giles se tenait en bout de rangée tandis que le reste de l'équipe s'occupait de la scène de crime. Ailleurs, le campus restait étrangement silencieux, comme si tous les étudiants avaient disparu. Il n'y avait aucun bourdonnement, aucune agitation ne se propageait dans les allées et les bâtiments.

Stephanie a ajusté légèrement le micro et s'est éclairci la gorge.

— Bonjour, a-t-elle commencé. Je suis l'inspectrice principale

Stephanie Broadbent, de la police du Surrey. Ce matin, nous avons reçu plusieurs signalements concernant une voiture incendiée. Les services d'urgence sont arrivés peu après pour éteindre l'incendie, et c'est à ce moment-là que nous avons été alertés du fait que quelqu'un se trouvait à l'intérieur du véhicule durant l'incident. Malheureusement, la victime a perdu la vie dans les flammes. Nous traitons désormais cette affaire comme une enquête pour meurtre et nous ne communiquerons pas le nom de la victime au public avant d'en avoir informé la famille.

Son regard a croisé celui de Louis Brown dans la foule.

— Nous serons, bien entendu, en contact avec la famille et nous lui offrirons tout notre soutien. Ce qui s'est produit aujourd'hui est une véritable tragédie, et nous ferons tout ce qui est en notre pouvoir pour trouver le responsable. Nous suivons actuellement plusieurs pistes sérieuses et travaillons en étroite collaboration avec l'équipe de recherche des causes et circonstances d'incendie, la police scientifique et la sécurité de l'université. Ce n'est pas la première fois que la tragédie frappe ce campus, et nous faisons de notre mieux pour que cela ne se reproduise plus.

Elle a marqué une courte pause pour reprendre son souffle. L'image de la poupée, suspendue à une fine ficelle, lui est apparue en tête, la paralysant un instant.

— Nous... Nous... Elle a perdu le fil de ses pensées et a saisi son collier, comme pour le faire revenir. Nous savons qu'il ne s'agit pas d'un incident isolé et qu'il y a des similitudes entre chacune des victimes. Par conséquent, nous considérons que ces incidents sont liés et nous recherchons des liens entre chacune des victimes.

Un autre flash de la poupée.

Et de celle d'avant.

Et de celle d'encore avant.

— Nous traitons cela comme un mode opératoire ; la personne responsable a laissé une poupée sur chaque scène de crime. Nous comprenons la peur et l'anxiété que cela a engendrées, particulièrement au sein du corps étudiant, et je veux rassurer la communauté sur le fait que nous mettons tout en œuvre pour vous protéger et traduire le responsable en justice. Nous demandons à quiconque aurait vu ou entendu quoi que ce soit de suspect sur le campus au cours de la semaine dernière de le signaler à la ligne directe que nous avons mise en place. À ce stade de notre enquête, aucun indice ou information n'est trop insignifiant. Ce sera tout pour le moment. Merci.

Stephanie sentait son pouls cogner contre ses tempes, et une douleur fulgurante lui vrillait le crâne. Ce n'est qu'en se détournant des caméras qu'elle a réalisé ce qu'elle avait dit : qu'elle venait de livrer leur indice le plus important à la presse.

CHAPITRE
SOIXANTE-ET-UN

Stephanie a poussé la porte du bureau du commissaire divisionnaire McGowan sans attendre la permission. Il a levé les yeux vers elle, la dévisageant par-dessus ses lunettes de lecture, le front plissé par une surprise inquiète, comme si elle l'avait dérangé. Il a interrompu ce qu'il faisait et s'est adossé à son fauteuil. Les muscles de sa mâchoire se sont contractés, suggérant que ce serait plus qu'une simple conversation.

— Merci d'être venue dans des délais si courts, a-t-il dit.

Il ne lui a fait aucun geste pour l'inviter à s'asseoir, mais elle a pris l'initiative. Elle s'est glissée sur le siège et a croisé les bras sur sa poitrine, pas d'humeur à se battre. Mais si c'était ce qu'il voulait, c'est ce qu'il aurait.

— Parlez-moi, a-t-il commencé. Que s'est-il passé ce matin ?

— De quelle partie ? Du corps qui a été brûlé vif dans une voiture, ou de la conférence de presse avec laquelle vous m'avez prise au dépourvu ?

Ses yeux se sont plissés. Il a attrapé un stylo sur la table et a commencé à en frapper le bureau. Fort. Stephanie s'est demandé s'il aurait souhaité qu'elle soit le bureau.

— Nous discuterons de la question de la conférence de presse tout à l'heure. D'abord, je veux savoir ce qui s'est passé avec la dernière victime.

Stephanie a pris une profonde inspiration. — Nous pensons

qu'elle s'appelle Priya Chadha. Dix-huit ans. Étudiante en première année de biomécanique. Ses amis et elle revenaient d'une excursion aux Chantries, et Priya était allée seule à sa voiture pour y mettre son vélo. Je suppose qu'elle a été attaquée, puis qu'on a mis le feu à la voiture avec elle à l'intérieur.

— Où le corps a-t-il été retrouvé ?

Steph s'est remémoré les images de l'expert en incendie ouvrant la portière arrière de la voiture et du corps calciné qui gisait à l'intérieur, recroquevillé en position fœtale, la peau ratatinée et noire.

— Sur la banquette arrière, a-t-elle répondu, une boule se formant dans sa gorge.

— Donc, à moins qu'elle ne soit montée à l'arrière de sa propre voiture pour s'immoler par le feu, je dirais que quelqu'un lui a fait ça. Correct ?

Elle n'a pas apprécié son ton.

— Oui, a-t-elle répondu.

— Et ce quelqu'un est le même tueur en série que nous cherchons depuis deux semaines. Correct ?

— Oui.

— En supposant qu'il s'agisse du même tueur, une autre poupée a-t-elle été laissée sur place ?

— Oui.

— Et comment la prochaine victime mourra-t-elle ?

— Elle va… Elle a reniflé bruyamment. — Elle sera pendue, monsieur.

— Bien. Cela fait maintenant quatre victimes en l'espace de deux semaines, Steph. Avec une cinquième qui suivra très bientôt, j'en suis sûr. Ça a assez duré. Trop de vies ont été perdues, et pas assez de mesures ont été prises. Je vais faire appel à un psychologue criminel pour aider à dresser le profil de ce tueur.

— Monsieur…

Il l'a interrompue en levant la main.

— Je fais également venir plusieurs membres du personnel des comtés voisins qui ont proposé leur aide.

— Monsieur, ce ne sera pas…

— Nous devrons régler la logistique, mais il y aura beaucoup de monde au bureau dans les jours à venir.

— Monsieur, s'il vous plaît. Je peux…

— Beaucoup d'entre eux seront des agents, que vous pourrez…

— Écoutez-moi !

L'explosion lui a échappé avant qu'elle ait eu le temps de la retenir. Les mots ont résonné dans la pièce avant de s'enfuir par la fenêtre entrouverte. Ensuite, le silence est tombé, comme si elle avait anéanti tout autre bruit. Le visage de McGowan exprimait le choc et l'apoplexie.

— Monsieur, je suis désolée pour ça, a-t-elle dit, paniquée. Mais vous devez m'écouter. Rien de tout cela n'est nécessaire. Tout est sous contrôle. Je…

— C'est la première et la dernière fois que vous élevez la voix contre moi de cette manière, inspectrice, a-t-il dit, d'un ton neutre et étrangement calme. Je comprends que vous êtes stressée, que les tensions sont vives, et que parfois la cocotte-minute explose, alors j'excuse ce petit éclat, mais c'est un parfait exemple qui montre que les choses ne sont pas sous contrôle, Stephanie. Vous ne vous maîtrisez pas vous-même, et encore moins cette enquête. Vous devez comprendre que rien de tout cela n'est fait pour vous dénigrer ou ternir votre nom ou votre réputation. Je fais cela pour le bien de l'enquête. Votre équipe *et vous* bénéficierez du poids que les nouveaux effectifs pourront vous ôter des épaules. J'ai l'impression que, comme nos victimes, vous êtes tous en train de vous noyer, de prendre feu ou d'étouffer sous le poids de cette enquête. Ma décision est sans appel.

— Monsieur… Sa voix n'était plus qu'un murmure.

— Vous étiez prévenue. J'avais dit que la prochaine fois que nous aurions cette discussion, je ne serais pas aussi compréhensif.

Steph a ravalé la boule qu'elle avait dans la gorge.

— Maintenant, dites-moi ce qui s'est passé pendant la conférence de presse, a-t-il commencé.

Elle a baissé le regard et a commencé à jouer avec ses ongles sur ses genoux, les triturant jusqu'à ce que ça devienne douloureux.

— C'était un manque de jugement, a-t-elle répondu. Je… je ne réfléchissais pas clairement. Je n'aurais jamais dû leur parler des poupées. Simplement… je ne pensais pas correctement. La conférence de presse… elle m'a prise par surprise. Et le corps… je venais de le voir, donc c'était encore frais dans mon esprit.

Elle a passé distraitement ses doigts sur la cicatrice de son pouce.

— Je vous présente mes excuses, a-t-elle ajouté.

Pendant un long moment, il n'a pas répondu. Il la regardait simplement avec un mélange de pitié et de surprise sur le visage.

— Je pensais que vous l'aviez vu…

— Vu quoi ?

— Hier soir, sur le site web et les réseaux sociaux de *Surrey Live*, ils ont annoncé la nouvelle concernant les poupées retrouvées sur les scènes de crime.

Les yeux de Stephanie se sont écarquillés. — Ils ont fait *quoi* ?

— Naturellement, cela a provoqué tout un remue-ménage en ligne. Beaucoup de gens surnomment le tueur « Le Tueur Vaudou », ce qui va sûrement prendre… Vous êtes sûre que ce n'est pas votre fait ?

Elle était trop abasourdie pour secouer la tête. — Quelqu'un a dû le divulguer.

Et elle savait exactement qui en était responsable.

Clive a pris un moment pour l'évaluer. — Je pense que vous devriez faire une pause, lui a-t-il dit. Sortez d'ici. Aérez-vous la tête. Allez faire une promenade. Revenez quand vous serez prête.

Distraitement, l'esprit à moitié dans la pièce avec McGowan tandis que l'autre moitié imaginait ce qu'elle dirait et ferait à l'inspecteur Lafferty quand elle le verrait, elle s'est levée de sa chaise.

Une pensée lui est venue.

— Je suis toujours directrice d'enquête ? a-t-elle demandé.

— Oui. Vous êtes toujours ma directrice d'enquête. Parce que vous le méritez. Mais votre réputation ne vous portera pas indéfiniment. Je ne veux pas que vous me donniez une raison de changer la situation.

CHAPITRE
SOIXANTE-DEUX

Où est-il ?

Eve a soudain levé les yeux de son bureau, la panique brillant dans son regard.

— Qui ?

— Devon ? Où est-il ?

Au moment où Eve s'apprêtait à répondre, le sergent est entré par les portes principales. Dès qu'elle l'a aperçu, elle a foncé sur lui et a désigné son bureau du doigt.

— Il faut que nous parlions, a-t-elle sifflé, sur un ton qui ne souffrait aucune réplique.

— À quel sujet ? a répondu Devon avec un air de défi qu'elle exécrait.

— Vous le saurez quand nous y serons.

Sur ce, Devon a laissé tomber ses clés sur son bureau et s'est dirigé vers celui de Stephanie. Elle le suivait de près, le talonnant.

La porte était à moitié ouverte quand elle a commencé sa tirade, incapable de se contrôler.

— Qu'est-ce que j'apprends sur le fait que vous avez divulgué des informations à la presse ? Pour qui vous prenez-vous ? Cette décision ne vous revenait pas.

— J'ai fait ce que je devais faire.

Elle a ricané. — Donc vous ne le niez pas ?

Il a mis les mains dans ses poches et a haussé les épaules.

— Qu'est-ce qui vous en a donné le droit ? a-t-elle demandé.

— Vous n'étiez pas là, a-t-il dit sans détour. Vous vous étiez évaporée dans la nature, alors j'ai pris les choses en main. Comme je l'ai dit, j'ai fait ce que je devais faire.

— Ils ont publié l'article hier soir. Vous ne dirigiez pas l'opération à ce moment-là, a-t-elle répliqué, son esprit analysant l'information à cent à l'heure.

— Le temps que mettent Louis et son équipe à publier un article ne me regarde pas. Son insolence continue l'a remplie de rage. Elle avait peine à le regarder.

— À partir de maintenant, vous n'aurez plus aucun contact avec Louis ou qui que ce soit d'autre au *Surrey Live*. Ni avec personne dans les médias, d'ailleurs. Chaque fois que quelqu'un essaiera de vous joindre, je veux le savoir.

Il a levé les mains en signe de reddition. — Bien sûr, cheffe. Vos désirs sont des ordres.

— Maintenant, sortez de mon bureau avant de causer plus de tort à cette enquête.

Mais elle craignait que le mal ne soit déjà fait.

Stephanie est sortie de son bureau en trombe et s'est dirigée droit vers la sortie, gardant la tête baissée et évitant le regard de son équipe. Elle les sentait tous la regarder, la juger. Mais elle n'a pas pu se résoudre à lever les yeux vers eux. Elle ne pouvait pas supporter leurs questions ni affronter les conséquences. Non seulement Devon l'avait sapée en divulguant des informations à la presse, mais McGowan s'apprêtait à faire de même en la mettant sur la touche et en faisant appel à des renforts. Certes, elle était toujours l'OPJ responsable — c'est ce qu'il avait dit — mais pour combien de temps ? Combien de temps McGowan allait-il lui accorder avant d'arriver au bout de sa patience et de lui tirer le tapis sous les pieds ?

Dehors, des oiseaux croassaient et les aboiements gutturaux des chiens à l'entraînement provenaient des champs au loin. Mais elle ne les entendait pas, couverte par le bruit dans sa tête. Alors qu'elle sortait du bâtiment, un bourdonnement statique a parcouru sa peau, du bout de ses doigts jusqu'à sa nuque. Ses paumes étaient moites. Sa peau semblait tendue — trop tendue. Son cœur a commencé à battre à tout rompre dans sa poitrine, puis ses poumons ont rétréci jusqu'à la taille de poings. Bien qu'elle soit à l'air libre, fouettée par une brise fraîche, elle avait du mal à respirer, comme si elle venait d'entrer dans une chambre à vide.

En traversant le parking, son champ de vision a commencé à se rétrécir, et les recoins sombres de son esprit se sont insinués en elle. Elle s'est dépêchée aussi vite que ses jambes le lui permettaient, traînant les pieds sur le bitume et le gravier, haletant et cherchant son souffle.

Finalement, elle a ouvert la portière de la voiture d'un coup sec et a sauté à l'intérieur, claquant la porte. D'une grande goulée, elle a rempli ses poumons d'air vicié, un air qui contenait un relent de fast-food. Quelques secondes après s'être retrouvée dans l'espace confiné de la voiture, sa respiration est revenue à la normale et la crise de panique s'est calmée ; elle était de retour dans son armoire, cachée. En sécurité.

Sauf que cette fois, il n'y avait pas d'ours en peluche auquel s'accrocher pour trouver du réconfort. Aucun soutien émotionnel pour l'aider à traverser l'épisode.

Elle allait devoir y remédier.

Son regard est tombé sur l'emballage de kebab sur le plancher côté passager. Il ne restait que le papier, chargé de graisse et de restes d'oignons et de laitue, ainsi que l'arôme écœurant dans la voiture.

Enfonçant les clés dans le contact, elle a passé la marche arrière et est sortie du parking en trombe. Heureusement, le trajet jusqu'au kebab était court, et au moment où elle est arrivée, sa respiration avait retrouvé un semblant de normalité. Du moins, assez normale pour ne pas éveiller les soupçons.

Elle a garé la voiture sur la double ligne jaune devant le restaurant, sans se soucier des voitures qui klaxonnaient derrière elle, et s'est précipitée à l'intérieur. Immédiatement, l'odeur l'a frappée au visage, et elle a senti la force revenir dans son corps.

Elle commençait à se sentir de nouveau normale.

— Bonjour, a dit le propriétaire. Qu'est-ce que je te sers, cheffe ? La même chose que la dernière fois ?

Stephanie était stupéfaite. — Tu te souviens de ma commande ?

— Bien sûr. Je me souviens m'être dit : une petite bonne femme comme toi, impossible qu'elle puisse manger autant. Et puis je t'ai vue l'engloutir dans ta voiture. Je me suis dit, elle a un sacré appétit, tu sais.

Une pointe de regret et de honte s'est allumée en elle. D'habitude, elle gardait ses crises de boulimie secrètes, à l'abri des regards. Mais la dernière fois, elle n'y avait pas pensé. Elle n'avait pas pensé aux voitures qui passaient ni au propriétaire du kebab qui l'observait de derrière son comptoir.

Qu'est-ce qui lui arrivait ? Elle perdait le contrôle d'elle-même.

Stephanie a soudain eu honte.

Elle a baissé la tête et a commencé à sortir du restaurant.

— Où tu vas, mademoiselle ?

— J'ai changé d'avis. Je n'ai pas faim.

Au moment où elle a posé le pied sur le trottoir, un homme l'a heurtée. Elle a légèrement chancelé ; il était large et trapu, vêtu d'un jean noir et d'un polo moulant qui se tendait sur un torse musclé. Son après-rasage l'a frappée en premier, suivi du reflet d'une chaîne en or reposant sur sa gorge.

— Oh mon Dieu, je suis vraiment désolé, a-t-il dit. Je ne l'ai pas fait exprès.

— Ce serait bizarre si c'était le cas.

L'homme a eu un sourire en coin, relevant un côté de sa bouche, puis il est entré dans le kebab. Alors que Stephanie se détournait de lui, il l'a interpellée.

— On se connaît, non ?

Tu m'as probablement vue m'empiffrer dans ma voiture l'autre jour aussi, c'est ça ? a-t-elle pensé.

— Tu es la flic qui bosse sur l'affaire de l'université ?

Elle n'a pas répondu.

— Je t'ai reconnue de la conférence de presse de ce matin. Deux de tes gars sont passés l'autre jour me poser des questions sur la fille qui a été tuée dans son appartement.

Elle a étudié ses traits. — Tu es le propriétaire de Red One ?

Il a levé les mains en signe de reddition. — Coupable. Mais c'est bien la seule chose dont je sois coupable, avant que tu ne penses que j'avoue quoi que ce soit.

Elle s'est surprise à rire involontairement. Elle ne savait pas pourquoi.

— Je m'appelle James Daniels. Le copain de ma sœur était avec la fille qui est venue ici, a-t-il continué. Il est assez secoué par tout ça. Je crois qu'ils le sont tous. Ça ne doit pas être facile à gérer pour eux. Mais sûrement pas aussi difficile que pour toi, j'imagine.

— Tu l'as dit.

— Vous progressez ?

— Pas autant qu'on le voudrait.

Il a haussé les épaules, comme si le résultat de l'enquête lui était indifférent. — Je suis sûr que vous y arriverez. Tu as l'air d'avoir la tête sur les épaules ; tu viens au meilleur kebab de la ville. James s'est tourné vers le propriétaire. — N'est-ce pas, patron ?

— Oui, patron ! a répondu le propriétaire, pointant James du doigt en jetant un torchon sur son épaule.

— Je te jure, c'est dangereux d'être juste à côté de cet endroit. L'odeur me prend à chaque fois.

— En tout cas, ça te réussit, a répondu Stephanie, en observant la moitié inférieure de l'homme. Pour la première fois depuis longtemps, l'idée d'avoir une relation intime avec un homme lui a traversé l'esprit. Et à cet instant, l'homme en question était James.

Il a eu un sourire narquois, comme s'il l'avait deviné. C'était maintenant à son tour de la dévisager. — Tu n'es pas mal non plus, a-t-il dit.

Elle l'a laissé là. En montant dans sa voiture, elle a jeté un œil dans le rétroviseur et a été surprise de voir le petit sourire toujours sur son visage.

CHAPITRE
SOIXANTE-TROIS

Stephanie s'est engagée dans l'allée étroite, et ses phares ont balayé les haies voisines avant de s'éteindre au moment où elle coupait le moteur. Sa maison était plongée dans le noir, hormis la douce lueur du lampadaire. Elle a coupé le contact et est restée assise un instant, le front contre le volant, les yeux clos. La douleur derrière ses tempes pulsait au rythme de son pouls.

Alors qu'elle sortait de la voiture, son voisin, Jimmy, a émergé de sa porte d'entrée, un sac de tri vert à la main.

— Tu rentres tard, a-t-il dit en ouvrant sa poubelle de tri pour y jeter le sac. Grosse journée ?

— C'est le moins qu'on puisse dire.

— Ça te dit un thé ? Je viens juste de mettre l'eau à chauffer.

Elle a jeté un œil à sa montre. Il n'était pas spécialement tard, mais à cet instant, elle n'était d'humeur ni à parler ni à voir qui que ce soit. D'habitude, dans cet état, elle allait courir tard le soir, peignait encore un peu, ou faisait du vélo, mais la pensée de ces activités lui rappelait Paulina, Claudia et Priya. Pour l'instant, tout ce dont elle avait envie, c'était de rester à l'intérieur, seule. Entre ses quatre murs, elle pouvait contrôler ce qui se passait.

— Pas ce soir, a-t-elle répondu. Une autre fois, peut-être.

— Bien sûr, a-t-il dit en lui adressant un sourire compatissant ; un de ceux qui laissaient entendre qu'il comprenait parfaitement.

— Tu seras content d'apprendre qu'aucun homme étrange n'est venu demander après toi ce soir.

— J'ai dû les faire fuir, a-t-elle dit en sortant ses clés de son sac.

— Ou alors c'est moi qui m'en suis chargé pour toi.

Jimmy a ouvert sa porte d'entrée. Stephanie a fait de même.

Au moment où elle s'apprêtait à lui dire au revoir, il a lancé :

— Oh, et n'oublie pas de sortir tes poubelles vertes ce soir.

— Encore ? Ça n'en finit jamais.

Elle a claqué le coffre de la voiture, le son résonnant dans toute la rue. Stephanie a marqué une pause, à l'écoute du calme de la nuit. Au-dessus de sa tête, une fine couche de nuages s'était installée, masquant les étoiles. Au loin, elle a cru entendre le cri d'un renard. Ou alors, il profitait d'une nuit de galante compagnie avec un congénère.

Une caisse de dossiers dans les bras, elle s'est dirigée vers la maison. À l'intérieur, elle a gagné le salon, où elle avait libéré un petit espace par terre devant le canapé. Laissant tomber la caisse sur le sol, elle s'est assise en tailleur sur la moquette.

La maison était silencieuse. Pas de télévision. Pas de musique. Pas de radio. Pas même le bruit de Jimmy qui bougeait ou se préparait à aller se coucher dans la maison voisine.

Le silence.

Elle a attrapé le dossier sur le dessus de la pile et l'a posé devant elle. Durant les minutes qui ont suivi, elle a sorti chaque dossier et les a étalés sur la moquette. Les chemises contenaient les notes de l'équipe, des rapports d'interrogatoire et des dépositions de témoins, des photos des victimes, des rapports d'autopsie… toutes les preuves que son équipe et elle avaient rassemblées jusqu'à présent dans l'enquête. Et elle espérait que quelque part là-dedans se trouvait la réponse à tout ça. La réponse à l'identité du tueur. Tapie parmi les informations. Cachée au milieu de cette masse de lettres et d'images.

L'équipe avait travaillé sans relâche ces deux dernières semaines, et le fruit de tout ce labeur était juste là, devant elle.

Ils avaient fait leur travail. Et maintenant, c'était à son tour de faire le sien. De faire ce qu'elle faisait de mieux : voir les liens, trouver les indices invisibles, et obtenir des résultats.

C'était ce qui l'avait menée si loin dans sa carrière. Ce qui lui avait valu la réputation que McGowan se faisait un plaisir de lui rappeler.

Elle n'avait rien de spécial, en aucun cas. Aucun talent particulier ne lui permettait de trouver des choses que les autres ne voyaient pas. Aucune partie de son cerveau que les autres n'avaient pas et qu'elle pouvait solliciter pour trouver un nom.

Le seul avantage qu'elle avait sur ses pairs était son histoire, son passé. Avoir grandi avec le mal lui avait permis de le voir, de le traiter comme un ami. Elle voyait des choses que les autres, peut-être, ne voyaient pas. Elle repérait des schémas et des tendances.

Du moins, c'est ce qu'elle espérait.

CHAPITRE SOIXANTE-QUATRE

Le lendemain matin, Stephanie s'est réveillée en retard. Elle dormait si profondément qu'elle n'avait pas entendu son réveil. Pour ne rien arranger, son téléphone n'avait pas chargé et sa batterie était à moins de vingt pour cent lorsqu'elle a quitté la maison.

Il était huit heures quand elle est entrée au commissariat, plus d'une heure plus tard qu'elle ne l'aurait souhaité, et l'endroit était déjà une véritable ruche, rempli de gens qu'elle ne connaissait ni ne reconnaissait. Tous les bureaux encore libres avaient été occupés, par des inconnus perchés au bout des îlots, penchés sur des ordinateurs portables ou lisant des notes. En une nuit, la capacité du bureau avait quintuplé. Elle a cherché son équipe, un visage familier, mais en vain.

Avant de se diriger vers son bureau de l'autre côté de la pièce, elle a été accostée par une femme aux cheveux épais et bouclés, vêtue d'un haut rayé noir et blanc et d'un pull noir négligemment jeté sur ses épaules. Elle avait tout l'air du genre de personne à posséder une résidence secondaire dans le sud de la France et à admirer le coucher du soleil avec un verre de vin de son petit vignoble privé. Stephanie ne s'attendait pas à l'entendre parler comme si elle sortait tout droit d'un film de Guy Ritchie.

— Ça va bien ? a demandé la femme en lui tendant la main. Vous êtes l'inspectrice principale Broadbent ?

— Qui êtes-vous ? a demandé Stephanie, plus sèchement qu'elle ne l'aurait voulu.

— Jordyn Snow. Psychologue judiciaire.

Stephanie l'a jaugée d'un air intense. — Que faites-vous ici ?

— L'inspecteur-chef McGowan m'a demandé de venir dès que possible. Je suis arrivée la nuit dernière.

Stephanie s'en fichait. Elle voulait que cette femme disparaisse. — Qui sont tous ces gens ? Ils sont avec vous ?

— Je crois qu'ils viennent de différentes polices. J'ai demandé à deux ou trois personnes où je pouvais trouver certaines choses, et la plupart n'en avaient aucune idée.

— Eh bien, c'est aimable à vous d'être venue de si loin, d'où que vous veniez, mais on n'aurait pas dû vous appeler. Nous n'avons pas besoin de vos services.

Stephanie s'est dirigée vers son bureau, mais s'est figée en voyant McGowan sortir du sien. L'inspecteur-chef est venu droit sur elle.

— Je vois que vous avez fait connaissance, a-t-il commencé. Jordyn a épluché les dossiers toute la nuit. C'est un super-ordinateur, vu la quantité d'informations qu'elle a absorbées !

Stephanie n'a rien dit. *Pourquoi ne pas la laisser diriger l'enquête, dans ce cas ?*

Elle a senti le sol se dérober sous ses pieds…

Glisser…

Glisser…

— On a aussi reçu des renforts des polices du Kent et du Hampshire. Je crois qu'ils logent tous au Holiday Inn près du parc des sports, donc ils sont on ne peut plus près de l'université.

Qu'était-elle censée faire de cette information ? Le remercier ? Certainement pas.

— Vous arrivez plus tard que d'habitude, a ajouté McGowan.

— Je sais, a-t-elle répondu sans détour.

Inutile d'en rajouter ; il a saisi l'intonation et lui a adressé un signe de tête.

— Mais vous arrivez juste à temps. Vous étiez la dernière à manquer à l'appel. On va pouvoir commencer la réunion.

— Quelle réunion ?

McGowan a désigné Jordyn. — Celle où notre psychologue judiciaire va nous dire qui nous cherchons.

Toute la salle d'opérations, qui débordait sur la cuisine et le couloir voisins, s'est tue quand Jordyn a commencé à parler. Stephanie planait derrière elle, les bras croisés sur la poitrine, debout à côté des tableaux blancs tandis que tous les regards étaient rivés sur la psychologue judiciaire.

— J'ai passé toute la journée et toute la nuit d'hier à me familiariser avec l'enquête. Je comprends qu'il y ait de nouveaux visages ici, donc une grande partie de ce dont je vais parler n'aura peut-être aucun sens pour vous pour l'instant, mais j'espère que ce sera le cas à la fin.

— Généralement, quand on me demande de conseiller sur des enquêtes pour meurtre comme celle-ci, j'aime examiner les victimes : les similitudes, les liens, les raisons *pour lesquelles* le tueur les a choisies. D'après ce que j'ai pu comprendre, il s'agit de personnes très différentes. Elles viennent des quatre coins du pays. Elles ont toutes des parcours et des éducations différents. Certaines suivent les mêmes cours et appartiennent aux mêmes associations, mais elles vivent toutes dans différentes parties du campus. La seule chose qui les relie, cependant, c'est leur sexe. Ce sont toutes des femmes à peu près du même âge. Et donc, je pense qu'il s'agit d'un homme qui méprise les femmes. Il exerce son pouvoir et son contrôle sur elles de la pire des manières imaginables.

— Les poupées qu'il laisse derrière lui sur les scènes de crime en sont également la preuve. Elles sont aussi un élément de contrôle. Il contrôle l'enquête avec elles, et il communique sa prochaine méthode de meurtre avant même de l'avoir mise en œuvre. En tant que tel, cela demande un haut niveau de planification. C'est donc quelqu'un qui aura eu amplement le temps de planifier ces meurtres. Amplement le temps de sélectionner ses victimes. Amplement le temps de surveiller leurs mouvements et de préparer le terrain à bien des égards.

— Ça ne s'applique pas à Claudia Bellini, notre première victime, a interrompu Steph. Il était au bon endroit au bon moment avec elle. Elle aurait passé la nuit avec le garçon de la boîte si elle n'avait pas vomi et n'était pas rentrée précipitamment chez elle. Plus j'y pense, plus je soupçonne que c'était une rencontre fortuite. Pareil pour Priya ; il a eu de la chance qu'elle ne trouve pas de place sur un râtelier à vélos et qu'elle aille à sa voiture. Il était au bon endroit au bon moment. Il a vu une opportunité et l'a saisie. Tout comme avec Maya.

Jordyn a tourné la tête de quelques degrés, regardant Stephanie du coin de l'œil. — Il savait ce qu'il faisait pour tous ces meurtres. Il savait que Maya Corcoran traverserait le terrain. Il savait que Paulina Potter serait dans l'atelier d'art. Il savait que Priya serait sur le parking.

— Comment pouvez-vous en être si sûre ?

— À cause des poupées ! Jordyn s'est tournée pour faire face à Stephanie. À chaque meurtre, il a transporté la boîte contenant la poupée avec lui. S'il ne savait pas précisément ce qu'il allait faire, pourquoi d'autre l'aurait-il emportée avec lui ?

Stephanie n'a pas su quoi répondre. Elle a croisé les bras plus fermement contre sa poitrine et s'est appuyée contre le tableau blanc.

Jordyn s'est retournée pour s'adresser au reste de la salle.

— Comme je le disais, ce tueur est très intelligent et très préparé. C'est aussi quelqu'un qui se fond très bien dans son environnement. Pour qu'il puisse préparer le terrain, il devait être sur le campus, j'en suis sûre. Par conséquent, je ne pense pas que ce soit quelqu'un qui enseigne à ces étudiantes, car ils n'ont pas le temps. Je dirais que vous cherchez plutôt un étudiant. Un étudiant en master ou potentiellement un étudiant plus âgé. Quelqu'un de plus âgé que la cohorte habituelle, mais qui s'intègre bien. Peut-être qu'il a un visage jeune. En termes de carrure et de taille, je pense qu'il faudrait qu'il soit un homme grand ou quelqu'un de physiquement fort.

— Il a frappé Maya Corcoran à l'arrière de la tête, a interrompu Stephanie. L'autopsie a révélé des preuves de traumatisme contondant à l'arrière gauche de son crâne. Claudia Bellini était ivre morte quand il l'a trouvée ; elle n'aurait pas opposé de résistance. Et Paulina Potter mesurait un mètre cinquante-sept et était toute menue. De plus, elle a été poignardée, donc je doute qu'elle se soit beaucoup défendue contre quelqu'un brandissant une lame. Quant à Priya Chadha, je suppose qu'elle a aussi été frappée à l'arrière de la tête. Toutes ces filles sont petites et minces. Elles ne pèsent presque rien.

Jordyn lui a lancé un autre regard de côté. Stephanie pouvait lire les mots sur le bout de la langue de la femme : « Un peu comme vous, alors. »

— En ce qui concerne le moment des attaques, a poursuivi Jordyn, en ignorant Stephanie, elles se sont toutes produites en succession rapide. Très rapide, en fait. Ce qui me suggère également que le tueur suit un calendrier, peut-être un programme. Par conséquent, je pense que votre prochaine victime, celle qui doit être pendue si l'on se fie à la dernière poupée, sera tuée *bientôt*. Maintenant, si je comprends bien, vous êtes à court de pistes, et donc je ne pense pas que les méthodes habituelles s'appliqueront si vous voulez l'attraper.

— Que suggérez-vous ?

— Vous aurez besoin de gens sur le campus, a répondu Jordyn, s'adressant à la foule comme si la question venait de l'un d'eux. Peut-être même envoyer quelqu'un sous couverture. Quelqu'un pour se fondre dans la masse des étudiants sur le campus.

— Pourquoi ferions-nous cela si vous pensez que le tueur a déjà choisi sa prochaine victime ? a répliqué Stephanie.

Jordyn a hésité longuement. — Ce n'est que mon conseil. Vous n'êtes pas obligée de l'écouter si vous ne le souhaitez pas. Tout ce que je dis, c'est que vous pourriez bénéficier d'envoyer quelqu'un qui ressemble à une étudiante – Jordyn a désigné Eve dans la foule – quelqu'un comme elle, qui a l'air jeune et qui semble pouvoir s'intégrer parfaitement. Faites-lui fréquenter les mêmes endroits que les victimes, assister aux mêmes réunions d'associations. Voyez si elle repère quelqu'un agissant de manière suspecte.

— Il y a une veillée ce soir, a annoncé l'agente Olivia Willard. Elle est ouverte aux étudiants et au public pour rendre hommage aux victimes.

Jordyn a haussé les épaules. — C'est un aussi bon point de départ qu'un autre.

— Non, a dit Steph en s'avançant. Je ne veux personne sous couverture. C'est trop dangereux ; le risque est trop élevé. Nous aurons plusieurs membres en uniforme sur place pour protéger les étudiants présents, et ce sera suffisant. Si certains d'entre vous souhaitent rendre hommage, c'est bien, mais notre temps sera mieux employé à essayer de trouver ce tueur. Il va pendre quelqu'un sur le campus. Il ne le fera pas au milieu d'une veillée alors que l'endroit est plein de monde.

CHAPITRE **SOIXANTE-CINQ**

Le coup frappé à sa porte était discret, malgré la personne qui se trouvait de l'autre côté.

Un instant plus tard, Devon a passé la tête par l'entrebâillement.

— Vous avez une minute ? a-t-il demandé.

— Qu'est-ce que vous voulez ?

— Discuter.

— Vous venez vous excuser ?

Devon a ignoré la question et est entré dans la pièce, refermant soigneusement la porte derrière lui. Il s'est approché de son bureau avant de dire quoi que ce soit. — Je pense que vous devriez revenir sur votre décision.

— À propos de *quoi* ?

— D'assister à la veillée.

— Rien ne vous empêche d'y aller sur votre temps libre.

— Je parlais en tant qu'équipe. Pour le travail.

Elle a fermé les yeux et a secoué la tête. — Nous n'enverrons personne sous couverture ou comme appât. La dernière fois que j'ai envoyé quelqu'un dans un endroit un tant soit peu dangereux, ça ne s'est pas bien terminé.

— Cheffe, a poursuivi Devon en croisant les bras sur sa poitrine, je n'ai pas envie de le dire, mais j'ai le pressentiment que le tueur pourrait y être.

— Qu'est-ce qui vous rend si sûr de vous ? Elle a haussé un sourcil et a penché la tête vers lui.

— Intuition d'enquêteur.

— Je ne savais pas que vous étiez inspecteur principal... a-t-elle dit d'un ton moqueur. Devon n'a pas trouvé ça drôle. — Même s'il y est, qu'est-ce que vous voulez qu'on fasse ? Qu'on se promène en braquant une torche sur le visage des gens jusqu'à ce que quelqu'un ait l'air suspect ?

— On pourrait observer, profiler. Repérer des comportements.

— On n'a aucune idée de ce à quoi cette personne ressemble. Nos moindres faits et gestes seront épiés par des gens avec des téléphones portables et probablement par les médias, s'ils sont présents, ce qui est fort probable, grâce à vous. Même si le tueur était là, ou s'il y était pour s'en prendre à quelqu'un, il ne prendrait pas le risque. Il y aurait trop de monde. Il a enlevé toutes ses autres victimes à l'isolement, sans personne pour entendre ou voir quoi que ce soit.

Devon a ouvert la bouche pour répondre, mais Stephanie l'a interrompu.

— Sans compter qu'il y aura une présence policière en uniforme. Il serait stupide d'essayer quoi que ce soit. Et ce type n'est pas stupide.

Devon l'a pointée du doigt. — Exactement. Nous serons là, ce qui me fait penser qu'il y a encore plus de chances que quelque chose se produise.

— Pourquoi ?

— Réfléchissez-y. Depuis Claudia, il a tué trois étudiantes juste sous notre nez, sans laisser le moindre indice. Ce salaud nous a même dit comment il allait tuer la prochaine victime, et on n'a rien fait.

— Pas la peine de me le rappeler, a-t-elle dit.

— Si j'étais lui, j'en profiterais pour me donner en spectacle d'une autre manière, pour prendre une victime juste devant nous.

Il y a eu une longue pause entre eux. Stephanie s'est frotté le pouce sur l'intérieur de son poignet en réfléchissant. Elle a expiré longuement et lentement par le nez, songeuse, pesant le pour et le contre.

Finalement, elle a secoué la tête.

— Non. On ne le fait pas.

Le mince sourire qui était sur le visage de Devon s'est effacé. — Cheffe...

— J'ai dit non. Son ton s'est durci. — Nous n'allons pas transformer une veillée en chasse à l'homme. Pas avec des caméras partout. Pas avec l'université et la presse qui nous soufflent dans le cou. Et pas tant que je serai responsable de votre sécurité à tous. J'ai dit non, et ma décision est sans appel.

Devon est resté là un moment de plus, sa mâchoire se contractant comme s'il voulait protester. Mais à la fin, il a fait un bref signe de tête.

— Compris, cheffe. Bien sûr, cheffe.

Il s'est retourné et s'est dirigé vers la porte. Au moment où il l'ouvrait, elle l'a rappelé. — Et, Devon, si vous me court-circuitez encore une fois, je ne serai pas aussi clémente avec vous.

Il a répondu avec un sourire qui suggérait qu'il ne la croyait pas. — Compris, cheffe, a-t-il dit, puis il est parti, la porte se refermant lentement derrière lui.

Devon a traversé la salle de crise et s'est glissé sur la chaise à côté d'Eve. La jeune agente a levé les yeux vers lui et s'est aussitôt redressée.

— Alors ? a-t-elle demandé, pleine d'espoir. Leur conversation était discrète, couverte par le brouhaha général du bureau.

Devon a fait un rapide signe de tête, sans vraiment la regarder dans les yeux. — Ça te dirait de te faire passer pour une étudiante le temps d'une soirée ?

— Elle a donné le feu vert ?

Un autre signe de tête. — Elle a dit que c'était une bonne idée, finalement.

Eve a haussé les sourcils. — Je suis surprise.

— Je lui ai dit qu'on garderait un profil bas. Juste une présence discrète. Les yeux ouverts. Elle a accepté, à condition qu'on ne fasse pas de vagues et qu'on n'intervienne qu'en cas d'absolue nécessité.

Eve avait l'air incertaine, tapotant son stylo contre son bloc-notes. — Elle y était totalement opposée avant.

Devon a haussé les épaules d'un air nonchalant. — Cette enquête a autant besoin d'une injection d'instinct que de procédure.

— Il n'y aura que nous deux ?

— Giles aussi. On ne veut pas que ce soit trop flagrant.

Eve a hoché lentement la tête, le fixant un instant de plus. — D'accord. Si elle a donné son accord, alors je suis partante.

— Fantastique. Il a tapoté deux ou trois fois sur le bureau. — À ce soir.

CHAPITRE
SOIXANTE-SIX

Martin Bell avait rasé le peu qui restait de sa barbe depuis qu'elle l'avait vu pour la dernière fois. Alors qu'il entrait dans la salle de réunion calme et intimiste du centre d'aide aux étudiants, il a posé un gobelet d'eau sur le bureau en face d'elle, à côté d'une petite boîte de mouchoirs. Elle a décelé une odeur de tabac dans son haleine.

— Merci, a-t-elle dit en le fixant intensément tandis qu'il se laissait tomber sur le siège d'en face.

— C'est plutôt à moi de vous remercier d'être venue si rapidement.

— Vous avez dit que c'était urgent.

— En effet. Il a hésité, puis s'est penché en avant, les coudes sur le rebord du bureau. — C'est au sujet de Tristan Penrose.

— Le chargé de cours en sciences de l'alimentation ?

Martin a hoché la tête. — Je sais que vous lui avez déjà parlé. Et je sais ce qu'il vous a dit. Mais… il y a autre chose que vous devez savoir.

Elle l'a dévisagé, attendant qu'il poursuive. — Je l'ai vu hier soir. On s'est croisés sur le campus et on a commencé à discuter. Il… Je crois qu'il vous a menti, inspectrice. Qu'il vous a menti à tous.

Elle a tâché de garder une voix neutre, sans trahir son excitation. — Comment ça ?

— D'après ce que j'ai compris, il vous a dit que Paulina avait fait le premier pas pendant leur petit moment d'intimité dans son bureau. C'est bien ça ?

Elle n'a pas répondu.

— Eh bien, je tiens de source sûre que c'est tout le contraire. C'est Tristan qui a fait le premier pas avec Paulina pendant l'une de ses heures de permanence. Elle est venue pour parler de son travail universitaire, et c'est là qu'il lui a fait des avances. Il a dit qu'il pensait à elle. Qu'il n'arrivait pas à se la sortir de la tête. Qu'il l'avait vue sur TikTok et la trouvait magnifique. Il a même dit qu'il quitterait sa femme pour elle.

Stephanie a absorbé ce qu'elle entendait. Dehors, une porte a claqué.

— Qui vous a dit ça ? Je n'imagine pas que ce soit lui.

— *Paulina,* a répondu Martin. — À la fin de l'année dernière, elle est venue me voir et a tout expliqué. Elle n'a pas donné son nom à ce moment-là, mais ce n'est que maintenant que j'ai pu faire le rapprochement, vous voyez ? Le coin de ses lèvres s'est retroussé en un sourire narquois. — Elle ne savait pas quoi faire. Elle m'a dit qu'elle se sentait mal à l'aise et qu'elle s'inquiétait de commencer sa deuxième année avec lui. Mais elle a aussi avoué avoir eu des sentiments pour lui.

— Y a-t-il eu une suite entre eux ?

Il a haussé les épaules. — Potentiellement. Je ne pense pas que ce soit arrivé quand Paulina est venue me voir. Mais ça ne veut pas dire que ça ne s'est pas produit plus tard, pendant l'été, par exemple.

Stephanie s'est légèrement penchée en avant. — Qu'est-ce qui a changé ? Pourquoi nous mentirait-il ?

— Parce que, et ça, c'est *lui* qui me l'a dit hier soir, Paulina l'a menacé de tout révéler. Je ne sais pas ce qui s'est passé, mais quelque chose a changé, et au début de cette année universitaire, elle a menacé de rendre ça public.

— Qu'est-ce qu'il a fait ?

— Il l'a suppliée d'arrêter, a répondu Martin avec un air entendu. — Peut-être même qu'il est allé plus loin.

Le commentaire est resté en suspens dans l'air. Elle a pesé la portée de ses mots en hochant doucement la tête.

— Est-ce qu'il sait qu'elle est venue vous voir à la fin de l'année universitaire dernière ?

Martin a secoué la tête. — Et il a dit à Paulina que ce serait la fin pour lui si quelqu'un d'autre l'apprenait. J'ai eu l'impression qu'il aurait fait tout ce qui était en son pouvoir pour conserver son travail, son mariage et sa vie. C'était quelqu'un qui avait beaucoup à perdre.

Après qu'elle lui eut tout expliqué, le brigadier Giles Swinger a eu l'air de se retrouver face à un examen de maths.

— Vous avez bien tout compris ? a-t-elle demandé en entrelaçant ses doigts.

— Je crois que oui, cheffe, a-t-il répondu. Il a baissé les yeux sur ses notes. — Tristan Penrose. Relations suspectées avec une étudiante. Gros suspect.

— C'est une façon de résumer, oui. J'aimerais que vous le contactiez pour découvrir la vérité. Je vous conseille aussi de parler d'abord à ses amies et à ses colocataires. Voyez si elles savent quelque chose à propos de cet incident.

Giles a hoché la tête. — Amies. Colocs. Compris. Délicieux.

— Et emmenez Eve ou Fiona avec vous. Répartissez-vous le travail.

— Vous ne voulez pas que je confie ça aux nouveaux venus de l'autre côté de la frontière ?

Elle a secoué la tête avec véhémence. — On s'en est très bien sortis sans eux, a-t-elle dit. — Montrons-leur qu'on peut continuer à se débrouiller pendant qu'ils sont là.

Les lèvres de Giles ont esquissé un sourire ironique pendant qu'il griffonnait quelque chose dans son carnet.

— D'autres questions ? a demandé Stephanie.

Il a marqué une pause. — Pardonnez-moi si ça a l'air stupide, cheffe, mais quel est le rapport avec les autres victimes ? Claudia, Maya, Priya… Il n'a pas aussi essayé de les draguer, si ?

Stephanie s'est gratté le côté du visage. — Dites-le-moi, brigadier. Qu'en pensez-*vous* ?

Le visage de Giles s'est crispé, en pleine réflexion, tandis qu'il tapotait la pointe de son stylo sur son carnet. Le silence s'est étiré, mais Stephanie ne l'a pas interrompu. Elle voyait les rouages de son cerveau tourner au ralenti. Ses lèvres se sont légèrement entrouvertes, puis refermées. Quelques secondes de plus se sont écoulées avant que ses yeux ne s'illuminent soudain d'une prise de conscience.

— Le club de course, a-t-il dit doucement. — Elles faisaient toutes partie du même club de course. Donc, elles se connaissaient toutes par ce biais.

— Même Maya ?

— On m'a dit qu'elle y est allée deux ou trois fois, puis a arrêté. Là-bas, les filles auraient pu parler. Peut-être que Paulina s'est confiée à l'une d'entre elles. Ou à toutes. Peut-être que quelqu'un d'autre dans le club a surpris une conversation. Si elles savaient ce qu'il avait fait… et s'il pensait qu'elles allaient le dénoncer…

Il a laissé sa phrase en suspens, l'implication pesant lourdement dans l'air.

Stephanie s'est adossée à son siège, en croisant les bras. — C'est votre piste d'enquête.

Giles a hoché la tête, sa confusion initiale remplacée par une concentration d'acier. — Oui, cheffe. Je m'y mets. Il s'est dirigé vers la porte, mais s'est ravisé et s'est retourné. — Mais s'il est responsable, alors pourquoi aurait-il laissé les poupées, cheffe ? Pourquoi ne pas simplement les tuer, sans ça ?

— Je n'ai pas encore la réponse à cette question, Giles. Espérons que nous la trouverons bien assez tôt.

CHAPITRE SOIXANTE-SEPT

La télévision était allumée, mais elle n'y prêtait aucune attention. Son esprit était ailleurs. Elle pensait à l'enquête. À la psychocriminologue qui s'était immiscée dans son enquête. À Devon et à la veillée. Elle se demandait si elle avait eu raison de la refuser.

Avant qu'elle ait pu y réfléchir davantage, la sonnette a retenti, la tirant de sa rêverie. Elle a jeté un œil à l'heure sur son téléphone : 19 h 41. Elle n'attendait personne. Pas ce soir-là.

Je parie que c'est Jimmy, a-t-elle pensé en se relevant du canapé. Combien de putains de ramassages de poubelles il y a cette semaine ?

Stephanie est sortie du salon pieds nus et s'est frayé un chemin dans le bazar du couloir jusqu'à la porte d'entrée. Quand elle a ouvert, elle a trouvé sa sœur sur le pas de la porte, téléphone à la main, le visage crispé par la fureur et au bord des larmes.

— Kim, qu'est-ce que tu fais là ?

— On s'est disputés. Une grosse dispute.

— Bon.

— J'avais juste besoin de m'éloigner. De trouver un endroit pour me vider la tête. — Kim l'a bousculée en passant et a laissé tomber son sac dans le couloir avec un bruit sourd. Elle s'est arrêtée net en remarquant le désordre par terre. — Bon sang, Steph.

Le regard de Stephanie a suivi celui de sa sœur.

— Je sais que tu as été occupée, mais…

— La semaine a été dure, a répondu Steph. Le temps…

— Ça, je vois. Mais ce n'est pas normal. Tu as toujours vécu comme ça ?

Steph a ouvert la bouche pour répondre, mais aucun son n'est sorti.

— Est-ce que ça va ? a demandé Kim. Genre, vraiment ?

— Raconte-moi ta dispute avec Jason.

Kim a grogné. — Pff. Il fallait juste que je sorte de là avant de lui en coller une. Mais là, on ne parle pas de moi. On parle de *toi*. Pourquoi tu n'as pas demandé de l'aide plus tôt ?

Steph a eu honte en voyant le bazar. Elle ne pouvait pas le regarder trop longtemps, pas plus qu'elle ne pouvait soutenir le regard de sa sœur. — Je vais bien. Je te l'ai dit, c'est le *temps*.

Kim a marqué une pause, puis a eu un léger ricanement sceptique. — Tu me le dirais si c'était plus que ça, pas vrai ?

Stephanie a réussi à esquisser un petit sourire crispé. — Bien sûr.

L'expression sur le visage de Kim suggérait qu'elle ne la croyait pas. Du moins, pas entièrement. Elle a retroussé les manches de sa chemise et a dit : — Où sont tes sacs-poubelle ? On fait le ménage.

— Maintenant ?

— J'ai besoin de quelque chose pour ne plus penser à mon mari pendant quelques heures.

— Il est où ?

Kim a lancé un regard à sa sœur. — Où veux-tu qu'il soit ? Sur le point de partir à l'étranger pour le travail. Ou de prendre un train de nuit pour une autre région du pays, pour ce que j'en sais. On l'a encore appelé, donc ça veut dire que j'ai une autre soirée toute seule.

Steph a regardé sa sœur un instant. L'idée de nettoyer, de ranger son bazar vieux d'un mois, la remplissait d'autant d'effroi que l'enquête. Mais maintenant, elle n'avait personne derrière qui se cacher, nulle part où fuir. Kim était le genre de personne qui faisait tout ce qu'elle décidait, et vu l'humeur dans laquelle elle était, Stephanie craignait que rien ne puisse l'arrêter.

CHAPITRE **SOIXANTE-HUIT**

Des dizaines d'étudiants l'entouraient, au coude à coude dans le champ, leurs visages éclairés par des bougies à piles et les lampes torches des téléphones portables. Le bruit de la fontaine du lac était couvert par le murmure des conversations qui parcourait la foule. Une légère fraîcheur flottait dans l'air, et une fine couche de nuages était descendue, dérobant les étoiles à la vue.

Un mémorial de fortune avait été installé au bord du lac. Des bouquets de fleurs — roses, lys, fleurs des champs cueillies à la main — dans des pots de confiture reposaient sous les photos de chacune des victimes. Un orateur venait de finir son discours, la voix brisée sur la fin. Une vague d'applaudissements a ondulé dans la foule. Il y avait plus de monde qu'Eve ne s'y attendait. Plus de cinq cents personnes s'étaient déplacées pour rendre hommage. Des étudiants. Des gens du coin. Des jeunes.

Eve se tenait au milieu de la foule, scrutant discrètement les visages alentour, à la recherche de quelque chose de suspect ou de déplacé. Elle a pris un instant pour elle, priant pour les victimes. Elle n'était pas croyante, à proprement parler, mais elle sentait qu'elle se laissait emporter par l'émotion. Elle a terminé sa prière au moment où son téléphone s'est mis à sonner.

Devon.

— Oui ? a-t-elle répondu.

— Tu vois quelque chose ?

Elle a balayé du regard les visages adolescents à côté d'elle. — Rien pour l'instant.

— J'ai entendu dire qu'il devait y avoir un feu d'artifice. Je ne suis pas sûr que l'université l'ait autorisé. Tant que les bruits forts ne te dérangent pas.

Elle a eu un petit rire. — Ce n'est pas mon premier feu d'artifice.

Devon lui a dit de rester vigilante, puis a raccroché.

Cinq minutes plus tard, une poignée d'étudiants ont quitté la foule et se sont précipités vers une petite parcelle d'herbe où se trouvait une boîte de feux d'artifice. Eve les a regardés sortir les fusées de la caisse et les planter dans le sol. Elle n'était pas experte, mais ils ne lui semblaient pas installés de façon très sûre.

Après quelques instants, l'un des étudiants a allumé la mèche d'une fusée. Un silence chargé d'impatience s'est abattu sur la foule.

Puis — *pssssch !* La fusée a pris feu et a jailli de son socle. Mais au lieu de s'envoler vers le ciel, la force de la combustion a fait plier le support et a envoyé la fusée droit dans la foule, tel un missile.

Avant qu'Eve ou n'importe quel étudiant ait pu réagir, la fusée a explosé, faisant pleuvoir une gerbe d'étincelles sur des dizaines d'étudiants qui poussaient des cris perçants. Quelqu'un a hurlé. Un autre a reculé en trébuchant et est tombé, entraînant deux autres personnes dans sa chute. Puis une autre fusée est partie — cette fois à l'horizontale, dans le lac, où elle a grésillé et craché des étincelles avant de disparaître sous la surface.

La panique a éclaté.

Le murmure des conversations s'est changé en un déluge de cris, de pleurs et en un piétinement de pieds martelant l'herbe humide. Les lampes des portables se balançaient follement dans le noir, éclairant des visages terrifiés. La veillée a tourné au chaos total.

Eve s'est retrouvée prise dans la mêlée. Elle a tourné le dos aux feux d'artifice, que quelques étudiants essayaient stupidement d'éteindre en les piétinant, et a couru, emportée par la foule qui se dispersait vers la sécurité des bâtiments voisins. D'autres fusées ont commencé à fuser de la boîte, l'une après l'autre en succession rapide, partant dans toutes les directions.

Eve a plongé sur le côté alors qu'une traînée violette filait près d'elle, crépitant en effleurant le bord du manteau de quelqu'un. Alors qu'elle approchait de la route, on l'a percutée dans le dos, ce qui l'a projetée en avant. Elle a atterri lourdement sur l'herbe. Elle a tenté de se relever, mais une masse de pieds et de jambes l'a piétinée, l'enfonçant dans la terre.

Pendant quelques instants douloureux et paniqués, elle est restée là, dans l'herbe, jusqu'à ce qu'elle sente une paire de mains l'attraper et la remettre sur pied. Lorsqu'ils se sont arrêtés en bordure de la pelouse, ils avaient atteint les abords du campus et se trouvaient cachés derrière une résidence étudiante.

Eve était pliée en deux, essayant de reprendre son souffle. Elle était désorientée, contusionnée et endolorie, sans la moindre idée de l'endroit où elle se trouvait ni de ce qui s'était passé.

Alors qu'elle levait les yeux pour voir la personne qui l'avait sauvée, l'homme a dit : — Tiens, Eve. Quelle surprise de te voir ici.

Puis, avant qu'elle ait pu répondre, il a levé la main et a plongé son univers dans le noir complet.

Sa cheville le lançait à chaque mouvement. Il ne pouvait pas bouger et était forcé de rester immobile tandis que des hordes d'étudiants et d'adultes passaient en courant devant lui, fuyant le chaos.

Il a plongé la main dans sa poche et a sorti son portable. Le téléphone a sonné plusieurs fois, mais sans réponse. Une autre sonnerie. Toujours rien.

À la troisième tentative, l'appel a été coupé. Après ça, plus rien. Occupé. Comme si le téléphone avait été éteint.

Giles ne savait pas quoi faire. C'était la pagaille la plus totale. Des cris et des pleurs perçaient l'air. Heureusement, cependant, les feux d'artifice s'étaient arrêtés, et les derniers soleils tournants avaient fini d'exploser et de couvrir l'herbe d'éclats multicolores.

Il a parcouru son répertoire jusqu'à trouver le numéro du bureau. Quelques instants plus tard, l'appel a abouti.

— Agent Willard à l'appareil, a répondu une voix apaisante à l'autre bout du fil.

— Willard, c'est moi. Il y a eu un incident. Des feux d'artifice ont explosé pendant la veillée, c'est un vrai bordel. Je… j'ai essayé de joindre Eve et Devon, mais ils ne répondent pas. Je me suis bousillé le pied, alors je ne peux pas bouger. Vous pouvez envoyer de l'aide ?

CHAPITRE **SOIXANTE-NEUF**

Stephanie avait vite compris que sa vie serait plus simple si elle opposait moins de résistance et laissait Kimberley nettoyer la maison toute seule. Ses interruptions ne faisaient que prolonger le processus. Elle s'est donc assise, recroquevillée dans un coin du canapé, les jambes pressées contre sa poitrine, une tasse de thé qu'elle n'avait pas touchée refroidissant sur l'accoudoir à côté d'elle. La télévision continuait de murmurer en fond sonore — une quelconque émission de téléréalité scintillait sur l'écran — mais elle ne la regardait pas.

Elle était trop occupée à s'apitoyer sur son sort, à se demander où tout avait mal tourné et comment elle avait pu se laisser aller à ce point.

À se demander comment elle avait perdu le contrôle de tout si rapidement.

Son équipe. L'enquête. Elle-même.

Les tentatives de Giles, plus tôt dans la journée, pour parler à Tristan Penrose, le chargé de cours, s'étaient avérées infructueuses. Il n'avait réussi à trouver l'homme ni à son travail ni chez lui. Par conséquent, il avait passé le reste de l'après-midi à interroger les amies de Paulina, qui n'avaient pas pu confirmer la nature exacte de la relation entre Paulina et Tristan.

De la cuisine parvenaient le grattement et le cliquetis constants de sa sœur qui faisait le ménage, donnant l'impression qu'elle essayait de démonter le grille-pain avec un couteau à beurre.

Son estomac gargouilla, et elle posa la tête sur ses genoux. Encore une journée sans un vrai repas. Encore une journée où son esprit déshydraté et fatigué n'avait pas réfléchi ou fonctionné correctement.

— Steph, tu veux garder ça ? appela Kimberley depuis la cuisine.

Au moment où Stephanie descendait péniblement du canapé pour aller voir, son portable sonna sur la table basse. Elle jeta un œil à l'écran et vit que c'était Giles.

— Monsieur Swinger, dit-elle. Vous travaillez tard.

— Madame, dit-il, paniqué et à bout de souffle, comme s'il avait couru. Il s'est passé quelque chose.

— Quoi ?

— Eve. Devon. Nous sommes à la veillée…

— *Quoi* ?

— Tout se passait bien. Et puis le feu d'artifice a commencé, mais ça a mal tourné. La foule s'est déchaînée. Et maintenant… maintenant, je n'arrive pas à les joindre. J'ai essayé leurs portables une vingtaine de fois, et rien ne passe. J'ai peur qu'il leur soit arrivé quelque chose.

— *Steph* ? Tu veux ça ?

Elle ne prêta aucune attention à sa sœur, se précipitant plutôt vers le meuble de l'autre côté de la pièce et attrapant ses clés.

— Où êtes-vous, maintenant ? demanda-t-elle à Giles.

— À la fac.

— D'accord. J'arrive. Surtout, ne bougez pas de là où vous êtes.

— Bien, madame. De toute façon, je ne pourrais pas bouger même si je le voulais.

CHAPITRE
SOIXANTE-DIX

Stephanie a sauté de la voiture avant même que le moteur se soit arrêté. La rue grouillait de monde, des petits groupes de gens s'étaient agglutinés sur le bord de la route. Certains pleuraient, tandis que d'autres riaient, y voyant le côté comique d'une caisse de feux d'artifice explosant dans toutes les directions. Sauf qu'ils ne savaient pas ce qui se passait vraiment. Ils ne savaient pas ce qui était vraiment arrivé.

Ce que Stephanie *espérait* qu'il ne s'était pas produit.

Elle a trouvé Giles près du bâtiment Rik Medlik, au nord du campus. Il boitait, s'appuyant de tout son poids sur un pied. Sa tête pivotait de gauche à droite, scrutant les visages autour de lui.

En apercevant Stephanie, il lui a fait un signe de la main et s'est mis à boitiller dans sa direction.

— Tu es arrivée vite, a-t-il commencé.

— Tu es blessé, a-t-elle lâché, avec un ton de mère poule. Ne bouge plus. Tu ne vas faire qu'empirer les choses. Qu'est-ce que tu as fait ?

— Je me suis tordu la cheville, a-t-il dit d'un ton qui se voulait rassurant. J'ai connu pire dans ma carrière. Ça va aller. Il faut juste un peu de glace.

Il a essayé de prendre appui sur sa cheville blessée et a grimacé alors qu'une douleur fulgurante lui remontait dans la jambe.

— N'essaie pas de faire le héros. Steph a mis les mains sur ses hanches, balayant les environs du regard. De là où elle était, elle pouvait voir le point d'eau et le lac, mais dans l'obscurité, la visibilité était mauvaise. Elle a cependant réussi à distinguer, au loin, un groupe de personnes rassemblées autour d'un amas de caisses. Qu'est-ce qui s'est passé ici, bordel ?

— Je ne sais pas, a-t-il commencé. On était dans la foule. Quelques personnes ont dit quelques mots, d'autres ont déposé des fleurs près des photos, et certains ont allumé des bougies. Et puis ils ont lancé les feux d'artifice. C'est là que tout a dérapé. Je me souviens juste d'avoir entendu un *boum* énorme, comme un coup de feu.

— Les feux d'artifice ?

Il a acquiescé et a répondu :

— Droit dans la foule.

— Des blessés ?

— J'imagine que oui.

— Il nous faut des secouristes ici.

— Je m'en suis déjà occupé, a-t-il répondu. J'ai appelé le bureau pour les prévenir, puis j'ai demandé une équipe d'intervention pour évaluer la situation. Je suis sûr qu'il y a quelques grands brûlés quelque part.

Cela expliquait pourquoi des gens pleuraient. Et pas seulement à cause du choc.

— Tu étais avec qui d'autre ?

— Devon et Eve, inspectrice.

— *Juste* eux deux ?

Un hochement de tête.

— Tu as réussi à les contacter ?

— J'ai essayé d'appeler leurs deux numéros, mais aucun d'eux ne répond. Tu penses qu'ils sont en train d'aider les gens ?

Je l'espère.

Même si son intuition, le nœud qui se serrait rapidement dans son estomac, lui disait le contraire.

Elle a sorti son téléphone de sa poche et a commencé à composer le numéro d'Eve.

— Toi, essaie d'avoir Devon. N'arrête pas tant que tu ne l'as pas eu.

Pendant cinq minutes, ils sont restés au même endroit, essayant à plusieurs reprises de joindre leurs collègues. Au bout de la sixième minute, ils ont arrêté. Ni l'un ni l'autre n'avait répondu. Les deux appels tombaient directement sur la messagerie vocale.

— Tu ne crois pas qu'il leur soit arrivé quelque chose, si ?

— Je ne pense pas qu'ils nous ignorent.

Giles a passé ses doigts dans ses cheveux épais.

— Oh, mon Dieu. Je savais que c'était une mauvaise idée !

Stephanie n'a rien dit. Elle s'est contentée de regarder le cellophane des bouquets de fleurs qui miroitait dans la brise. Elle aurait *cette* discussion bien particulière plus tard.

— Désolé, a soudainement dit Giles.

— Pourquoi ?

— On n'était pas censés être ici, n'est-ce pas ?

— Ça dépend. Vous étiez ici à titre professionnel ou personnel ?

— Professionnel.

— Alors, non. Vous n'étiez absolument pas censés être ici. Qui vous a donné l'autorisation ?

Au moment où Giles ouvrait la bouche, Steph l'a interrompu.

— En fait, ne réponds pas. Je connais déjà la réponse.

Plus d'une heure plus tard, ils sont retournés au commissariat. Une équipe de secouristes était arrivée et avait rapidement administré les premiers soins aux victimes de brûlures. Heureusement, il n'y en avait eu que quelques-unes, et aucune de leurs blessures ne justifiait un transport à l'hôpital voisin. Pendant ce temps, Stephanie et Giles avaient continué à essayer de contacter Devon et Eve, en vain. Ils avaient donc décidé d'arrêter pour la nuit et étaient partis pour le poste.

Stephanie s'attendait à ce que ce soit calme – il était un peu plus de vingt-et-une heures –, et a été surprise de voir tant de gens s'agiter, filant d'un bout à l'autre de la pièce. Il y avait de l'effervescence dans le bâtiment, mais aussi un courant de peur sous-jacent. Stephanie ne voulait pas accepter que quelque chose ait mal tourné. Du moins, pas encore. Cela viendrait plus tard. Peut-être le lendemain matin, s'ils étaient toujours incapables de contacter l'un ou l'autre des inspecteurs.

Elle voulait rester calme et garder la tête froide. Ne pas semer la panique et l'effroi dans le reste de l'équipe. Même si, intérieurement, son esprit commençait à faire des saltos.

Stephanie a frappé dans ses mains, provoquant un silence de mort dans toute la pièce. Toutes les têtes se sont tournées vers elle.

— Bonsoir à tous. Je suis surprise de voir que vous êtes encore si nombreux. Pour ça, je vous remercie. Nous avons un problème pour contacter deux membres de notre équipe : le sergent Devon Lafferty et l'agente Eve Hope. Je vous serais reconnaissante si quelqu'un pouvait se rendre à leurs domiciles, juste pour voir s'ils ne seraient pas rentrés chez eux. Pour information, ils ont été pris dans un incident à la veillée qui a eu lieu ce soir. J'apprécierais aussi qu'une poignée d'entre vous, avec le soutien de quelques agents en uniforme, se postent à l'université, au cas où ils réapparaîtraient.

Aussitôt, une poignée de visages qu'elle ne reconnaissait pas se sont levés et se sont portés volontaires. Avec l'aide du sergent Noah Mackenzie, ils ont indiqué aux volontaires où aller et qui chercher.

Après leur départ, Noah l'a prise à part.

— Vous ne pensez pas qu'il leur soit arrivé quelque chose, n'est-ce pas ?

Steph a apaisé les craintes de l'homme en disant :

— Je suis sûre que tout va bien. Maintenant, si tu permets, je dois m'assurer que Giles va bien.

Elle a laissé Noah dans la salle de crise et a trouvé Giles dans la cuisine, en train de fouiller dans le frigo commun à la recherche d'un sac de glace.

— Qu'est-ce que tu fais ? a-t-elle demandé.

— Où est Wellard quand on a besoin d'elle ? Elle aurait un sac de petits pois ou un truc du genre dans son sac à main. Elle est douée pour ça.

— Tu ne trouveras jamais de glace dans le frigo, crétin. Stephanie a poussé Giles et a commencé à chercher dans les tiroirs du congélateur. À l'intérieur, il y avait une poignée de glaces en vrac, couvertes de givre, qui semblaient être là depuis des années. Mais, à sa grande surprise, elle a trouvé un sac de glaçons. Elle l'a sorti, l'a enveloppé dans un torchon et l'a plaqué contre la cheville de Giles. L'homme a poussé un cri de douleur, dont le son s'est répandu dans le bureau principal.

— Désolée, ça fait mal ? Voilà ce que tu gagnes à suivre aveuglément tout ce que te dit le sergent Lafferty.

Puis, comme par magie, Devon est apparu à la porte. Il était paniqué, essoufflé, et ses cheveux étaient en bataille, comme s'il venait de courir depuis l'université.

— Devon, a-t-elle sifflé, en laissant tomber le sac de glace par terre. Tu vas devoir t'expliquer. Où est-ce que tu étais ?

— Je…

— Qu'est-ce qui s'est passé ? Où est Eve ?

Devon est entré timidement dans la cuisine.

— Je… je ne sais pas. J'ai essayé de la contacter. Mais je n'en ai absolument aucune idée.

— Tu l'as emmenée avec Giles contre ma volonté, contre mes ordres, et maintenant regarde le résultat. Tu te prends pour qui ?

Elle a gardé la voix basse pour ne pas faire de scène. Giles se tenait maladroitement dans un coin de la pièce, incapable de regarder l'un ou l'autre de peur d'être pris entre deux feux.

— Inspectrice, a commencé Devon.

Avant que Steph ne puisse l'interrompre, le commissaire McGowan est apparu derrière le sergent Lafferty. Il était en civil et semblait tout juste sorti d'une sieste.

— Lafferty, Broadbent. Dans mon bureau. Tout de suite !

Tout bruit extérieur a été aspiré hors de la pièce quand Devon a fermé la porte. Le commissaire McGowan était déjà assis à son bureau, mais il ne leur a pas proposé de s'asseoir. Devon et Stephanie se tenaient l'un à côté de l'autre, les mains derrière le dos, comme s'ils étaient dans le bureau du proviseur.

— Il semble que nous ayons un problème…

— Oui, commissaire, a dit Stephanie.

— Qui voudrait m'expliquer ce qui s'est passé ?

Ni l'un ni l'autre n'a pris la parole en premier. Finalement, Stephanie s'est lancée.

— Plus tôt ce matin, Devon est venu me voir pour me demander si nous devions envoyer des membres de l'équipe à la veillée qui a eu lieu ce soir sur le campus. Il était convaincu que nous pourrions peut-être y attraper le tueur, ou du moins empêcher que quelque chose ne se produise. J'ai convenu que c'était une bonne idée et, ensemble, nous avons décidé d'envoyer Devon, Eve et Giles. Avec le recul, nous aurions dû en envoyer plus ; cependant, il devait y avoir une petite présence en uniforme sur place également.

— Maintenant, d'après ce que je comprends, le feu d'artifice a mal tourné, et certains ont fini par être tirés directement dans la foule. De là, tout le monde a paniqué et s'est dispersé. En conséquence, Giles s'est tordu la cheville et l'équipe a été séparée.

McGowan faisait rouler un stylo entre ses doigts. Il a levé les yeux vers Devon.

— C'est bien ça, sergent ?

Devon a jeté un coup d'œil à Stephanie, mais elle a choisi de ne pas le regarder. Ce qui sortirait de sa bouche serait son propre choix.

— Oui… a-t-il dit, la voix brisée. Oui, c'est bien ça.

— Le problème que nous avons maintenant, cependant, c'est que nous sommes incapables de retrouver Eve, a poursuivi Steph. Nous avons essayé de l'appeler à plusieurs reprises, mais elle ne répond pas à son téléphone. J'ai envoyé des agents du comté à son domicile, mais je ne pense pas qu'elle soit rentrée là-bas.

— Que voulez-vous dire ? Elle a disparu ?

— Potentiellement, commissaire.

— Devon ? Vous voulez développer ?

Le sergent Lafferty s'est gratté la nuque.

— Je ne voudrais pas faire de suppositions. Mais c'est étrange. Je lui ai parlé quelques instants avant les feux d'artifice, elle avait l'air d'aller bien, et tout était sous contrôle. Et puis après ça… rien. Elle a tout simplement disparu.

McGowan a inspiré profondément, a retenu son souffle, puis a expiré l'air de ses poumons.

— Comment a-t-on pu laisser ça arriver ? Quelles mesures de sécurité aviez-vous mises en place ? Quelles précautions avez-vous prises pour empêcher que quelque chose comme ça ne se produise ?

— Nous…

— Pas vous, Broadbent. Vous avez assez répondu pour ce soir. Je veux que Devon réponde à celle-ci.

La bouche de Devon s'est ouverte et refermée à plusieurs reprises.

— Nous n'avions rien, commissaire. Nous… nous voulions que ce soit discret. Nous ne voulions pas que quiconque sache que nous étions là.

— Et pourtant, un membre de notre équipe semble avoir disparu. J'ose dire que s'il lui est arrivé quoi que ce soit, je vous tiendrai pour responsable.

Stephanie a fait un pas en avant.

— J'en prends l'entière responsabilité, commissaire, a-t-elle dit fermement. Devon n'a rien fait de mal ou n'a commis aucune erreur ici. Et s'il en a commis, s'il y a eu des manquements, alors ils sont tous de mon fait. Je suis l'inspectrice principale. La responsabilité m'incombe. S'il arrive quoi que ce soit à Eve, alors c'est… entièrement… de… ma… faute.

CHAPITRE
SOIXANTE-ET-ONZE

Les bois étaient calmes, ce matin-là. Immobiles, silencieux. Le soleil commençait à peine à tisser des fils d'or à travers les arbres. La terre sous les pieds de Roy Lavender était humide, preuve d'une nouvelle nuit pluvieuse pendant laquelle il avait dormi comme une souche, contrairement à Caroline. Soit c'était ça qui l'avait tenue éveillée, soit c'étaient encore ses ronflements.

Un grand classique.

Rory ajusta la laisse autour de son poignet et tira un coup sec.

— Allez, Ruby, marmonna-t-il.

Ruby, son épagneul, s'élança soudain, le nez au ras du sol mousseux, la queue battante, tandis qu'elle se mettait à renifler dans les sous-bois. Ils empruntaient ce sentier de Chantry Wood tous les matins depuis cinq ans, depuis qu'il avait pris sa retraite. C'était l'un de leurs préférés. À cette heure matinale, l'endroit était toujours calme, à l'exception d'un marathonien ou d'un promeneur de chien égaré. Mais d'habitude, les bons jours, ils avaient tout l'endroit pour eux seuls. Ils entendaient le vent siffler entre les arbres et les oiseaux qui commençaient à chanter. Les bois s'éveillaient le matin, respiraient, lui parlaient. Il leur répondait souvent. Mais pour une raison ou une autre, ce matin-là, il n'en avait pas envie.

Il sentait une présence. Menaçante, inquiétante. Comme si on l'observait.

— Ruby, allez, ma belle.

Il tira de nouveau sur la laisse et l'entraîna sur un autre sentier. Ils arrivèrent à une petite pente. Ruby s'arrêta près d'un arbre déraciné et se mit à renifler.

Renifler, renifler, et encore renifler.

Arrêt, départ. Arrêt. Départ.

Bien loin du rythme soutenu auquel ils étaient habitués.

À mesure qu'ils s'enfonçaient dans les bois, le sentiment de malaise grandissait. Rory jetait de temps en temps un coup d'œil par-dessus son épaule, ses sens aiguisés par le moindre son. Ruby, pendant ce temps, était complètement inconsciente de tout. Elle dévorait les odeurs, les paysages et les bruits.

Jusqu'à ce qu'elle capte une odeur qui lui fit quitter leur nouveau chemin pour un passage étroit. Elle fonça vers un arbre et se mit à gratter quelque chose sous une branche tombée, aboyant pour le faire bouger. Elle tirait sur le bras de Rory, le faisant presque tomber.

Mais il ne lui prêta que peu d'attention. Son regard était fixé sur quelque chose juste devant lui.

Une chose sortie d'un cauchemar, d'un film d'horreur. Pas le genre de chose qu'on trouvait à Guildford.

Un corps, pendu à la branche épaisse et tordue d'un chêne, au-dessus de sa tête.

Une femme, suspendue dans les airs.

Sa tête tombait en avant. Ses longs cheveux sombres ondulaient avec le vent. Elle portait des vêtements foncés – un jean noir, des bottes, un manteau ajusté – et ses bras étaient fermement liés le long de son corps. Elle avait été hissée avec une précision quasi mécanique. Comme si quelqu'un avait pris son temps.

Un rayon de soleil matinal perça la canopée, frappant son visage pâle et sans vie.

La gorge de Rory se noua. Un instant, il ne put plus respirer. Il recula d'un pas chancelant, se retenant à un arbre voisin, et leva les yeux, horrifié. La femme paraissait si jeune. Fin de la vingtaine, peut-être début de la trentaine. Des cheveux sombres tirés en arrière. Elle aurait pu être la fille de quelqu'un. L'amie de quelqu'un.

La collègue de quelqu'un.

— Oh, mon Dieu, murmura-t-il.

Il chercha son téléphone en tâtonnant, les mains tremblant si violemment qu'il faillit le laisser tomber. Il lui fallut trois tentatives pour déverrouiller l'écran. Il parvint à composer le 999 et porta le téléphone à son oreille.

— Il y a… il y a un corps, dit-il d'une voix rauque. Dans les bois. Une femme. Pendue à un arbre. À Chantry Wood.

L'opérateur commença à poser des questions – nom, localisation, la victime respire-t-elle – mais Rory ne pouvait détourner le regard.

Il y avait quelque chose de glaçant dans la façon dont elle avait été hissée, comme un attrape-rêves flottant dans la brise.

Ruby laissa échapper un autre gémissement sourd et se pressa contre la jambe de Rory, la queue entre les pattes.

— Elle est morte, dit-il doucement. Que Dieu nous vienne en aide, elle a été assassinée.

CHAPITRE
SOIXANTE-DOUZE

Le matin s'était levé, et il n'y avait toujours aucun signe d'Eve. Pas un mot, aucun contact. Des renforts des comtés voisins s'étaient rendus à sa maison de Guildford et y étaient restés postés en permanence, mais elle n'avait donné aucun signe de vie. Elle n'avait pas appelé. Elle n'avait contacté personne. Ils avaient localisé son téléphone et s'étaient vite rendu compte qu'il était éteint. Pour ne rien arranger, personne ne l'avait vue non plus sur le campus. Ils y étaient restés jusqu'au petit matin, à interroger les passants et les étudiants pour savoir s'ils savaient quelque chose ou s'ils avaient vu une personne correspondant à sa description. Mais à cette heure-là, la plupart des étudiants étaient couchés, et il y avait bien trop de chambres et de bâtiments pour qu'ils puissent faire du porte-à-porte.

Stephanie, comme la plupart du bureau, avait passé la nuit sur place, à travailler d'arrache-pied. L'inspecteur-chef McGowan avait essayé de la renvoyer chez elle, mais elle avait refusé. Elle avait réussi à grappiller quelques instants de sommeil dans son bureau, mais la plupart du temps, elle avait fixé son téléphone, priant pour qu'il sonne, même si elle savait qu'il pourrait ne jamais le faire. Pendant ce temps, sa sœur était confortablement installée dans le lit de Stephanie. Kimberley lui avait envoyé un message pour lui dire qu'elle avait fini le ménage tard et qu'elle était trop fatiguée pour rentrer, sans parler des deux verres de vin qu'elle avait bus.

La faible lueur du jour naissant filtrait à travers les interstices des stores vénitiens, lui rappelant qu'il était temps de bouger. Elle n'avait pas quitté son bureau depuis des heures. Elle n'avait pas mangé depuis encore plus longtemps.

Du café.

Voilà la solution. Ça la calerait, apaiserait les tiraillements de son estomac, retarderait l'inévitable. Et en prime, ça la réveillerait.

Au moment où elle ouvrait la porte, un téléphone sonna quelque part dans le bureau. Elle n'y prêta guère attention tandis qu'elle se traînait jusqu'à la cuisine. Elle remplit la bouilloire, l'alluma, prépara son café soluble et fit sa boisson machinalement. Une fois terminé, elle retourna d'un pas lourd vers son bureau.

Sa main était sur la poignée de la porte quand une voix l'interpella derrière elle.

C'était Fiona, qui était arrivée à un moment ou à un autre pendant la nuit.

— Mon commandant… — sa voix était étranglée, tendue.

Stephanie releva la tête et balaya le bureau de ses yeux embués.

— On a trouvé un corps pendu dans le bois de Chantries. Deux de nos gars sont descendus pour jeter un coup d'œil. — Sa pause était chargée d'effroi. Une boule commençait déjà à se former dans la gorge de Stephanie.

— C'est Eve. Ils ont confirmé.

La première chose à être détruite dans ce carnage fut la tasse de café. Elle s'écrasa contre le mur, se brisant en une douzaine de morceaux tandis qu'une cascade de liquide brun foncé dégoulinait. Vint ensuite sa chaise : renversée et frappée avec toute la force que son corps put rassembler. Le reste de son bureau suivit de près. Un puissant mélange de rage, de fureur, de vengeance et de culpabilité l'envahit.

Les souvenirs d'elle et Eve au pub l'autre soir, à la morgue, ensemble dans la voiture, lui traversèrent l'esprit tandis qu'elle passait sa frustration sur les quelques objets inanimés qui se trouvaient dans son bureau. Puis elle hurla. Fort. Presque aussi fort que lorsqu'elle avait découvert sa mère sur le canapé, froide, le regard fixé au plafond.

Un instant plus tard, la porte de son bureau s'ouvrit. Fiona et Devon firent irruption. Fiona fut la première à la maîtriser, l'attrapant par les épaules et l'éloignant de la prochaine victime potentielle de son accès de rage avant de la retourner et de la serrer dans ses bras, la retenant sans la lâcher.

Stephanie se débattit et se tortilla — elle opposa autant de résistance qu'elle le put — mais dans son état de faiblesse, Fiona était trop puissante pour elle. Sans compter que cette femme était étonnamment forte. Finalement, Stephanie céda et se laissa aller contre Fiona, se laissant réconforter par quelqu'un qu'elle ne connaissait que depuis quelques semaines.

Ensemble, elles sanglotèrent.

Alors que Stephanie se dégageait, elle aperçut Devon, debout dans l'encadrement de la porte. Elle brandit un doigt vers lui. — *Vous*. C'est de *votre* faute. Si vous n'aviez pas désobéi à mes ordres, elle ne serait pas allée à la veillée, et elle serait encore là. — Sa voix était un grognement grave, presque démoniaque.

— Je peux…

— Je ne veux plus vous voir. Je ne veux plus vous voir dans mon bureau. Dehors !

Devon ne perdit pas de temps et se hâta de partir. Il laissa la porte ouverte derrière lui, et Stephanie le suivit des yeux. Elle commença à s'adresser à la salle.

— Noah, où êtes-vous ?

L'homme se leva de derrière son bureau.

— Noah, je veux que vous alliez au bois de Chantries. Je veux que quelqu'un de notre équipe confirme que la victime est bien Eve. Et si c'est le cas, je veux que la moindre personne dans ce bâtiment qui travaille sur l'affaire se mette à chercher ce salaud. Il a tué l'une des nôtres. Il n'aura pas le droit d'en tuer d'autres.

CHAPITRE SOIXANTE-TREIZE

Le tapis de feuilles s'écrasait sous les pas, gorgé d'eau et humide. Une brise légère lui effleurait les chevilles, faisant doucement claquer les pans de son manteau contre sa jambe. Malgré les nombreuses silhouettes qui s'agitaient dans les bois — des officiers en uniforme installant les périmètres de sécurité intérieur et extérieur, et des techniciens de la police scientifique montant une tente au milieu du sentier — un silence feutré régnait. Un silence clos, comme si un dôme géant avait été placé au-dessus d'eux.

Noah marchait lentement, progressant prudemment entre les marqueurs posés au sol. Il gardait la tête basse, le regard fixé sur les pierres et les racines d'arbres jusqu'au tout dernier moment, où il a été forcé de lever les yeux et de la voir.

Eve.

Suspendue dans une immobilité contre nature, silhouette se découpant sur la toile de fond des arbres, le visage bleui et bouffi, les yeux clos, la tête penchée sur le côté, les cheveux plaqués contre sa peau.

Pauvre fille.

Ça ne semblait pas réel. Elle était jeune, si fraîche au début de sa carrière, et pourtant on lui avait tout arraché. Même s'il ne la connaissait que depuis deux semaines, il s'était beaucoup attaché à elle. La fille qu'il n'avait jamais eue. Gentille, polie, et toujours prête à partager les biscuits qu'elle apportait, lui se persuadant qu'il lui rendait service en l'empêchant de tous les manger elle-même. Elle était énergique, pétillante, et possédait encore l'enthousiasme et la fougue de la jeunesse, cette fougue que des mois de labeur sans le moindre résultat n'avaient pas encore réussi à éroder.

Noah a ravalé le nœud qu'il avait dans la gorge et s'est approché.

— Qu'est-ce qu'ils t'ont fait, bon sang ? a-t-il marmonné, dans un murmure à peine audible.

Lentement, quelques techniciens de la police scientifique ont commencé à descendre son corps de la branche, relâchant progressivement la corde, petit à petit. Noah a été incapable de la regarder descendre vers la terre tel un ange déchu. Il s'est détourné et a attendu d'entendre le bruit sourd de son corps.

Mais alors que son regard se posait sur un arbre voisin, il a remarqué quelque chose d'étrange. Quelque chose qui n'était pas à sa place.

Noire. Rectangulaire. De la taille d'une boîte à chaussures.

Il a tout de suite su ce que c'était.

Noah s'est précipité vers l'objet, faisant signe à un photographe de la police scientifique qui se trouvait à proximité, et s'est accroupi à côté.

— Photographiez tout ce qui se passe, a-t-il ordonné. Compris ?

Le technicien a hoché la tête et a préparé son appareil photo.

Noah a reporté son attention sur la boîte. En la retirant, il a dit :

— Je n'entends pas le déclic. Photographiez *chaque* étape, ai-je dit.

Dès qu'il a entendu le cliquetis de l'appareil, il a posé la boîte par terre. Retenant son souffle, il a prudemment ouvert le fermoir sur le devant et a soulevé doucement le couvercle.

À l'intérieur, nichée au centre de la boîte, se trouvait une autre poupée vaudou.

Cousue à la main. De minuscules yeux faits de boutons dépareillés.

Sur la gorge de la poupée, un couteau avait entaillé le tissu, révélant la bourre à l'intérieur qui s'échappait de l'entaille comme un flot de sang. Noah s'était à moitié attendu à un mécanisme qui trancherait le cou de la poupée, mais elle était simplement là, le dévisageant.

Il l'a fixée, incapable d'en détacher le regard, un frisson glacial lui parcourant le corps.

Puis il a repris son sang-froid et a prudemment refermé le couvercle, se tournant vers le technicien. Il a placé une main devant l'objectif et a abaissé l'appareil, comme pour épargner à la poupée l'embarras d'être photographiée.

Une autre poupée.

Une autre victime.

Une autre méthode de meurtre.

Mais toujours aucune idée de qui serait la prochaine.

CHAPITRE SOIXANTE-QUATORZE

Stephanie a fixé le heurtoir en laiton en forme de tête de renard. La maison était moderne — briques rouges, du lierre qui grimpait le long de la gouttière et sur le côté du bâtiment — avec un joli petit jardin bien entretenu sur le devant, dont quelqu'un s'occupait manifestement.

Elle a levé la main et a frappé.

Pendant le trajet, elle avait réfléchi à la manière d'aborder la conversation et à ce qu'elle dirait. Alors qu'elle attendait là, elle n'en avait toujours aucune idée.

Un instant plus tard, la porte d'entrée s'est ouverte, révélant une femme d'à peine un mètre soixante qui semblait aussi redoutable qu'Eve l'avait décrite. Karen Hope portait un jean et un pull rose pâle qui moulait sa peau et ses muscles.

— Madame Hope ? a commencé Stephanie.

— Oui… Il y avait de la réticence dans la voix de Karen.

— Je m'appelle Stephanie Broadbent, je suis inspectrice principale. Je suis la supérieure de votre fille. Puis-je entrer ? J'ai quelque chose d'important à vous dire.

Elles ont sauté les politesses, et il n'y a eu aucune offre de thé ou de café tandis qu'elles se dirigeaient vers le salon. Des photos de famille tapissaient les murs : Eve petite, Eve avec un appareil dentaire, Eve adulte, entourée de ses parents, rayonnante face à l'objectif.

— Votre mari est là ?

— Il est au travail. Moi, je suis en télétravail. Qu'y a-t-il ? De quoi s'agit-il ? Est-ce qu'il est arrivé quelque chose à Eve ?

Stephanie a dégluti, sa voix plus cassante qu'elle ne s'y attendait. — Je… je suis vraiment désolée. La nuit dernière, votre fille a assisté à la veillée à l'université, et il y a eu un incident.

— Un incident ? La voix de Karen s'est brisée au milieu de la phrase.

— Ce matin, son corps a été retrouvé à Chantry Wood. Elle a été pendue par la même personne qui, selon nous, tue ces étudiants.

Karen Hope a eu une brusque inspiration et a couvert sa bouche de sa main. — Elle est morte ? Vous êtes en train de me dire que ma petite fille est morte ?

Avant que Stephanie ait pu répondre, Karen a fondu en larmes. Elle s'est mise à gémir, a enfoui sa tête dans ses mains et a commencé à sangloter de manière incontrôlable. Stephanie s'est dirigée vers la salle de bains et est revenue avec du papier toilette, mais quand elle l'a tendu à Karen, la femme a repoussé le rouleau d'un revers de main.

— Comment est-ce que ça a pu arriver ? Comment avez-vous pu laisser faire ça ?

Stephanie n'a rien dit en retournant s'asseoir.

— Qu'est-ce qu'elle faisait à la veillée ? Qui a eu l'idée de l'envoyer là-bas ? C'était vous ?

Stephanie s'est figée. Même si elle avait voulu parler, elle n'aurait pas pu.

— À quoi est-ce que vous pensiez ? Saviez-vous qu'elle était en danger ? Saviez-vous que quelque chose allait lui arriver ?

Stephanie a décidé de ne pas la corriger. Elle a choisi de tout encaisser, d'absorber toute la fureur de la mère. C'était le moins qu'elle méritait pour ne pas avoir attrapé le tueur plus tôt. Si elle l'avait fait, aucune d'elles ne serait dans cette situation. Bien que n'ayant rien à voir avec la décision d'envoyer Eve à la veillée, Stephanie a senti que la faute lui incombait.

— Je n'arrive pas à y croire ! Ma magnifique petite fille… morte ! Comment ? Comment est-ce que ça a pu lui arriver ? Vous l'avez envoyée à la mort. Vous le savez, n'est-ce pas ? Qu'est-ce qui vous a fait croire que c'était une bonne idée ? Vous l'avez laissée aller à cette veillée. Chaque mot était chargé de venin.

Stephanie a baissé le regard. — Je n'ai pas été à la hauteur.

Silence.

Karen Hope l'a dévisagée longuement. — Vous croyez que ça arrange les choses ? De reconnaître vos torts ? De venir ici avec votre beau manteau et votre belle coiffure, en pensant que ça vous accordera une quelconque rédemption ?

Stephanie a secoué lentement la tête. — Non. Pas du tout.

— Vous ne pouvez pas la ramener.

— Je sais.

— J'espère que vous trouverez la personne qui a fait ça. Mais ça ne changera rien à ce que *vous* avez laissé arriver.

Tu n'es qu'une petite garce stupide et pourrie gâtée, Stephy ! Regarde ce qui est arrivé à ta mère à cause de toi. Tout est de ta faute. Absolument tout !

Stephanie a hoché la tête une fois. — Ça aussi, je le sais.

Soudain, les larmes se sont arrêtées, et l'expression de Karen s'est durcie. — Je ne veux plus voir votre visage. Vous pouvez trouver la sortie toute seule.

Stephanie ne se l'est pas fait dire deux fois. Elle s'est levée, a hésité un instant, a pensé à dire quelque chose, puis a décidé de s'abstenir. Il n'y avait rien qu'elle puisse dire qui améliorerait la situation. Elle s'est donc dirigée vers la porte d'entrée et est sortie, laissant le vent froid lui mordre le visage. C'était le moins qu'elle méritait.

De retour dans la voiture, elle est restée assise, immobile, pendant dix minutes avant de tourner la clé de contact.

Au lieu de retourner au poste, elle a fait une halte dans son fast-food préféré.

CHAPITRE
SOIXANTE-QUINZE

Elle avait un goût âcre dans la bouche, l'arrière-goût acide du vomi lui brûlait encore le fond de la gorge malgré les quelques chewing-gums qu'elle y avait enfournés. Elle a traversé le parking en hâte et s'est dirigée vers la salle de crise. Le bureau était empli du faible bourdonnement des conversations, et le son des claviers et des souris qui cliquetaient fournissait le rythme de cette bande-son. Tout s'est arrêté dès qu'elle est arrivée.

— Je veux tout le monde dans la salle de briefing dans deux minutes.

Le ton autoritaire de sa voix a fendu le silence. Des chaises ont immédiatement raclé le sol. Les cliquetis des claviers ont cessé. L'inspectrice Olivia Willard était à la moitié d'une canette de Coca et a avalé le reste d'un trait. Giles s'est extirpé de sa chaise et a boitillé vers l'espace de réunion, en s'appuyant sur Wellard.

En quelques instants, tout le monde s'était rassemblé, et elle s'est frayé un chemin à travers la masse de corps pour atteindre le bout de la pièce. Quand elle s'est arrêtée, elle a contemplé l'océan de chagrin qui s'étendait devant elle. Une mosaïque de visages choqués et angoissés fixaient d'un air absent les carnets et les ordinateurs portables sur leurs genoux.

Tous se tournaient vers elle, en quête de directives, de soutien, des prochaines étapes.

Avant qu'elle ne parle, une vague de nausée l'a submergée, et elle s'est sentie prise de vertiges. Les coins de sa vision sont devenus noirs un instant, puis sont revenus à la normale. Elle a fermé les yeux, et quand elle les a rouverts, la pièce semblait avoir légèrement basculé sur son axe. Stephanie a serré son collier, ce qui a légèrement apaisé sa nausée.

— Ce matin, un membre de notre équipe a été retrouvé mort à Chantry Wood. Cela fait suite à un incident lors de la veillée qui a eu lieu hier soir sur le campus de l'université du Surrey. Je veux que toutes les personnes présentes à cette veillée soient retrouvées et interrogées. Notre tueur était là, il se cachait au vu et au su de tous. Il a dû enlever Eve à ce moment-là. Quelqu'un a forcément vu quelque chose. Il n'aurait pas pu la déplacer contre sa volonté sans être repéré ou entendu. Peu importe le nombre de personnes nécessaires ou le temps que ça prendra, envoyez autant de gens que possible sur le campus.

Elle a marqué une pause pour reprendre son souffle et chasser à nouveau la nausée en clignant des yeux.

— Je propose qu'on augmente aussi le nombre de policiers en uniforme postés sur le campus en permanence. Faites en sorte qu'ils organisent des patrouilles plus régulières afin de dissuader le tueur. Nous connaissons sa prochaine méthode, grâce à Noah : il va égorger quelqu'un. Nous devons nous assurer que cela n'arrive sous aucun prétexte.

— Hier, j'ai parlé à Martin Bell, le responsable du service social étudiant, et il m'a fait part de certaines inquiétudes concernant Tristan Penrose. Giles, je veux que vous continuiez à creuser cette piste. Essayez de le retrouver aujourd'hui.

— J'aimerais bien, mon commandant, mais je crains de ne pas être très utile avec mon pied.

Elle a baissé les yeux vers la cheville de l'homme et a poussé un lourd soupir. — Bien. Noah, Devon, je veux que vous vous en chargiez.

— Oui, mon commandant.

— Il nous a menti, et je veux savoir pourquoi. Eve faisait partie de l'équipe qui lui a parlé à l'origine, donc s'il se venge des gens qui connaissent son secret, alors Fiona… je crains que vous ne soyez la prochaine sur la liste. Pour cette raison, je veux que vous restiez ici et que vous soyez accompagnée en permanence.

— Vous pensez que *je* pourrais être la prochaine cible du tueur ?

— Espérons que non.

Alors qu'elle reportait son attention sur le reste du bureau, sa vision s'est brouillée et la pièce a basculé.

Elle a cligné des yeux et a dégluti avec difficulté. Le goût d'acide a de nouveau reflué, brûlant et violent. Son cœur martelait ses côtes. Elle s'est agrippée au dossier d'une chaise.

Fiona a froncé les sourcils. — Chef ?

Stephanie a ouvert la bouche pour parler, mais la seconde suivante, le sol a semblé se dérober sous ses pieds.

Le tableau blanc est devenu flou. Le bourdonnement des lumières et des ordinateurs s'est amplifié. Ses genoux ont fléchi.

Le noir.

Elle s'est effondrée sur le côté, heurtant le sol avec un bruit sourd qui a résonné dans toute la pièce.

Les vomissements, la pression, Eve, la culpabilité, la responsabilité ; tout l'avait rattrapée.

Et maintenant, son équipe, déjà anéantie par la mort d'Eve, voyait son inspectrice principale s'effondrer sous leurs yeux.

CHAPITRE SOIXANTE-SEIZE

Giles a fait bonne figure en entrant dans la salle d'interrogatoire, ignorant la vive douleur qui lui a élancé la jambe. Assis dans un coin de la pièce, adossé au mur, se trouvait Tristan Penrose. Après plusieurs appels téléphoniques et vaines tentatives pour le trouver sur le campus, lui et un agent de la police du Kent, avec l'aide d'un membre du personnel de l'université, avevano localizzato le chargé de cours dans son bureau, en train de répondre à des e-mails. Un instant, Giles a envisagé de mener l'interrogatoire là où l'homme se sentait à l'aise, mais il s'est alors souvenu de ce que Stephanie avait dit. Si c'était lui le tueur, si l'homme en face de lui aveva assassiné brutalement cinq jeunes filles, dont Eve, alors il voulait qu'il soit le plus mal à l'aise possible.

Tout en boitillant vers le bureau, il a tenté de refouler les images du corps d'Eve, suspendu dans les bois.

Eve. La belle, la parfaite Eve. Son visage figé dans un instantané d'innocence et de beauté. Elle ne méritait pas de mourir. Aucune des victimes ne le méritait.

Giles a foudroyé Tristan du regard en tirant la chaise pour s'asseoir. Une fois que l'enregistreur a cessé de biper, il a commencé.

— Tristan Penrose, vous avez été amené ici car vous êtes suspecté des meurtres de Claudia Bellini, Paulina Potter, Maya

Corcoran, Priya Chadha et Eve Hope. Vous n'êtes pas obligé de parler, mais...

— Ce n'est pas moi ! s'est exclamé l'homme en pivotant sur sa chaise. — Je vous en prie. Je n'ai rien à voir avec ça. Vous devez me croire.

Giles a fini de notifier ses droits à l'homme, puis a ouvert un dossier posé devant lui. — J'aimerais commencer par votre relation avec Paulina Potter.

— On en a déjà parlé. Je vous l'ai dit : elle voulait commencer quelque chose, et j'ai dit non. Elle l'a mal pris, et j'ai eu peur qu'elle déforme la vérité. Mais il ne s'est jamais rien passé entre nous.

Giles a haussé un sourcil. — Vous en êtes sûr ?

— Oui ! À cent pour cent.

— Il est venu à notre attention que quelque chose s'*est* bien passé entre vous deux. Une rencontre dans votre bureau. Selon nos informations, vous avez fait des avances à Paulina, puis vous avez continué à la harceler, à lui envoyer des messages et à en réclamer davantage pendant le reste de l'été.

Tristan a ouvert et refermé la bouche, tel un poisson hors de l'eau.

— Vous aviez peur qu'elle aille voir l'université, vous aviez peur de perdre votre emploi, votre femme, votre maison, alors vous avez commencé à la menacer.

— Non... La voix de Tristan était faible, presque un murmure. Brisée.

— L'avez-vous tuée, Tristan ? Avez-vous découvert qu'elle en avait parlé à ses amies du club de course, alors vous les avez tuées aussi ?

Les yeux de Tristan se sont écarquillés de peur. Il s'est mis à secouer vigoureusement la tête. — Non, a-t-il dit. — Rien de tout ça n'est vrai. Ce ne sont que des mensonges. Vous vous êtes trompé.

Giles a posé le document sur la table et a croisé les bras. S'adossant à sa chaise, il a dit : — Alors pourquoi ne me dites-vous pas la vérité ? Que s'est-il passé entre vous et Paulina Potter ?

Le genou de Tristan battait nerveusement, si vite et si fort qu'il cognait contre la table. Il était paniqué, effrayé, et son expression était celle de quelqu'un qui essayait de trouver une idée à la hâte.

— Oui, d'accord. Oui. Une *partie* de ce que vous avez dit est vraie. Il s'est passé quelque chose entre Paulina et moi. L'année dernière, dans mon bureau. Mais c'était une erreur. Je m'en suis rendu compte après coup. J'ai passé tout l'été à paniquer, à me demander si elle irait voir l'université pour me balancer. Je me suis demandé si j'aurais encore un travail à la rentrée. Mais je n'ai rien à voir avec ce qui lui est arrivé. Je vous le promets. J'étais chez moi la nuit où elle est morte. J'étais chez moi les nuits où toutes les filles sont mortes. Leurs décès sont tragiques, mais je n'y suis pour rien. Je ne suis pas un tueur ; je ne ferais pas de mal à une mouche. Je ne pourrais jamais faire ça. Il n'y a pas une once de méchanceté en moi.

— Votre femme aurait peut-être son mot à dire là-dessus, a rétorqué Giles en se penchant en avant sur son siège. — Dites-moi, que savez-vous à propos d'Eve Hope ?

— Qui ?

— Ma collègue. Celle qui est venue vous voir chez vous l'autre jour.

Le front de Tristan s'est plissé, perplexe. — Quoi, à son sujet ?

— On l'a retrouvée morte ce matin à Chantry Wood.

— Oh mon Dieu. Je suis vraiment désolé d'apprendre ça.

— Que faisiez-vous hier soir ?

— Je jouais au football. Un match de foot à sept au Surrey Sports Park, et je suis resté boire un verre après.

Giles s'est crispa, mal à l'aise. Ce n'était pas la réponse qu'il attendait.

— Vous n'étiez pas à la veillée ?

Tristan a secoué la tête. — Non. Je ne voulais pas y aller, parce que je savais l'image que ça aurait pu donner. J'étais au parc sportif jusqu'à environ vingt-deux heures avant de rentrer chez moi. Son visage s'est illuminé de joie tandis que la prise de conscience s'installait. — J'ai une douzaine de personnes qui peuvent corroborer ça. Autant je suis désolé pour la mort de votre collègue, autant je n'ai rien à voir avec ça. Je n'étais nulle part près du campus ou des Chantries hier soir.

Pendant un long moment, Giles n'a rien dit, ressassant ce que le chargé de cours avait dit. Pensant à Eve.

Puis Tristan s'est éclairci la gorge. — Je peux faire une suggestion ?

Giles a fait un geste pour inviter l'homme à continuer.

— Je ne sais pas comment vous êtes au courant de la vérité sur Paulina et moi, mais si je devais deviner, je dirais Martin Bell, le responsable du bien-être étudiant. Je ne sais pas pourquoi, mais j'ai l'impression qu'il a pu dire quelque chose sur moi, probablement parce que Paulina est allée le voir au sujet de nuestra relation. Mais je pense qu'il pourrait en savoir plus qu'il ne le laisse paraître. Il n'est pas innocent dans tout ça. Si Paulina est vraiment allée le voir, alors il a pu se passer quelque chose entre eux, et maintenant il couvre ses arrières.

— Quelles preuves avez-vous pour étayer cela ?

Tristan a levé les mains au ciel en signe d'impuissance. — Absolument aucune. Mais ce que je sais de source sûre, c'est que Martin était présent à la veillée hier soir. Et je parie qu'il pourrait savoir quelque chose sur ce qui est arrivé à votre collègue.

CHAPITRE
SOIXANTE-DIX-SEPT

Stephanie s'est réveillée au son de mouvements autour d'elle, le bruissement étouffé de deux personnes qui faisaient de leur mieux pour être silencieuses et ne pas la déranger. Quand elle a ouvert les yeux, elle a vu Fiona et Olivia debout au-dessus d'elle.

Elle était dans un lit d'hôpital, sous perfusion.

Les deux femmes la regardaient avec des visages chaleureux et compatissants. Stephanie s'est sentie soudain très mal à l'aise. Elle a bougé dans son lit, essayant de se redresser sur les coudes, mais Fiona l'a maintenue au lit.

— Doucement, a-t-elle dit. Tu viens de te réveiller.

— Qu'est-ce qui s'est passé ?

Une douleur a éclaté dans la tête de Stephanie alors qu'elle fixait la lumière fluorescente au-dessus d'elle.

— Tu t'es évanouie, a répondu Wellard.

— C'est vrai ?

Et puis, elle s'est souvenue. Le bureau. Les visages. Le sol qui se précipitait vers elle.

— C'est quand la dernière fois que tu as mangé ? a demandé Fiona. Le médecin a dit que tu étais gravement déshydratée et malnutrie. On aurait dit que la dernière fois que tu avais mangé, c'était quand on est allées au pub l'autre soir et qu'on a pris des cacahuètes.

Steph n'a pas répondu. Son regard s'est posé sur Olivia, qui a évité le sien.

— Tu dois prendre soin de toi, a poursuivi Fiona. Tu ne peux pas diriger cette équipe si tu continues comme ça.

Le regard de Stephanie a alterné entre Fiona et Olivia, allant de l'une à l'autre comme si elles jouaient un match de tennis. Finalement, il s'est arrêté sur Olivia, et elle a fusillé du regard la femme plus âgée.

— Tu lui as dit ?

— Il le fallait, a répondu Olivia d'un air penaud.

— Et je suis contente qu'elle l'ait fait, est intervenue Fiona. Ne sois pas en colère contre elle. Je lui ai forcé la main, je l'ai cuisinée jusqu'à ce qu'elle me le dise. Je suis plutôt douée pour obtenir des informations comme ça. Je savais que quelque chose n'allait pas à la façon dont Wellard a réagi. Elle a posé une main sur le bras de Stephanie. Tu aurais dû dire quelque chose.

Stephanie a fermé les yeux, la honte la submergeant comme une marée.

— Quelqu'un d'autre est au courant ?

— Juste nous trois, a répondu Olivia.

— Et ça restera comme ça, a ajouté Fiona. Notre petit secret.

Stephanie l'a regardée, l'a vraiment regardée, et n'a pas vu de pitié dans ses yeux, mais de la loyauté. De l'inquiétude. Le genre d'inquiétude qui vient de quelqu'un qui se soucie profondément des gens avec qui elle travaille.

— Ça fait combien de temps que tu fais ça ? a demandé Fiona.

— D'aussi loin que je me souvienne. Ça remonte à très loin.

— Est-ce que ça a déjà été aussi grave ?

Le regard de Stephanie est tombé sur ses genoux. Elle a secoué la tête.

L'image de son père lui est apparue. Tenant une pomme et la jetant par terre. La traitant de « grosse petite cochonne » alors qu'elle était forcée de ramasser les restes.

— Je vais reprendre ça en main, a-t-elle dit enfin. Une fois que tout ça sera terminé. Je m'en occuperai. C'est promis.

Fiona a reniflé bruyamment. — Si tu ne le fais pas, je t'emmène moi-même en thérapie. Tu es trop précieuse pour qu'on te perde. Et puis, j'ai besoin de te voir botter le cul de Devon pour qu'il se bouge.

Stephanie a eu un sourire en coin. — L'enquête…

Olivia a posé une main réconfortante sur son épaule. — Ne t'inquiète pas. Tout est sous contrôle. Giles est avec Tristan en ce moment. On devrait bientôt savoir ce qu'il en est.

— Et Devon… ?

— Quoi, lui ?

— Où est-il ?

— Au bureau. Pourquoi ?

— Pour rien… a-t-elle dit doucement.

— Le médecin a dit que tu devrais probablement te reposer, a commencé Olivia. Et je suis plutôt d'accord avec elle. Tout comme McGowan. Il a dit qu'il ne voulait pas t'approcher de la salle d'opérations tant que tu ne te sentirais pas mieux. Donc je te déposerai dès que tu seras prête.

Stephanie n'a rien dit, continuant de fixer les draps.

Pour la première fois de sa vie, des gens avaient réussi à percer son armure ; son secret était révélé, et pourtant, contrairement à ce dont elle s'était convaincue, ils l'acceptaient.

Peut-être, juste peut-être, que c'était le début de son propre sauvetage.

CHAPITRE
SOIXANTE-DIX-HUIT

Steph n'avait eu aucune nouvelle de sa sœur de toute la journée. Rien n'indiquait qu'elle était rentrée chez elle. Rien ne suggérait qu'elle s'était réconciliée avec son mari. Alors, quand elle a ouvert la porte d'entrée — avec lassitude, et plus d'efforts que d'habitude — elle s'attendait à voir sa sœur dans la maison, probablement encore en train de nettoyer et de ranger après son passage.

À la place, tout ce qu'elle a trouvé, c'est une pile de cartons dans l'entrée, et une légère odeur persistante d'eau de Javel. À côté de la porte d'entrée se trouvait une rangée de sacs-poubelles noirs et verts, prêts à être sortis.

— Kim ? a appelé Steph en se déplaçant dans la maison.

Elle a jeté un œil dans la cuisine, la salle de bains du rez-de-chaussée et le salon. Rien.

Bizarre.

— Kim ? a-t-elle appelé de nouveau. Comme il n'y avait pas de réponse, Stephanie a monté les escaliers et a vérifié l'étage. Toujours aucun signe d'elle.

Stephanie a essayé son portable. Rien.

La panique l'a vite gagnée alors qu'elle descendait les escaliers à la hâte et frappait à la porte de son voisin. L'attente a été terriblement longue. Finalement, Jimmy a ouvert la porte et lui a adressé un grand sourire, la pâle lumière orangée derrière lui créant un halo chaleureux autour de sa tête.

— Désolée de te déranger, a-t-elle dit, la panique dans la voix. Mais tu n'aurais pas vu où est allée ma sœur, par hasard ?

— Ta sœur ?

Jimmy est sorti de la maison et a jeté un coup d'œil vers la porte d'entrée de Stephanie, comme si Kimberley avait été là tout ce temps sans que Stephanie l'ait remarquée.

— À peu près ma taille, sauf qu'elle a les cheveux blonds. On se ressemble, mais en même temps, pas du tout, a ajouté Stephanie.

— Il y avait un homme, a-t-il dit. Maintenant que j'y pense. Il est sorti d'une voiture, a frappé à la porte, puis elle est sortie avec lui.

— Tu as vu l'homme ?

Jimmy a secoué la tête.

— Est-ce qu'elle… est-ce qu'elle est partie *de son plein gré* ? Avait-elle l'air d'y être forcée ?

Cette fois, il a haussé les épaules. — Ça m'a semblé plutôt amical. Je crois qu'elle avait ses sacs avec elle.

— C'était à quelle heure ?

— Vers midi, à peu près.

— Tu as vu où ils sont allés ?

Il a secoué la tête. — Ils ont dépassé les buissons devant ma fenêtre.

Elle a marqué une pause. Est-ce que Jason était rentré du travail, avait pris sa voiture et l'avait ramenée ? S'étaient-ils embrassés et réconciliés ? Ou est-ce que quelque chose de plus sinistre se tramait ?

Elle n'avait jamais voulu le dire à voix haute, jamais voulu le formuler, mais au fond de son esprit, Stephanie avait ce sentiment lancinant que Jason, l'homme qu'elle n'avait rencontré qu'une poignée de fois, avait une liaison, utilisant ses longues absences professionnelles comme excuse, une occasion de remplir ses autres engagements.

Mais une autre pensée lui est venue à l'esprit : peut-être qu'il contrôlait Kimberley, qu'il la manipulait d'une manière ou d'une autre. Son arrivée plus tôt dans l'après-midi n'en était qu'un autre exemple. Que sa sœur, tout comme leur mère toutes ces années auparavant, s'était retrouvée piégée dans une relation abusive.

Elle n'aimait pas avoir une mauvaise opinion de son beau-frère, surtout sans aucune preuve. Mais son instinct maternel, son instinct de *grande sœur*, tirait la sonnette d'alarme. Stephanie s'est remémoré la veille au soir. Comment Kimberley avait-elle semblé quand elle avait frappé à la porte ? En colère, pleine de frustration, bien sûr. Mais y avait-il eu autre chose en filigrane ? Un appel à l'aide qu'elle n'avait pas perçu parce que son propre esprit avait été trop confus et distrait ?

Elle ne savait pas, mais dans son état mental affaibli, plus rien n'avait vraiment de sens.

Finalement, elle a remercié Jimmy pour son temps, s'est excusée de nouveau de l'avoir dérangé, puis s'est traînée jusqu'au bout de l'allée. Elle ne voyait la voiture de sa sœur nulle part.

À l'intérieur, elle a de nouveau essayé le portable de Kimberley.

— Salut, Kim, c'est moi. Je voulais juste voir si tu allais bien ? Je m'attendais à ce que tu sois encore là en rentrant, mais tu n'y es pas. À moins que tu ne sois sortie prendre quelque chose à manger, auquel cas je te verrai sûrement tout à l'heure. Appelle-moi quand tu auras ce message, s'il te plaît.

Elle a glissé le téléphone dans sa poche et s'est dirigée vers le salon, mesurant enfin la quantité de travail et d'efforts que Kim avait fournis la veille. La pièce était impeccable. Le fatras avait été rangé. Les cartons vides qui traînaient là depuis une semaine avaient été démontés et jetés dans des sacs-poubelles. Elle pouvait de nouveau voir le sol. La télévision et le meuble qui l'entourait avaient été dépoussiérés et polis, tout comme la table basse. Kim avait dû y passer des heures. Stephanie n'aurait pas été surprise qu'elle ait passé la nuit dans son lit, écroulée de fatigue.

Cependant, la seule chose que Kimberley n'avait pas touchée était le dossier de Stephanie sur l'affaire, posé sur la table basse. Dès qu'elle l'a vu, Stephanie a pensé à Eve. À sa mort. Au fait que le tueur était toujours en liberté, et qu'il jouait avec elle.

Avait-il déjà tranché la gorge de la prochaine victime ? Elle ne supportait pas d'y penser.

Depuis le début, il avait une longueur d'avance. Il avait méticuleusement choisi ses victimes, les planifiant à l'avance. Combien y en aurait-il d'autres avant que ça ne se termine ? S'arrêterait-il un jour ?

Stephanie s'est laissée tomber sur le canapé et a fixé son reflet flou sur l'écran de télévision. Dans l'espace noir, le tableau blanc de la salle de crise a commencé à apparaître, se remplissant des noms et des visages des victimes. Elle a pensé à chacune d'elles à tour de rôle, se plaçant sur chaque scène de crime, retraçant leurs pas, cherchant des indices ou des choses qu'elle aurait pu manquer la première fois.

Dans son esprit fatigué, elle a fait chou blanc pour chacune.

Ils savaient tout sur les filles — ce qu'elles étudiaient, leurs déplacements, à qui elles parlaient, ce qu'elles faisaient pour s'amuser — et pourtant, il n'y avait rien qui les reliait les unes aux autres.

Et maintenant Eve…

Sa mort avait tout chamboulé. Auparavant, le mode opératoire du tueur avait été de cibler des étudiantes. Mais maintenant, il avait choisi une policière. Et Stephanie était persuadée que le tueur savait qui était Eve et l'avait ciblée pour une raison. La seule question qui restait était : pourquoi ? Quelle était sa place dans tout ça ?

Puis un nom lui est venu à l'esprit : Devon.

Elle n'était pas sûre si c'était parce qu'elle n'aimait pas cet homme ou si elle avait une raison valable, mais il y avait quelque chose de suspect chez lui. Sa façon d'essayer de contrôler l'enquête depuis le début. Sa manière de manipuler la boîte sur la scène de crime de Paulina Potter ; l'avait-il fait exprès pour que ses empreintes soient naturellement écartées ? Ou avait-il placé la boîte là au départ et essayait-il juste de couvrir ses traces ? Pourquoi n'avait-il pas été présent sur la scène de crime de Priya Chadha ? Il était le seul manquant. Et Eve… Plusieurs heures s'étaient écoulées avant qu'il ne revienne finalement au poste après sa disparition. L'avait-il enlevée du campus et suspendue à la branche pendant ce temps ?

Stephanie s'est étirée en bâillant bruyamment. Elle était fatiguée et avait faim. Mais elle n'avait ni le temps ni la patience de cuisiner et de manger, alors elle a décidé d'aller se coucher.

À l'étage, elle s'est dirigée droit vers sa chambre et s'est effondrée sur le matelas, le visage le premier, laissant le confort de sa couette l'envelopper. C'était à des années-lumière de l'inconfort qu'elle avait ressenti à l'hôpital quelques heures auparavant.

Quelques instants plus tard, un goût écœurant s'est formé dans sa bouche, lui rappelant de se brosser les dents. Alors qu'elle se relevait du matelas, quelque chose a attiré son attention.

Bart avait disparu. Son ours en peluche adoré.

— Cette salope, a dit Steph.

Kimberley avait dû le prendre en partant. Sa sœur l'avait toujours voulu quand elles étaient petites. Elle l'avait suppliée pour l'avoir et demandé pourquoi elle n'en avait pas un. Mais Stephanie ne le lui avait jamais donné. Elle n'avait jamais permis qu'il passe aux mains de quelqu'un d'autre. Alors Kimberley avait finalement saisi sa chance et l'avait pris.

Stephanie attrapait son téléphone quand la sonnette a retenti en bas. Le bruit soudain et discordant l'a prise par surprise.

— Tu ferais mieux de me le rendre tout de suite, a-t-elle murmuré en descendant du lit et en se dirigeant vers le rez-de-chaussée.

Elle a ouvert la porte à la volée. De l'autre côté, un long manteau noir drapé sur lui, se détachant en silhouette contre le lampadaire derrière lui, se tenait Devon. Un instant, elle a cru regarder dans les yeux du tueur, qu'il était venu la réclamer comme sa prochaine victime. Mais il y avait quelque chose sur son visage qui ne suggérait aucune animosité, aucun désir malveillant de l'attaquer et de la tuer. Au contraire, ses joues étaient rouges et ses yeux injectés de sang. Si elle ne le connaissait pas mieux, elle aurait dit qu'il avait pleuré.

— Devon, a-t-elle dit. Qu'est-ce que tu fais ici ?

— J'ai entendu dire que tu étais rentrée de l'hôpital. Je voulais juste passer voir si tu allais bien.

Elle a desserré sa prise sur la porte. — J'ai connu des jours meilleurs. Mais ça va aller.

Il est resté là, maladroitement, les yeux fixés sur le paillasson à ses pieds. — Je pourrais entrer ? J'ai quelque chose dont je veux te parler.

Sans réfléchir, elle s'est écartée et l'a laissé passer. Il a enlevé son manteau et l'a plié sous son bras. Alors qu'il retirait ses chaussures, Stephanie lui a pris le manteau des mains et l'a drapé sur la rampe d'escalier, puis l'a conduit dans le salon.

— Je te dirais bien d'excuser le désordre, mais ma sœur a fait le ménage, et elle a fait un meilleur travail que je n'aurais jamais pu le faire. Tu veux boire quelque chose ?

Il a secoué la tête. — Je ne reste pas longtemps. Il a contourné le canapé et s'est assis poliment sur le bord. — Je crois que j'ai quelques explications à donner, a-t-il commencé une fois que Stephanie s'est assise à côté de lui. Sur tout.

Elle n'a rien dit, se contentant de serrer plus fort ses jambes contre sa poitrine.

— Je suis désolé, a-t-il dit. Désolé d'avoir été un parfait connard. Tu ne méritais pas d'être traitée comme je l'ai fait. Tu es nouvelle dans l'équipe, et tu aurais dû être accueillie avec chaleur et bienveillance. Au lieu de ça, je me suis comporté comme un enfant. C'était mal. Je… je n'aurais pas dû faire ça, et je me sens coupable de mon comportement. J'ai même honte. Non que ça l'excuse en quoi que ce soit, mais j'ai l'impression que tu devrais savoir, je suis en plein divorce conflictuel, et je me bats pour la garde de mon enfant. Je…

— Je sais, a répondu Stephanie.

— Tu sais ?

— Pas exactement. McGowan ne m'a pas donné les détails. Il a juste dit que tu avais des problèmes. Alors j'ai décidé de t'accorder *une certaine* indulgence pour avoir été un parfait crétin.

Devon a reniflé. — Merci. J'apprécie. Ça n'a pas été facile, et une partie a débordé sur mon travail à travers mes actions et mon comportement. Je me suis emporté, et c'était mal de ma part. J'espère que tu pourras me pardonner.

— On a tous nos propres combats, Devon, a-t-elle dit doucement. C'est normal que ça déborde sur notre travail ou notre carrière. On n'est que des humains. On ne peut pas tout garder pour nous. Si on le faisait, on exploserait.

Ou on tomberait dans les pommes devant cinquante personnes, pensa-t-elle.

La tension sur le visage de Devon s'est relâchée. — Je veux aussi te dire merci, a-t-il poursuivi. Pour tout à l'heure. Avec Clive. Tu… tu aurais pu m'enfoncer et m'abandonner pour ce que j'ai fait à la veillée. Tu aurais pu me livrer en pâture à McGowan. Mais tu ne l'as pas fait. Pourquoi ?

Steph a inspiré brusquement. — Parce que j'ai toujours dit que je suis prête à me sacrifier pour protéger mon équipe. C'est à moi d'assumer. Toutes les erreurs que vous faites, c'est moi qui les fais. Personne d'autre ne devrait en porter le blâme à part moi, peu importe à quel point on a essayé de me convaincre du contraire. C'est juste ma façon de diriger, tant que ça te donne un peu de répit. Dieu sait que tu ne le méritais pas, pourtant.

Il a eu un petit rire gêné. — Je sais.

— Mais ça ne compte que si tu en tires une leçon, a-t-elle dit, en changeant de position sur le canapé pour une posture plus confortable, plus ouverte. Dis-moi, qu'est-ce que tu faisais après la disparition d'Eve ?

— Que veux-tu dire ?

— Tu as disparu. Giles et moi avons essayé de t'appeler des centaines de fois, mais tu n'as pas décroché.

Devon a commencé à jouer avec ses doigts, malaxant son pouce dans sa paume. — J'ai paniqué, a-t-il commencé, la voix brisée. J'ai perdu les pédales. J'ai… j'ai essayé d'appeler Eve, d'essayer de la trouver, j'ai cherché partout, mais quand je n'ai pas pu la trouver, j'ai su que quelque chose était arrivé. Alors je suis juste… je suis juste resté assis dans ma voiture pendant quelques heures, en pleine crise de panique. Je ne pouvais pas me regarder en face, ni supporter l'idée que quelque chose lui soit arrivé.

Steph a écouté attentivement. Tout dans son histoire suggérait qu'elle ne devrait pas le croire. Mais elle le croyait. Elle doutait qu'elle aurait ressenti ou réagi différemment si elle avait été à sa place. Le choc, l'affolement, la peur.

— Je me sens responsable de sa mort, a-t-il poursuivi, un sanglot se formant dans sa gorge. Il a essayé de s'éclaircir la voix, mais sans succès. Si nous n'étions pas allés à la veillée, elle serait toujours parmi nous. Tout est de ma faute.

Stephanie a posé une main sur son dos. Ses muscles étaient tendus sous sa chemise. — Tu ne devrais pas t'en vouloir. Jusqu'à présent, ce tueur a tout fait pour une raison. Une partie de moi pense qu'Eve allait être une victime d'une manière ou d'une autre.

Il a levé les yeux vers elle, confus. — Comment peux-tu en être si sûre ?

— Intuition, a-t-elle répondu avec un clin d'œil.

— Eh bien, j'espère que la tienne est meilleure que la mienne.

Devon a essuyé les larmes sur ses joues.

— Tu sais, a commencé Stephanie, il fut un temps où j'ai pensé que tu pouvais être notre tueur.

La couleur a quitté son visage, ses yeux écarquillés par la panique.

— Tu ne m'as pas donné beaucoup de raisons de penser le contraire, a-t-elle dit en plaisantant. Tu te comportais comme un con. Tu étais toujours proche de l'enquête. Tu as ouvert la boîte sur la scène de crime de Paulina Potter. Tu as disparu pour celle de Priya…

— Je devais aller chercher mon fils, a-t-il répondu.

— Et évidemment, l'incident avec Eve. Tous les indices étaient là. Les signaux d'alarme s'activaient.

— Est-ce que quelqu'un d'autre pense la même chose ?

Elle a secoué la tête. — Je crois que ton secret est en sécurité avec moi. Comment ça s'est passé aujourd'hui ? Qu'est-ce que j'ai manqué ?

Devon l'a rapidement mise au courant de l'interrogatoire de Tristan Penrose par Giles et du fait qu'il avait balancé le nom de Martin Bell. L'équipe avait ensuite passé l'après-midi à le chercher, mais en vain.

— On mettra l'équipe dessus demain, a-t-elle ajouté. Avec un peu de chance, une de leurs empreintes correspondra à celle qu'on a trouvée dans la chambre de Claudia.

— Et il y a aussi autre chose… Devon s'est levé d'un bond et s'est dirigé vers son manteau. Il lui a parlé depuis l'entrée. Noah a passé des heures sur la scène de crime avec l'Identité Judiciaire ce matin, à fouiller les bois. Je ne sais pas pourquoi, peut-être de l'intuition encore une fois, mais heureusement qu'ils l'ont fait. Parce qu'ils ont trouvé ça…

Il est revenu un instant plus tard avec un sac de preuves en plastique à la main. Stephanie a immédiatement repéré ce qu'il y avait à l'intérieur et a senti son corps se tendre.

— Ils l'ont trouvé dans une autre boîte, juste au coin de la première, a-t-il dit, en le lui tendant. Bon, je ne suis pas un expert, mais ça ressemble terriblement à une poupée vaudou de bébé pour moi…

CHAPITRE SOIXANTE-DIX-NEUF

Elle a gardé la tasse de café près de ses lèvres quelques instants après l'avoir terminée, savourant le goût et laissant ses papilles frémir. C'était son troisième de la matinée, et il ne lui faisait absolument aucun effet. Le sommeil, sans surprise, l'avait fuie. Non pas parce qu'elle avait pensé au fait que le tueur avait aussi choisi un bébé comme l'une de ses prochaines victimes, mais parce que Bart avait disparu. On le lui avait enlevé, et elle en avait souffert.

La seule responsable de cette nuit blanche était Kimberley qui, après de multiples tentatives, ne répondait toujours pas à son téléphone. Stephanie s'était résolue à lui envoyer plusieurs messages virulents. Il n'était cependant que sept heures du matin passées, il était donc fort possible, sinon probable, que sa sœur dormait encore, espérons-le dans les bras réconfortants de son mari après une nuit d'amour.

Posant sa tasse sur la table, elle s'est dirigée vers la sortie du bureau. Malgré l'heure matinale, le bureau s'était rempli rapidement. Elle a compté pas moins de trente personnes qui s'agitaient, dont beaucoup venaient des comtés voisins, tandis que de son équipe, elle n'a aperçu que Devon, Noah et Giles. Les autres arriveraient sans doute bientôt.

En attendant, elle s'est dépêchée vers le bureau de Giles.

— Comment va votre pied ?

— N'en parlez même pas... Il a pivoté sur sa chaise et a levé la jambe pour révéler une série d'orteils poilus visibles sous un plâtre qui lui prenait le pied et la cheville. — Six heures aux urgences hier soir, a-t-il dit. Je n'ai pas fermé l'œil de la nuit, et je suis quasiment sûr d'avoir attrapé le SIDA ou un truc du genre, vu le nombre de gens qui toussaient et crachotaient là-bas. — Giles a frissonné à cette pensée.

— La meilleure soirée de votre vie, à ce que j'entends, a-t-elle répondu. Pourquoi ne me l'avez-vous pas dit ? Je vous aurais dit de ne pas venir.

— Je dois retrouver Martin Bell, chef. Je le fais pour Eve.

— Je comprends, et c'est très honorable, mais s'il vous voit arriver et qu'il s'enfuit, vous ne serez pas d'une grande aide. Je vais mettre le reste de l'équipe dessus, et vous aurez le luxe de l'interroger. Qu'est-ce que vous en dites ?

— Ça me paraît parfait, chef.

Stephanie a eu un petit rire, et pendant un instant, elle a oublié Eve et sa sœur. Son humeur s'est assombrie quand elle a entendu son nom de l'autre côté du bureau.

McGowan traînait devant son bureau, l'attendant comme un médecin dans son cabinet.

Elle a fini de donner ses instructions à Giles, puis s'est dépêchée de le rejoindre, tête baissée.

— Bonjour, Steph, a-t-il dit alors qu'elle entrait. Je ne m'attendais pas à vous voir ici ce matin. Je croyais vous avoir dit de rester à la maison et de vous reposer.

— C'est exact, chef. J'ai choisi de ne pas en tenir compte.

— Nous avons plein de renforts maintenant, plein de gens qui travaillent sur cette enquête vingt-quatre heures sur vingt-quatre.

— Et pourtant, toujours aucune trace du tueur.

McGowan a laissé échapper un petit souffle. — Je suppose que vous avez la baguette magique qui va nous aider à le trouver ?

Elle a secoué la tête en souriant fièrement. — Juste du travail acharné, de la détermination, et un peu de chance, chef. C'est tout ce dont on a besoin dans la vie.

McGowan a relevé le menton de quelques centimètres, la regardant de haut. — Contentez-vous de… prendre soin de vous. Allez-y doucement. Je n'ai pas envie d'avoir affaire aux RH s'il vous arrive quelque chose. J'ai assez de problèmes comme ça sans que vous veniez m'en créer d'autres.

Une pensée lui est venue.

— Avez-vous parlé aux parents d'Eve ? a-t-elle demandé.

— En effet, et ils veulent organiser les funérailles aussi vite que possible. Ils ne veulent pas que nous gardions le corps plus longtemps que nécessaire.

— C'est compréhensible. — Elle a baissé les yeux vers la moquette, un instant pensive.

— Ne vous en voulez pas, Steph, a-t-il dit. J'ai entendu ce qui s'est passé avec votre ancien sergent. Je sais que vous vous en êtes voulue. Mais vous n'y êtes pour rien dans l'affaire Eve. Ce n'était la faute de personne.

— Parfois, j'ai l'impression que la poisse me colle à la peau, vous savez ? Comme si, des fois, je n'avais pas autant le contrôle que je le pensais.

Clive a eu un ricanement. — Malheureusement, je crois que c'est le cas pour nous tous.

CHAPITRE QUATRE-VINGTS

Heureusement, la douleur à son pied s'était calmée, mais elle restait un supplice. Giles n'était pas étranger à la douleur – c'était le lot des matchs de foot amateur du week-end, avec une bande de types en surpoids qui cuvaient leur vin – mais il n'avait jamais ressenti une douleur pareille. Et tout ça à cause d'une pomme de pin. Il ne savait pas d'où elle venait ni comment elle était arrivée là, mais tout ce dont il se souvenait, c'était d'avoir baissé les yeux sur l'objet au sol après s'être effondré. La pomme de pin l'avait dévisagé, presque d'un air moqueur. Par gêne, il avait gardé ce détail pour lui.

La matinée était bien avancée, et le seul vrai travail qu'il avait accompli avait été de se traîner de son bureau jusqu'à la salle d'interrogatoire, tandis que tout le monde autour de lui travaillait d'arrache-pied. Mais c'était maintenant à son tour de briller. L'heure de montrer ce dont il était capable.

Pour Eve.

À eux deux, Noah et Devon avaient déniché Martin Bell, le responsable du bien-être étudiant, sur le campus de l'université. Martin était en train de se préparer une deuxième tasse de café quand les deux sergents étaient arrivés, et il les avait suivis de son plein gré, bien que cette nature plutôt arrangeante ne se reflétât pas sur son visage à cet instant.

— Je suis l'inspecteur Giles Swinger, commença Giles. Je vous remercie d'être venu ce matin. Si je comprends bien, vous êtes le responsable du bien-être étudiant à l'université du Surrey, c'est exact ?

— Vous le savez déjà.

— Depuis combien de temps occupez-vous ce poste ?

— Six ans.

— J'imagine que vous avez dû voir passer beaucoup d'étudiants pendant tout ce temps.

— Pas mal, oui. Comme tout le monde à l'université.

— Est-ce que certains noms vous reviennent en particulier ?

— J'imagine que vous voulez que je vous donne les noms des victimes, n'est-ce pas ? Martin fit glisser son doigt sur la longueur du bureau. Écoutez, je ne sais pas de quoi il retourne, mais je ne pense vraiment pas que je devrais être ici. Je n'ai jamais mis les pieds dans un commissariat de ma vie, et ce, pour une bonne raison. Je n'ai jamais rien fait de mal. Pour quelle raison m'avez-vous convoqué, au juste ? Vos collègues n'ont pas été très bavards.

Giles ouvrit son carnet. — Avez-vous assisté à la veillée qui a eu lieu l'autre soir, Martin ?

Au moment où il posait la question, la douleur dans sa cheville se ranima.

— Il y avait beaucoup de monde. Et je crois qu'il y avait aussi des gens qui n'étaient pas étudiants. J'ai trouvé que c'était un très bel hommage aux victimes... jusqu'à ce que tout dérape, bien sûr. Mais je ne comprends toujours pas le rapport avec quoi que ce soit.

— Pourriez-vous me dire où vous vous trouviez cette nuit-là ?

Les narines de Martin se dilatèrent. — Je viens littéralement de vous le dire. J'étais sur le campus.

— Quand ?

— Toute la journée. Je suis resté après le travail.

— À quelle heure êtes-vous parti ?

Martin réfléchit un instant. — Il devait être environ vingt et une heures.

Une heure après l'explosion des feux d'artifice.

— Vous souvenez-vous où vous vous teniez ?

— Pardon ? Martin se pencha en avant, comme s'il n'avait pas bien entendu la question.

— Où vous vous teniez. Où étiez-vous par rapport aux feux d'artifice ?

— J'étais sur la pelouse, comme tout le monde…

Le ton de Martin devenait plus brusque, plus sec.

Giles sortit un plan du campus et le fit glisser sur le bureau. — Montrez-moi.

— C'est quoi, ça ? Franchement.

— S'il vous plaît, dit Giles, d'une voix calme et posée. Cela aidera notre enquête.

Martin laissa échapper un lourd soupir en reportant son attention sur le plan. — Ça ne me semble pas très « de routine », tout ça.

Giles ne dit rien et attendit. Un instant plus tard, Martin pointa son doigt sur un endroit du plan. C'était à l'est de la pelouse, à une courte distance de Millennium House, la résidence étudiante. À portée de main de l'endroit où Eve avait été postée.

— Dites-moi ce qui s'est passé après l'explosion des feux d'artifice, poursuivit Giles, sans que son expression ne trahisse rien.

— J'ai paniqué, comme tout le monde. J'ai été pris dans le mouvement de foule, alors je me suis replié à une distance de sécurité.

— Où ça ?

— Près de Millennium House, le long de la route principale.

— Qu'avez-vous fait ensuite ? Vous êtes resté sur le campus une heure de plus. Pourquoi ?

— Parce que j'essayais de calmer quelques étudiants. L'une d'entre eux s'était assez gravement blessée, un feu d'artifice lui a explosé près des chevilles, alors je suis resté avec elle jusqu'à ce qu'elle reçoive des soins médicaux appropriés. Naturellement, elle était en mille morceaux.

— Comment êtes-vous rentré chez vous ?

Une autre lueur de confusion traversa son visage. — En voiture. Comme toujours.

Giles plongea la main dans son dossier et en sortit une photo d'Eve. — Cette personne vous dit quelque chose ?

Martin attira la feuille de l'autre côté du bureau, la souleva et l'inspecta un instant. Giles remarqua que les yeux de l'homme parcouraient chaque contour du jeune et beau visage d'Eve, s'attardant sur sa fossette.

— Son visage me dit vaguement quelque chose, mais je ne saurais pas dire d'où. Martin laissa tomber la feuille sur la table.

— Elle s'appelle Eve Hope. Ça vous dit quelque chose ?

— C'est une étudiante ?

— Non. C'est une policière. Elle a été assassinée le soir de la veillée.

— Et vous pensez que j'y suis pour quelque chose ?

— Nous posons juste des questions, nous cherchons des témoins. D'après ce que vous avez dit sur l'endroit où vous vous trouviez le soir de la veillée, vous étiez à portée de main d'elle.

— Ça ne veut pas dire que j'ai quoi que ce soit à voir avec ce qui lui est arrivé. Je ne l'ai jamais vue là-bas. Je ne savais même pas qu'elle y était. J'ai vu *certains* policiers, mais ils étaient tous en uniforme. Aucun d'entre vous…

Giles ramena la feuille vers lui, jetant un regard un peu trop long à Eve avant de continuer. — Avez-vous vu quelque chose de suspect ? Quelqu'un qui aurait peut-être malmené une femme et l'aurait fait monter à l'arrière d'une voiture, ou l'aurait fait sortir du campus ? Nous essayons de reconstituer ce qui lui est arrivé.

— D'accord, très bien, dit Martin avec un lourd soupir de soulagement. Pendant un instant, j'ai cru que vous pensiez que c'était moi. Parce que ce serait ridicule. Vous n'avez aucune preuve contre moi, rien qui prouve que j'ai fait quoi que ce soit à l'une de ces filles. Il attira de nouveau la feuille vers lui, comme s'ils se disputaient l'une des dernières photos d'Eve. Maintenant, pour ce qui est de quelqu'un qu'on aurait fait monter dans une voiture, je veux dire… Non. C'était le chaos. Il y avait des hommes et des femmes, des garçons et des filles, tous s'agrippant les uns aux autres, fuyant aussi vite que possible. Deux personnes se déplaçant ensemble ne seraient pas sorties du lot, pour être honnête.

C'est ce que Giles avait craint.

— Je vais demander autour de moi, voir si quelqu'un dans mon équipe a vu quelque chose, mais j'en doute, poursuivit Martin. Mais les visages se sont brouillés, et j'ai eu une sorte de vision tunnel. À ce moment-là, on ne se concentre que sur soi-même et sur personne d'autre.

C'était vrai. La même chose lui était arrivée. Allongé là, sur le sol, des dizaines de visages étaient passés devant lui, et pourtant il ne se souvenait d'aucun d'eux. Ils n'étaient qu'un flou.

— Avant de terminer, seriez-vous d'accord pour nous donner vos empreintes digitales afin que nous puissions vous écarter de la liste des suspects ?

Martin hocha la tête. — Absolument. Tout ce dont vous avez besoin. Je n'ai rien à cacher. Il leva la main, dans un geste de bonne volonté.

Finalement, Giles remercia l'homme pour son temps, lui dit qu'ils le recontacteraient si nécessaire, puis l'envoya vers l'agent en charge des pièces à conviction avant d'entreprendre la longue et douloureuse marche de retour vers son bureau.

CHAPITRE **QUATRE-VINGT-UN**

Pour la troisième fois, les phalanges de Stephanie ont heurté la porte d'entrée, de manière sèche et insistante. Le son a résonné dans la rue de banlieue silencieuse, mais il n'y a toujours eu aucune réponse. Une légère brise a fait bruire les haies qui bordaient l'allée. La voiture de Jason était garée à sa place habituelle sur le gravier.

Mais il n'y avait aucun signe de mouvement derrière le panneau de verre dépoli. Personne à la maison.

Steph s'est accroupie, a collé son visage contre le bord de la fente de la boîte aux lettres et l'a ouverte du bout des doigts. La lumière du jour a inondé le couloir, mais toujours aucun signe de vie, aucun bruit de pas caractéristique qui se serait dirigé vers elle.

Elle s'est redressée lentement, le pouls battant la chamade, la gorge nouée, lui coupant le souffle. Quelque chose n'allait pas.

Kim ne répondait toujours pas à son téléphone. Jason non plus.

Ils s'étaient tous deux volatilisés de la surface de la Terre.

Prenant du recul, elle a levé les yeux vers les fenêtres des chambres du premier étage. Les rideaux étaient tirés. Puis elle a examiné le côté de la maison. Sur la gauche, il y avait un portillon. Elle s'y est précipitée et a tiré.

Fermé à clé.

Reculant d'un pas, elle a rapidement jeté un coup d'œil des deux côtés de la rue avant de regarder le haut mur de briques entre leur maison et celle des voisins. Le moment était enfin venu de mettre en pratique ses leçons d'escalade. Elle a grimpé maladroitement sur la brique puis a marché sur la pointe des pieds le long de la clôture en bois. Elle a grogné en se laissant descendre de l'autre côté, atterrissant avec un bruit sourd et sec, provoquant une vive douleur dans ses genoux.

Le jardin arrière était bien entretenu. Beaucoup de temps et de soin, le temps et le soin de Kimberley, y avaient été consacrés. Mais quelque chose clochait. Le verre d'eau sur la table de jardin. Le linge qui était encore étendu sur la corde à linge.

Au-dessus de sa tête, un merle a jailli du toit de la maison avant de disparaître derrière une autre.

Stephanie s'est approchée des portes-fenêtres arrière et a mis ses mains en coupe contre la vitre. La salle à manger et le salon étaient impeccables. Pas d'assiettes sur la table. Pas de tasses qui traînaient. Toujours aucun signe de sa sœur.

Elle a essayé la poignée. Également fermée à clé.

Fronçant les sourcils, elle s'est agenouillée près de la porte et a sorti une barrette plate de sa poche ; elle avait déjà fait ça, lors d'une effraction à ses débuts. Quelques tentatives pour forcer la serrure, mais rien n'a cédé. Elle s'est donc relevée et s'est dirigée vers la fenêtre latérale.

Elle était entrouverte.

Elle a glissé ses doigts sous le loquet, l'a fait coulisser vers le haut et a poussé doucement. Les charnières étaient raides, mais elles ont cédé. Elle a d'abord passé sa main, puis un bras, puis a incliné son épaule vers le bas et l'intérieur, en serrant les dents tandis qu'elle se hissait à l'intérieur.

— Kimberley ? a-t-elle appelé. Rien.

— Jason ?

Toujours rien.

Stephanie est passée de pièce en pièce : la cuisine, le couloir, le salon. Rien.

Elle a monté les escaliers quatre à quatre, le cœur battant à tout rompre. La chambre était intacte. Aucune trace du sac de voyage de Kimberley ou de l'ours Bart sur le lit. Pas de téléphone en charge sur la table de chevet. La salle de bains sentait légèrement l'eau de Javel, comme toujours. Aucune brosse à dents ne manquait. Pas de serviettes humides.

On aurait dit qu'elle s'était tout simplement… volatilisée.

Elle a sorti son téléphone de sa poche et a rapidement rappelé sa sœur. Messagerie vocale. *Encore.*

Inspirant brusquement, elle a tapé le nom de Fiona dans ses contacts.

— Steph ? a répondu Fiona, sa voix étouffée comme si elle était en train de manger.

— J'ai besoin que tu me fasses une recherche, a dit Stephanie. Kimberley, ma sœur, et son mari, Jason. Nom de famille : Taylor. J'ai besoin des coordonnées de leurs employeurs, de leurs proches, n'importe quoi. Je suis chez eux, mais ils ne sont pas là.

— Tu penses qu'il s'est passé quelque chose ?

— Je ne sais pas. Mais j'ai un mauvais pressentiment.

— Je m'en occupe tout de suite.

Stephanie a mis fin à l'appel et a regardé une dernière fois autour d'elle dans le couloir, repérant une photo de famille qui lui a donné froid dans le dos. Stephanie, Kimberley, leur mère et leur père posaient dans le jardin : Kimberley était dans les bras de leur mère, et Stephanie se tenait devant son père, ses bras drapés sur ses épaules. Tous souriaient joyeusement à l'appareil photo.

Sauf qu'il n'y avait rien de joyeux dans cette famille.

Pas plus qu'il n'y avait quoi que ce soit de joyeux dans la situation familiale actuelle de Kimberley.

Pas si ses pires craintes étaient en train de se réaliser.

Stephanie a ignoré la photo en quittant la maison, les doigts tremblants, et s'est dirigée directement vers la voiture.

Elle est retournée au poste vingt minutes plus tard et s'est dirigée droit sur le bureau de Fiona. L'agente a abaissé le combiné de son oreille à son arrivée.

— Tu as quelque chose ? a demandé Stephanie.

Fiona a tapoté un Post-it sur son bureau. — Les coordonnées des employeurs de Jason et Kim sont là. Je n'ai pas appelé parce que je pensais que tu voudrais le faire.

Stephanie l'a remerciée rapidement, puis s'est précipitée dans son bureau avec la liste en main. Elle a claqué la porte et l'a verrouillée derrière elle. Elle avait besoin d'un silence complet. Le silence pour calmer les pensées dans sa tête. Le silence pour apaiser ses tremblements.

Elle s'est dépêchée de rejoindre son bureau, puis s'est glissée dessous, pressant son dos contre l'un des rebords en bois. Immédiatement, elle a commencé à se sentir en sécurité. Sa respiration s'est apaisée, et son pouls a ralenti.

Le trajet de la maison de Kimberley au poste lui avait donné une chance de réfléchir, de digérer. Et c'est alors que quelque chose lui est apparu. Pour la première fois, elle a envisagé que son beau-frère soit celui qu'elles cherchaient.

D'après ce dont elle se souvenait, il avait été absent, en déplacement professionnel, les soirs de la mort de chacune des victimes. Et cela ne lui avait jamais paru plus évident que la nuit où Eve avait disparu, la nuit où Kimberley et Jason s'étaient disputés. Peut-être que Jason était allé à la veillée, avait enlevé Eve, puis l'avait emmenée dans les bois.

À ce moment-là, une image de la poupée trouvée sur la scène de crime d'Eve est apparue dans son esprit, et une sueur froide l'a parcourue.

Je suis enceinte. Les mots de sa sœur résonnaient dans sa tête. *On ne voulait rien dire avant d'avoir le feu vert du médecin…*

Et si Jason avait emmené sa propre femme pour la tuer ? Et son bébé ?

Elle n'osait pas y penser plus longtemps. Elle a reporté son attention sur le Post-it et a commencé à composer le numéro de l'employeur de Jason. C'était un-standard, et elle a passé les dix minutes suivantes à franchir divers obstacles, traitant avec une poignée de robots et d'humains, jusqu'à ce qu'elle obtienne enfin la bonne personne.

— Lamar à l'appareil.

— Bonjour, a-t-elle dit. Je suis l'inspectrice Stephanie Broadbent. Je me demande si vous pourriez m'aider. J'essaie de contacter l'un de vos employés, Jason Taylor. Pourriez-vous… ?

— Jason ?

— Oui. J'ai besoin de savoir où il est. C'est urgent.

— De quoi s'agit-il ?

— C'est une affaire de police, monsieur. Et j'apprécierais votre entière coopération.

— Je… Je ne me sens pas à l'aise de partager cette information par téléphone.

Elle a senti qu'il était sur le point de raccrocher, alors elle lui a hurlé d'attendre. — S'il vous plaît, a-t-elle dit, plus calmement cette fois. Je ne demanderais pas ça si ce n'était pas absolument nécessaire. Jason est mon beau-frère, et j'ai juste besoin de savoir où il est ou quand vous avez eu de ses nouvelles pour la dernière fois. Si ça peut vous aider, je peux vous dire qu'il est marié à Kimberley, et qu'ils sont ensemble depuis dix ans. Ils attendent leur premier enfant.

— Ah bon ? Il y avait une surprise sincère dans la voix de Lamar.

— Oui. Et c'est de ça qu'il s'agit. Sa femme, Kimberley, ma sœur, est à l'hôpital, mais nous avons du mal à le joindre. Pouvez-vous nous aider, s'il vous plaît ?

Il y a eu une pause. Elle pouvait presque entendre l'indécision dans le cerveau de l'homme.

— Il est à Édimbourg, a répondu Lamar. Pour affaires.

— Vous en êtes sûr ?

— Oui, a-t-il dit. Je lui ai parlé ce matin. Nous avons eu un appel vidéo à neuf heures.

Le cœur de Stephanie s'est serré, et elle a senti tout le poids de son corps s'enfoncer davantage dans le sol.

— Il se plaignait d'avoir un très mauvais réseau et des problèmes avec son téléphone, a poursuivi Lamar. C'est peut-être pour ça que vous n'avez pas réussi à le joindre.

Mais Stephanie n'écoutait pas.

— Je peux le contacter et lui demander de vous rappeler, si ça vous va ?

Pas de réponse. Elle a pensé à sa sœur et à la photo dans le couloir. À la famille heureuse qu'ils n'avaient jamais été.

— Mademoiselle ? Vous êtes toujours là ?

Peu à peu, elle a repris ses esprits. — Oui… Désolée. S'il vous plaît… s'il vous plaît, demandez-lui de me contacter dès qu'il le pourra. J'ai besoin de lui parler.

• • •

Stephanie n'avait pas bougé depuis la fin de l'appel. Elle était piégée, trente ans dans le passé. Coincée dans l'armoire. Son père tenait la porte pour qu'elle ne puisse pas bouger pendant qu'il prenait Kimberley et commençait à la frapper. Son rire résonnait fort dans sa tête, faisant écho, martelant le côté de son crâne. Stephanie a crié et donné des coups de pied, a frappé la porte de ses bras et a utilisé tout son poids pour la pousser, mais c'était inutile. Il était trop fort pour elle.

Puis son portable a vibré. Numéro inconnu.

Elle a attrapé l'appareil sur le sol et a répondu à l'appel.

— Steph ? Steph, c'est toi ?

— Jason… a-t-elle dit faiblement.

— Qu'est-ce qui se passe ? Mon patron vient de m'appeler pour me dire que Kim est à l'hôpital. Est-ce qu'elle va bien ? Tout va bien avec le bébé ? Est-ce que je dois descendre ?

— Tu es vraiment à Édimbourg, n'est-ce pas ? a-t-elle dit, en se frottant le front, massant la douleur lancinante.

— Quoi ? Oui. J'ai dû prendre un vol de dernière minute l'autre soir. Kim a dit qu'elle restait chez toi. Qu'est-ce qui se passe, Steph ? Tu m'inquiètes.

Sa respiration est devenue superficielle, paniquée. Son corps tremblait de peur. Elle ne savait pas quoi dire, ni comment le dire.

Finalement, elle a lâché : — Je ne sais pas où elle est. J'ai essayé de l'appeler, et je suis allée chez vous, mais je ne sais pas où elle est. Je crois qu'elle a disparu.

— De quoi tu parles ?

Stephanie a expliqué la situation du mieux qu'elle pouvait.

— Pourquoi tu ne m'as pas dit ça plus tôt ?

— J'ai essayé… Des larmes se sont formées dans les yeux de Stephanie ; elle était sur le point de s'effondrer. Tu n'as pas répondu.

— Bon sang. Je rentre. Je prendrai le premier avion qui part d'ici. Je serai à la maison dès que possible. S'il te plaît, s'il te plaît, s'il te plaît, tiens-moi au courant.

Stephanie a hoché la tête. — Je le ferai.

Jason a juré en raccrochant. Le silence est tombé dans la pièce, mais pas dans sa tête, où un millier de pensées différentes fusaient dans un millier d'angles différents, entrant en collision les unes avec les autres, explosant, faisant grimper son niveau de stress en flèche. Soudain, les confins de son bureau n'ont plus fonctionné, et les murs qui l'entouraient ont commencé à se refermer, l'enveloppant progressivement dans l'obscurité. Sa respiration est devenue plus superficielle, et elle a commencé à hyperventiler. Elle a roulé sur le côté et a ramené ses genoux contre sa poitrine.

Espèce de garce venimeuse ! Ne me reparle plus jamais comme ça ! Tu suivras mes règles tant que tu vivras sous mon toit.

Alors qu'elle était allongée là, les larmes coulant sur le côté de son visage, son téléphone a recommencé à sonner.

Les yeux brouillés, elle a jeté un coup d'œil à l'écran.

Maison de retraite Firstlings.

Elle a répondu à l'appel. — Allô ?

— Salut, c'est Stephanie ? C'est Wayne, de Firstlings. Je t'appelle juste pour te dire que ta sœur est ici. Elle a dit qu'elle avait des problèmes avec son téléphone et que tu avais peut-être essayé de la joindre. Elle ne voulait pas que tu t'inquiètes.

Stephanie s'est redressée d'un bond et est sortie de sous le bureau. — Elle est avec vous ?

— Oui. Elle est là depuis un moment, en fait. C'est… c'est ton père, tu vois…

CHAPITRE QUATRE-VINGT-DEUX

— Il allait parfaitement bien dans la soirée, a commencé Wayne tandis qu'il la guidait dans le couloir vers la chambre de son père. — Il avait l'air comme d'habitude. Il faisait des blagues, nous a même gratifiés de quelques-uns de ses sourires malicieux, et puis, boum. Il s'est effondré par terre. Si Meredith ne l'avait pas vu, je n'ose même pas imaginer ce qui aurait pu se passer.

Ils ont tourné au coin du couloir et se sont engagés dans un autre. Déjà, Stephanie sentait une angoisse terrible l'envahir, comme si une présence maléfique, une bulle malveillante, entourait la chambre de son père.

— Alors on a fait descendre l'infirmière de l'étage, et elle a suggéré d'appeler votre sœur, a poursuivi Wayne. — C'est la seule personne que nous avons comme contact d'urgence, vous comprenez.

— C'est mieux comme ça.

Wayne n'a fait aucun geste, ni ne lui a lancé un regard dubitatif. Elle s'est dit que ce n'était sans doute pas la première fois qu'il entendait ça. La vie de famille n'était pas toujours un long fleuve tranquille.

— Et tu as dit que ma sœur était là depuis le début ?

Un hochement de tête. — Elle est arrivée en moins d'une heure et n'a pas quitté le chevet de ton père depuis.

Cela expliquait pourquoi elle avait quitté la maison, mais ça n'expliquait pas pourquoi Kimberley ne lui avait pas envoyé de message ni répondu. Peut-être que son téléphone n'avait plus de batterie ; si elle n'avait pas pris de chargeur en venant passer la nuit chez Stephanie, alors la maison de retraite serait bien le dernier endroit où elle pourrait en trouver un.

— Où est-elle, maintenant ? Je n'ai pas vu sa voiture sur le parking.

— Je crois qu'elle est sortie faire quelques courses. On lui a proposé à manger pendant qu'elle était là, mais entre toi et moi, je ne lui en veux pas d'avoir voulu sortir.

Avant que Stephanie ait pu répondre, ils sont arrivés devant la chambre de son père. Tout était exactement comme lors de sa dernière visite. Rien n'avait bougé et on aurait dit que la chambre avait été mise en scène. Les photos étaient bien rangées sur la commode. La housse de couette était toujours la même. Les chaussures étaient à la même place sur le sol. Tout comme son père, assis bien droit dans son fauteuil.

En toute honnêteté, Stephanie ne voyait aucun changement en lui. Il avait l'air comme d'habitude. Trop bien. Beaucoup trop bien pour un homme pétri de malveillance. Une partie d'elle avait espéré que les nouvelles seraient différentes ; que Wayne lui annoncerait que son père était décédé. Qu'il était enfin parti, les avait quittés pour de bon. Hélas, ça ne devait pas se produire.

Elle a saisi son collier en franchissant le seuil de la chambre.

Il a levé les yeux vers elle, son visage s'illuminant d'un sourire. — Stephy ! Ma chérie ! Tu es venue voir ton vieux papa ?

Il semblait plus lucide qu'avant.

Stephanie n'a rien dit en s'asseyant au pied du lit, incapable de le regarder dans les yeux. Il a tendu une main. Elle n'a pas bougé. Son corps s'est raidi, priant pour qu'il ne la touche pas. Heureusement, elle était trop loin et sa main n'a pas atteint son genou.

— Bon…, a commencé Wayne, — je vais vous laisser. Je vais essayer de joindre votre sœur pour lui dire que vous êtes là.

Ne pars pas, s'il te plaît, a-t-elle pensé. *Ne me laisse pas seule ici avec lui, s'il te plaît.*

Avant, elle avait eu le réconfort de la présence de Kimberley.

C'était Kimberley qui parlait, qui maintenait la paix, qui préservait la façade.

Un silence gênant s'est installé dans la pièce. Du coin de l'œil, elle a vu son père la fixer, le bras toujours tendu, espérant qu'elle entre en contact avec lui. Elle a frissonné à l'idée de son contact et s'est agitée sur le lit. En s'éloignant encore de lui, son regard est tombé sur quelque chose à la tête du lit. Elle s'est figée. L'a regardé fixement.

Bart. Son adorable ours en peluche.

Sa bouche s'est ouverte en le fixant. Kimberley avait dû le prendre dans sa chambre pour le lui donner. Elle s'est dit que ses intentions avaient été pures et bienveillantes, mais elle doutait que sa sœur ait envisagé l'impact psychologique que cela aurait.

Mais en même temps, comment aurait-elle pu ? Alors qu'elle savait si peu de choses ?

Colin a remarqué que son attention était ailleurs et a tendu la main vers l'ours en peluche. Il a pris la peluche sur l'oreiller, l'a posée sur ses genoux et a commencé à la faire sauter de haut en bas comme si c'était un enfant.

— Bart…, a-t-il dit, des bribes de souvenirs illuminant son visage.

— Je… je dois y aller, a-t-elle dit, et elle a commencé à sortir de la chambre. Elle ne s'est pas arrêtée quand elle l'a entendu la rappeler. La frustration grandissait en elle. Elle voulait tendre la main et lui arracher l'ours. Elle voulait l'étouffer avec. Mais elle ne pouvait pas se résoudre à rester près de cet homme plus longtemps que nécessaire.

Au moment où elle a tourné au coin du couloir, Wayne est apparu, poussant un chariot rempli de produits de nettoyage. Ils se sont arrêtés net.

— Désolée, a-t-elle dit. — Je dois trouver ma sœur…

Juste au moment où Wayne allait répondre, un bourdonnement strident a résonné dans le couloir. Une alarme. Venant de la chambre de son père.

— C'est l'alarme d'urgence, a dit Wayne. Il a laissé le chariot et a sprinté vers la chambre. — Votre père…

Contre son propre instinct, elle l'a suivi. C'était peut-être son désir inné d'aider les gens. Ou peut-être était-ce une curiosité morbide qui l'avait poussée à le suivre. L'espoir qu'il soit réellement mort. Ou, tout au moins, mourant.

Quand elle est arrivée à la chambre, elle l'a trouvé par terre, effondré, le doigt appuyé sur le bouton d'urgence sur le côté du lit.

CHAPITRE **QUATRE-VINGT-TROIS**

Une chute. Il était tombé.

De son fauteuil, sur la moquette. C'était tout. Une chute d'à peine un mètre. Mais à la façon dont l'infirmier et le personnel le traitaient, on aurait dit qu'il était tombé d'un immeuble de trente étages.

Pour ne rien arranger, en l'absence prolongée de Kimberley, on lui avait demandé de rester.

Ou plutôt, on l'y avait forcée. Le personnel l'avait culpabilisée, la convainquant que c'était la bonne chose à faire. Qu'il avait besoin de quelqu'un en cet instant précis car, de l'avis professionnel de Wayne, il n'en avait plus pour longtemps. Que la fin était peut-être proche.

À contrecœur, sentant qu'elle n'avait pas le choix, elle avait obéi et avait passé la dernière heure perchée au bord du lit, à faire défiler l'écran de son téléphone, à répondre à des e-mails, à prendre des nouvelles du reste de l'équipe, prévenant Jason qu'elle et sa sœur se trouvaient à la maison de retraite. Elle a fait tout son possible pour éviter de parler à son père, ou même de le regarder. Elle avait prévenu Fiona et l'équipe de l'endroit où elle se trouvait, s'était excusée pour le dérangement à une étape aussi cruciale de l'enquête, puis avait demandé un point sur la situation.

L'interrogatoire de Martin Bell par Giles n'avait pas été d'une grande aide. Cependant, il y avait un espoir. Un des membres de la police du Kent avait parlé à un témoin de la nuit de la veillée, qui avait rapporté avoir vu ce qu'il pensait être Eve et un homme monter à l'arrière d'une voiture. Leurs descriptions de l'homme et de la voiture étaient vagues, mais ils avaient assez d'éléments pour commencer. Par conséquent, l'équipe épluchait maintenant le peu d'images de vidéosurveillance disponibles sur le campus et dans les environs, à la recherche d'un véhicule correspondant de loin à la description du témoin. Tout le monde était sur le pont, et d'après l'effervescence en arrière-plan lorsqu'elle avait été au téléphone avec Fiona, Stephanie se disait qu'il n'y avait aucun endroit où elle avait moins envie d'être.

Pour couronner le tout, Kim ne répondait toujours pas à son téléphone.

Toute cette situation l'inquiétait. Mais elle n'avait aucune idée de l'endroit où aller, ni de ce qu'il fallait faire.

Finalement, elle a décidé de faire quelque chose qu'elle voulait faire depuis longtemps. Depuis trente ans.

— Tu ne sais pas où Kimberley est partie, par hasard, Colin ?

Il a grogné en secouant la tête.

Stephanie a quitté le lit et s'est mise à faire les cent pas dans la chambre. Elle était frustrée et furieuse. Pendant qu'elle était assise là, elle avait pensé à tout ce qu'il avait fait dans sa vie. Comment il avait ruiné son enfance. L'avait détruite mentalement et physiquement. Trente ans qu'elle voulait lui dire quelque chose, se venger. Mais elle n'en avait jamais été capable.

Son heure était venue.

Elle a commencé à ouvrir les tiroirs de sa commode, de la même manière qu'il le faisait quand elle était enfant.

— Tu sais, Kimberley et moi, on s'en est bien sorties. » Ses yeux sont tombés sur un de ses caleçons. « Mais ce n'est pas grâce à toi. Je me suis occupée d'elle, je l'ai traitée comme mon bébé. J'ai pris le relais, je me suis assurée qu'elle ait tout ce dont elle avait besoin. Et toi, tu n'étais nulle part. Tu ne me manquais pas. Mais à elle, si. Et je vis chaque jour avec la décision de ne pas lui avoir dit la vérité.

Elle a ouvert un autre tiroir. S'est figée.

— Je sais, a fait la réponse.

Les mains agrippées au rebord du tiroir, elle s'est retournée brusquement et l'a regardé. Un frisson glacial l'a parcourue, et elle est restée paralysée par la peur.

— Je sais pourquoi tu ne viens pas, a commencé Colin, de sa voix lucide, presque démoniaque. Comme s'il avait remonté le temps. « Je ne suis pas stupide, Stephy. Je n'ai jamais été stupide.

Elle a ouvert la bouche, mais aucun son n'en est sorti.

Son esprit était trop occupé à penser à ce qu'elle avait vu dans le tiroir.

Du fil.

Du rembourrage.

Des boutons.

Une autre poupée.

Avant qu'elle ne puisse penser à faire quoi que ce soit, Wayne est apparu à la porte. Dans sa main, il tenait un rouleau à pâtisserie.

Stephanie est restée clouée sur place, son esprit faisant instantanément le lien.

Elle a croisé son regard. Il n'y avait plus rien de l'aide-soignant calme et obéissant. Son visage était tordu par la panique et la rage, sa bouche se déformant en un rictus méprisant.

Il a levé le rouleau, prêt à l'abattre sur elle. Mais elle a été trop rapide. L'instinct a pris le dessus. Elle s'est baissée, esquivant le coup. Le rouleau à pâtisserie est passé dans un sifflement et s'est fracassé contre la commode, projetant des éclats de bois dans les airs.

Stephanie a attrapé le rouleau et s'est battue avec lui pour le lui arracher. Pour un homme de petite taille, à peine quelques centimètres de plus qu'elle en hauteur comme en largeur, il était étonnamment fort. Au moment où elle allait le lui prendre, il lui a donné un coup de pied dans le tibia et l'a poussée en arrière. Elle a trébuché et est tombée sur la moquette, l'arrière de sa tête heurtant l'armoire.

Alors que Wayne abattait le rouleau pour la deuxième fois, elle lui a donné un coup de pied dans l'entrejambe, a attrapé sa main et l'a projeté par-dessus son épaule et au sol. Façon ju-jitsu.

L'homme a poussé un cri de douleur tandis qu'elle lui tordait le poignet en arrière. Elle a tenté de saisir le rouleau à pâtisserie par terre, mais il a été trop vif. Il l'a attrapé avant elle et l'a projeté contre son épaule. La douleur de son accident de vélo quelques jours plus tôt s'est ravivée, et elle a relâché sa prise sur son poignet et est tombée en arrière.

Tandis qu'elle se remettait sur pied, Wayne a foncé vers la porte. Stephanie s'est élancée à sa poursuite, sprintant dans le couloir en sortant son téléphone de sa poche. En utilisant Siri, elle a directement appelé le bureau.

Devon a répondu.

— Envoyez des renforts ! a-t-elle dit entre deux halètements. « Maison de retraite Firstlings. Vite !

Wayne a dévalé le couloir, a contourné un chariot de nettoyage d'un bond, puis a forcé une porte de secours. L'alarme a hurlé, son écho résonnant dans le couloir. L'air froid de l'après-midi a fouetté le visage de Stephanie alors qu'elle le suivait à l'arrière du bâtiment, ses chaussures martelant le chemin de gravier.

Wayne était rapide. Ça, elle devait le lui accorder. Mais elle était plus rapide.

Un instant plus tard, il a atteint le parking, zigzaguant entre les véhicules. Stephanie a réduit l'écart, sa respiration vive mais concentrée. Il a jeté un regard en arrière, un seul, et c'est tout ce dont elle a eu besoin. Elle s'est lancée en avant.

Son épaule a percuté son flanc.

Wayne a grogné, a pivoté, et ils sont tous les deux tombés lourdement sur le gravier. Il a frappé sauvagement, lui effleurant la joue du revers de la main. Elle a ignoré la douleur fulgurante dans sa pommette et a enroulé ses bras autour de lui, lui bloquant le bras et le cou dans sa prise, qu'elle a maintenue avec son autre bras.

— Ne bouge pas ! a-t-elle grondé.

L'homme a de nouveau hurlé de douleur, mais elle n'a pas relâché sa prise. Elle a gardé ses bras fermement en place. Il avait beau se débattre et donner des coups de pied au-dessus d'elle, il était bloqué, piégé.

Le seul problème était de le maintenir là. Elle n'avait aucune idée de la distance des renforts. Aucune idée du temps qu'il leur faudrait pour la secourir.

En quelques instants, d'autres membres du personnel ont commencé à sortir du bâtiment, discutant entre eux, se demandant ce qui se passait.

— Restez en arrière ! leur a crié Steph. « Que quelqu'un appelle la police.

Par bonheur, au moment où elle disait cela, le son de sirènes au loin a percé l'air.

Une minute plus tard, les renforts sont arrivés. Ses muscles criaient sous le poids de Wayne, mais elle n'y a prêté aucune attention. Elle était soulagée.

Encore plus en voyant Devon sortir de sa voiture et sprinter vers elle.

Il n'a pas perdu de temps pour dégager la prise de Stephanie du cou de l'homme, le retourner au sol et l'y maintenir avec son genou appuyé sur le dos de Wayne. Les agents en uniforme arrivés quelques instants après Devon se sont jetés sur lui et lui ont passé les menottes derrière le dos.

Tandis qu'ils le relevaient, Devon s'est approché et a demandé : « Vous allez bien ? Vous êtes blessée ?

Elle n'a pas répondu.

— Steph ? Vous êtes là ? Tout va bien ? Et votre père ?

Ses yeux se sont tournés vers Devon avant qu'elle ne virevolte et ne retourne en courant dans la maison de retraite. Elle a fendu la foule, a contourné les obstacles dans le couloir et s'est précipitée vers sa chambre.

Quand elle est arrivée, elle a trouvé la pièce vide. Il était parti. Sur le fauteuil, à sa place, il ne restait plus qu'une autre poupée vaudou, qui la fixait.

CHAPITRE
QUATRE-VINGT-QUATRE

Sa vision était devenue floue et trouble. Son esprit était engourdi. Elle n'avait qu'une vague conscience du tourbillon de silhouettes qui s'agitaient autour d'elle et des voix de ses collègues inquiets qui tentaient d'entrer en contact.

Ce n'est que lorsque Fiona lui a mis un verre d'eau sous le nez que sa vision s'est éclaircie et qu'elle a repris ses esprits.

— Bois.

Ce n'était pas une question ; c'était un ordre.

Stephanie a pris le verre des mains de sa collègue et l'a porté distraitement à ses lèvres, comme si elle avait oublié comment boire, comment fonctionner, tout simplement. Fiona l'a aidée en penchant le verre pour lui faire avaler l'eau.

— Ça va ? a-t-elle demandé. Tu as besoin de quelque chose ?

Stephanie a balayé la pièce du regard. Elle était dans son bureau, avec quatre autres personnes — bien trop dans un si petit espace. Dehors, le bruit des bavardages, des conversations et des sonneries de téléphone filtrait à travers la porte. À ses côtés se tenaient McGowan, Fiona, Devon et Olivia. Elle les a regardés un par un.

— Où est ma sœur ? a-t-elle demandé.

— On s'en occupe, a répondu McGowan. Wayne est en interrogatoire en ce moment même. On espère qu'il pourra nous dire où elle se trouve.

— Inutile, a-t-elle répliqué en reposant le verre sur ses genoux.

— Pourquoi ?

Elle n'a pas répondu. Au fond d'elle, elle savait que le secret de la localisation de sa sœur résidait chez son père, l'homme qui s'était acharné à gâcher sa vie depuis le tout début. Qu'il avait tout contrôlé depuis le départ, le marionnettiste, et Wayne sa marionnette.

— Il a dit quelque chose ? a-t-elle demandé, sans regarder personne en particulier.

Un instant d'hésitation. — Pour l'instant, c'est assez simple. « Sans commentaire » sur toute la ligne, comme on pouvait s'y attendre.

Elle a eu un sourire narquois involontaire. — Évidemment. Il a contrôlé et manipulé cet homme pendant si longtemps. Bien sûr qu'il ne va pas vous dire ce que vous voulez savoir.

Ça ne peut venir que de l'homme lui-même.

— Steph, qu'est-ce que tu essaies de dire ? La question venait de Fiona.

Elle voulait répondre à sa collègue, à son amie, mais elle ne pouvait pas. Elle n'arrivait pas à se résoudre à partager la vérité avec ces gens.

Pas encore.

— J'ai besoin d'espace, a-t-elle dit, alors qu'une douleur a soudain surgi dans son crâne. Elle s'est penchée en avant, grimaçant. J'ai juste besoin de temps pour réfléchir.

— Vous êtes sûre ?

— *S'il vous plaît*, laissez-moi. Elle a mis assez de désespoir dans son ton pour qu'ils obtempèrent.

En quelques secondes, l'équipe est sortie du bureau, et la pièce est tombée dans le silence.

Assise sur sa chaise de bureau, son regard est tombé sur son sac. La poupée qu'elle avait trouvée sur le fauteuil de son père dépassait du haut. Quelque chose l'avait poussée à la ramasser, à la prendre, à l'emporter en cachette. Dans son sac se trouvait aussi Bart, son ours en peluche. Pour des raisons évidentes, elle avait voulu le sauver avant que les techniciens de la police scientifique ne commencent à retourner la chambre de son père.

Alors qu'elle tendait la main vers l'ours en peluche, son téléphone a vibré dans sa poche. La sensation lui a envoyé des frissons le long de la colonne vertébrale, emplissant son corps d'effroi.

Elle a sorti l'appareil et a jeté un œil à l'écran.

Numéro inconnu. Mais elle savait exactement qui l'appelait.

Elle a répondu à l'appel et a prudemment porté le téléphone à son oreille, retenant son souffle.

— Allô, Stephy, a fait la voix qui a allumé en elle un feu de peur et de fureur. Je suppose que tu te demandes ce qui peut bien se passer. Mais en même temps, tu as toujours été une fille intelligente, trop maligne pour ton propre bien, donc je me doute que tu as réussi à reconstituer une partie du puzzle.

Qu'est-ce que tu crois que tu fais, vilaine fille ? Viens ici, viens ici tout de suite !

— Tu aimerais voir Kimberley ?

Elle s'est agrippée à son collier.

— Elle aimerait que tu viennes lui dire bonjour. Je pense qu'il y a une discussion de famille que nous devons avoir tous les trois.

— Où ?

— Tu sais où, Stephy. Tu as toujours su comment ça se terminerait ; à l'endroit où tout a commencé.

CHAPITRE QUATRE-VINGT-CINQ

Elle n'était pas retournée dans sa maison d'enfance depuis plus de trente ans, depuis la mort de sa mère et son placement en foyer avec Kimberley. Depuis cette nuit, la nuit où tout a basculé, elle s'était juré de ne jamais y revenir. De ne jamais y penser. De ne plus jamais y mettre les pieds.

Tout cela était sur le point de changer.

Elle avait grandi à Park Barn, dans le nord de Guildford, dans une petite maison mitoyenne avec deux chambres. Pendant des années, elle s'était demandé ce que les voisins avaient pensé des événements qui s'étaient déroulés chez elle. Ils devaient avoir entendu les cris, les coups, vu les bleus, et pourtant ils n'avaient rien fait. Aucun signalement à la police. Aucune visite pour parler à sa mère. Rien. Une complicité faite de hochements de tête polis et de regards détournés.

Elle doutait qu'ils soient encore là ; les voisins des deux côtés avaient la cinquantaine lorsqu'elle était petite, alors soit ils étaient décédés, soit ils avaient déménagé. Une partie d'elle voulait leur demander pourquoi ils n'avaient jamais tiré la sonnette d'alarme au premier signe de violence.

S'ils l'avaient fait, sa mère serait peut-être encore en vie.

Stephanie a ralenti la voiture jusqu'à s'arrêter devant la maison qui l'avait façonnée. Brisée. Elle n'avait pas beaucoup changé. L'allée était fissurée, envahie de mauvaises herbes. La façade en crépi était usée et décrépite, couverte de taches brunes laissées par des années de crasse et d'eau de pluie. Les cadres en bois des fenêtres étaient écaillés et pourris. L'endroit était tombé en ruine au fil des ans, son déclin s'accélérant depuis que son père était entré en maison de retraite. Mais ce qui l'a frappée le plus, c'était le silence. Un silence lourd, lourd d'attente. Le genre de silence dont elle se souvenait de son enfance, quand des bruits de pas dans le couloir annonçaient un danger, et que la chose la plus sûre à faire était de respirer en silence et de se rendre invisible.

Une rafale de vent lui a balayé les jambes alors qu'elle sortait de la voiture et refermait la portière derrière elle. Malgré l'urgence de la situation, elle n'était pas pressée. Elle savait que, pour l'instant, tant qu'elle était hors de la maison, sa sœur était bel et bien en vie. Son père ne ferait aucun mal à Kimberley. Pas sans elle.

L'air sentait la pluie, une odeur âcre et amère. Elle a resserré son manteau autour d'elle en s'approchant de la maison. Chaque pas faisait ressurgir le passé : le bruit d'une ceinture arrachée à ses passants ; la chaleur d'un briquet allumé trop près de sa peau ; les hurlements de sa mère tandis qu'il se jetait sur elle.

Stephanie a pris une profonde inspiration en arrivant devant la porte d'entrée. À sa grande surprise, elle était ouverte, laissée entrouverte juste pour elle.

Elle l'a poussée doucement et a été immédiatement assaillie par l'odeur d'humidité, accompagnée de flashs de souvenirs de son enfance. Rentrer de l'école et trouver sa mère en bas des escaliers, en pleurs ; Kimberley qui hurlait à l'étage ; son père qui criait depuis la cuisine…

— Stephy !

L'appel l'a prise par surprise et l'a remplie d'effroi. Comme s'il pouvait lire dans ses pensées, il est apparu dans la cuisine au bout du couloir, le bras enroulé autour du cou de Kimberley, un couteau de cuisine pressé contre sa peau. Stephanie a gardé un regard d'acier. Elle ne lui donnerait pas la satisfaction de voir la peur sur son visage. Pas maintenant. Jamais.

L'homme dans l'encadrement de la porte était complètement différent de celui qu'elle avait vu à la maison de retraite. La masse voûtée d'homme avait laissé place à quelqu'un de grand, plus grand que dans ses souvenirs. Et l'expression vide et catatonique, le masque qu'il avait porté si longtemps, était maintenant remplacée par celle de quelqu'un de lucide et calculateur, qui connaissait son prochain coup et celui d'après. Kimberley, en revanche, était dans un sale état. On aurait dit qu'elle n'avait pas dormi depuis sa disparition ; son maquillage avait coulé sur son visage, ses cheveux étaient en désordre, et ses yeux étaient rouges d'avoir pleuré.

— Donne-moi ton téléphone, a commencé Colin, en pressant plus fort le couteau contre la gorge de Kimberley. Stephanie gardait un œil sur la lame et un œil sur son père. Il ne s'agissait pas de Kimberley. C'était entre eux deux. Je sais que tu es venue seule, a-t-il continué, mais juste par précaution.

Colin lui a fait signe de donner son portable. Elle l'a sorti de sa poche et le lui a lancé. Il l'a attrapé au vol puis a éteint l'appareil. Plus de contact avec le monde extérieur. Juste eux trois.

— C'est pas beau, ça ? a poursuivi Colin. La famille de nouveau réunie.

— Laisse partir Kimberley, a-t-elle dit. Elle n'a rien à voir là-dedans.

— Pas avant que tu ne m'appelles Papa.

La bouche de Stephanie s'est asséchée malgré elle.

— Steph, qu'est-ce qui se passe ? a demandé Kimberley, haletante. Pourquoi il se passe ça ?

— Tu veux lui dire, ou je le fais ? a dit Colin.

— Me dire quoi ? Pourquoi tu fais ça, Papa ?

Stephanie a retenu son souffle alors que le couteau s'enfonçait plus profondément dans le cou de Kimberley. À cet instant, alors qu'elle craignait pour la vie de sa sœur, tout est devenu clair.

— C'était toi…, a dit Stephanie, la voix brisée. Depuis le début.

Colin a découvert des dents jaunies en hochant la tête avec cynisme, un soupçon de jubilation se glissant dans chaque recoin de son expression.

— Mais tu n'aurais pas pu le faire seul, a-t-elle continué. Tu as eu de l'aide. Wayne…

— Il n'est pas le gentil et innocent employé que ta sœur imagine.

Stephanie n'a rien dit. Elle a attendu qu'il continue de sa propre initiative, laissant son ego alimenter la conversation.

— On s'est rencontrés en prison, a commencé Colin. Il faisait partie des intervenants qui aidaient les détenus à se réinsérer. Je l'ai rencontré un après-midi et j'ai vu une facette plus sombre en lui. Il avait une fascination étrange pour les gens là-dedans et pour ce qu'ils avaient fait. Il m'a particulièrement pris en sympathie, et c'était réciproque. Il était calme, réservé, timide. J'ai senti qu'il y avait une part de lui qui pouvait être facilement manipulée. Au fil des mois et des années, on s'est vus de plus en plus ; je l'ai convaincu de faire passer quelques trucs pour moi ; on a même échangé nos numéros de téléphone. Et c'est là que j'ai su que je pouvais lui faire faire tout ce que je demandais. Ne me demande pas pourquoi ; peut-être qu'il me respectait d'une certaine manière. Peut-être que je lui rappelais un père qu'il n'avait jamais eu. Puis, on a commencé à parler de ce qu'on avait fait, de la raison pour laquelle j'étais là. Et c'est là qu'on a élaboré un plan.

Colin a retiré la lame du cou de Kimberley et l'a pointée vers Stephanie. Dans la pénombre, la lame a eu un reflet menaçant. — La prison est un endroit horrible, mais tu sais à quoi ça sert ? Au temps. Le temps de bien réfléchir. Le temps de planifier et de perfectionner, le temps de semer les graines qui porteront leurs fruits plus tard. Le temps pour moi de prendre ma revanche.

— Tu n'aurais jamais dû sortir de là, a sifflé Stephanie, la voix glaciale.

— Je n'aurais jamais dû y entrer, en *premier lieu*.

Le regard de Stephanie a furtivement croisé celui de Kimberley, qui était désespérément fixé sur elle.

— Comment as-tu fait ? a-t-elle demandé.

La fierté a illuminé son visage. — Quelle partie ?

— Tout. La maison de retraite. Les meurtres. Les poupées…

Son sourire s'est transformé en un large rictus. — Les meurtres, c'était facile. Tu peux être anonyme sur un campus ; tu peux être n'importe qui, te fondre dans la masse. Il y a tellement de gens, personne ne va te regarder, personne ne va te voir différemment. Alors après un peu de travail d'infiltration — repérer les différentes associations, surveiller les déplacements des filles —, on a su quand c'était le bon moment.

— Wayne a tout fait pendant que tu restais assis à l'intérieur. C'est lui qui a pris tous les risques.

Colin a haussé les épaules. — C'est un adulte. Il peut faire ses propres choix.

— Sauf que tu l'as manipulé. Tu lui as raconté des mensonges. Tu l'as *contrôlé*.

— J'entends dire que c'est ce que je fais de mieux…

Stephanie n'a pas eu de répartie. Son esprit tournait à toute vitesse, essayant de suivre. Mais malgré le bruit dans sa tête, elle a ressenti une clarté soudaine, comme si tout prenait sens.

— Wayne a suivi Claudia Bellini chez elle la nuit où il l'a tuée, il a vu qu'elle était complètement ivre, et il l'a aidée à monter dans son appartement. Elle n'avait absolument aucune idée de ce qui se passait. Il aurait pu lui faire n'importe quoi, et je dis bien n'importe quoi, s'il n'avait pas eu mes instructions. Il l'a emmenée dans sa chambre, a envoyé un message à ses amies, puis l'a tuée. Il était sorti de là avant que quiconque ne revienne.

— Comment s'est-il échappé ?

— C'est facile de s'éclipser du campus si tu sais comment faire, a-t-il répondu. Les angles morts sont partout.

— Et Paulina Potter ?

— Facile. Elle était seule dans la chambre. Celle-là n'a pas demandé beaucoup d'efforts. Il a juste eu à filer… se fondre à nouveau dans son environnement.

— Maya… ?

Sa voix est devenue animée, comme s'il se délectait de raconter leurs morts. — Ah, alors *elle*, elle était difficile. D'après ce qu'il m'avait dit, c'était un monstre, il ne fallait pas l'affronter en face à face. Alors on a rendu le terrain de jeu inégal, injuste.

— Il l'a frappée derrière la tête, puis l'a noyée.

— Ça ne serait pas arrivé s'il n'avait pas improvisé, cependant, a ajouté Colin. On n'avait pas prévu qu'elle se ferait déposer sur le campus. Heureusement, Wayne a un peu d'intelligence et l'a suivie à vélo.

Bien sûr, un vélo. Il ne lui était jamais venu à l'esprit que le tueur aurait pu fuir la scène à vélo. Elle avait supposé qu'il l'avait fait à pied ou en voiture. Une pointe de stupidité et de culpabilité a explosé dans son estomac.

— Priya. Comment l'a-t-il tuée ? a-t-elle demandé.

— Il a eu de la chance avec celle-là, a répondu Colin, son excitation grandissant. On avait espéré la brûler vive dans sa chambre, mais elle nous a offert une opportunité fantastique dans sa voiture. On n'était pas en position de la refuser.

Stephanie a eu la nausée à la façon dont il décrivait les meurtres, la joie qu'il en tirait, le sentiment d'accomplissement.

— Maintenant, pour ce qui est d'Eve, a-t-il continué, je savais qu'on devait être prudents. Je savais qu'on devait bien jouer nos cartes.

— Comment savais-tu qu'elle serait à la veillée ?

— Je ne le savais pas. J'ai juste supposé que tu voudrais des gens là-bas pour empêcher que quoi que ce soit n'arrive, et Wayne savait à quoi elle ressemblait après vous avoir suivies partout, donc c'était une heureuse coïncidence.

Tu ne me connais pas aussi bien que tu le penses, a-t-elle pensé.

— Les feux d'artifice, c'était ton œuvre ? a-t-elle demandé.

Colin a secoué la tête. — Une autre heureuse coïncidence. Wayne a protégé Eve, l'a éloignée des feux d'artifice, puis l'a mise à l'arrière de sa voiture. Les yeux de Colin se sont posés sur le tapis. Il a eu du mal avec celle-là. Il a dit qu'elle était plus lourde que ce à quoi il s'attendait. Le fait qu'il fasse nuit noire dans les bois n'a pas aidé non plus.

— Comment a-t-il pu s'en tirer alors qu'il était censé travailler…

— Il ne travaille qu'à temps partiel. Mais ça ne veut pas dire qu'il n'a pas eu de problèmes avec ses employeurs. Quand il travaillait, il était toujours avec moi, à créer les poupées et à perfectionner le plan. Quand il ne travaillait pas, il était sur le campus, juste un autre étudiant se fondant dans le décor. Il a même rejoint l'un de leurs joggings — de manière non officielle, en tout cas — en courant derrière elles à distance. Il a penché la tête sur le côté. Planifier les meurtres était facile. Ce qui a pris le plus de temps, c'était de préparer le terrain, de faire croire que je perdais lentement la tête, de convaincre ma famille que j'avais la démence et que je devais être placé en maison de retraite. Il a embrassé Kimberley sur la joue. Désolé, Kimbo. Tout ça faisait partie du plan. Au début, ce n'était pas facile. Il y a eu beaucoup d'essais et d'erreurs, et j'ai dû commencer tout ça quand j'étais encore en prison. Au moment où je suis sorti, il n'y avait qu'une seule option : m'envoyer dans la maison de retraite où Wayne m'attendrait déjà.

La confusion s'est peinte sur l'expression de Stephanie.

— Tout ça faisait partie du plan, a répété Colin. Il a quitté son boulot de réinsertion et s'est fait embaucher à la maison de retraite d'abord, puis il a attendu que j'arrive. On pensait qu'il y aurait un problème pour que j'y entre, vu mon casier judiciaire, mais ils n'ont pas eu l'air de s'en soucier.

Les yeux de Stephanie se sont tournés vers sa sœur. Elle s'est souvenue du nombre de fois où Kimberley l'avait sollicitée pour savoir quelle était la meilleure maison de retraite pour leur père. Apparemment, il avait commencé à montrer des signes de démence et avait besoin d'un endroit où aller. Stephanie ne s'en était pas souciée et n'avait pas voulu le savoir, alors elle avait laissé la décision à Kimberley, une décision qu'elles regrettaient toutes les deux maintenant.

— Pourquoi ? La question est venue de Kimberley et les a surpris tous les deux. Pourquoi as-tu fait ça ?

À ce moment-là, les larmes sur le visage de sa sœur avaient cessé de couler, et l'expression d'angoisse avait été remplacée par un mélange de peur et de désespoir.

— Pourquoi as-tu fait ça ?

Colin a eu un rire démoniaque. — Tu veux lui dire, ou je le fais, Stephy ?

Stephanie a essayé de déglutir, mais sa bouche était sèche. Elle a bougé mal à l'aise sur ses pieds et a commencé à avoir chaud sous son pull et son manteau.

Ça y était. Le moment qu'elle avait espéré ne jamais voir arriver.

— Il est temps que tu saches la vérité, Kim. Steph a regardé profondément dans les yeux de sa sœur, et pendant un instant, c'était comme si elles n'étaient que toutes les deux, cachées dans le placard, se tenant la main. Phillip n'a jamais tué Maman, a-t-elle commencé, sa voix à peine un murmure. C'était Papa. Des années avant que ça n'arrive, même avant ta naissance, il nous a maltraitées ; moi et Maman. Physiquement, émotionnellement, mentalement. C'est Maman qui prenait le plus. C'était toujours elle qui sortait de la maison avec plus de bleus que la veille. J'ai eu ma part aussi, mais Maman a eu bien pire. Les cris, les hurlements pendant qu'il la battait et la violait. Certaines nuits, je n'en pouvais plus, alors j'intervenais pour la défendre, mais ça ne faisait qu'empirer les choses pour moi. Et puis tu es arrivée, et j'ai su que je devais te protéger, c'est pour ça qu'on se cachait dans l'armoire ou sous le lit. On chantait des chansons pour que tu n'entendes rien. On a commencé à colorier pour gérer la douleur ; c'est pour ça que je me suis mise à la peinture. Tu étais trop jeune pour te souvenir de tout ça, même si je pense qu'à un certain niveau, tu l'as probablement refoulé, enfoui au plus profond de toi où personne, probablement même pas toi, ne pourrait le trouver. Quoi qu'il en soit, j'ai essayé de te protéger. Et… Une larme s'est formée dans son œil et elle a senti une boule se coincer dans sa gorge, qu'elle a ravalée. Et cette nuit-là, j'ai su que quelque chose devait changer. Parce que Maman était morte, et sans elle, il nous aurait tuées ensuite.

— Mais tu as toujours dit que c'était Phillip qui l'avait tuée, a dit Kimberley, la voix engourdie.

— Pour te protéger. Papa l'a étranglée sur le canapé. J'ai tout vu. C'est moi qui ai appelé la police. Mais pour te protéger de ça, j'ai menti et je t'ai dit que quelqu'un d'autre l'avait fait et que Papa les avait tués en représailles. Phillip était juste une personne que j'ai inventée. Je ne sais pas pourquoi je ne t'ai pas dit la vérité. Ça aurait été plus simple pour nous deux.

— Comment as-tu pu ?

Steph a rompu le contact visuel et a regardé le sol. — Je voulais te protéger.

Kimberley a essayé d'essuyer les larmes qui coulaient sur son visage, mais Colin l'en a empêchée d'un geste de la main. — Papa ? a-t-elle demandé. S'il te plaît, dis-moi que ce n'est pas vrai. As-tu vraiment tué Maman ?

Colin n'a pas répondu. Son expression s'est assombrie, et ses yeux se sont rétrécis sur Stephanie.

— Qu'est-ce que je t'ai dit quand la police m'a emmené, Stephy ?

— Que tu aurais ta revanche.

— Que j'aurais ma revanche, a-t-il répété. Oui. Et comment dirais-tu que ça s'est passé jusqu'à présent ?

Elle n'a pas répondu.

— J'ai réussi. Ce n'est peut-être pas visible pour tout le monde — après tout, en quoi tuer un tas de femmes au hasard est une vengeance contre la femme qui m'a mis en prison ? — mais *toi*, tu le vois, n'est-ce pas, Stephy ? Au fond de toi, tu sais que ça a marché. Petit à petit, victime par victime, tu es morte à l'intérieur. D'après ce que me dit ta merveilleuse sœur ici présente, la peintre en toi a disparu ; tu as arrêté de courir, de faire de l'escalade, du VTT, ou d'aller à tes cours de ju-jitsu. Ta vie entière est devenue fade et stagnante. Tout ce qui te concerne, chaque partie de ton identité — tes études universitaires ratées, ta carrière dans la police, même ton trouble alimentaire — tout a été érodé jusqu'à ce qu'il ne reste plus rien. Tout ce que tu as défendu a été anéanti. Tu es morte à l'intérieur. Et tu le sais. Je le vois sur ton visage.

Stephanie se sentait anesthésiée. C'était vrai. Elle était morte à l'intérieur. Il l'avait tuée, petit à petit. Elle comprenait maintenant la pertinence de chaque victime, le véritable lien qui les unissait — *elle*. Elle avait été au sommet de l'arbre, et chacune de leurs morts avait été une autre branche menant à elle.

Elle ne l'avait juste jamais vu.

Le sourire narquois est revenu sur le visage de Colin. — Impressionnant, n'est-ce pas ? Maintenant, tout ce que j'ai à faire pour te tuer complètement, c'est de t'enlever la dernière chose qui te maintient entière — ta famille. En commençant par ta…

Kimberley a poussé un cri perçant qui a déchiré le couloir. Dans la fraction de seconde qu'il a fallu au son pour être enregistré par le visage de Colin, elle a attrapé la lame avec sa main, l'a repoussée loin de son cou, et s'est baissée pour passer dessous, se libérant de son emprise. Ils ont commencé à se battre pour le couteau, les cris remplissant l'air, le sang coulant de la paume de Kimberley sur l'acier. Alors que Stephanie se précipitait, Colin a repoussé Kimberley, lui donnant un coup de pied dans l'estomac. Sa sœur s'est effondrée au sol, hurlant de douleur et se tenant le ventre.

Dans la bagarre, la lame est tombée sur le tapis. Ni Stephanie ni Colin n'y ont prêté attention. Ils se sont jetés l'un sur l'autre, s'agrippant à tout ce qu'ils pouvaient de leurs vêtements. Stephanie a tenté de se battre avec l'homme, mettant à l'épreuve son entraînement en arts martiaux, mais rien n'a fonctionné. Ses mains se sont agrippées à son visage, ses doigts s'enfonçant dans ses yeux. Quand elle s'est dégagée, elle a vu du sang, le sang de Kimberley, partout sur son bras et son manteau.

Elle lui a foncé dessus, lui assénant un coup de poing sur la joue. Il a reculé d'un pas, hébété un instant avant de retrouver son calme. Alors que Stephanie tentait de le plaquer au sol, il l'a fait trébucher et l'a clouée sur le tapis. En un instant, ses mains se sont enroulées autour de sa gorge, pressant sa trachée et lui coupant le souffle. Au-dessus d'elle, elle a vu le regard démoniaque dans ses yeux et le sourire cruel et sinistre sur son visage. C'était la même expression qu'il affichait chaque fois qu'elle l'avait empêché de soulever sa jupe et de baisser sa culotte. Chaque fois qu'il avait essayé de se forcer en elle.

Rapidement, elle a senti la pression monter dans sa tête alors qu'elle luttait pour respirer. Colin a grogné et a grimaçé comme un homme possédé.

— Espèce de garce idiote ! a-t-il sifflé, des gouttelettes de salive tombant de sa bouche. Tu n'as jamais été assez forte pour me dire non. Pas plus que ta putain de mère. Maintenant, il est temps que tu meures comme elle…

Il a couiné comme un porc tandis que son corps était secoué d'un spasme. Soudain, il a lâché la gorge de Stephanie et a tourné le cou pour regarder l'objet métallique brillant qui sortait de son omoplate droite. Derrière lui se tenait Kimberley, le visage pâle.

Stephanie a cherché son souffle, aspirant de grandes goulées d'air. Mais c'était trop. Elle a toussé et crachoté en se relevant sur ses coudes, puis sur ses mains et ses genoux.

Pendant ce temps, Colin a regardé la lame, sa fille, puis de nouveau la lame. Elle n'était enfoncée que de quelques centimètres. Pas assez pour le blesser gravement ou le tuer.

Il a titubé vers Kimberley, qui était dos au mur. En s'approchant, il a arraché la lame de son épaule comme un zombie enragé dans un film d'horreur et s'est préparé à l'abattre sur elle. Kimberley s'est figée, clouée sur place, ses mains levées offrant peu de protection.

Au moment où Colin abattait le couteau, Stephanie l'a attrapé, le stupéfiant. De son autre main, elle le lui a arraché des mains et en a pris le contrôle.

La blessure à son épaule n'était pas suffisante pour l'arrêter.

La blessure à son épaule n'était pas suffisante pour le tuer.

Mais elle s'assurerait que la prochaine le serait.

Alors elle a plongé la lame dans son estomac, l'enfonçant

profondément dans son abdomen. Dès que le couteau a pénétré ses entrailles, les yeux de Colin se sont écarquillés et sa bouche s'est ouverte. Il a reculé d'un pas, l'arme sortant de lui comme un cure-dent, le sang jaillissant aussitôt de la blessure.

Il s'est effondré sur le sol, crachotant, convulsant, mourant.

Mais ce n'était pas assez.

Elle devait en être *sûre*.

Retirant la lame de son ventre, elle l'a poignardé encore et encore, à plusieurs reprises, lentement. Six fois en tout.

Une fois pour chaque victime.

Savourant chaque incision.

— Ça, c'est pour Maman, a-t-elle dit en administrant le dernier coup de couteau.

Elle a maintenu le contact visuel avec lui en s'appuyant sur la lame, l'enfonçant plus loin dans son corps. Il a ouvert la bouche, mais aucun son n'est sorti. Puis elle a fouillé dans sa poche, sortant la poupée vaudou qu'il avait laissée pour elle à la maison de retraite.

Elle l'a posée sur son ventre, a retiré la lame, puis l'a enfoncée à travers la poupée. — Celle-ci est pour toi, a-t-elle dit, sa voix neutre, égale.

Lentement, elle a regardé la vie quitter son corps jusqu'à ce qu'il ait un dernier soupir et que ses membres retombent mollement à ses côtés.

À ce moment-là, elle a roulé sur le côté et s'est appuyée contre le mur, haletante, reprenant son souffle. Assise de l'autre côté, recroquevillée contre le mur, se trouvait Kimberley, des larmes coulant sur son visage. Elles se sont regardées et ont échangé un regard.

Stephanie a hoché la tête. — Il est mort, a-t-elle dit. Il ne contrôlera plus nos vies, Kim.

Juste au moment où Kimberley allait répondre, une voiture s'est garée dehors, et un instant plus tard, Devon est apparu dans l'embrasure de la porte d'entrée. Elle ne l'avait pas réalisé, mais elle avait oublié de la fermer. Le sergent a sprinté, puis a dérapé jusqu'à l'arrêt en observant la scène.

— Qu'est-ce que… ?

Stephanie a jeté un coup d'œil au corps, au couteau, au sang.

Puis ses yeux se sont posés sur sa sœur avant de se tourner vers Devon.

— Vous allez bien ? a-t-il commencé.

— La situation est maîtrisée, a-t-elle répondu froidement. Il n'y aura plus de poupées vaudou. Qu'est-ce que vous faites ici ?

Devon a eu un petit rire. — Vous n'allez pas le croire : l'intuition.

Elle a eu un sourire en coin.

— Vous avez quitté le bureau sans rien dire à personne, alors j'ai supposé que quelque chose n'allait pas. Une vérification rapide du signal de votre téléphone a montré que votre dernière position était ici, alors je suis venu jeter un œil. Et j'ai découvert pourquoi.

— Vous êtes seul ?

Il a hoché la tête. — Mais je vais devoir signaler ça.

Tandis qu'il parlait, le son de sirènes de police s'est approché au loin. — On dirait que quelqu'un vous a devancé, a-t-elle dit, en étirant ses jambes.

Peut-être qu'il y avait de bons voisins dans ce monde, après tout.

CHAPITRE QUATRE-VINGT-SIX

Le faible soleil d'automne les baignait de sa lumière tandis qu'ils serpentaient le long du sentier verdoyant, faisant crisser le gravier sous leurs pas. De chaque côté, ils étaient encadrés par des haies et des arbres, touffus de ronces, d'orties et d'autres mauvaises surprises. Mais au fil du chemin, à travers les trouées dans les arbres, on apercevait de superbes champs qui s'étendaient au loin, délimités par des rangées d'arbustes et d'arbres.

Aucun d'eux n'avait parlé depuis qu'ils s'étaient mis en route.

Alors qu'ils arrivaient à une petite clairière dans la haie, l'inspecteur principal McGowan s'est arrêté. De l'autre côté de la clôture se trouvait un petit groupe de maîtres-chiens de la police et leurs compagnons canins, qui s'entraînaient dans le champ. Les chiens sautaient par-dessus des obstacles tandis que leurs maîtres aboyaient des ordres, sprintant plus vite que le regard de Steph ne pouvait les suivre.

Stephanie a senti un sourire se dessiner sur son visage, le premier depuis sa suspension et le début de l'enquête de l'IOPC sur son comportement.

McGowan a mis ses mains dans son dos. Elle a senti le soleil commencer à lui réchauffer légèrement la nuque.

Quelques instants se sont écoulés avant qu'elle ne parle. — Vous n'allez pas me jeter en pâture aux chiens, j'espère, mon Commandant ?

McGowan lui a lancé un regard de côté, une lueur de chaleur perçant derrière ses yeux habituellement impénétrables. — Je crois que vous en avez assez bavé ces derniers jours, vous ne trouvez pas ?

Stephanie a laissé échapper un petit souffle amusé.

— J'ai eu un entretien avec l'IOPC et je leur ai précisé que vous étiez en suspension temporaire pendant que tout se déroule en arrière-plan.

— Merci, mon Commandant. Elle a regardé l'un des chiens poursuivre un suspect en fuite vêtu d'une tenue de protection et lui sauter dessus, le tirant au sol. — J'aurais aimé lâcher l'un d'eux sur mon père.

— Vous avez quand même obtenu le même résultat, a répondu lentement McGowan.

— Il n'a pas assez souffert.

Du moins, officieusement. Sa version officielle des faits était qu'il avait eu une crise de démence et que, dans un accès de rage, il les avait attaquées, elle et sa sœur, avec une force quasi surhumaine, ne lui laissant d'autre choix que de se défendre comme elle l'avait fait.

Clive s'est à moitié tourné vers elle. — En parlant de souffrance…

Elle a poussé un petit soupir. — Je sais ce que vous êtes en train de faire, a-t-elle murmuré.

— Vraiment ?

— C'est le moment où vous me dites que j'ai besoin d'une pause.

Il n'a pas démenti.

— Vous avez traversé beaucoup de choses. Vous avez perdu un collègue, un ami. Vous avez failli perdre votre sœur.

Elle lui était reconnaissante de ne pas mentionner qu'elle avait perdu un père.

— Je vais bien.

— Steph… McGowan l'a longuement observée. Un vent léger a bruissé dans la haie à côté d'eux. Les aboiements et les cris dans le champ semblaient s'estomper en arrière-plan. — Vous devez faire votre deuil correctement, a-t-il finalement dit.

— Non, pas du tout.

— Si. Vous refusez simplement de vous l'autoriser.

Ils sont restés de nouveau en silence, à l'exception du bruit sourd et lointain des pattes sur l'herbe tendre.

McGowan s'est rapproché, sa voix plus basse. — Vous me rappelez quelqu'un que j'ai connu. Une enquêtrice brillante. Elle en prenait trop sur ses épaules. Elle ne voulait partager le fardeau avec personne.

— Que lui est-il arrivé ?

Il a regardé par-delà le champ. — Elle a fait un burn-out. Juste… elle a vacillé, puis s'est éteinte. Elle n'est jamais revenue.

Stephanie a dégluti.

— J'en ai assez vu pour connaître mes limites, a-t-elle répondu. — Je… je maîtrise la situation. Pour la première fois de ma vie, j'ai l'impression de maîtriser enfin la situation.

Il l'a regardée droit dans les yeux, la jaugeant.

— C'est drôle, n'est-ce pas ? Il était sorti de ma vie depuis trente ans, peut-être plus. Et pourtant, j'avais toujours l'impression qu'il avait une emprise sur moi, même si je ne parlais jamais de lui, ne le voyais jamais. C'était comme s'il était là, vous savez. Tapi dans l'ombre…

— Et maintenant ?

— Disparu.

— Je suis ravi de l'entendre. Mais j'ai besoin que vous me promettiez quelque chose, Steph.

Elle s'est tournée vers lui.

— Si ça commence à devenir trop lourd, si vous commencez vraiment à sentir le poids des choses, alors vous viendrez me voir. Sans crainte de représailles. Quoi que ce soit dont vous ayez besoin.

La gorge de Steph s'est nouée. Mais elle a hoché la tête.

— Bien. Il lui a pressé brièvement l'épaule. — Allez, venez. J'ai entendu dire que Giles retire enfin son plâtre aujourd'hui, et l'équipe a lancé un pari sur son odeur.

CHAPITRE
QUATRE-VINGT-SEPT

Lâcher le mur a été un soulagement bienvenu pour ses avant-bras.

De la musique pop emplissait l'air tandis qu'elle descendait progressivement du haut du mur d'escalade. Quelques instants plus tard, les pieds en sécurité sur le sol, elle s'est détachée de son harnais et a contemplé la voie qu'elle venait de conquérir pour battre son record personnel.

— Beau travail, a dit le moniteur qui l'avait guidée. Vous devriez essayer le bloc, la prochaine fois. Sans harnais. Juste vous et la paroi. C'est un peu plus risqué, mais c'est vous qui contrôlez.

Elle contrôlait. Pas seulement en escalade, mais dans tous les aspects de sa vie. Elle sentait que ça revenait, lentement.

Il y avait, cependant, un domaine de sa vie dans lequel elle se sentait impuissante.

— Peut-être, a-t-elle dit, avant d'ajouter : Excusez-moi, en traversant le tapis pour rejoindre son sac. Elle s'est accroupie, l'a ouvert et en a sorti son téléphone. Après avoir déverrouillé l'appareil, elle a trouvé le numéro de Jason et l'a composé.

Il a répondu après quelques sonneries.

— Salut, a-t-elle dit. C'est moi.

Une pause.

— Pas maintenant, Steph. Elle n'est toujours pas prête à parler.

Ces mots lui ont fait l'effet d'une douche froide.

— Je comprends, a répondu Stephanie. Et le bébé ?

Une autre pause. Cette fois, Jason a parlé plus bas.

— Ça va. Le médecin a dit qu'il n'y avait pas de séquelles, mais je m'inquiète pour le côté psychologique. Elle ne mange pas correctement, ne dort pas. Elle est en grande difficulté.

— Est-ce que je peux passer la voir ?

— Je ne pense pas que ce soit une bonne idée.

— S'il te plaît, Jason. C'est ma sœur.

— Ce n'est vraiment pas le bon moment. Tu pourras la voir quand elle ira mieux.

Stephanie a poussé un long soupir. — Dis-lui au moins que j'ai appelé.

— Je le ferai.

Stephanie l'a remercié puis a raccroché. Pendant un long moment, elle est restée assise là, à fixer le tapis, entourée de gens qui riaient, discutaient, grimpaient et tombaient. Elle pensait à sa sœur, à Colin. Deux semaines avaient passé, et elle avait commencé à reprendre sa vie en main. Elle mangeait à nouveau correctement. Elle courait, faisait de l'exercice et, plus important encore, elle peignait. Elle commençait à se sentir redevenir elle-même ; une nouvelle version d'elle-même, qui n'avait plus au fond d'elle l'influence de son père.

Sauf pour sa relation avec Kimberley. Sa sœur ne lui avait pas parlé depuis la nuit de l'incident, et aucune persuasion au monde n'aurait pu y changer quoi que ce soit.

Même mort, c'était comme si son père contrôlait cet aspect de leur vie et avait d'une manière ou d'une autre convaincu sa sœur de l'exclure complètement. L'espace d'un instant de désespoir, elle s'est demandé si cela changerait un jour. Mais ensuite, elle s'est souvenue de tout ce qu'elle avait surmonté, de tout le contrôle qu'elle avait repris en si peu de temps, et de tout le chemin qu'il lui restait à parcourir pour grandir.

Avec le temps, elle était sûre que leur relation guérirait.

L'avenir était radieux, et elle était déterminée à faire en sorte que tous les membres de sa famille en fassent partie.

FIN

Mais pas tout à fait. L'histoire continue dans Le Croque-mitaine :

Parfois, pour découvrir la vérité, il faut affronter les cauchemars de son passé.

Il y a trente ans, les habitants de Guildford étaient hantés par une silhouette qui se glissait dans les chambres d'enfants et les regardait dormir.

Lorsqu'il s'en allait, il ne laissait derrière lui qu'un seul ballon de baudruche.

Puis il a disparu. Les visites ont cessé.

À présent, ça recommence.

Le Croque-mitaine est-il de retour ou un imitateur terrorise-t-il une nouvelle génération de victimes ?

Alors que la pression monte et que la panique enfle, l'inspectrice Stephanie Broadbent doit démêler les fils du passé pour arrêter un prédateur qui traque ses victimes aujourd'hui. Mais ce qu'elle va découvrir pourrait la toucher bien plus de près qu'elle ne l'aurait jamais imaginé…

Découvrez l'histoire de Le Croque-mitaine sur Amazon dès maintenant !

Cliquez ICI pour obtenir votre exemplaire !
Ou tournez la page pour lire un extrait exclusif.

LE CROQUE-MITAINE - EXTRAIT EXCLUSIF

CHAPITRE **UN**

Il n'y a rien de plus beau qu'une enfant qui dort. Le soulèvement régulier, presque angélique, de sa poitrine est comme le flux et le reflux d'une mer calme. Le précieux sourire sur son visage immaculé tandis qu'elle rêve joyeusement de ses dessins animés préférés et des récréations à l'école. La façon dont son corps est blotti, plongé dans un sommeil de plomb, inconsciente de ce qui l'entoure.

Cette fillette ne fait pas exception.

Des posters de Gabby et la Maison Magique et de Dora l'Exploratrice se disputent l'espace sur les murs. Mais il y a un vainqueur incontestable pour ce qui est de sa parure de lit : Dora l'Exploratrice et son compagnon le singe sont à l'honneur, assortis à son pyjama. À côté d'elle repose une peluche de l'Ours Paddington. Vieille et usée, peut-être de deuxième ou troisième génération, transmise de mère en fille. Sur la table de chevet, un petit globe terrestre émet une lueur jaune, faible mais chaude. Une veilleuse. Au-dessus, des étoiles phosphorescentes spéciales brillent doucement. Cette nuit, cette enfant ne s'est pas entièrement abandonnée à l'obscurité. Ses bras sont grands ouverts, ses lèvres légèrement entrouvertes.

Tout est si rassurant, si ordinaire.

Mais le verrou de la fenêtre du rez-de-chaussée n'était même pas enclenché. Ils ne pensent jamais que ça pourrait arriver ici.

Je reste immobile, j'inspire profondément, humant l'odeur de talc frais, de gel douche à la fraise et de shampoing. C'est doux et délicieux, tout comme le spectacle qui s'offre à moi. Je ne sais pas combien de temps je vais attendre — jusqu'à ce que j'en aie eu assez, jusqu'à ce que j'en aie profité au maximum.

Ou jusqu'à ce que je ne me sente plus en sécurité, que j'entende un bruit suspect. Le premier des deux qui se présentera.

La fillette s'agite légèrement sous sa couette. Je me fige, observant la petite contraction de ses doigts, le battement de ses cils, l'inspiration soudaine et saccadée qui s'échappe lentement de ses lèvres. Mais elle ne se réveille pas.

Je m'approche du lit. Sa main pend hors de la couette, au bord du lit, les doigts recroquevillés comme si elle se préparait à se battre. Il y a une croûte sur une de ses phalanges. Deux. Trois. La preuve d'une enfance vécue pleinement. Bien sûr, elle passe probablement beaucoup de temps devant un écran, à regarder ses émissions préférées sur son iPad, mais ceci est la preuve que l'enfance n'est pas morte. Qu'elle joue dehors, faisant l'expérience du monde et de toute la douleur qu'il a à offrir. Elle apprend de précieuses leçons de vie dès son plus jeune âge.

Je reste là encore dix minutes, dans le silence, à observer, à écouter, les yeux parfaitement rivés sur la magnifique créature en face de moi. Je ne veux pas lui faire de mal. Je ne veux pas l'effrayer.

Je veux juste regarder.

Comme un ange, un gardien.

Tant que je suis ici, elle est en sécurité.

Quand vient pour moi le moment de partir — quand j'en ai finalement eu assez — je plonge la main dans ma poche et j'en sors un ballon de baudruche. Bleu, brillant, lisse sous mon pouce. Je le gonfle lentement, sans bruit. Le sifflement de l'air est à peine plus fort que le bourdonnement de sa veilleuse. Je fais le nœud avec aisance, puis, de mon autre poche, je sors la ficelle. Je l'enroule autour du nœud du ballon et je le pose sur la moquette, le calant avec un de ses jouets pour qu'il soit juste à côté d'elle.

Un souvenir. Un cadeau. Un merci pour m'avoir permis de passer du temps avec elle.

Quand elle se réveillera, ce sera la première chose qu'elle verra. J'espère qu'il lui plaira.

CHAPITRE **DEUX**

Ce matin-là, comme tous les matins depuis six ans et demi, c'était le chaos dans la cuisine. La télévision tournait en fond sonore — Bob le Bricoleur réparait quelque chose pour quelqu'un — même si personne ne la regardait encore, parce que Becky aimait qu'elle soit déjà allumée quand elle descendait. Le lave-vaisselle était en plein cycle parce que son mari avait oublié de le lancer la veille au soir. Le robinet remplissait rapidement l'évier, l'eau éclaboussant les assiettes empilées en vrac. La bouilloire chauffait l'eau pour sa deuxième tasse de café, et le micro-ondes vrombissait en réchauffant son porridge.

Le chaos.

Les surfaces de la cuisine n'étaient pas en meilleur état. Une pluie de miettes et de restes du dîner de la veille saupoudrait le plan de travail. Une flaque collante de jus d'orange luisait sous la corbeille à fruits, ignorée pour le troisième jour consécutif. Plusieurs paquets de jambon, de laitue et de fromage traînaient sur le comptoir, à côté d'une tomate à moitié coupée.

Laura naviguait au milieu de tout ça en pilote automatique, éjectant les toasts du grille-pain d'une main et fouillant dans un tiroir de l'autre à la recherche d'un couteau à beurre propre. Elle a ouvert le frigo avec la jointure de son doigt, en a sorti une plaquette de beurre et une brique de lait avant de le refermer. En le refermant, elle a jeté un œil au fouillis de photos, de post-it et d'invitations d'anniversaire pailletées collés sur la porte du frigo avec des magnets.

L'anniversaire de Kerry était dans deux semaines, il faudrait donc qu'elle achète une carte et un cadeau.

Et Jeremy organisait un barbecue ce week-end. Encore un. Complètement à contre-courant de la météo. Mais c'était encore de l'argent qu'elle devrait dépenser en vin et en amuse-gueules. Sans parler du fait qu'il faudrait appeler la babysitter.

Elle espérait que sa contact habituelle serait trop occupée.

Peut-être qu'elle pourrait simplement faire semblant. Dire qu'elle n'avait pas trouvé de solution de garde et que, par conséquent, ils ne pourraient pas venir. Ça lui économiserait un temps, une énergie et un argent considérables.

Du temps, de l'argent et une énergie qui étaient actuellement consacrés à préparer Becky pour l'école.

Laura a laissé tomber les toasts sur le plan de travail, les a recouverts à la hâte d'une épaisse couche de beurre et les a enfournés dans sa bouche tout en versant l'eau de la bouilloire, puis elle a fini de préparer le déjeuner de Becky pour la journée. Au moment même où elle glissait le sandwich de sa fille dans un sac Ziploc neuf, l'alarme de son téléphone a sonné : sept heures.

— Becky ! a crié Laura. C'est l'heure de se réveiller, ma chérie !

Elle a attrapé la gourde sur l'égouttoir, a trouvé le sirop et l'a remplie à ras bord d'eau du robinet. Quelques minutes se sont écoulées, et il n'y avait toujours aucune réponse, aucun signe de Becky sortant de sa chambre. Pas de bruit de chasse d'eau. Pas le bruit de ses pas descendant les escaliers d'un air endormi.

— Becky ! a-t-elle appelé de nouveau.

D'habitude, à cette heure-ci, sa fille serait déjà en bas, perchée sur le canapé, agrippée à son doudou, à regarder la télévision en attendant que Maman lui prépare ses céréales.

— Becky ! Viens prendre ton petit-déjeuner, ma puce ! Sinon, tu vas être en retard.

Elle a froncé les sourcils en regardant le plafond. La chambre de Becky se trouvait juste au-dessus, et elle aurait entendu le plancher grincer sous les pieds de sa fille. Mais rien.

L'immobilité lui a asséché la gorge. La panique a commencé à s'installer.

— *Becky* ?

Elle a tout lâché et s'est mise à monter les escaliers.

— Becky, si tu dors encore, je ne vais pas être très contente, ma chérie.

Alors qu'elle arrivait en haut des marches, les pieds allant plus vite que d'habitude, elle a retenu sa respiration en se dirigeant vers la chambre de Becky. Accroché à la porte se trouvait un joli panneau qu'elles avaient fabriqué ensemble. Le nom de Becky y était inscrit au crayon de cire, ainsi qu'une petite illustration qu'elle avait dessinée du chien qu'elle réclamait sans cesse à Dean et à elle depuis quelques semaines.

Laura a enroulé sa main autour de la poignée et a ouvert la porte. Elle craignait que sa fille soit morte, décédée pendant la nuit, ou qu'on l'ait enlevée d'une manière ou d'une autre.

Au lieu de ça, elle a trouvé Becky, toujours en pyjama, assise sur son lit, jouant avec un ballon bleu, le frappant comme un punching-ball.

Laura s'est figée dans l'embrasure de la porte. Un instant, elle n'a pas reconnu sa fille. Il y avait quelque chose de si étrange, de si effrayant dans cette image que ça l'a prise par surprise — comme si elle regardait Pennywise le clown du film *Ça*.

— Maman, regarde ce que j'ai !

Laura a franchi le seuil avec hésitation. Elle voulait regarder autour d'elle dans la pièce, s'assurer que personne ne se cachait dans l'armoire, derrière une chaise ou sous le lit, mais elle était incapable de détacher ses yeux du ballon.

— Où as-tu eu ça, ma chérie ? C'est Papa qui te l'a donné ?

Dean n'était pas passé dans sa chambre avant de partir au travail, n'est-ce pas ? D'habitude, il ne le faisait jamais en semaine. Il partait travailler très tôt — avant même que les oiseaux ne soient réveillés — et ne voulait jamais déranger personne. Un baiser sur le front avant de dormir chaque soir lui suffisait.

— Non, a répondu sèchement Becky.

— Qui... a commencé Laura, la réalisation s'imposant rapidement. Qui t'a donné ça, Becky ?

Becky a déplacé le ballon sur le côté pour que Laura puisse voir le visage de sa fille. — C'est le monstre sous mon lit qui me l'a laissé, Maman.

DU MÊME AUTEUR

Série DI Stephanie Broadbent – Thrillers des collines du Surrey :

Tome 1 : Le Tueur Vaudou

Elle est revenue pour prendre un nouveau départ. Au lieu de ça, elle a réveillé les ténèbres qu'elle pensait avoir enterrées. Avant même d'avoir pu s'installer, une étudiante est retrouvée morte dans sa résidence universitaire après une soirée. Ce qui paraît d'abord être une affaire vite réglée prend une tournure plus sombre lorsqu'une poupée vaudou est découverte près du corps. Stephanie est contrainte d'affronter les fantômes de son passé, tout en se lançant dans une course contre la montre pour arrêter un tueur dont le prochain coup se dessine déjà dans le fil et le tissu.

Lisez Le Tueur Vaudou sur Kindle et via l'Abonnement Kindle

Tome 2 : Le Croque-Mitaine

Il y a trente ans, les habitants de Guildford étaient hantés par une silhouette qui se glissait dans les chambres d'enfants pour les regarder dormir. Avant de partir, elle laissait derrière elle un unique ballon de baudruche. Et puis, elle a disparu. Les visites ont cessé. Aujourd'hui, ça recommence.

Lisez Le Croque-Mitaine sur Kindle et via l'Abonnement Kindle

Tome 3 : L'Homme en Feu

Lorsque les restes calcinés d'un corps sont retrouvés dans les pittoresques collines du Surrey, le traumatisme du passé de l'inspectrice Stephanie Broadbent est ravivé. Quand un autre corps apparaît, Stephanie découvre un lien qui menace de mettre le feu au monde… et à d'autres corps.

Lisez L'Homme en Feu sur Kindle et via l'Abonnement Kindle

DU MÊME AUTEUR

La série d'enquêtes criminelles du DS Tomek Bowen :

LIVRE 1 : LA JUSTICE DE LA MORT

Southend-on-Sea, Essex : Le Détective Sergent Tomek Bowen – déterminé, tenace et hanté par la mort de son frère – est appelé sur l'une des scènes de crime les plus choquantes qu'il ait jamais vues. Un homme a été rituellement assassiné et abandonné dans un jardin ouvrier près de l'aéroport local. Les premières investigations indiquent que cet homme avait un passé. Un passé qui lui a valu de nombreux ennemis.

Télécharger La Justice de la Mort

LIVRE 2 : L'ÉTREINTE DE LA MORT

Annabelle Lake pensait reconnaître la Ford Fiesta qui attendait devant son école, ainsi que son conducteur. Elle se trompait. Son corps est retrouvé quelque temps plus tard, suspendu à une balançoire dans une aire de jeux locale sur l'île de Canvey.

Télécharger L'Étreinte de la Mort

LIVRE 3 : LE TOUCHER DE LA MORT

Lorsque le brouillard se dissipe un matin de décembre dans l'Essex, le corps d'une adolescente est découvert gisant face contre terre dans un champ. L'affaire atterrit rapidement sur le bureau du DS Tomek Bowen qui, tout en essayant de jongler avec sa nouvelle vie de parent célibataire d'une fille de treize ans, doit déterrer l'enchaînement mortel des événements et faire éclater la vérité au grand jour.

Télécharger Le Toucher de la Mort

LIVRE 4 : LE BAISER DE LA MORT

Le passé n'oublie jamais... La mort d'un sans-abri passe presque inaperçue à Southend-on-Sea — jusqu'à ce que l'autopsie l'identifie comme Herbert Tucker, un député controversé avec un historique de création d'ennemis. Retrouvé entre les cabines de plage de Thorpe Bay, sa mort soigneusement mise en scène soulève plus de questions que de réponses.

Télécharger Le Baiser de la Mort

LIVRE 5 : LE GOÛT DE LA MORT

Par un matin venteux et glacial, Morgana Usyk, propriétaire de l'un des repaires préférés du DS Tomek Bowen, le Café Morgana, visite Mulberry Harbour à un peu plus d'un kilomètre en mer. Peu de temps après, son corps est retrouvé dans les bas-fonds, flottant à côté du port. Les premiers rapports et les témoins oculaires affirment avoir vu le tueur s'enfuir des lieux. Mais lorsque la tempête Alisha arrive, emportant toutes les preuves, Bowen et son équipe se retrouvent bloqués.

Télécharger Le Goût de la Mort

LIVRE 6 : L'ANGE DE LA MORT

Lorsque l'hôtesse de l'air Angelica Whitaker est portée disparue après une soirée dans l'une des boîtes de nuit les plus populaires de Southend, l'affaire est confiée au DS Tomek Bowen pour la première fois de sa carrière. Dès le début de l'enquête, les soupçons se portent sur l'homme avec qui elle a dansé au club, mais lorsque son corps est retrouvé plus tard dans une église, posé comme un ange, ces mêmes soupçons commencent à s'orienter vers un tueur calculateur, composé et sadique.

Télécharger L'Ange de la Mort

LIVRE 7 : LE SAUVEUR DE LA MORT

Au cœur d'une tempête, un animateur radio local est sauvagement assassiné dans son manoir de l'Essex. Lorsque les nuages et la pluie se dissipent le lendemain matin, le DS Tomek Bowen et son équipe découvrent une scène de crime qui rappelle quelque chose tout droit sorti des livres d'histoire. Les preuves suggèrent qu'il s'agit d'un meurtre aléatoire. Mais tandis que Tomek démêle les différentes couches de la vie de la victime, il réalise que l'animateur cache bien plus que ce qu'il laisse paraître.

Télécharger Le Sauveur de la Mort

LIVRE 8 : LE SOUFFLE DE LA MORT

L'île de Mersea. Plus de 1 000 hectares de terres agricoles, de marais et plusieurs parcs de caravanes. Habituellement, elle abrite 7 000 personnes. Mais pour le week-end férié du mois d'août, elle accueille deux résidents supplémentaires : le DS Tomek Bowen et sa fille, Kasia, cherchant à profiter au maximum de la fin des vacances scolaires, de la fin de l'été, et de la fin du congé prolongé de Tomek.

Télécharger Le Souffle de la Mort

LIVRE 9 : LA MARQUE DE LA MORT

Le DS Tomek Bowen revient d'une courte suspension qui a failli faire dérailler sa carrière, et il veut reprendre le travail sans perdre de temps. Mais un appel téléphonique inattendu en provenance de la prison ébranle sa concentration — et menace de l'entraîner dans un réseau de mensonges et de trahisons.

Télécharger La Marque de la Mort

LAISSER UN AVIS

Et voilà. Fin.

Eh bien, je dis " nous "… je veux dire vous. Merci.

Merci d'être arrivé jusqu'ici et de m'avoir accompagné pendant que j'imaginais ces histoires folles et étranges, puis que je les traduisais sur papier (ou plutôt, en fichiers numériques).

Amazon regorge de millions de livres (littéralement, et je n'utilise pas ce terme à la légère), et il est donc souvent difficile de trouver sa prochaine lecture. On veut juste savoir quel livre se plonger. Mais parfois, on n'a pas le temps de tous les éplucher, alors que faire ?

Consultez les critiques, bien sûr.

On les utilise dans tous les aspects de notre vie.

Au restaurant. Au cinéma. Sur notre prochain téléviseur. Sur nos écouteurs. Presque tout est régi par les pensées des autres.

C'est fou, non ?

Mais que se passe-t-il quand on tombe sur un livre sans critique ? On risque de le fuir. Difficile de se fier à un livre.

Votre temps est précieux. Votre temps est précieux. Vous ne voulez pas perdre votre temps avec des histoires décevantes. Personne ne le souhaite. Et je ne vous le souhaite pas. Parfois, j'ai peur que la même chose arrive à cette histoire.

Mais il existe une solution.

Une critique est très utile. Et elle me donne la confiance nécessaire pour continuer à alimenter les pensées les plus folles qui me trottent dans la tête. Si vous avez un moment de libre, j'apprécierais vraiment que vous laissiez un commentaire. Il n'est pas nécessaire qu'il soit long ; juste quelques mots sur ce que vous avez pensé du livre.

Merci.

Votre aimable auteur,

Jack Probyn

www.ingramcontent.com/pod-product-compliance
Lightning Source LLC
Chambersburg PA
CBHW011549190726
48287CB00010B/2803

* 9 7 8 1 8 0 5 2 0 2 2 3 3 *